AF142282

KATY HAYS

THE CLOISTERS

DIE MACHT DEINES SCHICKSALS

ROMAN

Aus dem Englischen von Simone Schroth

PENGUIN VERLAG

Die Originalausgabe erschien 2022
unter dem Titel *THE CLOISTERS*
bei Atria Books, New York.

Penguin Random House Verlagsgruppe FSC® N001967

1. Auflage
Copyright © der Originalausgabe Katy Hays 2022
Copyright © der deutschsprachigen Ausgabe 2024
Penguin Random House Verlagsgruppe GmbH,
Neumarkter Str. 28, 81673 München
This edition published by arrangement with the original publisher, Atria
Books, a Division of Simon & Schuster, Inc., New York.
Redaktion: Ulla Mothes
Umschlaggestaltung: Favoritbüro nach einem Entwurf
von Marianne Issa El-Khoury / TW Images © Alamy, Getty, Shutterstock
Satz: GGP Media GmbH, Pößneck
Druck und Bindung: GGP Media GmbH, Pößneck
Printed in Germany
ISBN 978-3-328-60299-6
www.penguin-verlag.de

Für Andrew Hays
(und The Cheese)

Und der Tag der Geburt
Deutet zugleich
Den Todestag an

Seneca, *Oedipus. Tragödie in fünf Akten.*

PROLOG

D er Tod klopfte immer im August an meine Tür. In einem langsamen, herrlichen Monat, den wir schnell und brutal gemacht hatten. Die Veränderung geschah so überraschend wie bei einem Kartentrick.

Ich hätte es kommen sehen müssen. Wie die Leiche auf dem Bibliotheksboden drapiert lag, wie man während der Ermittlungen ohne jede Rücksicht die Gärten durchpflügte. Wie unsere Eifersucht, unsere Gier und unser Ehrgeiz nur darauf warteten, uns alle zu verschlingen wie eine Schlange, die ihren eigenen Schwanz auffrisst. Wie der Uroboros. Und obwohl ich weiß, welche dunklen Wahrheiten wir in diesem Sommer voreinander verbargen, sehnt sich ein Teil von mir noch immer nach The Cloisters – und nach der Person, die ich vorher war.

Ich habe lange geglaubt, dass es auch anders hätte laufen, dass ich auch Nein zu dem Job hätte sagen können, oder zu Leo. Dass ich in jener Sommernacht nicht an den Long Lake gefahren wäre. Sogar dass sich der Gerichtsmediziner gegen eine Autopsie hätte entscheiden können. Aber ich hatte nicht die Wahl. Das weiß ich inzwischen.

Heute denke ich sehr viel über das Glückhaben nach. *Glück.* Wahrscheinlich kommt das Wort aus dem Mittelhochdeutschen, wo *gelücke* »Schicksal« oder »günstiger Zufall« bedeutet. Dante nannte Fortuna die *ministra di Dio,* die Dienerin Gottes.

»Fortüne«, ein altmodisches Wort für »glückliches Schicksal«. Die alten Griechen und Römer handelten stets im Dienste des Schicksals. Sie errichteten Tempel zu seinen Ehren und verbanden ihr Leben fest mit seinen Launen. Sie zogen Seherinnen und Propheten zurate. Sie deuteten Tierspuren und studierten Vorzeichen. Selbst Julius Cäsar, so heißt es, überquerte den Rubikon erst, nachdem er den Würfel befragt hatte. *Alea iacta est,* der Würfel ist gefallen. Das gesamte Schicksal des Römischen Reiches hing von diesem Wurf ab. Wenigstens hatte Cäsar einmal Glück.

Was, wenn unser ganzes Leben – unser Leben und Sterben – längst für uns entschieden wäre? Würde man sich von einem Würfel oder von gezogenen Karten das Ergebnis verraten lassen wollen? Kann das Leben so brüchig, so verstörend sein? Was, wenn wir alle einfach wie Cäsar sind? Wenn wir nur auf unseren glücklichen Wurf warten, uns zu sehen weigern, was die Iden des März für uns bereithalten?

Zuerst war es leicht, die Omen zu ignorieren, die The Cloisters in diesem Sommer heimsuchten. Die Gärten quollen vor Blumen und Kräutern geradezu über, es gab Terrakottatöpfe mit Lavendel, und der Apfelbaum erblühte, süß und weiß. Die Hitze trieb einen Schweißfilm auf unsere Haut, Röte in unsere Gesichter. Eine unentrinnbare Zukunft fand uns, nicht umgekehrt. Ein unglücklicher Wurf. Einer, den ich hätte vorhersehen können, wenn ich nur – wie die Griechen und Römer – gewusst hätte, wonach ich Ausschau hätte halten müssen.

1. KAPITEL

Ich würde Anfang Juni in New York eintreffen. Zu einer Zeit, während der sich Hitze aufbaute, im Asphalt sammelte, von den Glasfronten reflektiert wurde, bis sie einen Höhepunkt erreichte, der sich erst spät im September entladen sollte. Ich reiste nach Osten, anders als so viele Studierende aus meinem Jahrgang am Whitman College, die nach Westen unterwegs waren, in Richtung Seattle und San Francisco, manche sogar nach Hongkong.

Die Wahrheit sah folgendermaßen aus: Ich bewegte mich zwar gen Osten, jedoch nicht an einen der Orte, auf die ich ursprünglich gehofft hatte, nämlich Cambridge oder New Haven oder sogar Williamstown. Doch als die E-Mails von Institutsleitern eintrafen, *Mit großem Bedauern ... Ein starkes Bewerberfeld ... Alles Gute für Ihren weiteren beruflichen Weg*, war ich dankbar, dass zumindest eine Bewerbung ein positives Ergebnis gezeigt hatte: das Sommerprogramm für Forschende am Metropolitan Museum of Art. Damit, das wusste ich, wollte man meinem Betreuer einen Gefallen tun: dem bereits emeritierten Richard Lingraf. Der war eine Art Koryphäe der renommierten Ivy League gewesen, bevor ihn das Wetter an der Ostküste – oder vielleicht doch ein dubioser Vorfall an seiner Alma Mater? – gen Westen getrieben hatte.

Das Ganze wurde als Associates-Programm bezeichnet, also als Programm für Wissenschaftliche Mitarbeitende, doch eigentlich handelte es sich um ein Praktikum, und zwar um eines mit äußerst bescheidener Bezahlung. Das war mir egal; ich hätte auch zwei zusätzliche Jobs angenommen und die Leute dafür bezahlt, dass sie mich nahmen. Schließlich ging es hier um eine Tätigkeit am Met. Also genau um das Prestige-Siegel, das ich als Unbekannte von einer ebenso unbekannten Universität benötigte.

Völlig unbekannt war das Whitman College zugegebenermaßen nicht. Aber weil ich in Walla Walla aufgewachsen war, in dieser staubigen Stadt mit ihren niedrigen Gebäuden im Südosten des Staates Washington, begegnete ich nur sehr selten jemandem von außerhalb, der überhaupt von ihrer Existenz wusste. Das College hatte meine gesamte Kindheit ausgemacht und dadurch sehr viel von seiner Magie eingebüßt. Andere Studierende trafen voller Aufregung hier ein, weil ihre Ankunft einen Neuanfang in ihrem Erwachsenenleben bedeutete. Mir jedoch war eine solche Tabula-rasa-Situation nicht vergönnt. Das lag daran, dass meine Eltern beide für das Whitman College arbeiteten. Meine Mutter war für die Mahlzeiten zuständig; sie plante die Speisekarte und entsprechende Motto-Abende für die Studierenden, die auf dem Campus wohnten: baskische, äthiopische und Asado-Gerichte. Wenn ich dort untergebracht gewesen wäre, hätte sie vielleicht auch meine Mahlzeiten geregelt, doch die finanziellen Vergünstigungen für die Kinder von Uni-Angestellten schlossen nur die Studiengebühren ein, also wohnte ich weiterhin zu Hause.

Mein Vater hingegen war Sprachwissenschaftler gewesen – auch wenn er nicht zur Fakultät gehörte. Als Autodidakt hatte er sich Bücher aus der Penrose Library ausgeliehen, mir den Unterschied zwischen den sechs Fällen im Lateinischen beigebracht und mir gezeigt, wie man ländliche italienische Dialekte analysierte, all das zwischen seinen Stunden am College. Doch dann begruben wir ihn im Sommer vor meinem Abschlussjahr neben meinen Großeltern, hinter der Lutheranerkirche am Stadtrand. Er war einem Unfall mit Fahrerflucht zum Opfer gefallen. Woher seine Liebe zu den Sprachen kam, hatte er mir nie erzählt – nur welche Dankbarkeit er empfand, weil ich diese Liebe teilte.

»Dein Dad wäre so stolz auf dich, Ann«, sagte Paula.

Bald würde meine Schicht im Restaurant enden. Paula, die es führte, hatte mich, damals fünfzehn, angestellt. Das war jetzt fast ein Jahrzehnt her. Der Raum war tief und lang gezogen, mit einer stumpf wirkenden Blechpaneldecke, und wir hatten die Eingangstür offen stehen lassen, weil wir hofften, die frische Luft werde die hartnäckigen Essensgerüche vertreiben. Hin und wieder kroch ein Auto auf der breiten Straße vorbei, dessen Scheinwerfer die Dunkelheit durchschnitten.

»Danke, Paula.« Ich zählte auf dem Tresen mein Trinkgeld und tat dabei mein Bestes, die feuerroten Male auf meinen Unterarmen zu ignorieren. Die Rushhour der Abendessenszeit – wegen der Abschlusszeremonie am Whitman mit mehr Gästen als sonst – hatte mich gezwungen, beim Servieren die von der Warmhalteplatte noch heißen Keramikteller direkt auf den Unterarmen zu balancieren. Der Weg von der Küche durch den Gastraum reichte, um sich Verbrennungen zu holen.

»Weißt du, du kannst jederzeit wiederkommen«, verkündete John, der Bartender, als er die Zapfanlage betätigte und mir das mir zustehende Bier überreichte. Eines pro Schicht durften wir trinken, doch diese Regel wurde nur selten befolgt.

Ich glättete meinen letzten Dollarschein und schob das zusammengefaltete Geld in die Gesäßtasche. »Ich weiß.«

Doch ich wollte nicht hierher zurück. Mein Vater, der auf ebenso unerklärliche wie plötzliche Weise verstorben war, schien auf sämtlichen Bürgersteigen der Innenstadt umzugehen, selbst auf der braun verdorrten Grasfläche vor dem Restaurant. Die altbewährten Fluchtmöglichkeiten – Bücher und Forschung – brachten mich nicht mehr weit genug weg.

»Auch im Herbst, wenn wir keine Leute brauchen«, fuhr John fort. »Dich nehmen wir immer.«

Ich versuchte die Panik zu ersticken, die ich bei dem Gedanken daran empfand, mich im kommenden Herbst in Walla Walla wiederzufinden. Da hörte ich hinter mir Paulas Stimme: »Wir haben geschlossen.«

Über die Schulter schaute ich zur Tür, wo sich eine Gruppe feierwütiger junger Frauen versammelt hatte. Einige lasen die ausgehängte Speisekarte, andere hatten sich schon durch die Tür mit dem Fliegengitter gedrängt, sodass das *Geschlossen*-Schild gegen das Holz schlug.

»Aber Sie schenken doch noch Getränke aus«, meinte eine der jungen Frauen und deutete auf mein Bier.

»Tut mir leid. Geschlossen«, bekräftigte John.

»Ach, nun kommen Sie schon«, rief eine andere. Die Gesichter der Frauen waren rosig von der Wärme des Alkohols, doch ich konnte schon vorhersehen, wie die Nacht für sie enden würde: mit schwarzen Schlieren unter den Augen und vereinzelten blauen Flecken auf den Beinen. In meinen ganzen vier Jahren am Whitman College hatte ich nie eine solche Nacht erlebt – nur die paar Bier während der Schicht und verbrannte Haut.

Mit ausgestreckten Armen trieb Paula alle nach draußen, schob sie durch die Tür. Ich wandte meine Aufmerksamkeit wieder John zu.

»Kennst du die?«, wollte er wissen, während er mit lässigen Bewegungen den hölzernen Tresen abwischte.

Ich schüttelte den Kopf. Wenn man als einzige Studentin nicht auf dem Campus lebte, war es nicht leicht, an der Uni Freunde zu finden. Anders als an einer öffentlichen Schule liefen solche Dinge am Whitman College nicht einfach von selbst. Am

Whitman, einem kleinen College für Geisteswissenschaften oder besser gesagt einem *teuren* kleinen College für Geisteswissenschaften, wohnten alle auf dem Campus, zumindest im ersten Jahr.

»In der Stadt ist schon ganz schön was los. Freust du dich auf deine Abschlussfeier?« John schaute mich erwartungsvoll an, doch ich reagierte nur mit einem Schulterzucken. Ich wollte weder über das College noch über die Abschlussfeier reden. Ich wollte nur mein Geld einsacken und es zu Hause in Sicherheit bringen, bei den anderen gesparten Trinkgeldern. Das ganze Jahr über hatte ich fünf Abende die Woche gearbeitet, manchmal sogar auch noch tagsüber, wenn mein Stundenplan es zuließ. Wenn ich nicht gerade in der Bibliothek saß, war ich hier. Ich wusste, dass mir die Erschöpfung nicht dabei helfen würde, der Erinnerung an meinen Vater oder dem Gedanken an die Absagen zu entkommen, doch sie ließ die brutale Realität ein wenig unschärfer werden.

Meine Mutter äußerte sich nie dazu, dass ich so viel arbeitete und nur zum Schlafen nach Hause kam, aber sie war auch zu sehr mit ihrer eigenen Trauer und ihren eigenen Enttäuschungen beschäftigt, als dass sie sich mit meinen auseinandergesetzt hätte.

»Dienstag ist mein letzter Tag«, erklärte ich, stieß mich ab und trank den letzten Rest, ging um den Tresen herum und stellte das Glas aufs Abtropfgitter. »Nur noch zwei Schichten, dann war's das.«

Paula trat hinter mich und legte mir die Arme um die Taille, und sosehr ich auch den Dienstag herbeisehnte, spürte ich, wie ich mich in die Umarmung sinken ließ. Ich lehnte meinen Kopf an ihren.

»Du weißt, dass er dich von da oben sieht, oder? Er bekommt mit, was für Chancen sich für dich ergeben.«

Ich glaubte ihr nicht; ich glaubte niemandem von den Leuten, die mir versicherten, hinter allem stehe eine Magie, eine Logik, doch ich zwang mich, trotzdem bestätigend zu nicken. Ich hatte bereits gelernt, dass kein Mensch hören wollte, wie sich ein Verlust tatsächlich anfühlte.

Zwei Tage später nahm ich in einer blauen Polyesterrobe meine Abschlussurkunde entgegen. Meine Mutter war anwesend, für Fotos und für die Feier der kunstgeschichtlichen Abteilung. Die fand auf einem nassen Rasenstück vor der neogotischen Gedenkhalle statt, dem ältesten Gebäude hier auf dem Campus. Mir stand immer sehr deutlich vor Augen, wie jung das im Jahr 1899 fertiggestellte Bauwerk im Vergleich zu denen in Harvard oder Yale war. Die Claquato Church, eine bescheidene Methodistenkapelle mit Schindelverkleidung aus dem Jahr 1857, stellte das älteste Gebäude dar, das ich bisher aus eigener Anschauung kannte. Möglicherweise verführte mich deshalb die Vergangenheit so leicht – sie war mir in meiner Jugend entgangen. Der östliche Teil des Staates Washington bestand hauptsächlich aus Weizenfeldern und Futterspeichern, silbernen Getreidesilos, die ihr Alter nicht verrieten.

Tatsächlich war ich während meines vierjährigen Studiums am Whitman College die einzige Studentin gewesen, die sich mit der Frührenaissance befasste. In einer geschützten Nische, in der ich mich vor den berühmten Künstlern wie Michelangelo und Leonardo da Vinci versteckte, konzentrierte ich mich auf vereinzelte Figuren und vergessene Maler wie Bembo oder Cossa, mit Spitznamen wie »der grobe Tom« oder »der Schieler«. Ich befasste mich mit Herzogtümern und höfischen Gesellschaften statt mit riesigen Reichen. Höfische Gesellschaften waren schließlich nett und ließen sich von exotischen Dingen faszinieren: von Astrologie, Amuletten und Chiffren. Selbst hätte ich nie an so etwas glauben können. Doch die Faszination für diese Themen hatte auch zur Folge, dass ich oft allein war: in der Bibliothek oder bei meiner selbstständigen Arbeit mit Professor Lingraf, der immer mindestens zwanzig Minuten zu spät zu unseren Treffen erschien, wenn er sich überhaupt an sie erinnerte. Obwohl das alles sehr unpraktisch war, hatten mich die wenig wahrgenommenen Randgebiete der Renaissance mit ihrem Goldschnitt und ihrem Prunk gepackt, mit ihrem Glauben an die Magie, ihren Machtdemonstrationen. Weil solche Dinge in meiner eigenen Welt überhaupt nicht vorkamen, fiel mir die Entscheidung leicht. Als ich mir dann langsam Gedanken über mein Studienprogramm in den höheren Fachsemestern machte, hatte man mich jedoch gewarnt, nur sehr wenige Abteilungen würden sich für meine Arbeit interessieren. Sie war zu abseitig, betraf ein zu kleines Gebiet, war weder ehrgeizig noch breit genug angelegt. Am Whitman College ermutigte man die Studierenden, die Disziplin zu hinterfragen, sich der Ökokritik zu widmen, die multisensorischen Eigenschaften des menschlichen Blicks zu erforschen. Hin und wieder fragte ich mich, ob meine Studienthemen, die übersehenen Objekte, die niemand wollte, in Wirklichkeit *mich* ausgewählt hatten, denn ich fühlte mich nicht in der Lage, sie aufzugeben.

Im Schatten vollführte meine Mutter im Gespräch mit anderen Eltern Kreisbewegungen mit den Armen, und dabei klimperten ihre Silberarmreifen. Ich sah mich in der Menge nach Lingrafs vollem weißem Haarschopf um, doch er war ganz eindeutig nicht erschienen. Obwohl wir vier Jahre lang viel zusammengearbeitet hatten, zeigte er sich wie meistens auch diesmal nicht auf der Zusammenkunft der Abteilung. Er sprach auch nur wenig über seine eigene Forschung. Woran er zurzeit arbeitete, wusste niemand – auch nicht, wann er endgültig vom Campus wegbleiben würde. In gewisser Hinsicht hatte die Zusammenarbeit mit

Lingraf ein Risiko dargestellt. Wenn andere Studierende und sogar Angehörige der Fakultät hörten, dass er mir als Betreuer zur Seite stand, kam häufig die Frage, ob ich mir da auch ganz sicher sei, denn er nahm nur sehr selten Leute an. Aber es stimmte. Lingraf hatte die nötigen Unterschriften für meine Abschlussarbeit geliefert; die Formulare zur Beendigung meines Hauptstudiums, meine Empfehlungsschreiben – alles hatte er unterzeichnet. Und das, obwohl er die Gemeinschaft des Whitman Colleges mied. Stattdessen arbeitete er lieber in seinem Büro. Die geschlossene Tür sollte ihn vor Ablenkungen schützen, und jedes Mal, wenn jemand den Raum betrat, ließ er seine Papiere in einer Schublade verschwinden.

Als ich meinen Blick über die gesamte Gesellschaft hatte schweifen lassen, erschien Micah Yallsen neben mir, der wie ich heute seinen Abschluss feierte.

»Ann«, begrüßte er mich. »Ich habe gehört, du verbringst diesen Sommer in New York.«

Micah hatte als Kind und Jugendlicher in Kuala Lumpur, Honolulu und Seattle gelebt. Mit einem zermürbenden Reisepensum, wie es ein Privatflugzeug oder wenigstens Business-Class-Reisen mit sich brachten.

»Wo wirst du denn wohnen?«

»Ich habe in Morningside Heights was zur Untermiete gefunden.«

Er spießte einen blassen Käsewürfel auf, der auf dem Pappteller in seiner Hand lag. Das College war schon immer geizig gewesen, was das Catering betraf, und ich zweifelte nicht daran, dass die Kolleginnen und Kollegen meiner Mutter die Tabletts mit dem Fingerfood selbst vorbereitet hatten.

»Es ist auch nur für drei Monate«, fügte ich hinzu.

»Und danach?«, fragte er kauend.

»Weiß ich noch nicht.«

»Ich wünschte, ich könnte mir eine Auszeit gönnen«, verkündete er und ließ dabei den Zahnstocher nachdenklich zwischen den Lippen herumwirbeln.

Micah hatte einen Platz im Promotionsprogramm für Geschichte, Theorie und Kritik des Massachusetts Institute of Technology ergattert, einem der angesehensten im ganzen Land. Allerdings hätte seine Auszeit wohl völlig anders ausgesehen als meine.

»Ich hätte auch sehr gern gleich weitergemacht«, erwiderte ich. »Es ist einfach sehr schwierig, heutzutage Arbeit auf dem Gebiet der Frührenaissance zu finden«, meinte er. »In unserer Disziplin hat es Verschiebungen gegeben. Zum Besseren natürlich.«

Ich nickte. Das war einfacher als Protestieren. Schließlich hörte ich dieses Argument nicht zum ersten Mal.

»Aber egal. Wir brauchen Leute, die die Arbeit früherer Generationen weiterführen. Außerdem ist es gut, wenn man sich für etwas interessiert – leidenschaftlich interessiert.« Er spießte einen weiteren Käsewürfel auf. »Trotzdem solltest du bestimmte Trends nicht ignorieren.«

Ich gehörte zu den Leuten, deren Gespür sich Trends schon immer entzogen hatten. Wenn ich sie erfasste, wanden sie sich wild unter meinem Griff. Was mich am Universitätsleben so gereizt hatte, war die Tatsache, dass ich mich dort wunderbar frei von Trends gewähnt hatte; meiner Vorstellung nach würde ich mich in einem Thema einrichten, um es nie mehr zu verlassen. Lingraf hatte immer nur Bücher über die Künstler von Ravenna publiziert; dafür hatte er nicht einmal die kurze Distanz bis nach Venedig überwinden müssen.

»Darauf kommt es jetzt an«, erklärte Micah. »Vor allem weil es im fünfzehnten Jahrhundert nicht mehr so viel zu tun gibt, oder? Das ist inzwischen ziemlich gut erschlossen. Keine neuen

Entdeckungen. Außer man versucht einen Masaccio jemand anderem zuzuordnen oder so.« Er lachte und nahm seine Bemerkung zum Anlass, sich angenehmeren Themen zuzuwenden. Er hatte seine Ratschläge erteilt, und damit waren seine Verpflichtungen erfüllt. *So, Ann, jetzt erkläre ich dir mal, warum du diese ganzen Absagen erhalten hast.* Als hätte ich das nicht längst gewusst.

»Brauchst du Hilfe?« Meine Mutter lehnte im Türrahmen meines Zimmers. Ich zog gerade mehrere Bücher gleichzeitig aus dem Regal, um sie auf dem Boden aufzustapeln.

»Danke, ich komme klar«, gab ich zurück. Trotzdem betrat sie mein Zimmer, spähte in die bereits gepackten Kisten und zog die Schubladen meiner alten Kommode auf.

»Viel ist ja nicht mehr übrig«, kommentierte sie, und zwar so leise, dass ich sie fast nicht gehört hätte. »Bist du ganz sicher, dass du nicht ein paar Sachen hierlassen möchtest?«

Sollte ich mich jemals schuldig gefühlt haben, weil sie allein in Walla Walla zurückblieb, so hatte mich das mein Selbsterhaltungstrieb verdrängen lassen. Selbst als mein Vater noch lebte, hatte ich meine Zeit in diesem Zimmer als begrenzt angesehen. Ich wollte die Orte kennenlernen, die er in den Büchern aus der Penrose Library mit nach Hause gebracht hatte: die Glockentürme Italiens, die windgepeitschte Küstenlinie Marokkos, die glitzernden Wolkenkratzer Manhattans. Orte, zu denen ich bisher aus finanziellen Gründen nur auf Buchseiten hatte reisen können.

Als er starb, beherrschte mein Vater zehn Sprachen und konnte mindestens fünf nicht mehr verwendete Dialekte lesen. Sprachen waren seine Methode, um die vier Wände unseres Zuhauses und seine eigene Kindheit zu verlassen. Es tat mir leid, dass er nicht hier war und sehen konnte, wie ich in Angriff nahm, was er sich immer am meisten gewünscht hatte. Doch meine

Mutter fürchtete sich vor dem Reisen, vor Flugzeugen, vor unbekannten Orten, vor sich selbst, und deswegen hatte sich mein Vater meist dafür entschieden, bei ihr zu bleiben, nie weit wegzufahren. Ich konnte nicht anders: Manchmal fragte ich mich, ob er mit dem Wissen, dass er jung sterben würde, nicht mehr unternommen hätte, um wenigstens ein paar Orte zu besuchen.

»Ich will einfach sicher sein, dass du das Zimmer vermieten kannst, falls das nötig wird.« Ich steckte die letzten Bücher in eine Kiste, und das Geräusch der Klebebandpistole ließ uns beide zusammenzucken.

»Ich möchte nicht, dass irgendjemand anders hier wohnt.«

»Vielleicht aber eines Tages doch«, gab ich behutsam zurück.

»Nein. Warum erwähnst du das ausgerechnet jetzt? Wo willst du denn dann schlafen, wenn du mich besuchst? Und wie soll ich dich sehen, wenn du nicht zurückkommst?«

»*Du* könntest doch *mich* besuchen«, schlug ich vor.

»Nein. Du weißt genau, dass ich das nicht kann.«

Ich wollte eine Diskussion mit ihr anfangen, sie anschauen und ihr ins Gesicht sagen, dass sie das sehr wohl konnte. Sie konnte in ein Flugzeug steigen, und dann würde ich am Ziel auf sie warten. Aber ich wusste, das war die Sache nicht wert. Sie würde mich nie in New York besuchen, und ich konnte nicht hierbleiben. Sonst, das wusste ich, hätte ich mich sehr leicht in den Spinnweben verfangen können, genau wie sie.

»Ich habe immer noch nicht richtig verstanden, warum du überhaupt wegwillst. In eine Großstadt wie New York. Hier kümmert man sich doch viel besser um dich. Hier kennen dich die Leute. Und mich auch.«

Diese Unterhaltung war mir nur allzu vertraut, aber damit wollte ich meinen letzten Abend zu Hause nicht verbringen. Über dieses Thema hatten wir seit dem Tod meines Vaters so oft gesprochen.

»Es wird schon alles gut, Mom«, sagte ich, sprach aber nicht aus, was ich insgeheim dachte. *Das muss es einfach.*

Sie nahm ein Buch in die Hand, das auf dem Bett lag, und blätterte es durch. In meinem Zimmer gab es gerade genug Platz für ein Bücherregal und eine Kommode, das Bett stand in die äußerste Ecke gequetscht. »Mir ist nie aufgefallen, wie viele Bücher du besitzt«, meinte sie.

Die Bücher brauchten mehr Platz als meine Kleidung. Das war schon immer so gewesen.

»Berufsrisiko«, gab ich zurück, erleichtert über den Themenwechsel.

»Okay.« Sie legte das Buch wieder hin. »Dann lasse ich dich mal zum Ende kommen.«

Ich räumte weiter, packte meine Bücher in die Kisten, die mir per Post zugestellt werden sollten, und dann zog ich meinen Seesack zu. Ich griff unters Bett und suchte nach dem Pappkarton, in dem ich meine Trinkgelder aufbewahrte. In meinem Schoß konnte ich das Gewicht des Geldes spüren.

Morgen würde ich in New York sein.

2. KAPITEL

E s tut mir leid, aber wir haben diesen Sommer keinen Platz für Sie am Met«, eröffnete mir Michelle de Forte. Wir saßen in ihrem Büro, und ich trug noch ein Namensschild mit meiner Abteilung und *Ann Stilwell* an der Bluse. »Wie Sie wissen, hatte man Sie Karl Gerber zugeteilt.« Sie sprach mit flacher, neutraler Stimme, aus der sich ihre Herkunft nicht einmal erahnen ließ, die jedoch gleichzeitig darauf hindeutete, dass sie an den besten Schulen kultiviert worden war. »Er bereitet eine Giotto-Ausstellung vor, aber dann hat sich für ihn eine Gelegenheit in Bergamo ergeben, und er musste ganz unerwartet dorthin.«

Ich versuchte mir einen Job vorzustellen, in dem es einem passieren konnte, dass man ganz plötzlich nach Bergamo berufen wurde. Dem folgte der Versuch, mir den Typ Arbeitgeber vorzustellen, der mir das dann erlaubte. Weder das eine noch das andere wollte mir gelingen.

»Er braucht zur Erledigung der damit verbundenen Aufgaben womöglich mehrere Wochen. Ich kann also nur wiederholen, dass es mir sehr leidtut, aber wir sehen keine Möglichkeit mehr, Sie hier zu beschäftigen.«

Michelle de Forte, die Personaldirektorin des Metropolitan Museum of Art, hatte mich beiseitegenommen, sobald ich an diesem Morgen zur Orientierungsveranstaltung erschienen war.

Sie hatte mich aus dem Raum mit heißem Kaffee in Kannen und süßen Teilchen weggeführt, in ihr Büro, und dort saß ich nun in einem Lounge Chair aus Plastik. Meinen Rucksack hatte ich noch auf dem Schoß. Sie schaute mich über ihren Schreibtisch hinweg an und hob dabei die Augen über das blaue Lucite-Brillengestell, das ihr weit über den Nasenrücken gerutscht war. Mit ihren schmalen, vogelklauenartigen Fingern produzierte sie auf dem Holz einen konstanten Metronomimpuls.

Möglicherweise erwartete sie, ich würde etwas sagen, aber ich hätte nicht gewusst, was. Wie es aussah, stellte ich in ihrer Sommerplanung einen Flüchtigkeitsfehler dar. Eine administrative Unbequemlichkeit.

»Sie verstehen sicher, dass wir uns deshalb in einer unglücklichen Lage befinden, Ann.«

Ich wollte schlucken, doch mein Hals war zu trocken. Ich konnte nur blinzeln und versuchen, nicht an das winzige Apartment zu denken, das ich zur Untermiete bewohnte, an die ungeöffneten Bücherkisten, an die anderen im Programm, die würden bleiben dürfen.

»Zurzeit sind sämtliche Positionen in der Abteilung besetzt. Wir brauchen keine zweite Kraft für das Altertum, und ehrlich gesagt verfügen Sie auch nicht über die Qualifikationen für eine Tätigkeit in den Abteilungen mit größerem Arbeitsaufkommen.«

Sie war nicht einmal unfreundlich, einfach nur geradeheraus. Sachlich. Sie rechnete ihre Bedürfnisse gegen meine nun traurigerweise unangemessene Anwesenheit auf. Durch die Glaswände ihres Büros konnte man verfolgen, wie ein steter Strom von Angestellten eintraf. Manche hatten noch ein Hosenbein hochgerollt, trugen Fahrradhelme, andere hatten abgenutzte Ledertaschen und knallrot geschminkte Lippen, und fast alle hielten einen Kaffeebecher in der Hand. Ich hatte den Morgen damit verbracht, die wenigen Kleidungsstücke in meinem Schrank durchzugehen, bevor ich mich für ein Outfit entschied, das ich für angemessen und professionell hielt: eine hochgeschlossene Baumwollbluse und einen grauen Rock, dazu Tennisschuhe. Auf meinem Namensschild hätte genauso gut *Landei* stehen können, denn ich kam mir vor wie die Verkörperung des unerfahrenen Kleinstadtmädchens.

Im Kopf versuchte ich auszurechnen, wie ich nach dem Verlust des Met-Stipendiums mit meinen Ersparnissen aus den Trinkgeldern dastand. Meiner Schätzung nach hatte ich genug Geld, um bis Mitte Juli in New York bleiben zu können, und es bestand immerhin die Chance, eine andere Arbeit zu finden. Der erstbeste Job hätte es getan. Meiner Mutter brauchte ich die neue Entwicklung gar nicht erst mitzuteilen. Jetzt, da ich einmal hier war, würde mehr nötig sein als eine Absage von Michelle de Forte, um mich zur Abreise zu bewegen. Meine Lippen formten schon die Worte »Das verstehe ich«, meine Hände machten sich bereit, mich vom Stuhl abzustoßen. Da klopfte es an die Glasscheibe hinter mir.

Ein Mann schirmte sich mit beiden Händen die Augen ab und schaute zu uns herein. Sein Blick begegnete meinem, bevor er mit energischen Schritten das Zimmer betrat. Dabei bückte er sich leicht, damit er sich nicht den Kopf am Türrahmen stieß.

»Patrick, bitte gedulden Sie sich einen Moment. Ich muss mich noch um diese Sache hier kümmern.«

Diese Sache hier war ich.

Doch Patrick ließ sich unbeeindruckt in den Stuhl neben meinem sinken. Verstohlen betrachtete ich sein Profil: ein gebräuntes Gesicht, attraktive Falten um Augen und Mund, graue Tupfer im Bart. Ein älterer Mann, doch kein alter. Vielleicht Ende vierzig, Anfang fünfzig. Gut aussehend, aber nicht auf auffällige Weise. Er streckte die Hand in meine Richtung aus, und ich schüttelte sie. Die Hand war trocken und schwielig, fühlte sich angenehm an.

»Patrick Roland«, erklärte er, ohne überhaupt in Michelles Richtung geschaut zu haben. »Kurator von The Cloisters.«

»Ann Stilwell, im Sommerprogramm der Renaissanceabteilung.«

»Ah. Sehr gut.« Patrick lächelte dünn und ein wenig ironisch. »Welche Periode?«

»Ferrara. Teilweise auch Mailand.«

»Haben Sie ein Spezialgebiet?«

»In letzter Zeit Himmelsgewölbe«, gab ich zurück und dachte an meine Arbeit mit Lingraf. »Astrologie der Renaissance.«

»Die weniger wahrscheinliche Renaissance also.«

Die Art und Weise, wie er mich von der Seite ansah, mir halb zugewandt, aber mit voller Aufmerksamkeit, ließ mich einen Augenblick lang vergessen, dass mich jemand anders im Raum gerade feuern wollte.

»Zur Forschung auf einem Gebiet, das noch immer Archivarbeit erfordert, gehört einiger Mut«, erklärte er. »Da gibt es nur selten Übersetzungen. Beeindruckend.«

»Patrick …« Michelle setzte zu einem weiteren Versuch an.

»Michelle.« Patrick führte die Handflächen zusammen und schaute ihr direkt ins Gesicht. »Ich habe schlechte Neuigkeiten.« Er beugte sich vor und schob ihr über den Schreibtisch sein Smartphone hin. »Michael ist gegangen. Ohne Vorankündigung. Er hat einen Job in der Kunst- und Kulturabteilung eines Technologieunternehmens angenommen. Wie es aussieht, ist er schon auf dem Weg nach Kalifornien. Er hat mir letzte Woche eine Mail geschickt, aber ich habe sie erst heute Morgen gesehen.«

Michelle las den Text auf Patricks Handy; ich konnte nur vermuten, dass es sich dabei um Michaels Kündigung handelte. Hin und wieder scrollte sie hoch und runter.

»Wir hatten schon vorher zu wenig Personal. Wie Sie wissen, konnten wir keinen geeigneten Hilfskurator finden, und Michael hat diese Rolle übernommen. Und das, obwohl er dafür in keiner Weise qualifiziert war. Also musste Rachel in allen Bereichen Doppelschichten einlegen, und ich mache mir Sorgen, das könnte ihr zu viel werden. Wir haben ein paar Leute in der Museumspädagogik, die aushelfen können, aber es reicht einfach nicht.«

Michelle gab Patrick das Handy zurück und rückte einen Papierstapel auf ihrem Schreibtisch zurecht.

»Ich hatte gehofft, Karl würde uns ein paar Wochen aushelfen können, bis wir jemanden finden«, fuhr er fort.

Während dieses Gesprächs hatte ich still dagesessen und mir überlegt, wenn ich mich nicht bewegte, würde Michelle vielleicht vergessen, dass ich überhaupt anwesend war, dass sie mich schon weggeschickt hatte.

»Karl ist den Sommer über in Bergamo, Patrick«, gab Michelle zurück. »Es tut mir leid. Wir können Ihnen niemanden zur Verfügung stellen. The Cloisters wird sich selbst darum kümmern müssen. Wir waren schon ziemlich großzügig, als wir Ihnen das Jahresbudget für Rachel bewilligt haben. Und jetzt, wenn es Ihnen nichts ausmacht ...« Sie wies in meine Richtung.

Patrick lehnte sich in seinem Stuhl zurück und betrachtete mich wohlwollend.

»Kann ich sie haben?«, fragte er und klappte den Daumen in meine Richtung aus.

»Völlig unmöglich«, erklärte Michelle. »Ann wollte gerade gehen.«

Patrick beugte sich über seine Stuhllehne, und dadurch kam mir sein Oberkörper so nahe, dass ich seine Wärme spüren konnte. Erst nach einer Sekunde merkte ich, dass ich die Luft angehalten hatte.

»Möchten Sie für mich arbeiten?«, fragte er. »Das wäre aber nicht hier. Es ist in The Cloisters. Im Norden, ein Stück die Straße hoch. Wo wohnen Sie denn? Wäre das sehr umständlich für Sie?«

»In Morningside Heights«, antwortete ich.

»Passt. Direkt an der Linie A, und umzusteigen brauchen Sie auch nicht. Das geht wahrscheinlich sogar schneller als zu Fuß durch den Park.«

»Patrick«, unterbrach ihn Michelle. »Unser Budget erlaubt uns nicht, Ihnen Ann zu überlassen. Ihr Budget für das Sommerprogramm wird bereits durch Rachel aufgebraucht.«

Er unterbrach sie mit einer Geste und nahm sein Handy, scrollte durch die Kontaktliste, bis er die Nummer fand, die er brauchte. Am anderen Ende meldete sich jemand.

»Hallo. Ja. *Herr Gerber.* Hör mal, ich habe da ein wichtiges Anliegen. Kann ich deine Assistentin im Sommerprogramm ...«

Er schaute mich erwartungsvoll an und schnipste mit den Fingern.

»Ann Stilwell«, sagte ich.

»Kann ich Ann Stilwell den Sommer über haben? Wer das ist? Soweit ich weiß, war sie dir im Sommerprogramm zugeteilt, aber du musstest ja weg.« Er schaute mich an, weil er eine Bestätigung wollte, und ich nickte. Die beiden unterhielten sich ein paar Minuten auf Deutsch weiter, dann lachte Patrick und reichte Michelle das Handy.

Die meiste Zeit hörte sie schweigend zu. Alle paar Minuten warf sie etwas wie »Nur wenn Sie ganz sicher sind« und »Dann verlieren Sie allerdings das Ihnen zugeteilte Geld« ein. Am Ende nickte sie nur noch und gab zustimmende Geräusche von sich. »Okay ... Hmmm ... Also gut.« Sie reichte das Telefon Patrick, der laut lachte und einige Male das Wort *Ciao* wiederholte, was mir ganz wunderbar in den Ohren klang.

»Okay.« Er erhob sich aus seinem Stuhl und tippte mir auf die Schulter. »Kommen Sie mit mir, Ann Stilwell.«

»Patrick«, protestierte Michelle. »Sie hat ja noch nicht mal zugestimmt!«

Er schaute mich an und zog dabei eine Augenbraue hoch. »Ja, natürlich«, sagte ich, und die Worte purzelten mir förmlich aus dem Mund.

»Gut«, gab er zurück und strich sich eine verirrte Hemdfalte glatt. »Dann erledigen wir jetzt alles und verschwinden hier.«

Während mir Michelle ausführlich erklärt hatte, warum ich nicht bleiben konnte, hatte sich der Vorraum mit Sommerprogramm-Leuten gefüllt, die im Gegensatz zu mir bleiben konnten. Das Programm genoss einen ausgezeichneten Ruf: Man holte sich nur eine Handvoll Uniabsolventen der besten Institute, und hinter den Kulissen sorgte man effizient und verschwiegen dafür, dass sich ihnen der Weg in eine erfolgreiche Zukunft eröffnete. Als ich die Zusage bekommen hatte, hatte ich gedacht, das könne nicht wahr sein, sei irgendein Fehler, doch bis zum Ende des Sommers sollte ich lernen, dass das Leben einige Fehler für einen bereithielt.

Die Vollzeitangestellten waren zur Anwesenheit verpflichtet, und obwohl sie keine Namensschilder trugen, erkannte ich einige von ihnen: den jungen Hilfskurator für islamische Kunst, direkt von der University of Pennsylvania, die Kuratorin für altrömische Kunst, eine feste Größe in der Serie über die Zivilisation des Altertums bei der Fernsehsenderkette PBS. Alle attraktiv und clever und absolut unerreichbar. Als ich feststellte, dass ich als Einzige noch einen Rucksack bei mir trug, hing er mir noch peinlicher an den Schultern als vorher.

»Ich bin in ein paar Minuten wieder da«, verkündete Patrick. »Sie besorgen sich jetzt einen Kaffee« – er deutete auf die

Kannen – »und dann fahren wir zu The Cloisters.« Er ließ den Blick durch den Raum schweifen, und weil er so hochgewachsen war, konnte er leicht alle Anwesenden erfassen. »Rachel ist noch nicht da. Aber Sie kennen vermutlich einige andere im Sommerprogramm, oder?«

Ich wollte gerade sagen, dass dem nicht so war, doch da marschierte Patrick schon davon. Schwungvoll legte er den Arm um die Schultern eines älteren Mannes in einem abgetragenen Tweedjackett. Ich spürte, wie mir ein einzelner Schweißtropfen seitlich am Körper herunterlief, und presste den Arm dagegen, um ihn aufzuhalten.

Genau deswegen war ich natürlich früher erschienen. Um nicht in Gespräche hineinfinden zu müssen. Mit der Ersten im Raum mussten die Leute einfach reden. Wenn sich dann langsam eine Gruppe gebildet hätte, wäre ich in einem Kreis ähnlich früher Ankömmlinge geschützt gewesen. Stattdessen klemmte ich jetzt die Daumen in die Träger meines Rucksacks und schaute mich um, wobei ich so zu tun versuchte, als hielte ich nach jemandem Ausschau. Obwohl es sich um ein Willkommensfrühstück handelte, war es, so begriff ich, keine Veranstaltung, bei der man die Neuzugänge begrüßt und sich einander vorgestellt hätte. Ich sah, wie vertraut sich die Sommerprogramm-Leute unterhielten, und so wurde mir bewusst, dass sie sich während der letzten vier Jahre bereits kennengelernt hatten: auf Symposien und bei Vorträgen, denen sich Dinnerpartys und spätnächtliche Gespräche mit viel Alkohol angeschlossen hatten. Ich pirschte mich unauffällig an eine Gruppe heran, um wenigstens dem Austausch folgen zu können.

»Ich bin in L. A. aufgewachsen«, berichtete eine Frau. »Das ist gar nicht so, wie sich die Leute das immer vorstellen. Alle denken, da gibt's nur Promis und Saftkuren und so. Aber wir haben eine richtige Kunstszene. Und die erlebt im Moment eine Blütezeit.«

Die Leute um sie herum nickten. »Jedenfalls habe ich letzten Sommer in der Gagosian in Beverly Hills gearbeitet, und da haben sowohl Jenny Saville als auch Richard Prince Vorträge über ihre Arbeit gehalten. Aber bei uns gibt's nicht nur große Galerien«, fuhr sie fort und trank einen Schluck aus einem mundgeblasenen Glas.

Ich nutzte die Pause, um mit einer Schulter in den Kreis zu kommen, und bemerkte dankbar, dass die junge Frau links von mir einen Schritt zurücktrat.

»Wir haben auch öffentlich zugängliche Experimentierflächen und andere Angebote. Eine Freundin von mir betreibt sogar ein Kombiprojekt für Essen und zeitgenössische Kunst. *Active Cultures* heißt es.«

Jetzt konnte ich das Namensschild der Sprecherin lesen: *Stephanie Pearce, Zeitgenössische Malerei.*

»Als ich letzten Sommer in Marfa war …«, begann jemand aus der Gruppe. Doch der Satz blieb unvollendet, weil Stephanie Pearce ihre Aufmerksamkeit dem Eingang zuwandte. Dort sah man Patrick bei einem vertrauten Gespräch mit einer jungen Frau mit so weißblondem Haar, dass die Farbe nur ihre natürliche sein konnte. Quer durch den Raum schaute sie mich direkt an, schob sich dann eine Haarsträhne hinters Ohr und flüsterte Patrick etwas zu. Seine Antwort brachte sie zum Lachen, und die Art und Weise, wie ihr Körper dabei erbebte, wie alle scharfen Konturen etwas Weiches bekamen, ließen mich nur zu sehr meines eigenen Körpers bewusst werden.

Früher hatte ich mir immer wieder vorgestellt, wie es wäre, so schön zu sein. Das tun alle Frauen, glaube ich. Aber bei mir wuchs einfach nie so etwas wie ein Busen, und mein Gesicht holte meine Nase nie ein. Meine dunklen Locken waren eher unpraktisch wild als romantisch, und die Sommer unter der Sonne Ost-Washingtons hatten die Sommersprossen, die sich unregelmäßig über mein Gesicht und meine Arme erstreckten, sehr dunkel werden lassen. Das Attraktivste an mir waren meine großen, weit auseinanderstehenden Augen, aber die konnten die sonstige Unscheinbarkeit nicht wettmachen.

»Ist das Rachel Mondray?«, wollte die Frau neben mir wissen. Stephanie Pearce und einige andere in der Gruppe nickten.

»Ich habe sie bei meinem Schnupperwochenende in Yale kennengelernt«, sagte Stephanie. »Sie hat gerade ihren Abschluss gemacht, ist aber schon fast ein Jahr im The Cloisters. Letzten Sommer hat sie in Italien an der Sammlung Carrozza gearbeitet.«

»Wirklich?«, fragte jemand aus der Gruppe.

Die Sammlung Carrozza war ein Privatarchiv und Museum in der Nähe des Comer Sees, zugänglich nur auf Einladung. Gerüchten zufolge befanden sich dort einige der kostbarsten Renaissancemanuskripte weltweit.

»Angeblich hat man ihr dort eine Vollzeitstelle nach dem Abschluss angeboten, aber sie hat abgelehnt.« Stephanie Pearce schaute mich an und fügte hinzu: »Weil sie nach Harvard wollte.«

Während Stephanie sprach, sah ich zu, wie sich Rachel durch den Raum bewegte. Natürlich hatte es auch am Whitman College reiche junge Frauen gegeben. Solche, deren Eltern Privatflugzeuge und Sommerhäuser im Sun Valley besaßen. Aber die hatte ich nie richtig gekannt, ich hatte nur gewusst, dass es sie gab – ich kannte Gerüchte über unerreichbare Leben, die ich mir nicht vorzustellen wagte. Rachel brauchte keine Einladung in unseren Kreis, sie tauchte einfach auf, ganz natürlich.

»Ich habe dich ja seit dem Frühling nicht mehr gesehen, Steph«, begann Rachel, während sie sich in der Runde umschaute. »Wie hast du dich denn entschieden?«

»Letzten Endes für Yale.«

»Dort wird es dir *sehr* gefallen«, verkündete Rachel mit einer solchen Herzlichkeit, dass man den Eindruck bekam, sie meine es wirklich.

»Ich gehe an die Columbia«, flüsterte die junge Frau neben mir.

Ich konnte nicht anders, ich beneidete die Leute um mich herum. Ihre Zukunftsaussichten – wenigstens für die nächsten paar Jahre – waren durch elitäre Graduiertenprogramme abgesichert. Ganz kurz machte ich mir Sorgen, jemand könnte mich zu meinen Plänen für das kommende Jahr befragen, aber die interessierten ganz eindeutig niemanden. Das löste in mir sowohl Dankbarkeit als auch Scham aus.

»Ann«, fuhr Rachel mit einem Blick auf mein Namensschild fort. »Patrick hat mir gesagt, dass wir diesen Sommer zusammenarbeiten werden.« Sie trat aus dem Kreis und umarmte mich. Nicht lasch, sondern ganz fest, sodass ich spüren konnte, wie weich sie war, ihren Zitronenduft roch, mit ein wenig Bergamotte und schwarzem Tee. Sie fühlte sich kühl an, und wieder bemerkte ich nur zu deutlich den Schweiß an meinem Körper, den groben Stoff meiner Kleidung. Als ich mich zurückzuziehen versuchte, hielt mich Rachel fest – so lange, dass ich mir Sorgen machte, sie könnte womöglich die Anspannung fühlen, die mir heiß und schmierig auf der Haut klebte.

Alle im Kreis nahmen sehr deutlich wahr, was da vor sich ging, wie man etwa die Leistung eines Rennpferdes unter der Führung eines neuen Jockeys beurteilte.

»Da sind dann nur wir beide«, sagte sie und löste sich endlich von mir. »Sonst verschlägt es niemanden ins The Cloisters. Aber für eine Verbannung ist das ein angenehmer Ort.«

»Ich dachte, dein Gebiet wäre die Renaissance?«, fragte Stephanie und schaute zur Bestätigung auf mein Namensschild.

»Stimmt, und genau die brauchen wir«, gab Rachel zurück.

»Deswegen hat Patrick auch sofort dafür gesorgt, dass wir uns Ann schnappen. Wir haben sie euch allen am Met geklaut.«

Ich war dankbar, meine Situation nicht näher erklären zu müssen.

»Also, komm mit«, forderte mich Rachel auf, und dabei kniff sie mich in den Arm. »Wir sollten los.«

Ich hielt schützend eine Hand über die Stelle, und trotz der Hitze und des Schmerzes, die sich den Weg zu meinem Schlüsselbein bahnten, merkte ich überrascht, dass ich das alles genoss – die Aufmerksamkeit, die Berührung, die Tatsache, dass ich meine Zeit nicht hier mit Stephanie Pearce verbringen würde. Und all das, weil ich mich dafür entschieden hatte, einen Augenblick länger in Michelle de Fortes Büro zu sitzen, gerade lange genug, damit Patrick vorbeikommen und anklopfen konnte.

3. KAPITEL

Wie es war, an diesem Junitag in The Cloisters anzukommen, werde ich wohl nie vergessen. Hinter uns erstreckte sich die verstopfte Museumsmeile, jener Teil der Fifth Avenue, der vor Touristengruppen und wartenden Taxis, Sommercamp-Kindern und Erstbesuchern nur so überquoll, weil alle fasziniert die Fassaden von Frick, Met und Guggenheim betrachteten. Vor uns lag das Grün des Fort Tyron Parks am nördlichen Stadtrand. Als das Museum in unserem Blickfeld erschien, musste ich aufpassen, nicht in Rachels Schoß zu landen, weil ich mich im Auto auf die andere Seite lehnte, um alles besser erkennen zu können. Nie wäre mir die Idee gekommen, Gelassenheit vorzutäuschen. Hier wirkte es so, als hätten wir die Stadt ganz und gar hinter uns gelassen, eine nicht beschilderte Ausfahrt genommen und plötzlich ein buntes Netzwerk daunenweicher Ahornblätter erreicht. Die Straße zu The Cloisters wand sich einen sanften Hügel hinauf, und eine graue Steinmauer, bewachsen mit Moos und Efeu, kam in Sicht. Sie verlief zwischen großzügig verteilten Bäumen. Ein rechteckiger Glockenturm mit schlanken romanischen Fenstern ragte über das Laubdach hinaus. Ich war nie in Europa gewesen, aber so stellte ich es mir ungefähr vor: schattig, mit gepflasterten Wegen und mittelalterlicher Atmosphäre. Dieser Ort gehörte zu denen, die einen daran erinnerten, wie vergänglich der menschliche Körper war, und wie vergleichsweise unvergänglich Stein.

Das Museum The Cloisters, das wusste ich, war wie so vieles andere eine Schöpfung von John D. Rockefeller Jr. gewesen. Der Sohn des Räuberbarons hatte eine Fläche von siebenundzwanzig Hektar und eine kleine Sammlung mittelalterlicher Kunstwerke in ein bis ins letzte Detail realisiertes mittelalterliches Mönchskloster verwandelt. Die bröckelnden Überbleibsel aus Abteien und Klöstern des zehnten bis zwölften Jahrhunderts hatte man in den Dreißigerjahren aus Europa geholt und unter dem aufmerksamen Blick des Architekten Charles Collens wieder zusammengefügt. Gebäude, die dem Wüten von Naturelementen und Kriegen ausgesetzt gewesen waren, hatte man erneut zusammengesetzt und poliert, ganze Kapellen restauriert, Bruchsteinkolonnaden ihren ursprünglichen Glanz zurückgegeben.

Ich folgte Patrick und Rachel einen gepflasterten Pfad hinauf, der sich um die Rückseite des Museums wand. Dann erreichten wir einen natürlich entstandenen Torbogen aus sich neigenden Ilexbüschen, deren Stachelblätter und dunkelrote Beeren sich in meinem Haar verfingen. Wie in einem richtigen Kreuzgang herrschte hier abgesehen vom Klang unserer Schritte völlige Stille. Wir gingen weiter, bis wir die Mauer erreichten, wo uns ein großes schwarzes Metalltor in einem steinernen Torbogen Einhalt gebot. Fast erwartete ich, uns würde ein bewaffneter Wächter aus dem dreizehnten Jahrhundert entgegentreten.

»Keine Sorge«, erklärte Patrick. »Das Tor ist dafür da, dass keine Leute reinkommen. Nicht, um uns einzuschließen.«

Auf den groben Steinblöcken, die die Fassade des Gebäudes bildeten, konnte ich ganz schwach erkennen, wo man sie bearbeitet hatte. Kerben, die von der Schärfe der Bronzeschneide einer Haue erzählten. Patrick zog eine Schlüsselkarte hervor und fuhr damit über eine dünne graue Plastikplatte, so vollkommen im Stein verborgen, dass ich sie nicht bemerkt hatte. Außerdem gab es in der großen eine kleine Tür mit Bogen, die Rachel aufschwingen ließ. Um den dahinterliegenden Raum zu betreten, mussten wir uns ducken.

»Normalerweise geht man vorn rein, aber das hier macht mehr Spaß«, erklärte Patrick hinter mir. »Mit der Zeit werden Sie hier weitere Geheimgänge und interessante Ecken entdecken.« Auf der anderen Seite befand sich ein begrünter Innenhof mit zierlichen Sträuchern silbrigen Salbeis, der vor rosafarbenen und weißen Blüten regelrecht überquoll. Es handelte sich um eine der Grünflächen innerhalb eines der Kreuzgänge, denen das Museum seinen Namen verdankte. Uns umgab eine Stille, die sogar die Insekten zu respektieren schienen, und man hörte nichts als ein leises Summen und hin und wieder das Geräusch von Schuhsohlen auf den Kalksteinböden. Ich wollte innehalten und den Anblick der Pflanzen in mich aufnehmen, die da aus den Töpfen und Beeten sprossen, die Hand ausstrecken und die steinernen Mauern berühren, die den Hof ringförmig umgaben, mich mit den Fingern davon überzeugen, dass diese Welt, die mir wie ein Traum erschien, wirklich existierte. Ich sehnte mich danach, die Augen zu schließen und die Mischung aus Lavendel und Thymian einzuatmen, bis sie den Geruch von Michelle de Fortes Büro ganz und gar überlagerte, doch Rachel und Patrick strebten voran.

»Üblicherweise wurde jeder quadratisch angelegte mittelalterliche Garten, der wie dieser von Fußwegen umgeben ist, als Kreuzgang bezeichnet«, erklärte Rachel. »Das hier ist der Cuxa-Kreuzgang, so benannt nach der Benediktinerabtei Saint-Michel-de-Cuxa in den Pyrenäen. Der Grundriss des Gartens wurde ursprünglich im Jahr 878 entwickelt, und bei der Planung des Kreuzgangs haben die Bauherren in New York die ursprüngliche Nordachse wiederverwendet. Hier gibt es noch drei weitere solcher Gärten.«

Der Laufweg wurde von Säulen flankiert, jede mit Kapitellen, die ihre Flügel entfaltende Adler, Löwen kurz vor dem Sprung, sogar eine ihren eigenen Schwanz festhaltende Meerjungfrau zeigten. Zwischen den Säulen gab es Bogenrahmen mit Palmetten und Steinfachwerk. Und trotz der vielen Bilder von mittelalterlichen Kathedralen, die ich kannte, war ich nicht auf die überwältigenden Dimensionen von The Cloisters vorbereitet, darauf, wie detailliert alles gemeißelt war, wie viele in Stein gehauene und gemalte Augen meinen Blick erwiderten, wie der Stein für Kühle im Garten sorgte. Eine Umgebung, die mir immer wieder Überraschungen bereiten würde, egal wie vertraut ich irgendwann mit ihr wäre.

Ich folgte Rachel und Patrick durch eine Tür am Ende des Kreuzgangs in das eigentliche Museum. Der Raum war eine aufregende mittelalterliche Welt in Miniaturausgabe: Holzbalken aus dem dreizehnten Jahrhundert liefen unter der Decke entlang, in den Wänden befanden sich riesige Buntglasfenster. Es gab Vitrinen voller Goldschmiedearbeiten mit glitzernden Edelsteinen – blutroten Rubinen und Saphiren so dunkel wie ein mondloses Meer. Eine Emaille-Miniatur fiel mir ins Auge – trotz ihres Alters in lebendigen Farben, und während ich sie eingehend betrachtete, tippte ich mit den Fingerspitzen an das Glas. Hier waren sie, die Objekte, so klein in der Ausführung, von denen ich immer geglaubt hatte, der Umgang mit ihnen würde mich größer machen.

»Komm weiter«, forderte mich Rachel auf. Sie wartete bei einigen Stufen auf mich. Patrick war schon nicht mehr zu sehen.

Es war unmöglich, sich von dieser Schatzkammer nicht überwältigt zu fühlen. Anders als im Metropolitan Museum of Art konnte man den Blick nirgends ausruhen. Hier stellte der gesamte Raum das Werk dar. Ich war dankbar, als ich feststellte, dass uns die Stufen nach unten ins Foyer und zum Haupteingang führten. Hier bekamen Besucher Lagepläne und Audio-Geräte, mit denen sie erfahren konnten, welche Räume die bekanntesten Werke beherbergten. New Yorker hatten zu The Cloisters wie zum Met kostenlos Zugang.

»Moira«, rief Patrick und ging auf eine Frau zu, an deren Schläfen sich einzelne fedrige graue Haare in die schwarzen mischten. »Das ist Ann. Sie wird diesen Sommer bei uns arbeiten.«

»Ich muss Ihnen mitteilen«, verkündete Moira, die hinter dem Informationsschalter hervorkam, »dass Leo wieder im Schuppen geraucht hat. Das konnte ich riechen. Und wenn *ich* es riechen konnte, konnten es die Besucher auch, da bin ich sicher. Er ist übrigens noch nicht weg. Rauchen darf man hier nicht. Das ist schon das vierte Mal diesen Monat.«

Patrick wischte Moiras Besorgnis mit der Professionalität von jemandem weg, der es gewohnt ist, in einer Institution Frieden zu schaffen. »Ann, das hier ist Moira, unsere Managerin an der Rezeption.«

»Außerdem die Koordinatorin des Dozentenprogramms«, fügte Moira hinzu und würdigte mich dabei keines Blickes, sondern wandte ihre Aufmerksamkeit wieder Patrick zu.

»Sie leistet ganz ausgezeichnete Arbeit«, verkündete der.

Moira legte Patrick eine Hand auf den Arm. »Ich habe mir überlegt, wir könnten ja Rauchmelder im Gärtnerbereich anbringen. Dann wird vielleicht …«

»So ist sie immer«, erklärte mir Rachel und lehnte sich näher zu mir, um mir ins Ohr flüstern zu können. »Wenn du zu spät kommst, wird sie das auf die Minute genau mitbekommen, darüber musst du dir im Klaren sein.«

Dieser verschwörerische Austausch fühlte sich gut an, auch wenn er nur einen Augenblick dauerte. Ich spürte Rachels heißen Atem am Hals, und die Worte, die nur wir beide hören konnten, brannten dort förmlich.

»Moira«, sagte Patrick. »Wir sind gerade auf dem Weg zum Sicherheitsdienst. Ich wollte Ihnen nur schnell Ann vorstellen. Meinen Sie, wir könnten …«

»Später darüber sprechen?«

Patrick gab nach. »Ich werde dafür sorgen, dass jemand mit Leo redet.«

»Das sollten Sie tun.«

Wir gingen durch eine unscheinbare Metalltür weiter zum Sicherheitsdienst, und dort ließ uns Patrick schließlich allein. Vorher jedoch bedachte er mich mit einem entschuldigenden Lächeln und einem Zwinkern. Einen Augenblick lang bildete ich mir ein, ich hätte gesehen, wie er Rachel in einer vertraulichen Geste berührte, doch das geschah so schnell – wie schon der ganze Vormittag, unsere Ankunft hier, unser Weg durch die Galerien –, dass ich mir nicht sicher sein konnte. Ich hatte keine Zeit zu lächeln, als mein Foto gemacht wurde. Man erstellte eine Schlüsselkarte für mich, und Rachel führte mich über den Flur, tiefer in den Bürotrakt hinein.

»Du kommst, oder?«, rief sie über die Schulter, während ich immer noch mit meiner Schlüsselkarte kämpfte und sie an meinen Rock zu heften versuchte. Dann gab ich mir Mühe, Rachel nicht hinterherzurennen.

Die Büroräume gingen von einem Labyrinth aus Steinfluren und gotischen Türen ab, schwach erleuchtet durch Wandlampen, die sich ein wenig zu weit voneinander entfernt befanden, sodass dunkle Lücken entstanden. Rachel stellte mich dem museumspädagogischen Dienst vor, wo bleiverglaste Fenster mit Ausblick auf den Hudson River halb offen standen. Von dort aus zeigte sie mir die Personalküche, überraschend modern und voller europäischer Geräte aus Edelstahl.

Als Nächstes kam der Raum der Konservatoren, wo ein Team in Kitteln und weißen Handschuhen in den langwierigen Prozess vertieft war, den Belag von Jahrhunderten von einem Gemälde zu entfernen. Den filigranen Goldrahmen hatte man abgenommen und beiseitegestellt. Dann gab es einen Raum mit Neonröhren und Schubladen zur Lagerung – für Neuanschaffungen, erklärte mir Rachel –, wo Tausende kleinerer Kunstwerke untergebracht waren wie naturwissenschaftliche Exponate: das Magazin. Ich merkte mir so viel, wie ich konnte: Gesichter, die Zahl der Türen zwischen Küche und dem museumspädagogischen Dienst, die nächste Toilette. Und dann, endlich, als wir schon wieder den Weg in Richtung Foyer eingeschlagen hatten, führte mich Rachel in einen weiteren Raum voller verschiebbarer Archivregale, alle fest geschlossen, mit Kurbelrädern, die nur darauf warteten, in Bewegung zu kommen.

»Von hier aus kommt man durch eine Hintertür in die Bibliothek. Dort arbeiten wir, aber sie gehört nicht zu den Büros.«

Wir gingen durch die Regalwand, und die Gummisohlen meiner Schuhe quietschten auf dem Terrazzoboden. Rachel lehnte sich gegen eine schwere Holztür, die in die Bibliothek führte, einen langen, niedrigen Raum mit Rippengewölben, die über riesigen Eichentischen und Stühlen mit grünen Lederpolstern und großen Messingnieten ihre Struktur entfalteten. Eine Bibliothek, wie sie in ein luxuriöses Landhaus gehört hätte. Mit Buntglasfenstern und Wänden mit sorgfältig eingebundenen Büchern; manche Titel hatte man handschriftlich auf den Stoffeinbänden vermerkt.

»Ganz da hinten ist Patricks Büro.« Rachel deutete auf eine mit geschwungenem Eisenwerk verzierte Holztür: zwei Hirsche, die Geweihe im Kampf ineinander verkeilt. »Aber du und ich, wir arbeiten hier, in der Bibliothek. Hier in The Cloisters gibt es nicht genug Büroräume für alle.«

Während ich mich im Raum umsah, schien es mir unvorstellbar, zwischen den vier weißen Wänden eines normalen Büros zu arbeiten, wenn doch das hier möglich war. Jahrelang hatte ich mich immer wieder den Bildern zugewandt, nicht nur denen von Gemälden, sondern von Archiven – schwach beleuchteten Räumen voller Bücher und Dokumente, mit der konkreten Geschichte, die ich unbedingt in den Händen halten, mit eigenen Augen sehen wollte. Und jetzt stand ich mitten in der Bibliothek von The Cloisters. Gut, es gab keine seltenen Manuskripte – auch wenn viele hier ausgestellt waren und noch viele mehr bei den Neuanschaffungen lagen. Aber es war ein Ort voller Erstausgaben und seltener Buchtitel, und man zollte den Toten genauso großen Respekt wie ich. Was das betraf, fühlte es sich für mich an wie ein Zuhause.

Ich konnte spüren, dass mich Rachel dabei beobachtete, wie ich alles in mich aufnahm. Mir wäre die Nonchalance unmöglich gewesen, die sie während der ganzen Tour an den Tag gelegt hatte. Als wäre das alles hier – die Deckenbalken und das Leder – einfach nur normal. Unabdingbar. Ich zog einen Stuhl heran und stellte meine Tasche ab. »Möchtest du nicht die Sammlung sehen?«, erkundigte sich Rachel. »Das hier« – und bei diesen Worten erfasste sie mit einer Geste die Bibliothek – »ist nur der Arbeitsraum.«

Sie wartete meine Antwort nicht ab. Vielleicht konnte sie sie ja nur zu deutlich auf meinem Gesicht lesen. Stattdessen öffnete sie die Haupttüren der Bibliothek, sodass ich sofort vom Sonnenlicht geblendet wurde.

»Das hier ist der Trie-Kreuzgang«, verkündete Rachel.

Der Garten wurde von einem steinernen Kruzifix im Zentrum optisch zusammengehalten. Es war von einem Überfluss an Wildblumen umgeben, einige von ihnen so klein und unauffällig, dass sie ihren Weg durch die Ritzen im Fußpfad gefunden hatten, der den Garten umlief.

»Beim Anpflanzen hat man versucht, die Blumenteppiche nachzuahmen, die man von den Einhorn-Wandbehängen aus dem fünfzehnten Jahrhundert kennt«, erklärte Rachel. »Und ganz auf der anderen Seite gibt es ein Café. In ein paar Stunden kann man dort zu Mittag essen. Ganz großartigen Kaffee und gute Salate haben sie.«

»Bekommen Angestellte da Ermäßigung?«, fragte ich und bereute es sofort.

Rachel sah mich an, während wir uns auf eine weitere Tür zubewegten. »Natürlich.«

Ich erlaubte mir ein Ausatmen und merkte dabei, dass ich seit meiner Ankunft in The Cloisters Angst zu atmen gehabt hatte. Aus Sorge, die Leute könnten es sich anders überlegen, wenn ich zu viel Platz einnahm.

»Patrick hat mir erzählt, was bei Michelle passiert ist«, meinte Rachel und senkte dabei die Stimme, als wir einen Raum betraten, dessen hohe Decke eine ganze mittelalterliche Kapelle im Miniaturformat nachempfand. Die rot gesprenkelten Buntglasfenster warfen rosa Lichtflecke auf den sandfarbenen Boden. »Ich konnte es gar nicht glauben. Dich den ganzen Weg hierherzulocken – woher noch mal? Aus Portland?«

»Washington«, gab ich zurück und hoffte dabei, ich würde nicht rot werden, weil es mich so unglaublich verlegen machte, sie korrigieren zu müssen. Irgendetwas an Rachel ließ mich geradezu verzweifelt auf ihre Anerkennung hoffen: Hätte ich in diesem Moment dafür sorgen können, aus Portland zu kommen, dann hätte ich es getan. Vielleicht lag es daran, wie sie sich gab: Sie drängte immer nach vorn. Selbst als uns jemand bei den Restauratoren erklärt hatte, wir könnten jetzt den Raum nicht betreten, hatte Rachel nur die Schultern gezuckt. Sie hatte die Tür aufgehalten, damit ich alles sehen konnte – riesige Flaschen mit Terpentin und Leinöl.

»Eine Freundin von der Spence ist ans Reed gegangen. Sascha Sacharow.«

»Ich kenne niemanden am Reed. Das ist ziemlich weit weg vom Whitman.«

»Ah.«

Rachel schien durch ihren Fehler nicht in Verlegenheit gebracht, und ich fragte mich, wie es sich wohl anfühlte, sich einer Position so sicher zu sein, dass es nichts ausmachte, ob man zuhörte, wenn einen eine Kollegin korrigierte. Wir waren vor zwei in Wandnischen geschmiegten Steinsärgen stehen geblieben.

»Was ich noch sagen wollte«, setzte ich an und klang dabei vielleicht ein wenig zu atemlos, »ich bin zwar für die Arbeit in der Renaissanceabteilung gekommen, aber ich weiß ziemlich viel über das Mittelalter. Und wenn ich etwas nicht weiß, nehme ich mir die Zeit und lerne es.«

Ich wusste nicht, warum ich das unbedingt loswerden wollte. Rachel hatte mich nicht nach meinen Studienschwerpunkten gefragt, und an meinen Fähigkeiten hatte sie auch in keiner Weise gezweifelt.

Sie wischte meine Besorgnis weg. »Ich bin mir sicher, du wirst gut klarkommen.«

Ich schwieg in der Hoffnung, sie würde weitersprechen.

»Patrick stellt nicht einfach irgendjemanden ein.« Sie schaute mich an, zum ersten Mal, nahm in sich auf, was sie sah, registrierte meine Schuhe, meine Kleidung, meine Sommersprossen. »Er muss gewusst haben, dass es mit dir bei uns klappen würde.«

Während wir vor den Särgen standen, bewegten sich Besucher langsam durch den Raum und lasen die Wandtafeln.

»Bist du zum ersten Mal in New York?«, erkundigte sich Rachel, und dabei trafen sich unsere Blicke.

»Ja.« Auch wenn ich mir in diesem Augenblick wünschte, das wäre nicht der Fall.

»Wirklich?«, fragte sie mit verschränkten Armen. »Und was ist dein erster Eindruck?«

»Ich weiß nicht, ob ich für einen ersten Eindruck schon genug gesehen habe. Ich bin erst seit drei Tagen hier.« Den ersten hatte ich damit verbracht, meine Sachen auszupacken und irgendeinen klebrigen Belag von Geschirr und Kochtöpfen in meiner Mietwohnung zu schrubben. Am nächsten hatte ich mir den Weg zur Arbeit eingeprägt, den ich nie wieder brauchen würde: mit der U-Bahn bis zur Haltestelle Eighty-First Street und dann zu Fuß durch den Central Park. Obwohl Manhattan für seine riesigen Betongebäude und gläsernen Wolkenkratzer bekannt war, hatte ich die meiste Zeit in üppigen Grünanlagen verbracht.

»Du musst doch aber vorher bestimmte Vorstellungen gehabt haben.«

»Ja, schon …« Die besorgten Einwände meiner Mutter spulten sich in meinem Kopf ab: Die Stadt sei so groß, so unpersönlich. Ich würde dort nicht zurechtkommen.

»Und entspricht New York diesen Vorstellungen?«

»Ehrlich gesagt gar nicht.«

»Das ist typisch für diese Stadt. Sie ist beides: alles, was man sich vorgestellt hat, und gleichzeitig völlig anders als das Erwartete. Sie kann einem die Welt zu Füßen legen oder sie einem ganz plötzlich wegnehmen.« Rachel lächelte mich an, warf einen Blick auf meine Schuhe, die seit unserer Ankunft über die Böden quietschten. Dann ging sie in den nächsten Raum und bedeutete mir, ihr zu folgen.

»Was ist denn dein Eindruck?«, fragte ich, um das Gespräch in Gang zu halten.

»Ich bin hier aufgewachsen.«

»Oh, das wusste ich nicht.«

»Schon okay. Ich hatte doch die Spence erwähnt? Da dachte ich, du würdest zwei und zwei zusammenzählen.«

»Ich weiß nicht, was das ist, die Spence.«

»Das ist wahrscheinlich auch besser so«, gab Rachel lachend zurück. »Wir haben alle eine komplizierte Beziehung zu unserer Geburtsstadt.«

Inzwischen hatten wir einen Raum mit einer Glasvitrine voller Emaille-Miniaturen betreten. Glänzende Darstellungen von Jona, der vom Wal verschluckt wurde. Von Eva, die in einen rot glänzenden Apfel biss. Kleine Meisterwerke, über achthundert Jahre alt.

Rachel winkte dem Wachmann zu, der sich zu seiner nächsten Station bewegte. »Wann fängt denn Matteos Sommercamp an, Louis?«, rief sie ihm nach.

Er blieb kurz vor seinem Ziel stehen. »Nächste Woche. Bis dahin treibt er seine Mutter in den Wahnsinn, fürchte ich. Danke noch mal, dass du letzten Samstag auf ihn aufgepasst hast.«

Rachel winkte ab. »Wir sind doch nur im Park spazieren gegangen. Bei den Booten waren wir ziemlich lange.«

Ich versuchte, mir Rachel beim Babysitten vorzustellen, aber es gelang mir nicht.

»Diese Boote findet er ganz toll«, meinte Louis.

»Ich auch«, gab Rachel zurück. »Louis, das ist übrigens Ann. Sie wird den Sommer hier verbringen. Louis ist der Chef des Sicherheitsdienstes.«

Louis kam auf uns zu und streckte mir eine Hand entgegen. »Ich springe hier heute nur ein.«

Ich schüttelte ihm zur Begrüßung die Hand.

»Eine Station fehlt uns noch«, verkündete Rachel, umfasste mein Handgelenk und zog mich von Louis weg.

Sobald wir den Raum verlassen hatten, flüsterte sie mir ins Ohr: »Sein Sohn ist eine absolute Nervensäge. Ich habe mich nur zum Babysitten bereit erklärt, weil mich Louis Moira gegenüber deckt, wenn ich zu spät dran bin oder der Feueralarm losgeht, weil ich rauche.«

Wir bewegten uns durch eine weitere Galerie, in der sich bereits Besucher befanden. Sie sogen die kühlen, dunklen Räume in sich auf, in denen sich Darstellungen von fantastischen Ungeheuern mit denen von abgeschnittenen Fingern Heiliger mischten. Ich fühlte mich von diesen Objekten angezogen, von ihrer Fremdheit. Vor einem Reliquienschrein des heiligen Sebastian blieb ich stehen; es handelte sich um eine Statue, die seinen Torso darstellte, hautfarben und rot, die Seiten von Pfeilen durchbohrt. In einem kleinen verglasten Kästchen in der Mitte des Torsos konnte man den Knochen seines Handgelenks erkennen – oder zumindest einen menschlichen Handgelenksknochen.

Rachel war vor einer Glasvitrine voller einzelner bemalter Tarotkarten stehen geblieben. Eine zeigte ein Skelett auf dem Rücken eines Pferdes, mit Goldketten verziert – den Tod. Auf einer anderen war ein dralles Kind mit Flügeln, eine Putte, zu erkennen. Es trug die Sonne über dem Kopf, deren goldene Strahlen die Karte förmlich durchschnitten. Das Kartendeck war unvollständig, doch auf der Wandtafel daneben stand zu lesen, dass die Karten aus dem späten fünfzehnten Jahrhundert stammten, und obwohl ich sie nicht kannte, waren mir die Darstellungen vertraut – eine Zusammenstellung von Symbolen, die über Jahre immer wieder an den Rändern meiner Forschung aufgetaucht waren. Bilder, die immer meine Neugierde geweckt hatten, mit denen ich mich wegen fehlender Zeit oder Ressourcen jedoch nicht hatte befassen können.

»Ich bin jahrelang zwischen The Cloisters, der Morgan Library und der Beinecke Library gependelt«, erklärte Rachel. »Und ich habe die Geschichte des Tarots studiert. Genau genommen bin ich also wie du keine Mittelalterforscherin. Schließlich beginnt die Geschichte des Tarots erst in der Frührenaissance richtig.« Sie machte sich nicht die Mühe, mich anzuschauen, bevor sie fortfuhr. »The Cloisters ist daran gelegen, Kunstwerke wie dieses stärker ins Zentrum der Aufmerksamkeit zu rücken. Drüben im Met geht es nur um große Gemälde und große Namen. Aber wenn man arbeitet, ohne dass der eigene Name bekannt wird, und etwas so Besonderes erschafft, dann ist das wahre Kunst.« Bei diesen Worten hatte Rachel einen Moment lang die Augen geschlossen.

Wie sie über die Karten sprach, erschien mir geradezu romantisch, als wären die Rechtecke aus bemaltem Pergament einfach nur eingeschlummert und warteten darauf, dass wir sie wach rüttelten. Als Rachel die Augen wieder öffnete, schaute ich schnell weg und hoffte, sie hätte mein Starren nicht bemerkt.

»Dabei braucht Patrick also Hilfe«, erklärte sie mit einem Blick auf die Tarotkarten. »Wir bereiten eine Ausstellung über Divination vor, über Weissagungen. Über die Techniken und Kunstwerke, die verwendet wurden, um die Zukunft vorherzusagen.«

Ich betrachtete die Königin der Stäbe. Sie war in ein tiefes Dunkelblau gekleidet, auf ihrem Oberteil leuchteten Blattgoldsterne, und sie saß auf einem Thron, einen knotigen Stock in der erhobenen Hand. Ich sagte: »Damals waren alle vom Konzept des Schicksals fasziniert.«

»Ja. Genau. War das Schicksal jedes Menschen bereits festgelegt? Also vorherbestimmt? Oder konnte man seinen Lauf verändern?«

»Und besaß man den freien Willen, der dazu nötig war?«

»Genau. Die alten Römer hatten solche Angst vor der Macht des Schicksals, dass sie die Göttin Fortuna verehrten. Fortuna – glückliches Schicksal, Fortüne – stand im Mittelpunkt des bürgerlichen, privaten und religiösen Lebens. Plinius soll gesagt haben, Fortuna sei die einzige Göttin, die jeder anrufe. Die Renaissance hat sich nie von dieser Besessenheit befreien können.«

»Weil in einer Phase des konstanten Konflikts die Vorstellung, man kenne die Zukunft oder könnte sie kennen, eine unglaubliche Macht entwickelte.«

»Diese Überzeugung kann auch zu einer Belastung werden«, sagte Rachel, und zwar so leise, dass ich es fast nicht gehört hätte. Dann wandte sie sich von der Glasvitrine ab und schaute mich über die Schulter an. »Kommst du?«

4. KAPITEL

Meine erste Woche in The Cloisters war vom sanften Prasseln des Nachmittagsregens erfüllt, vom Duft nasser Steine und blühender Kräuter. Gleichzeitig machte Patrick deutlich, wie viel von uns, von mir, erwartet werden würde. Seine Ausstellung befand sich noch im Planungsstadium, und das bedeutete, dass uns der Großteil der notwendigen Forschung zufiel: die Grundlagen, die Patrick benötigte, um Kunstwerke zu identifizieren und Ausleihen anzufragen. Uns blieb nur bis Ende August Zeit für die Zusammenstellung. Eine anspruchsvolle Aufgabe, und ich wollte unbedingt beweisen, dass ich sie auch erfüllen konnte. Patrick war sehr streng, was Deadlines betraf, bewies jedoch umso größere Geduld, wenn es darum ging, mich an das Material heranzuführen, an den Ort selbst.

»Diese Listen hier dienen dir zur Orientierung«, erklärte er und ließ einen Stapel Papier auf den Bibliothekstisch fallen, an dem wir arbeiteten. Er zog sich einen Stuhl heran. »Rachel hat natürlich schon alles in Kopie.«

Ich blätterte die Seiten durch. Es gab Divinationspraktiken, die man bereits im Altertum kannte, alles vom Werfen des Loses bis hin zum Deuten von Flammen. Manche Begriffe auf der Liste, zum Beispiel Prophezeiungen durch Auguren, kannte ich nur im Zusammenhang mit der Beschreibung von Hinweisen oder Vorzeichen. Wie ich jedoch lernen sollte, bezog sich die ursprüngliche Definition auf die Praktik, anhand von Vogelformationen – wie sie sich zusammenscharten und wohin sie flogen – die Zukunft vorherzusagen. Es gab Listen mit Dokumenten und Autoren, die aus der Bibliothek herausgesucht und nach Erwähnungen von »Divination« durchforstet werden mussten, außerdem einen eigenen Abschnitt mit einer Aufzählung der Kunstwerke, die Patrick für die Ausstellung in Erwägung zog. Mir fiel auf, dass es sich bei einigen um Tarotkarten handelte.

»Wir treffen uns einmal in der Woche, um zu besprechen, wie ihr weiterkommt. In der Zwischenzeit sollte dir Rachel bei allen Fragen helfen können.«

Wieder blätterte ich das Material durch. Selbst wenn wir die Arbeit zwischen uns aufteilten, war ganz offensichtlich, dass es Tausende von Seiten zu lesen, Hunderte von Kunstwerken durchzusehen, Dutzende von Divinationspraktiken zu erkunden gab.

»Ann«, sagte er. Er saß noch immer neben mir, die Armlehnen unserer Stühle berührten sich. Uns gegenüber arbeitete sich Rachel durch die Tagebücher von Girolamo Cardano, dem berühmten Renaissanceastrologen. Allerdings warf sie alle paar Minuten einen verstohlenen Blick über das graubraune Eichenholz der Tischplatte, die uns trennte. »Ich hole nicht so ohne Weiteres Leute hierher. Wir sind hier wie eine Familie, und dein Erfolg ist auch unser Erfolg. Wenn du dich diesen Sommer gut anstellst, können wir dir helfen.«

Ich schaute Patrick an, nahm jedoch aus dem Augenwinkel wahr, dass uns Rachel beobachtete.

»Welches Ziel sollen wir dir zu erreichen helfen, Ann?«

Noch nie hatte mich jemand so direkt nach meinen Zielen gefragt, ganz zu schweigen, dass man mir so eindeutig angeboten hätte, mir auf meinem Weg dorthin zu helfen. Während ich nach den richtigen Worten suchte, saß Patrick da und genoss die Stille.

Er hatte die Hände im Schoß gefaltet und nahm ganz genau wahr, wie ich mich wand.

Schließlich sagte ich:»Ich bin hier, weil ich eine Gelehrte werden möchte.«

Das stimmte ja auch. Und es war leichter auszusprechen als die anderen Wahrheiten, die ich noch nicht mitteilen wollte: dass sich Walla Walla nach dem vergangenen Jahr für mich immer wie der Tod anfühlen würde, dass es keine anderen Möglichkeiten für mich gab, dass ich nicht wirklich glaubte, in einem Job überleben zu können, der von mir ein Dasein in der Gegenwart verlangte. Dass ich all das hier irgendwie für meinen Vater tat, für uns.

»Dabei können wir dir helfen«, erwiderte Patrick, und bei dem, was er jetzt sagte, zog er ganz bewusst die Vokale in die Länge.»Dich den richtigen Leuten vorstellen. Dir die richtigen Empfehlungsschreiben besorgen. Ich wäre sogar bereit, deine Texte vor der Abgabe zu lesen und dir ein paar praktische Hinweise zu geben. Und Gelehrsamkeit ist natürlich wertvoll und wichtig, aber alles kann das nicht sein. Wir können nicht davon leben. Nicht wirklich. Auch wenn wir uns das wünschen. Ich habe dich in den Ausstellungsräumen gesehen, Ann. Du konzentrierst dich immer auf ein einziges Kunstwerk. Du schaust mit Liebe, mit langsamem Blick. Du bist mehr als eine Gelehrte.«

Mir wurde bewusst, dass Patrick den zwischenmenschlichen Austausch von den angenehmen Oberflächlichkeiten befreien konnte. In seiner Art zu sprechen und zu beobachten, lag eine gewisse Intensität, aber er blieb unfehlbar höflich, stellte immer sicher, dass man sich wohlfühlte. Deshalb war es nicht unangenehm, obwohl ich spürte, wie er die professionelle Fassade durchdrang, die ich der Welt präsentieren wollte. Darin, sich ihm so zu offenbaren, lag eine Erleichterung. Auch während Rachel mithörte. Und natürlich hatte er recht: Bei all dem – dem Ort, den Objekten, dieser Manie der Vergangenheit, der Gelehrsamkeit, ging es um mehr als um die Arbeit. Ich strebte nach Verwandlung. Danach, jemand anders werden zu können.

Bevor ich diesen Gedanken auszusprechen vermochte, fuhr er fort: »Weißt du, Ann, als du hier angefangen hast, habe ich mir deine Bewerbung angeschaut. Nur um sicher zu sein, dass wir deine Fähigkeiten auch auf die bestmögliche Weise einsetzen natürlich. Und ich war sehr überrascht. Du bist in Walla Walla aufgewachsen, hast du gesagt?«

»Ja.«

»Aber du sprichst sechs Sprachen?«

»Sieben«, erwiderte ich. »Aber drei von ihnen sind tote Sprachen. Genau genommen kann ich Latein, Altgriechisch und einen ligurischen Dialekt aus Genua aus dem dreizehnten Jahrhundert lesen. Ich spreche Italienisch, Deutsch und Neapolitanisch. Und natürlich Englisch.«

»Das ist aber trotzdem bemerkenswert.«

»In Walla Walla gab es nicht sehr viel zu tun«, erwiderte ich schulterzuckend. »Außer Lernen. Und Arbeiten.«

Ich war es gewohnt, den Einfluss herunterzuspielen, den mein Vater mit seiner Faszination für Sprachen auf mein Leben ausgeübt hatte. Lange verlorene Sprachen zu erforschen und uns ihre geheimen Codes zu erschließen, war eine Leidenschaft, die wir geteilt hatten, nur wir beide. Dabei war es nie um die Verbesserung meiner Karrierechancen gegangen. Oder um seine. Und in solchen Momenten hatte sich unsere Liebe zu den Sprachen wie ein Geheimnis angefühlt, das ich für mich behalten wollte, auch wenn Patrick es darauf anlegte, mir alles andere zu entlocken.

»Und du hast für Richard gearbeitet. Oder?«

Noch nie hatte ich jemanden meinen Betreuer beim Vornamen nennen hören, und einen Augenblick lang konnte ich gar nicht einordnen, wer »Richard« überhaupt war. Doch natürlich hatte Patrick meine Bewerbungsunterlagen gelesen, samt Richard Lingrafs Empfehlungsschreiben.

»Das stimmt. Die ganzen vier Jahre.«

»Ich habe Richard einmal gekannt. Das ist lange her. Als ich im Aufbaustudium an der Penn war, hat er in Princeton sehr mutige Arbeiten vorgelegt. Du hattest Glück mit einem Mentor wie ihm. So neugierig und so talentiert.« Und dann sagte er, mehr zu sich selbst als zu mir: »Ich frage mich immer noch, warum er ans Whitman gegangen ist. Was für ein seltsamer Ort für jemanden wie ihn.«

»Er hat immer gesagt, dort fand er das Wetter am erträglichsten.«

»Ja, nun«, gab Patrick zurück, und dabei trommelte er heftig auf der Tischplatte herum. »Das war bestimmt auch ein Grund.« Eine Sekunde später fügte er hinzu: »Ich kann dir nichts versprechen, Ann. Aber wenn du so gute Arbeit ablieferst, wie ich das erwarte, habe ich keine Zweifel daran, dass man dir bei The Cloisters helfen kann, irgendwo hinzukommen, wo es dir gefallen wird.«

»Danke sehr.« Ich zögerte. Während unserer gesamten Unterhaltung war Rachel dabei gewesen, hatte zugehört. Ich wollte es dabei belassen, beim Dank für Patricks Hilfsangebot, aber es gab da eine Sache, die ich zur Sprache bringen musste, auch wenn das auf Kosten der Nonchalance ging, die ich Rachel gegenüber seit meiner Ankunft im Museum zu zeigen bemüht gewesen war.

»Was ist mit der Zeit unmittelbar nach diesem Sommer? Ich habe noch kein Jobangebot, würde aber sehr gern in New York bleiben. Hier, wenn Sie mich brauchen.« Ich schaute über den Tisch und begegnete Rachels Blick, tat mein Bestes, um das Kinn leicht zu heben, ihr ein wenig länger standzuhalten.

»Wir werden sehen«, erwiderte Patrick. »Wer kann schon wissen, was die Zukunft bringt?«

Da fiel mir auf, dass er etwas in den Händen hielt. Er musste es aus der Hosentasche gezogen haben: ein kurzes rotes Band, mit dem er aus reflexhafter Gewohnheit herumspielte, wie meditativ.

Noch einmal schaute ich die Listen durch, die er mir überreicht hatte.

»Wir brauchen dich hier, Ann. Wir brauchen deine Unterstützung«, fuhr er fort und schaute mir dabei forschend ins Gesicht. »Vergiss das nicht. Du bist hier nicht als Wohltätigkeitsprojekt.«

Ich glaube, ich war schon ein wenig in ihn verliebt. Wie er unsere Ansichten zu seiner Forschung einbezog, wie er meine Sprachkenntnisse schätzte, mir häufig Übersetzungen überließ, ohne jeden Zweifel an meine Fähigkeiten glaubte. Sogar die Art und Weise, wie er uns die Tür aufhielt und uns nachmittags Kaffee brachte – zum ersten Mal im Leben war jemand in einer wichtigen Position wirklich aufrichtig freundlich zu mir. Und schon jetzt hatte er mir mehr Aufmerksamkeit geschenkt als die meisten meiner Männerbekanntschaften am College. Als ich endlich dazu kam, seinen Aufsatz über mittelalterliche Kalendersysteme zu lesen, hätte ich darauf gefasst sein sollen, dass er Bahnbrechendes geleistet hatte. Trotzdem war ich überrascht gewesen. Wenn er mich ansprach, versuchte ich, nicht zu erröten, aber das gelang mir nur schlecht. Am Anfang wollte ich herausfinden, ob es in seinem Leben jemanden gab. Aber das einzige Indiz, das mir jemals unter die Augen kam, war ein weicher Arm im Beifahrerfenster seines Wagens. Nur ein Arm, kein Gesicht.

Die Stimme meiner Mutter drang durchs Telefon, und sie hatte den mir vertrauten dünnen Klang.

»Ich kann das so einfach nicht mehr länger.«

Der Tod meines Vaters hatte sie ihrer Verankerung beraubt. Seit er weg war, hatte sich die straffe Struktur unseres Alltagslebens gelockert: Die Milch lief ab und blieb einfach im Kühlschrank stehen, Unkraut überwucherte unseren kleinen Garten, meine Mutter wechselte ihre Bettwäsche nicht mehr. Und dann kam irgendwann ein Tag, an dem sie energisch alles in seinen ursprünglichen Zustand zurückversetzte, wieder in Ordnung brachte. Doch bald lockerte sich das Ganze erneut. Erst nur ganz sachte, dann rasch und unbarmherzig – wieder und wieder.

Diesen bestimmten Tagen, denen des Straffens, ging die Verzweiflung meiner Mutter über den Zustand des Hauses voraus. *Warum stehen hier Kaffeetassen herum? Räumt denn nie irgendwer irgendwas weg? Du kannst doch wohl nicht von mir erwarten, dass ich so lebe?* Tatsächlich erwartete meine Mutter jedoch von mir, *so* zu leben. Wann immer ich etwas in die Hand nahm, rief sie aus dem anderen Zimmer: *Wo ist das Wasserglas hin?* oder *Warum hast du die Milch weggeworfen?* Als könnte sie die Zeit langsamer vergehen lassen, sie im Zaum halten, indem sie die Dinge unverändert ließ. Aber das war, was den Tod betraf, ein Ding der Unmöglichkeit: Die Zeit schritt unbarmherzig weiter voran, weg von dem Menschen, den man verloren hatte.

»Sie sind einfach überall, Ann«, sagte sie, und dabei klang ihre Stimme noch höher, noch gepresster. »Seine Sachen. Seine Hemden, seine Kleidung, seine Schuhe, seine Unterlagen. Ich schaffe das nicht. Es ist zu viel. Hier herrscht Chaos. Er hat ein Chaos hinterlassen, weißt du?«

Ich wusch gerade ab und trocknete alles mit dem einzigen in meiner Mietwohnung vorhandenen Geschirrtuch. Das Handy hielt ich zwischen Wange und Schulter geklemmt. Ich war zu geizig, als dass ich Küchenrolle gekauft hätte.

»Vielleicht ist es ja an der Zeit, einiges wegzugeben, Mom?«
Das hatte ich schon früher vorgeschlagen. Und obwohl sie mir
jedes Mal zustimmte, wich sie bald darauf immer davon ab, ließ
alles so, wie es an seinem Todestag gewesen war. Ein Gedenk-
museum aus halb leeren Rasierschaumdosen und schmutzigen
Socken.

»Genau das werde ich machen. Alles weggeben. Alles. Und
den Rest werfe ich weg.«

»Mom.« Ich ging zur Klimaanlage, die in eine Art Todesras-
seln verfallen war, und schlug seitlich fest dagegen. Durch diese
Gewalteinwirkung ließ sich das ursprüngliche weiße Rauschen
wiederherstellen.

»Aber nicht, dass du dich beschwerst, wenn alles weg ist.
Wenn du nach Hause kommst und nichts ist mehr da. Dann will
ich nichts davon hören.«

»Wirst du auch nicht, Mom, ich versprech's dir.« Ich wollte
das Haus nie wiedersehen.

»Vielleicht schicke ich dir auch ein paar Sachen nach New
York.« Sie sprach jetzt mehr oder weniger mit sich selbst. »Obwohl ich gar nicht wüsste, was. Das ist alles Müll, weißt du? Er
hat uns Müll hinterlassen. Willst du den wirklich haben? Was
denn? Irgendwas von den Sachen?«

Ich dachte an die Besitztümer meines Vaters und daran, dass
sich meine Mutter die meiste Zeit still zwischen ihnen bewegte,
ohne dass ihr ihre Gegenwart aufgefallen wäre. Nur in den Momenten, wenn das Haus sie wachzurütteln schien, bemerkte sie
seine Bücher und Unterlagen und Papiere überhaupt, registrierte, wie er sich noch immer an unsere Umgebung zu klam-
mern schien.

»Natürlich, Mom. Ich übernehme ein paar von Dads Sachen.
Schick mir einfach die, von denen du meinst, dass sie mir gefallen, okay?«

Ich konnte hören, wie sie am anderen Ende der Leitung herumwühlte: Glas, Papier, Plastik, alles schlug in dem Haus, das mein Zuhause gewesen war, bevor es sich in ein Mausoleum verwandelt hatte, aneinander.

So war sie nicht immer gewesen. Es hatte Zeiten voller Gespräche, voller Wärme gegeben, in einem Haus voll von dem leisen Lachen meines Vaters, von Scherzen und Überraschungen. Doch mein Vater hatte den Kitt dargestellt, der die scharfkantigen Risse zwischen meiner Mutter und mir gefüllt hatte, die Stellen, an denen wir nicht zusammenpassten, und ohne diesen Kitt stießen wir uns immer wieder aneinander, mit unseren Ecken und Kanten, unseren brüchigen Oberflächen.

»Mom, ich muss Schluss machen. Es wird langsam spät. Du weißt doch, wir sind euch drei Stunden voraus.« Ich wartete auf ihre Reaktion. Doch ich hörte nichts als das Rascheln, ihre ständigen Bewegungen, ihre abgelenkten, schnellen Atemzüge. Also legte ich auf.

Am Ende meiner zweiten Woche war mir klar: Egal wie sehr ich Rachels Kleidungsstil und ihre gewissenhafte Art des Umgangs mit alten Texten nachzuahmen versuchte, so wie ihr würde mir das nie gelingen. Sie trug schöne, faltenlose Leinenpullover, ich besaß kaum zwei zueinanderpassende Teile. Gegenüber der luxuriösen Qualität ihrer Stoffe und Accessoires wirkte alles, was mir gehörte, wie eine langweilige Imitation. Selbst ihre sanfte Ehrerbietung gegenüber Moira und Louis konnte ich nicht imitieren, ohne dass sie in meinen eigenen Ohren falsch klang.

Ich stellte mir vor, wie es auf die Museumsbesucher wirkte, wenn sie uns beide zusammen sahen, denn in jenem Sommer waren wir fast immer zusammen: Bestimmt bemitleideten sie mich, weil Rachels mühelose Grazie einen so extremen Kontrast zu meiner Verzweiflung darstellte. Wie hätte es anders sein sollen? Rachel, zwei Schritte vor mir. Rachel, die Orientierungslosen selbstbewusst den richtigen Weg zeigte. Rachel, die sich geräuschlos bewegte, während die Sohlen meiner billigen Schuhe auf dem Weg durch das Museum ein Quietschen verursachten. Und wenn *mir* das Geräusch laut vorkam, musste ich einfach befürchten, dass andere es auch bemerkten.

Dass ich normalerweise schon mit durchgeschwitzter Bluse und manchmal sogar mit durchgeschwitzter Hose in The Cloisters ankam und mein Haar meinen bescheidenen Bändigungsversuchen hartnäckig Widerstand leistete, half auch nicht gerade. Dabei hatte ich keinen langen Weg. Patricks Einschätzung stimmte: Es ging schneller, als wenn ich zur Fifth Avenue hätte fahren müssen. Doch bis ich durch die Straßen von Morningside Heights zur Linie A gelaufen war, nur mit einem unterwegs erstandenen Kaffee, und dann aufwärts über die sich windenden Pfade des Fort Tyron Parks, bis zu einem der höchsten Punkte Manhattans, konnte die Luftfeuchtigkeit beträchtlichen Schaden anrichten. Mein Körper, der eine so drückende Hitze nicht gewohnt war, reagierte extrem, übermäßig, fast entschuldigend.

Am Ende meiner ersten Woche hatte mich Moira bei meiner Ankunft gemustert und darauf hingewiesen, ich könne den Shuttlebus nehmen, der alle fünfzehn Minuten zwischen dem Bahnhof und dem Museum pendelte. Der habe außerdem eine Klimaanlage. Bei aller Dankbarkeit war mir nicht entgangen, dass Moira bei meinem Anblick einen Schritt zurück gemacht hatte. Hochrot und verschwitzt stand ich vor ihr, mein Haar wilder als je zuvor. Rachel entstieg natürlich frisch und munter einem unauffälligen Stadtwagen, der sie jeden Morgen um neun vor dem Metalltor oben an der Anfahrt absetzte.

Doch selbst wenn einen die feuchte Hitze zu überwältigen drohte – vor allem mich, deren Haut die ausgedörrten Felder im Osten Washingtons gewohnt war –, wehte im Museum oft ein kühlender Wind, der sich den Weg vom Hudson River suchte und das Blätterdach der Ulmen bewegte wie einen riesigen Teppich, der in der Luft ausgeschüttelt wurde. Meine Tätigkeit hier fühlte sich eher an wie die Arbeit auf einem privaten Landsitz als die in einer öffentlichen Einrichtung. Auf einem Landsitz, den Patrick aus der privaten Atmosphäre der Bibliothek heraus überblickte.

»Das hier ist sein erster Job«, erzählte mir Rachel am Ende dieser zweiten Woche. »Er war gerade erst mit dem Aufbaustudium fertig. Dabei hätte er den gar nicht gebraucht. Den Job, meine ich. Patricks Großvater besaß Anteile an den Steinbrüchen im Norden. Die Steine, mit denen sie hier die Mauern gebaut und die Lücken gefüllt haben, stammen alle aus den Steinbrüchen dieses Großvaters. Das war der größte derartige private Auftrag in New York. Bis in die Sechzigerjahre, als Cargill das Unternehmen gekauft hat. Patrick lebt immer noch im Familiensitz, in Tarrytown. Er kommt jeden Morgen mit dem Auto her.«

Ich versuchte mir Patrick als Jungen im Steinbruch seines Großvaters vorzustellen, und dabei bildete sein strahlender Teint einen starken Kontrast zu kahlen Hügeln mit schartigen Abbruchkanten. Manchmal lief der Widerstand eines Kindes gegen das Erbe seiner Familie fast auf molekularer Ebene ab, als hätte der Körper eine Allergie gegen die heimische Landschaft und Umgebung entwickelt; andere Kinder dagegen richteten sich dort ein, versanken in der Substanz, im vertrauten Gewebe der Tradition. Ich hatte immer zur erstgenannten Gruppe gehört, und vielleicht war das auch bei Patrick der Fall.

Rachel unterbrach meine Gedanken. »Holen wir uns einen Kaffee?«

Ich hatte mir zuerst immer etwas mitgebracht und es dann doch nicht angerührt, weil mir aufgefallen war, dass Rachel nur selten etwas zu Mittag aß und sich stattdessen mit zwei Zigaretten und Koffein begnügte. Es überraschte mich, wie schnell mein Hunger verging und wie viel Geld ich dadurch sparte.

»Die sind mein Laster«, hatte Rachel einmal erklärt, als ich sie in einer Ecke des Gartens ertappt hatte, während ein dünner Rauchfaden aus der Zigarette in ihrer Hand aufstieg. »Nun ja, zumindest eines meiner Laster.«

Wir verließen die Bibliothek und suchten uns zwei Plätze in dem Café, das sich in einer Ecke des Trie-Kreuzgangs zwischen die Säulen schmiegte, wo es blühende Wildblumen im Überfluss gab. Bienen summten zwischen ihnen herum wie Betrunkene, stießen fast zusammen. Der Nachmittag war so warm und so sehr von den sanften Naturgeräuschen erfüllt, dass ich mir einen Augenblick lang einbildete, die arme Verwandte in einem Edith-Wharton-Roman zu sein, der man zum ersten Mal ein Leben im Luxus zugänglich gemacht hatte und die sich bereits vor dem Tag fürchtete, an dem dieser Luxus wieder vergehen würde. Gleichzeitig war ich jedoch wild entschlossen, ihn bis ins Kleinste auszukosten, solange ich das konnte.

Rachel legte ihren Arm auf die niedrige Steinmauer, die den Garten umgab. Sie nahm ihre Sonnenbrille ab, ließ eine Sandale vom Fuß baumeln. Obwohl wir fast unsere gesamte Zeit hier zusammen verbracht hatten, hatte sich nur selten ein zwangloses Gespräch ergeben. Meistens hielten wir die Köpfe fleißig über Texte gebeugt, suchten nach den Erwähnungen bestimmter Namen – von Hexen, Schamanen, Heiligen –, die möglicherweise im dreizehnten oder vierzehnten Jahrhundert anderen die Zukunft vorhergesagt hatten. Sehr häufig ohne Erfolg. Ich stand die Stille durch, indem ich die Skulpturen in den Kreuzgangwänden studierte. Rachel betrachtete den Garten mit der Art Untätigkeit, die nur selbstbewusste Menschen beherrschen – diejenigen, die aus Prinzip nie ihr Handy oder ein Buch mitnehmen, wenn sie allein irgendwo zu Abend essen.

Unsere Cappuccini wurden gebracht, dazu brauner Würfelzucker. Als sich der Kellner wieder entfernt hatte, zog Rachel einen kurzen braunen Biscotto aus der Tasche. Dieses Gebäck konnte man an der Kasse erwerben, aber ich hatte nicht gesehen, dass Rachel bei unserer Bestellung dafür bezahlt hätte.

»Hier.« Sie brach den Biscotto in der Mitte durch und bot mir eine Hälfte an.

»Hast du den geklaut?«

Sie zuckte die Achseln. »Willst du ihn nicht? Die Dinger schmecken wirklich gut.«

Ich sah mich um. »Und wenn das jemand sieht?«

»Was dann?« Rachel biss in ihre Hälfte und schob mir die andere ein zweites Mal hin. Ich nahm sie an, hielt sie in der Hand.

»Mach schon, probier mal.«

Ich biss einmal ab und legte den Rest auf meine Untertasse. Rachel hatte recht, der Biscotto schmeckte herrlich.

»Und, was ist?«

Ich nickte. »Stimmt. Wirklich gut.«

Rachel lehnte sich in ihrem Stuhl zurück. Sie war zufrieden. »Und umsonst schmecken sie noch besser.«

Ich schaute mich wieder um, um sicherzugehen, dass der Kellner nicht mitbekam, wie ich den Rest meiner Hälfte aufaß. Doch stattdessen blieb mein Blick an einer fein ziselierten Figur in einer Nische hängen: die einer Frau mit Flügeln, die ein Rad hielt. Die Konturen waren mit der Zeit fleckig und weich geworden. Oben, unten und an den Seiten des Rades waren Figuren eingekerbt und auf dem Körper jeder einzelnen lateinische Worte zu lesen.

»Weißt du, was da steht?«, fragte Rachel, die meinem Blick gefolgt war. »*Regno*«, sagte sie und zeigte auf die Figur oben auf dem Rad.

»Ich herrsche«, sagte ich reflexartig.

Sie nickte. »*Regnavi.*«

»Ich habe geherrscht.«

»*Sum sine regno?*«

»Ich bin ohne Königreich.«

»*Regnabo.*«

»Ich werde herrschen.«

Rachel ließ ein Zuckerstück in ihre Tasse gleiten und schaute mich anerkennend an. »Das habe ich letzte Woche mitbekommen, weißt du. Dass du Latein lesen kannst. Und Griechisch. Hast du noch mehr Geheimnisse, Ann aus Walla Walla?«

Was wäre das Leben ohne Geheimnisse, dachte ich. Aber laut sagte ich: »Im Moment fallen mir keine ein.«

»Nun, das lässt sich ändern.« Rachel langte über den Tisch und nahm sich den Rest meines Biscottos. Dabei wurde ganz kurz etwas Rotes sichtbar: ein Satinband, das in die blasse Haut an ihrem Handgelenk schnitt. Ich wusste, wo ich dieses Band schon einmal gesehen hatte. In der Bibliothek, zwischen Patricks Fingern.

Von diesem Tag an verbrachten wir die Pausen häufiger zusammen. Während Rachel in einer Ecke des Gartens rauchte, leistete ich ihr Gesellschaft, saß auf dem kalten Stein der Mauer, ließ die Füße durch die Büschel des üppigen Sommergrases schwingen und mir dabei die Knöchel kitzeln. Dann fragte sie mich immer alles Mögliche. Zuerst nach meinem Liebesleben – ereignislos, abgesehen von ein paar Typen in der Highschool und noch weniger Typen im College. Dann über meine Mutter: Was machte sie, wo war sie aufgewachsen? Und außerdem über Walla Walla und das Whitman College. Wie war es dort, wofür war es bekannt, gab es Märkte oder Messen? Es überraschte mich, wie enthusiastisch Rachel diese Fragen stellte. Sie wollte wissen, wie groß die Stadt war (klein), wie lange meine Familie schon dort lebte (seit vier Generationen), wie es dort war (heiß, dann wieder nicht, dann wurde es langweilig) und wie die Leute am Whitman so waren (wie am Bard, nur von der Westküste).

»Ich bin geradezu besessen von Orten, die ich nie besucht habe«, lautete Rachels Erklärung. »Und von den Beziehungen anderer Leute. Es gibt so viel Raum, sich auszumalen, wie sich eine Geschichte entwickeln kann, wenn man gar nichts über das Setting weiß.«

Doch auf jede meiner Fragen zu ihren eigenen Beziehungen oder ihren Angehörigen wechselte sie das Thema, drückte ihre Zigarette aus und sagte etwas wie »Ach, das ist viel zu langweilig« oder »Ich möchte lieber etwas über dich erfahren«, bevor sie sich auf den Weg zurück in die Bibliothek machte.

Eines Nachmittags wartete ich auf einer Steinbank im Bonnefont-Kreuzgang auf sie. Der gesamte Garten war von gotischen Bögen und Buntglas eingerahmt. In den Terrakottatöpfen neben mir wuchsen Weihrauch und Myrrhe aus knotigen Stämmen, die fedrigen weißen Blüten verströmten in der Sonne des späten Nachmittags einen warmen Duft. Ich beugte mich zu ihnen und spürte, wie sie mir über die Wange strichen.

»Du weißt aber, dass die auch Dornen hat.«

Der Mann hatte einen Eimer mit Gartenwerkzeugen in der Hand, braune Lederhandschuhe steckten in der vorderen Tasche seiner Jeans, mit Schlamm verschmiert und zerrissen.

»Myrrhe«, wiederholte er, »hat Dornen.« Er schob ein paar Zweige zurück, sodass ein ganzes Meer von langen schwarzen Spitzen sichtbar wurde.

Ich rückte auf der Bank ein Stück weg.

»Verfolgen werden die dich nicht.«

»Das weiß ich.«

Allerdings war ich mir da gar nicht so sicher. Etwas an den Dingen, die es hier in The Cloisters gab – an den Kunstwerken, sogar an den Blumen –, ließ einen glauben, sie könnten zum Leben erwachen.

»Die Ägypter haben sie zum Einbalsamieren benutzt.«

»Wie bitte?«

»Myrrhe. Die hat man im alten Ägypten zum Einbalsamieren verwendet.«

»Und in der Renaissance hat man sie zum Schutz vor Flöhen um den Hals getragen«, fügte ich hinzu und sammelte mich wieder.

Er lachte. »Zum Schutz vor mir funktioniert sie aber nicht. – Leo«, sagte er und zeigte mit einem schmutzigen Finger auf sich selbst.

»Ann.«

»Ich weiß«, sagte er, beugte sich etwas vor und berührte meine Schlüsselkarte. »Ich habe dich schon hier gesehen. Du bist die Neue.«

Ich nickte, und er kniete sich neben mich, bog die Weihrauchpflanzen zur Seite und zog eine rostige, quietschende Schere hervor, mit der er die toten Blätter abschnitt.

»Du arbeitest mit Rachel zusammen?«

»Und mit Patrick.«

»Getrennt sind die zurzeit wohl auch nicht zu haben.«

Die Art und Weise, wie er das sagte, hatte eine Spitze, zielsicher auf einen wunden Punkt gerichtet. Er warf die abgeschnittenen Teile in einen Eimer.

»Ich mag die beiden«, verkündete ich und wusste nicht recht, warum ich eine solche Verteidigungshaltung einnahm.

Er ließ sich auf die Fersen sinken, und erst jetzt bemerkte ich seine festen Arbeitsstiefel und dass seine Arme sehnig, aber nicht zu muskulös waren.

»Alle mögen Rachel«, sagte er und schaute mich forschend an. »Das geht doch auch gar nicht anders.«

Es überraschte mich nicht, dass jemand wie Leo Rachel attraktiv fand. Ich stellte mir vor, wie er sie in den Gärten beobachtete, wo sie immer wieder rauchte, Kräuter zwischen den Fingern zerrieb, sich mit dem Saft den Hals betupfte. Dabei musste ich einen unwiderstehlichen Drang bekämpfen, ihn zu bitten, er solle mir alles über sie erzählen, was er wusste.

Stattdessen fragte ich: »Wie gut kennst du sie denn?«

Er erfasste mit einer Geste unsere Umgebung. »Sie hat im Herbst hier angefangen. Da hat sie noch in Yale studiert. Sie war immer am Wochenende hier, bis zu ihrem Abschluss.«

»Man hat sich ihrem Unistundenplan angepasst?«

Er schüttelte den Kopf. »Weißt du das denn nicht? Junge Frauen wie Rachel Mondray bekommen immer, was sie wollen.« Er biss ein Stück braunes Klebeband ab und wickelte es um einen gebrochenen Myrrhezweig. Wie vorsichtig er die Blätter festhielt, passte nicht zu meinem sonstigen Eindruck von ihm. »Und du, Ann Stilwell? Bekommst du, was du willst?«

Die Frage und die Art, wie er sich vor mir aufgebaut hatte, gaben mir das Gefühl, ich säße auf der Bank in der Falle, doch ich wollte mich nicht befreien.

»Weißt du, was Stechender Mäusedorn ist?« Er zeigte auf den Topf zu meiner anderen Seite.

»Nein, weiß ich nicht.«

»Der gehört zur Familie der Spargelgewächse. Aber wenn man zu viel davon isst, können die roten Blutkörperchen Risse bekommen oder kaputtgehen.«

Ich betrachte die Pflanze mit ihren glänzend grünen Blättern und knallroten Beeren.

»Wir züchten hier in The Cloisters sehr viele Giftsorten«, sagte er. »Du musst vorsichtig sein. Manche von diesen Pflanzen sehen wunderschön aus und auch so, als wären sie essbar. Sind sie aber nicht.«

»Kannst du mir die zeigen?«, bat ich und spürte dabei, wie mich das notwendige Selbstbewusstsein überflutete, um danach zu fragen, was ich wollte. In Leos Nähe fühlte man sich wie mit einer Hand über elektrischem Strom: Man spürte einen überdeutlichen, anregenden Pulsschlag, den ich mich bisher nie anzufassen getraut hätte. Jetzt sehnte ich mich förmlich danach, den unter Strom stehenden Draht zu berühren.

Leo stieß sich mit den Fersen ab und stand auf, ging auf ein Beet zu, in dem alles wild durcheinanderwuchs. Ich folgte ihm.

»Hier sind Schierling und Tollkirsche, Belladonna. Von beiden hast du wahrscheinlich schon gehört. Aber wir züchten noch andere: Bilsenkraut und Gewöhnliche Hundezunge, Eisenkraut und Alraune. All diese Kräuter kommen in der mittelalterlichen Medizin und bei magischen Praktiken vor. Genau genommen ist dieser ganze Kreuzgang voller angepflanzter Gifte und Gegenmittel, die man schon im elften oder fünfzehnten Jahrhundert kannte. In diesen Urnen da« – er zeigte auf zwei große Steinkübel mit Büschen voller wachsartig-grüner Blätter und rosafarbener Blüten – »wächst Oleander. Hochgiftig, aber im alten Rom auch sehr beliebt für Umschläge. Wenn du die Blätter beiseiteschiebst, siehst du die Bezeichnungen.«

Ich beugte mich vor, und er bog einige große Schierlingtriebe für mich zurück, sodass eine Keramikplatte sichtbar wurde, auf der in sorgfältiger Schrift der lateinische Name für Schierling eingraviert war, *Conium maculatum.*

»Und hier haben wir die *Catananche caerulea*«, verkündete er und nahm eine blaue Blüte zwischen die Finger.

Ich bog die sehnigen Ranken beiseite und entdeckte die Plakette.

»Auf Englisch heißt sie *Cupid's Dart,* Cupidos Pfeil. Man hat geglaubt, damit die Liebeskranken heilen zu können«, erklärte er, und seine leise Stimme erklang so dicht an meinem Hals, dass ich merkte, wie sich die feinen Härchen dort aufrichteten. Dass ich den Drang verspürte, mich weiter in seine Richtung zu lehnen, überraschte mich.

Er führte mich zu einem anderen Beet, legte mir dabei seine schwielige Hand auf den Arm. Ich spürte eine blinde Aufwallung der Zuneigung in mir, und dieses Gefühl ließ auch nicht nach, als ich wahrnahm, dass Rachel hinter einem Spitzbogen stand, der hinaus in den Garten führte. Dass sie uns mit dem Blick folgte. Etwas an dem Bewusstsein, beobachtet zu werden, weckte Mut in mir, veranlasste mich dazu, die Lücke zwischen unseren Körpern zu schließen, als Leo seine Hand von meinem Arm zu meinem Kreuz bewegte. Irgendetwas ließ mich erwartungsvoll auf das Innere meiner Wangen beißen. Wir erreichten ein Beet voller Zitronenmelisse. Der warme Zitrusduft vermischte sich mit denen nach Lavendel und Salbei, die es umgaben.

»Wenn du die Augen zumachst, wird es noch intensiver«, erklärte Leo, schloss seine und holte tief Atem. Beim Blick über den Hof sah ich, wie Rachel die Augenbrauen hochzog.

»Ich muss gehen«, sagte ich.

Er folgte meinem Blick zu Rachel auf der anderen Seite des Kreuzgangs.

»Natürlich«, erwiderte er. »Rachel bekommt immer, was sie will.«

Ich wünschte mir, er würde mehr sagen, doch Rachel hob den Arm und deutete auf die Uhr an ihrem Handgelenk. Ich hatte fast eine halbe Stunde mit Leo verbracht.

»Es tut mir leid«, sagte ich, unsicher, wie ich mich aus der seltsamen Intimität des Augenblicks befreien sollte.

Als ich mich zu Rachel gesellte, legte sie mir einen Arm um die Schulter. Ungezwungen, aber besitzergreifend. »Spaß gehabt?«

»Ich habe nur ein paar Dinge über Pflanzen gelernt.«

»Und über den Lehrer, was?«

Ich schaute mich nicht um, bis wir den Gang zur Bibliothek erreicht hatten, aber dann sah ich, dass Leo eine dichte, mit schwarz glänzenden Beeren übersäte Hecke schnitt. Belladonna, hatte er gesagt.

5. KAPITEL

Hitze beherrschte die Nacht, eine solche Hitze, dass meine Klimaanlage ihr nichts entgegenzusetzen hatte, sondern nur gegen den stillen Sommer anstöhnte und anstotterte, der die Straßen umklammert hielt. Ich lag im Bett, und jeder Quadratzentimeter Laken an meiner Haut war mir zuwider. Bis sich der Himmel langsam erhellte, dachte ich an den einzigen mir bekannten Ort in der City, an dem immer eine zuverlässige Kühle herrschte, an diesen Ort mit seinen schweren Steinkapellen und Grabgewölben. Irgendwann entschied ich, es sei nicht zu früh, sich um Viertel vor fünf auf den Weg zur Arbeit zu machen.

Falls das Sicherheitspersonal überrascht war, als ich auftauchte, ließ man sich nichts anmerken. Stattdessen reichte man mir ohne viel Aufhebens ein Blatt für Anwesenheit außerhalb der Kernzeiten, auf dem ich mich eintragen konnte. Ich machte mich auf den Weg in die Bibliothek. In den Ausstellungsräumen bewegten sich die schmalen Schatten der kleinen Statuen wie Spinnenbeine die Wände hinauf. Weil nur die frühe Morgensonne für Licht sorgte, warfen die Edelsteine der Reliquienschreine wässrige Farbpfützen auf den Boden. Das einzige Geräusch, das durch die Gänge aus dem zwölften Jahrhundert hallte, war das meiner Schritte. Als ich an einem Wachmann vorbeikam, der zusammengesunken in seinem Stuhl saß, die Augen geschlossen, konnte ich ihm keinen Vorwurf machen. Hier war es auch kühler und angenehmer als in meinem Apartment.

Die Tür zur Bibliothek fand ich unverschlossen vor, doch als ich sie aufstieß, nahm ich eine Veränderung im Raum wahr – die Luft wirkte ein wenig dicker, und da war schwefliger Streichholzgeruch. Ich tastete an der rauen Steinmauer nach dem Lichtschalter. Doch da schloss sich die Tür und nahm mir das letzte bisschen Licht. Im Dunkeln streckte ich die Hände vor mir aus und bewegte mich langsam vorwärts, bis ich auf einen der Arbeitstische traf und eine Leselampe erwischte. Ich zog an der Schnur, sodass die Birne unter dem grünen Lampenschirm anging, ein trauriger Wächter, der seine Strahlen über den Eichenholztisch schickte, nicht jedoch den ganzen Raum erfasste. Erst jetzt, als sich meine Atemzüge wieder normalisierten, wurde mir bewusst, dass sie in der Dunkelheit nur stoßweise gekommen waren.

In der ganzen Bibliothek hatte man die Vorhänge vor die gotischen Fenster gezogen. Die erfüllten normalerweise den Raum mit genug natürlichem Licht, dass einem die Tischlampen wie nutzloser Schmuck vorkamen. Ich ging zu den Fenstern und begann, die Vorhänge aufzuziehen, ließ das schwache Sonnenlicht herein und schaute zu, wie Staubteilchen in der Luft tanzten. Vielleicht schloss das Wachpersonal die Vorhänge ja jeden Abend, und ich war ganz einfach vor der üblichen Morgenrunde hier erschienen? Ich öffnete eines der Fenster halb, und das Morgenlied der Vögel drang sanft in den Raum, verscheuchte, was ich mir in der dunklen Bibliothek eingebildet haben mochte.

An dem Tisch, an dem Rachel und ich normalerweise arbeiteten, packte ich meine Tasche aus, legte Laptop und Notizbuch ab und zog ein paar Texte hervor, in denen ich Dinge nachgeschlagen hatte – Monografien über mittelalterliche Ansätze zu Astrologie und Orakeln, ein Handbuch aus dem dreizehnten Jahrhundert über die Traumdeutung. Doch dann bemerkte ich glatte rote Punkte auf dem Tisch. Mit dem Fingernagel kratzte ich an einem von ihnen, bis ich den Druck im Nagelbett spürte, und plötzlich ließ sich der Punkt ganz leicht von der Tischplatte lösen. Ich rieb die rote Scheibe zwischen den Fingern hin und her. Wachs. Kerzenwachstropfen? Ich knibbelte alle von der Tischplatte und legte sie beiseite, sodass auf einem Blatt Papier ein ordentlicher kleiner Stapel entstand.

Es gefiel mir, mich so früh und ganz allein in der Bibliothek aufzuhalten. Jetzt waren die einzigen Geräusche meine Schritte und die des Wachpersonals, bei schwachem Licht. Jetzt konnte ich mich ungestört im Raum bewegen. Schließlich war das Alleinsein mein Standardzustand; das gehörte zu den wichtigsten Gründen, warum das Arbeiten an der Universität mich überhaupt so anzog: die Möglichkeit, unbeaufsichtigt mit faszinierenden Objekten und altertümlichen Geschichten allein zu sein. Das erschien mir erstrebenswerter als die Vorstellung, in einem Büro zu arbeiten, mit dem obligatorischen Small Talk und den endlosen Meetings, der erzwungenen Intimität von Teambildungsübungen. An der Uni gab es all diese Dinge nicht. Und dafür war ich dankbar.

Bis zu Patricks Ankunft war ich zu den Archivregalen vorgedrungen und hatte gerade zwei weit genug auseinandergeschoben, um mich dazwischenquetschen zu können. Dabei hoffte ich, dass sich das von mir benötigte Buch nicht auf einem niedrigen Regalbrett befand, weil mir zum Bücken nicht genug Platz blieb. Ich hörte seine Schritte, bevor ich ihn durch den Spalt am Ende der Regale auftauchen und wieder verschwinden sah, wie eine Erscheinung. Dann blieb er stehen, trat einige Schritte zurück, bis an die Stelle, an der ich stand.

»Eine enge Angelegenheit«, kommentierte er und drehte kraftvoll am Kurbelrad. Die Regalwände bewegten sich auf mich zu. Nur ganz wenig, doch instinktiv hob ich die Hand, um

mich zu schützen. Bei Enge fühlte ich mich immer klaustrophobisch, und weil sich der Spalt um mich so zusammenschob, während Patrick in einem offenen Raum stand, spürte ich, wie mir
das Herz wild in der Kehle klopfte.

»Ich werde dich nicht zerquetschen, Ann«, beruhigte mich
Patrick lachend. »Ich habe deinen Namen im Logbuch gesehen.
Frühschicht heute?«

»Ich konnte nicht schlafen«, gab ich zurück und nahm das
gesuchte Buch aus dem Regal. Dann kam ich so schnell wie
möglich zwischen den Regalwänden hervor, trat zurück an den
Wagen, den ich mit Büchern gefüllt hatte.

Patrick fuhr mit dem Finger über die Buchrücken, während er
die Titel las. »Eine ganz exquisite Sammlung hast du da zusammengestellt.«

Ich drückte das Buch an die Brust, peinlich berührt davon,
wie rasch sich meine Angst zwischen den Regalwänden in Eifer
verwandelt hatte. Ich sehnte mich verzweifelt danach, Patrick zu
gefallen. So sehr, dass ich jedes seiner Worte ganz intensiv wahrnahm, auch sein Lob für meine Forschungsmethode. Als wären
all die Bücher an diesem frühen Morgen für ihn. Ich spürte, wie
mir die Röte in die Wangen stieg, spürte die Hitze.

»Sag mal, Ann«, erkundigte er sich, nachdem er den letzten
Titel gelesen hatte, »hat Richard eigentlich mit dir über die Divinationspraktiken im Italien der Frührenaissance gesprochen?«

Über die Rolle zumindest einer dieser Praktiken, nämlich der
Astrologie, wusste ich gut Bescheid. Darüber, wie während der
Renaissance kleine Entscheidungen dadurch beeinflusst wurden, zum Beispiel, wann man sich den Bart rasierte oder ein
Bad nahm. Außerdem größere Entscheidungen, zum Beispiel
wann ein Krieg zu beginnen war. Ich wusste, dass Aristokraten und Päpste geglaubt hatten, ihre Deckengemälde – die man
heutzutage als »Himmelsgewölbe« bezeichnete und die mit den

Konstellationen und Symbolen des Tierkreises bedeckt waren – könnten so großen Einfluss auf ihr Schicksal ausüben wie die Sterne selbst. Ich hatte sogar kurz an dem Thema »Geomantische Praktiken in Venedig« gearbeitet – dabei ging es um die Leidenschaft der Bürger dieser Stadt, mit einer Handvoll hingeworfener Erde die Zukunft zu deuten. An den Höfen der Renaissance liebte man Magie und Okkultismus, und man war überraschend geschickt darin, sie mit dem christlichen Weltbild zu vereinbaren. Lingraf, das wusste ich, besaß eine gewisse Schwäche für dieses Gebiet, ein romantisches, fantasievolles Interesse, das ich immer persönlichen Leidenschaften statt akademischer Arbeitsdisziplin zugeschrieben hatte. Bis zu einem gewissen Grad hatte er dieses Gefühl auch in mir hervorgerufen, und ich hatte es aufblühen lassen.

»Hat er«, bestätigte ich. Doch Lingraf hatte es niemals darauf angelegt, anderen etwas über seine Arbeit mitzuteilen. Er war hilfsbereit. Ermutigte einen. Aber er öffnete sich nie.

»Ach ja. Du hast in Michelles Büro ein paar Details zu deiner Arbeit erwähnt.«

Wieder war ich erstaunt darüber, wie ausführlich sich Patrick mit meiner Bewerbung auseinandergesetzt hatte. Ob er Lingraf wohl kontaktiert hatte, um noch mehr zu erfahren?

»Und was hältst du davon? Von dieser Ausstellung, an der wir arbeiten?«, fuhr er fort. »Schildere mir doch mal ganz grob deine Eindrücke.«

»Ich denke, sie spiegelt wider, wie leicht sich die Menschen in der Renaissance durch altertümliche Praktiken verführen ließen – Geometrie und Anatomie meine ich damit nicht. Und das, obwohl die Renaissance oft als Zeitalter der Logik und der Wissenschaften betrachtet wird. Bei diesen Praktiken handelt es sich eher um einen Glauben an Orakel und mystische Traditionen. In gewisser Hinsicht auch sehr« – hier hielt ich kurz inne – »antiwissenschaftlich. Aber das sind wirklich nur meine Eindrücke, ganz grob.«

»Natürlich«, bestätigte Patrick und schaute mich an. Wieder fiel mir auf, wie gut er aussah. Selbst im Neonröhrenlicht der Bücherwände schienen sein Kinn und seine Wangenknochen vor Gesundheit geradezu zu strahlen. Während meiner ersten Woche hatte ich versucht, über das Datum seiner Doktorarbeit sein Alter herauszufinden. Er war, so hatte ich ermittelt, Ende vierzig, vielleicht auch Anfang fünfzig. Jung für eine Vollzeitstelle als Kurator, ganz besonders jedoch in The Cloisters.

»Warum gehst du davon aus, dass sich die Menschen damals so leicht von diesen Dingen verführen ließen?«, wollte er wissen und zog ein Buch aus meinem Stapel, einen Band über mittelalterliche Visionen, den er nun durchblätterte.

»Wir sehnen uns danach, die Welt um uns herum erklären zu können«, gab ich zurück. »Dem Unbekannten einen Sinn zu verleihen.« Zumindest wusste ich, dass das bei mir der Fall war. Und dass es sich dabei bis zu einem gewissen Grad um einen universellen Drang handelte.

»Hast du jemals in Erwägung gezogen, dass etwas an diesen Praktiken … möglicherweise einiges an Wahrheit enthält, auch wenn das für uns jetzt schwer nachvollziehbar ist?« Bei diesen Worten schaute er auf, den Finger noch auf einer Buchseite. Er hielt meinen Blick fest.

»Wie meinst du das? So, dass wir anhand der Positionen der Planeten vielleicht den besten Tag zum …«– ich suchte nach dem merkwürdigsten Beispiel aus einem astrologischen Manuskript –»… Heilen der Gicht ermitteln können?«

Patrick nickte, und dabei erschien die Andeutung eines Lächelns in seinen Mundwinkeln.

»Ich glaube das nicht«, fuhr ich fort, während ich über die Frage nachdachte. Die Vorstellung, Menschen könnten die

Zukunft vorhersagen, indem sie Planeten bei ihrer Wanderung über den Nachthimmel zusahen, hatte die Fantasie von Gelehrten und Mystikern jahrhundertelang in ihren Bann gezogen. Mir war es jedoch unmöglich, an die Astrologie zu glauben. Ich hatte aus eigener Erfahrung erlebt, wie willkürlich das Schicksal verfahren konnte. Das Schicksal, dessen war ich mir sicher, würden wir nie zur Gänze enträtseln. Allerdings wollte ich Patrick nicht enttäuschen, vor ihm nicht als zu zynisch dastehen, deswegen fügte ich hinzu: »Natürlich gibt es bis heute Menschen, die an Astrologie glauben.«

»Wir neigen dazu, Dinge abzuwerten, die wir nicht begreifen«, meinte Patrick. »Dann tun wir sie als antiquiert oder unwissenschaftlich ab. Aber wenn du aus deiner Zeit hier auch nur eines lernst, dann wünsche ich mir, dass du diesen Glaubenssystemen die Aufmerksamkeit schenkst, die sie verdienen. Du brauchst nicht an Divination zu glauben, um sie für einen Aristokraten im vierzehnten Jahrhundert als Tatsache anzunehmen.« Er legte das Buch hin. »Das brauchst du nicht einmal, um sie erneut als Tatsache zu betrachten.«

Bei meiner Rückkehr in die Bibliothek war das Blatt mit meinem Wachsfleckenstapel verschwunden. Ich schaute im Abfalleimer nach, doch das Wachs fand sich nirgendwo. Bisher waren Patrick und ich als Einzige hier eingetroffen.

»Hältst du Ausschau nach Leo?«, erkundigte sich Rachel und zog an ihrer Zigarette. Die Hitze des Morgens war einem bewölkten Nachmittag gewichen. Auf der anderen Seite des Flusses kündigte sich bedrohlich Regen an, und wir nutzten die kühlere Luft für eine Pause an der Ecke des Bonnefont-Kreuzgangs. Rachel hielt eine Hand über die Mauer, damit niemand bemerkte, dass sie rauchte.

»Nicht wirklich«, gab ich zurück, aber das war gelogen. Ich

hatte schon den ganzen Tag nach ihm Ausschau gehalten, war sogar ein wenig länger als nötig in der Küche geblieben, in den Gärten, in der Nähe der Personaltoiletten, weil ich hoffte, er könnte vorbeikommen.

»Du bist eine schrecklich schlechte Lügnerin«, entgegnete Rachel und betrachtete mein Profil, während sie ihre Zigarette ausdrückte. »Montags arbeitet er normalerweise im Gewächshaus, nicht hier in den Kreuzgängen. Aber das interessiert dich ja sicher gar nicht.«

Sie nahm die Szene in sich auf: Besucher, die ehrfürchtig über die Ziegelpfade des Gartens schritten, die Hände hinter dem Rücken verschränkt. Vor fünfhundert Jahren war das wahrscheinlich ganz ähnlich gewesen, überlegte ich.

»Zum Glück ist die Hitzewelle erst mal vorbei«, kommentierte Rachel. Dabei sah sie aus, als könnte ihr weder Hitze noch Luftfeuchtigkeit etwas anhaben.

»Ich war heute schon früh hier«, berichtete ich. »Ich habe die Hitze nicht mehr ausgehalten. Aber als ich heute Morgen in die Bibliothek kam, gab es Wachsflecken auf unserem Tisch. Zumindest glaube ich, dass es Wachs war. Was meinst du, wo kamen die her?«

Rachel ließ den Blick über die Mauern schweifen, in Richtung des Flusses. »Ich weiß es nicht«, antwortete sie.

»Glaubst du, irgendjemand würde in der Bibliothek Kerzen anzünden?«

»Vielleicht gab es am Wochenende wieder mal eine Sponsorenveranstaltung. Du glaubst gar nicht, was ich danach schon in der Bibliothek gefunden habe, sogar in den Ausstellungsräumen.«

Das schien durchaus denkbar. Und es war auch nicht so, als liefe zwischen der Event-Abteilung und den Kuratoren im Museum viel Kommunikation ab. »Es ist einfach komisch. Warum sollte jemand in einem Raum voller seltener Bücher mit Kerzen herumhantieren?«

»Das haben die Mönche früher die ganze Zeit gemacht«, meinte Rachel und stand auf.

Danach ging der Tag schnell vorbei, doch trotz des graublauen Himmels blieb es für die Stadt bei hoher Luftfeuchtigkeit und Stille. Als ich die Bibliothek um sechs Uhr verließ, tat ich das nur ungern, denn ihre kühle, von Steinmauern beherrschte Enge war mir längst vertrauter als meine Einzimmerwohnung, und auf irgendeine Weise machte die Schönheit meiner Arbeitsumgebung die Realität meiner Nächte umso schlimmer.

Während ich durch die Ausstellung und an den erhabenen Grabgewölben vorbei zum Shuttlebus lief, wandten sich meine Gedanken wieder der Hitze zu. Ich war darauf nicht vorbereitet gewesen, auf die Feuchtigkeit. Und ich dachte darüber nach, ob ich vielleicht Geld für eine neue Klimaanlage hätte; zwei Blocks von meinem Apartment entfernt gab es einen Laden. Doch als ich den Luxus kühler Luft gegen die Realitäten meines Budgets aufrechnete, erkannte ich: Das würde so eng werden, dass ich absolut sicher sein musste. Ich griff nach dem Handy, um den Taschenrechner zu öffnen, und dabei stellte ich fest, dass ich es auf dem Stuhl in der Bibliothek hatte liegen lassen. Der Weg zurück war nicht weit, doch am Bonnefont-Kreuzgang entdeckte ich zwei Bekannte: Rachel und Leo. Sie standen bei dem Bogen, der zu den Schuppen mit dem Gartengerät führte, tief in ein Gespräch versunken. Rachel lehnte sich an eine Wand, die Arme hinter dem Rücken verschränkt. Leos Hand befand sich über ihrem Kopf.

Ganz spontan schlüpfte ich hinter eine der Säulen und sah quer durch den Garten zu den beiden hinüber. Ich konnte Rachels Lachen hören, als sie eine Zigarette hervorholte, sie anzündete und Leo reichte. Er nahm sie nicht entgegen, sondern hob langsam ihre Hand an seinen Mund, und dann zog er daran. Verärgert machte sich Rachel los und glitt von der Wand weg, ließ Leo stehen.

Diese Gelegenheit nutzte ich, duckte mich und schlüpfte ungesehen in die Bibliothek. Ich brauchte ein paar Minuten, um mein Handy zu finden, weil ich mich in meinem Zustand aus Eifersucht und Begehren, der förmlich meine Handteller schmerzen ließ, nicht darauf fokussieren konnte. Mit dem Gerät in der Hand lehnte ich mich gegen eine der Holztüren, als ich Patricks Stimme von der anderen Seite näher kommen hörte.

»Ich denke, es wird Zeit, dass wir Ann ins Boot holen.«

»Das geht zu schnell, Patrick«, gab Rachel zurück.

»Sie ist hier, um sich zu beweisen.«

Weil Patrick die Stimme gesenkt hatte, musste ich den ganzen Körper gegen die Tür schmiegen, das Ohr an den Spalt pressen. Als Rachel wieder sprach, konnte ich durch das dicke, feuchte Holz die Frustration in ihrer Stimme wahrnehmen: »Wir wissen noch nicht sicher, ob wir ihr auch vertrauen können. Aber ihre Neugierde ist schon geweckt. Dass sie das Wachs gefunden hat, weißt du? Hat sie dich danach gefragt?«

»Ich habe mich darum gekümmert.«

Dann Stille, außer dem Klang meiner eigenen Pulsschläge, die mir in den Ohren hallten.

»Komm schon«, forderte Patrick sie auf, und in seiner Stimme lag etwas Weiches, das ich so noch nie wahrgenommen hatte. »Lass uns deswegen nicht streiten. Du wolltest sie doch.«

»Ich denke, sie kann uns behilflich sein«, räumte Rachel ein, und ich spürte, dass es dabei nicht nur um die Ausstellung ging, sondern um mehr, aber worum genau, war mir schleierhaft.

»Manchmal müssen wir einfach Risiken eingehen«, erklärte Patrick nachdrücklich.

Dann eine ganz kurze Stille.

»Du traust doch meinem Urteilsvermögen?«, sagte er.

Rachel musste genickt haben, denn er fügte hinzu: »So kenne ich meine Rachel. Du weißt doch, ich glaube nicht, dass sie zufällig hier gelandet ist.«

Der Türgriff bewegte sich jetzt langsam, und ich eilte ans andere Ende der Bibliothek, schlüpfte zwischen die Regalwände, bevor sich die Tür öffnen konnte. Ich lief durch den Personalflur, an der Küche vorbei. Mit gesenktem Kopf hastete ich durch die schwach beleuchteten Gänge und hätte es fast bis ins Foyer geschafft, doch da stieß ich im wahrsten Sinne des Wortes mit Leo zusammen.

»Alles okay bei dir?«, erkundigte er sich, hielt mich an den Schultern fest und musterte mich gründlich.

»Ja. Entschuldige. Ich …« Ich war zu verstört, zu sehr außer Atem vom Rennen, als dass ich mich darauf hätte konzentrieren können, was ich ihm sagen wollte.

»Langsam, langsam, Ann. Das hier ist ein Museum. Leben werden woanders gerettet.«

»Weiß ich, weiß ich doch.« Ich atmete heftig aus. »Ich wollte einfach den Shuttlebus nicht verpassen.«

»Der ist gerade weg.« Leo trat einen Schritt zurück.

»Shit.«

»Lass uns laufen.« Er bedeutete mir, ich solle vorangehen. Seine Armbewegung erinnerte mich daran, wie er den Arm über Rachels Kopf ausgestreckt hatte – an das Starke, das Besitzergreifende. Ich wollte seinen Arm über mir spüren, wollte, dass er ihn mir um die Taille schlang, um die Schultern, fest und kräftig.

Wir traten aus der Dunkelheit des Museums unter das Blätterdach des Parks, wo die sich windenden Pfade die großen Rasenflächen in schwindelerregendem Rhythmus durchzogen. Leo ging jetzt neben mir, und hin und wieder summte er die Melodie eines Liedes, das ich nicht erkannte.

Nachdem wir eine Vorschulgruppe überholt hatten, Hand in Hand wie eine Gänseblümchenkette aus kleinen Kindern, wandte er sich mir zu und fragte ohne weitere Umschweife: »Warum bist du hier?«

»Was soll denn das jetzt?« Scharf hatte seine Frage geklungen. Und sie erinnerte mich daran, dass ich hier neu und unerfahren war, vielleicht nicht einmal willkommen. Als hätte ich das je vergessen können.

Eigentlich wusste ich, es wäre am besten, die Dinge zu ignorieren, die ich heute gesehen und gehört hatte, eine Barriere zwischen mir und Leo und Rachel und Patrick zu errichten. Zwischen der Welt des Museums und den Dingen, die ich durch die Arbeit hier erreichen wollte: der Zulassung zum Aufbaustudium, einem Leben außerhalb von Walla Walla. Leos Frage enthielt auch die Implikation, die mir langsam Sorgen bereitete: *Warum drängst du dich in unsere Welt?*

Ich hatte wohl ein wenig zu lange geschwiegen, denn er fügte sanft hinzu: »Was ich meine: Warum nicht Los Angeles oder Chicago oder Seattle? Warum das hier?«

Erleichtert wies ich mit einer Armbewegung über unsere Umgebung. »Man hat mir gesagt, das hier ist die großartigste Stadt der Welt.«

Leo musste lachen. »Das nebenbei sicher auch.«

Das letzte Kind, das getrödelt hatte, trottete an uns vorbei, fuhr mit der freien Hand durch das kniehohe Gras.

»Wegen der Kunst, denke ich«, sagte ich und betrachtete dabei Leos Profil. Auch wenn ich die anderen Gründe für mich behielt: New York befand sich Tausende von Meilen von der Lutheranerkirche entfernt, bei der mein Vater begraben lag, und New York war eine Stadt, in der einem die Leute im Gegensatz zu anderen nie den eigenen Ehrgeiz zum Vorwurf machten. Wir gingen Seite an Seite weiter. Leo hatte die Hände tief in den Hosentaschen vergraben, vor der Brust trug er eine Umhängetasche. »Das hier ist der einzige Ort, an dem ich die Arbeit machen kann, die ich machen will«, antwortete ich schließlich.

»Was bist du für die Arbeit bereit aufzugeben?«

Die Frage hatte er nicht einfach so gestellt, und ich schob selbst die Hände in die Hosentaschen und zuckte die Achseln, noch nicht willens, ihm mehr zu erzählen, weil ich erst so wenig über ihn wusste.

Leo stieß mich mit der Schulter an. »Hier gehen nicht alle rücksichtsvoll mit einem um«, erklärte er. »Du solltest Fragen nicht so persönlich nehmen. Und wenn du das doch tust und sie nicht beantworten willst, sagst du den Leuten einfach, sie sollen sich verpissen. Ich will nur herausfinden, ob es dir hier gefallen wird. Den meisten Leuten ist das übrigens egal. Jedenfalls solange du deine Arbeit erledigst. Aber mir gefällt es hier. Zumindest mag ich die Arbeit im Garten. Die Arbeit, wie du gesagt hast. Auch wenn ich die Besucher hasse. Manchmal, an den ruhigen Tagen, kann ich so tun, als wäre alles, wie es sein sollte. Wie bei der Arbeit vor dem Zeitalter der Tourismusindustrie. Vor dem Erlebnistourismus.«

»Meinem Gefühl nach ist es in The Cloisters immer ein bisschen so. Das ist eine Welt für sich.«

Wir hatten die U-Bahn erreicht, der Eingang war in einen Felsvorsprung gehauen, zu beiden Seiten wuchs Efeu. Das Ganze sah aus wie eine Station, die nach Rom gehörte, nicht an den nördlichen Rand Manhattans.

»Deine Haltestelle«, sagte er mit einem Nicken in Richtung Treppe.

»Danke, dass du mich begleitet hast«, sagte ich, und dabei nahm ich peinlich berührt wahr, wie albern das klang. Als hätte er mich an der Hand gehalten wie die Kinder, an denen wir vorbeigegangen waren.

»Ich begleite dich gern, Ann Stilwell.« Er zögerte. »Das ist ein ganz unglaublicher Ort – diese Stadt. The Cloisters. Pass nur auf, dass er dich nicht fertigmacht. Sorge dafür, dass er dir stattdessen die Sinne schärft.«

Am nächsten Tag prasselte ein konstanter Regen seinen Rhythmus an die Glasscheiben der Bibliothek, in der Rachel und ich arbeiteten. Die Geschwindigkeit, mit der sie Texte aufnehmen konnte, versetzte mich noch immer in Erstaunen – blitzschnell erfasste sie bei der Lektüre alles. Als der Regen endlich aufhörte, stand Rachel auf und entschuldigte sich, klopfte dann bei Patrick. Fast eine Stunde beobachtete ich die Tür aus den Augenwinkeln, schob den Gedanken weg, wenn noch fünf Minuten vergingen, könnte ich vielleicht näher herangehen, möglicherweise ein oder zwei Worte der Unterhaltung dort drinnen aufschnappen. Aber gerade als ich mich den Regalen zuwenden wollte, die sich am nächsten an Patricks Büro befanden, erschien Rachel wieder. Sie hielt die Tür hinter sich fest, bis sie ganz leise ins Schloss fiel.

»Patrick fragt, ob du gern am Samstag zum Abendessen zu ihm nach Hause kommen möchtest«, sagte sie, während sie sich mir gegenüber hinsetzte.

Ich konnte nicht anders, ich musste an das denken, was ich am Vortag durch die Tür erlauscht hatte, aber falls da auch nur die winzigste Andeutung von Resignation in Rachels Worten lag, war sie für mich nicht wahrnehmbar.

Am Whitman College hatte mich nie jemand aus der Fakultät zum Abendessen zu sich nach Hause eingeladen. Obwohl das College klein war, gab es eine Trennlinie zwischen Studierenden und Lehrenden. Solche Abendessen wurden schließlich nur zu gern zu Spekulationen über unangemessene Beziehungen genutzt. Aber seit mir Rachel zum ersten Mal davon erzählt hatte, war ich neugierig auf Patricks Haus gewesen, und die Einladung fühlte sich an wie die Einführung, auf die ich gewartet hatte.

»Das ist so Tradition«, fuhr Rachel fort. »Ich esse normalerweise einmal in der Woche dort. Manchmal kommen auch andere Gäste. Eher wie bei einem Salon für Intellektuelle. Diese Woche ist außerdem Aruna Mehta dabei, die Kuratorin für seltene Manuskripte an der Beinecke Library.«

»Ich weiß gar nicht, wie man nach Tarrytown kommt.« Langsam machte ich mir Sorgen über den logistischen Aspekt. Wie konnte ich präsentabel dort erscheinen, nicht verschwitzt vom Fußweg oder der stickigen U-Bahn?

»Wir fahren einfach zusammen.« Rachel hob die Hand. »Ich hole dich um fünf ab.«

6. KAPITEL

Am Samstag erschien Rachel in einer schwarzen Limousine mit Chauffeur bei mir.

»Ich habe dir ein paar Sachen mitgebracht«, verkündete sie und hielt eine riesige fliederfarbene Tasche hoch. »Ich hoffe, das ist dir recht. Kleidung.«

»Du hast mir Kleidung gekauft?«, fragte ich. Ich zog einen Rock aus der Tasche, an dem noch die Preisschilder hingen.

»Nein. Natürlich nicht. Ich habe einfach bei mir ausgemistet und gedacht, vielleicht gefällt dir einiges davon. Vieles habe ich noch gar nicht getragen. Ich wollte die Sachen spenden.«

Die Art und Weise, wie sie das sagte, einfach so, vermittelte mir den Eindruck, es wäre wirklich nichts weiter dahinter. Gleichzeitig musste ich mich einfach fragen, ob sie es wohl leid war, jeden Tag meine langweiligen Outfits vor der Nase zu haben, meine pragmatischen Baumwoll-Kunstfaser-Mischungen. Ich schaute mir ein paar Stücke an, betastete den Stoff. Kein Wunder, dass Rachel immer tadellos aussah.

»Danke«, sagte ich.

»Vielleicht möchtest du dich ja gleich umziehen …?«

Ein sanfter Schubs, sanft genug, um nicht sofort ein Schamgefühl bei mir auszulösen, aber er reichte. Ich schaute an mir herunter und betrachtete das lässige Outfit, das ich für den Abend ausgewählt hatte. Allein das Wort – *lässig* – sagte alles.

»Würde dir das etwas ausmachen?«

»Überhaupt nicht. John, können Sie ein paarmal um den Block fahren?« Der Chauffeur war einverstanden. »Ich komme mit dir hoch.«

»Nein!« Bei der Vorstellung, wie Rachel in meinem engen Einzimmerapartment die Wäsche auf der Leine auf der Feuertreppe sehen würde, genau wie bei meinen Nachbarn, das schmutzige Geschirr – wie sie sich auf die einzige Stelle auf der Couch quetschen würde, die nicht unter Büchern und Notizen begraben war, wurde mir schwindlig vor Panik. »Ich meine, ich werde mich super beeilen. Das ist wirklich nicht nötig.«

»Da ist ein schwarzes Kleid dabei, das perfekt wäre. Ein ganz simples Etuikleid. Das würde ich anziehen.«

Als ich oben die Tasche durchwühlte, war ich froh, dass Rachel nicht mitgekommen war und meine winzige Mietwohnung begutachtete. Damit das Ganze mehr nach einem Zuhause aussah, hatte ich ein gerahmtes Foto meiner Eltern aufgehängt, außerdem einige Postkarten mit Gemälden, die ich im Original noch nie gesehen hatte, die jedoch am Whitman College den Großteil meiner Zeit beansprucht hatten: eine Freskenfolge aus dem Palazzo Schifanoia in Ferrara. Der Name »Schifanoia« hatte seinen Ursprung im italienischen *schifare la noia*, »der Langeweile entkommen«. In diesem Vergnügungspalast am Rand von Ferrara hatte Borso d'Este, der exzentrische Herrscher über ein einflussreiches Herzogtum, eine ganze Banketthalle mit Tierkreiszeichen schmücken lassen. Dort gab es eine Prozession, in der Schwäne eine Kutsche mit Venus zogen. Über Venus schwebte ein glänzender brauner Stier, dessen Flanken mit Goldsternen verziert waren, und segnete ihren Weg. Borso hatte die Halle so gestalten lassen, um seine Gäste zu beeindrucken – Astrologie als Machtdemonstration, als Totem des günstigen Schicksals. Doch einige Gelehrte hatten erklärt, dahinter verberge sich ein tieferer Sinn: Borso und die Renaissanceastrologen, die den Raum gestaltet hatten, hätten geglaubt, *Gemälde* von Himmelskörpern könnten einen so starken Einfluss auf das Schicksal eines Individuums ausüben wie die Sternbilder selbst. Als könnte eine Zeichnung des Sternbilds Stier das Horoskop des Betrachters positiv beeinflussen. Vielleicht handelte es sich hier um Kunst in ihrer machtvollsten Form. Lingraf hatte mich immer ermutigt, diese Sichtweise ernst zu nehmen.

Ich zog das schwarze Etuikleid an und band meine Locken in einem niedrigen Pferdeschwanz zusammen. Dabei benutzte ich die soeben angekommene Kiste meiner Mutter als Schemel, um im Badezimmerspiegel mehr von meinem Körper sehen zu können. Der Unterschied fiel einem sofort ins Auge: Mein Haar hatte in seinem chaotischen Zustand etwas Romantisches, der Ausschnitt reichte gerade tief genug für einen sexy Effekt, insgesamt saß das Kleid gut und war bequem. Der Stoff schmiegte sich genau an der richtigen Stelle an meine Schenkel, und so war das Kleid immer noch angemessen für einen Salonabend – den ersten meines Lebens. Rachel hatte das Kleid bestimmt nicht öfter als ein- oder zweimal getragen; es fühlte sich an wie noch nie gewaschen. Ich widerstand dem Drang, die Tasche weiter zu durchsuchen und mir anzuschauen, was sie mir noch überlassen hatte. Stattdessen rannte ich wieder die Treppe runter. Ich wollte sie nicht warten lassen.

»Oh, ich wusste, es würde dir perfekt stehen«, kommentierte sie, als ich neben ihr auf den Rücksitz glitt. Das Kompliment fühlte sich so natürlich an wie der Stoff des Kleides auf meiner Haut.

Wir fuhren Richtung Norden, oder vielmehr bewegten wir uns auf der überfüllten Straße Stückchen für Stückchen fort. Rachel tippte irgendetwas auf ihrem Handy, ich schaute zu, wie die hohen Gebäude langsam den grün gesäumten Ausfahrten der Vorstädte wichen, bis der Chauffeur schließlich mit einer behutsamen Lenkbewegung abbog und wir auf angenehmer zu fahrende, ruhigere Straßen kamen. Rachel schwieg die ganze Zeit, und weil ich nicht zu eifrig, zu gierig nach Aufmerksamkeit erscheinen wollte, hielt ich den Mund. Endlich, als wir eine lange Kiesauffahrt entlangfuhren, steckte Rachel ihr Telefon zurück in die Tasche und verkündete: »Wir sind da.«

Jetzt wurde das Haus sichtbar – eine geordnete Ansammlung von grauen Steinplatten und Bleiglasfenstern, deren schraffierte Metallfassungen ein winziges Patchwork entstehen ließen. Balsamtannen und Buchen säumten die kreisförmig angelegte Zufahrt, die Haustür schmückte ein gotischer Bogen aus verziertem Buchsbaumholz. Ich wurde in so vieler Hinsicht an The Cloisters erinnert: durch die Farbe des Steins, die neogotische Ästhetik, die Art und Weise, wie die Auffahrt Erwartungen in einem weckte, wie sie den Ankömmling durch die langsame Enthüllung eines steinernen Rauchabzugs auf der einen Seite oder einer alten kupfernen Wetterfahne auf der anderen zu necken schien. Ich überlegte, ob John die ganze Zeit auf uns warten, einfach im Auto sitzen würde, vielleicht mit einem Sandwich im Kofferraum, wie er das jede Woche tat.

An der Tür begrüßte uns niemand. Rachel betrat einfach die ovale Eingangshalle, die in ein steinernes Treppenhaus mündete. Zu unserer Linken befand sich die Bibliothek, und als Rachel mich hindurchführte, tat ich mein Bestes, mir die Details einzuprägen. Zum ersten Mal erhaschte ich einen Blick in das Zuhause eines Akademikers: Es gab gerahmte Manuskriptseiten und ein eingefasstes Triptychon, einen von knöchernen Astragali-Würfeln – Schafsknöchelchen, mit denen die alten Griechen die Zukunft vorhersagten – bedeckten Tisch, Regale voller Bücher mit Ledereinbänden. Eine reichhaltige und sorgfältig ausgerichtete Sammlung, die Patricks Gehalt bei The Cloisters weit überstieg, dessen war ich mir sicher. Ich wollte länger bleiben, den Stoff der Sofas berühren, das kühle Mahagoni der Tische unter den Fingern spüren, doch Rachel hatte den Raum bereits durchquert, völlig unbeeindruckt, und wartete an einer Fenstertür auf mich, die hinaus in den Sommerabend führte.

Von der Terrasse mit den großen Steinplatten vor der Bibliothek hatte man eine Aussicht bis zur Tappan-Zee-Brücke über den Hudson, die Rockland und Westchester miteinander verband. Die Luft war dunstig und erfüllt vom ständigen Summen der Insekten. Unter einer gestreiften Markise saßen Patrick und eine Frau, Drinks in der Hand, von denen das Kondenswasser abperlte. Die zierliche Frau füllte kaum den Stuhl aus, doch ihr Kleid, in einem lebendigen Korallenrot mit eingewobenen Goldakzenten, ließ sie übermächtig wirken. Zu viert waren wir nicht genug, um von einem Salon sprechen zu können; das Ganze hatte eher etwas von einer intimen Dinnerparty.

Aus irgendeinem Grund – wahrscheinlich wegen unserer Umgebung, der Bibliothek, der vor Alter matten Glasfenster – erwartete ich, jemand werde erscheinen und fragen, was wir trinken wollten. Deswegen überraschte es mich, als Patrick aufstand und durch eine Tür am entfernteren Ende der Terrasse ins Haus ging. In die Küche, so sollte ich später herausfinden. Dort mixte er selbst unsere Drinks.

»Negronis«, verkündete er und überreichte mir einen schweren verzierten Kristallkelch. Dann erfuhr ich, dass die Frau am Tisch Aruna Mehta war. Aus Punjabi und eine Oxford-Absolventin. Sie und Patrick hatten sich im Aufbaustudium kennengelernt – sie erklärte, sie beide seien seit beinahe zwanzig Jahren befreundet. Aruna trug das glänzende Haar in einer eleganten Hochsteckfrisur und um den Hals eine Lesebrille. Rachel küsste sie auf beide Wangen, bevor sie sich setzte. Trotz der Natürlichkeit, mit der sie das tat, überraschten mich die Intimität der

Geste und das Selbstvertrauen, mit der Rachel sie vollzog. Keine Fakultät hatte mich jemals dazu ermutigt, mich so vertraulich zu verhalten.

»Zum ersten Mal hier?«, erkundigte sich Aruna mit einer Geste in Richtung des Panoramas.

»Ja«, erwiderte ich. »Es ist ganz unglaublich.«

»Vielen Dank«, sagte Patrick und erhob das Glas. »Ich darf dafür kein Lob in Anspruch nehmen.«

»Aber für die meisterliche Restaurierung schon.« Aruna stieß mit uns an. »Zum Wohl.«

»Da hast du auch wieder recht.« Patrick lächelte.

»Die meisten Kuratoren leben nicht so«, erklärte mir Aruna, während sie sich mit vorgetäuschter Vertraulichkeit in meine Richtung lehnte. Ihre Nähe fühlte sich an wie ein Rettungsanker. »Da ist Patrick eine Klasse für sich. Wie in so vieler anderer Hinsicht auch.«

Patrick lachte, und zum ersten Mal fiel mir auf, dass sich unter seinen Bartstoppeln leichte Grübchen befanden. Ich fragte mich, warum er in diesem Haus niemanden an seiner Seite hatte – eine Frau, eine Familie, wenigstens eine Haushälterin. Hier musste es doch Dutzende von Räumen geben.

»Aruna, genug jetzt« forderte sie Patrick auf, und dabei lag nicht einmal die Andeutung einer Warnung in seiner Stimme.

»Rachel wird das bestätigen.« Aruna sagte es mit einem Zwinkern.

Eine Erinnerung daran, wie sehr ich hier eine Außenseiterin war. Vielleicht ein beabsichtigter Hinweis darauf, wie oft Rachel schon auf Patricks Terrasse Negronis getrunken hatte, dass sie vielleicht wusste, wie das Haus vor der Restaurierung ausgesehen hatte. Sie hatte mir erzählt, sie kenne Aruna aus ihrer Zeit in Yale. Und während ich im Grundstudium von denjenigen Fakultätsmitgliedern übersehen worden war, auf die es wirklich ankam, hatte man Rachel garantiert bereits damals als besondere Studentin erkannt, die man im Auge behalten musste. Ich rief mir ins Gedächtnis, dass ich genau aus diesem Grund nach New York gekommen war. Um mich neu zu erschaffen, mich in jemanden wie Rachel zu verwandeln. In jemanden, den die Leute ernst nahmen, in jemanden, den *ich* ernst nehmen konnte.

»Vom Symposium in der Morgan Library habt ihr ja sicher gehört?«, erkundigte sich Aruna. »Dieses Jahr soll es um die Geschichte des Okkultismus in der Renaissance gehen.«

»Ja«, gab Patrick zurück. »Ich habe vorgeschlagen, Rachel den Teil zum Thema Tarot moderieren zu lassen.«

Rachel beugte sich zu mir und flüsterte mir ins Ohr: »Die haben Nein gesagt.«

»Stattdessen übernehme ich das jetzt«, fügte Patrick hinzu.

»Sehr interessant, dass sie diese Konferenz gerade jetzt abhalten, wo du eine Ausstellung zum Thema Divination vorbereitest. Oder, Patrick? Dabei haben sie jahrelang behauptet, das Thema sei die Mühe des Forschens nicht wert.« Aruna biss in einen Orangenschnitz und kaute nachdenklich darauf herum.

»Der Wind hat sich plötzlich gedreht«, kommentierte Rachel und nippte an ihrem Negroni, sodass der riesige Eiswürfel an eine Seite ihres Glases schlug.

»Wie sieht's bei Ihnen aus, Ann?« Aruna tupfte ein wenig Kondenswasser weg, das von ihrem Glas auf ihr Kleid getropft war. »Haben die beiden hier Sie schon bekehren können?«

»Noch nicht, fürchte ich.« Es fiel mir schwer, den Ton dieser Unterhaltung zu deuten. Zu verstehen, wie über Tarotkarten und Divinationspraktiken gesprochen wurde, als wären sie vielleicht real. Das Ganze wirkte wie ein Witz auf mich. Wie ein Witz, überlegte ich besorgt, dessen Pointe sich mir erst erschließen würde, wenn ich mich bereit erklärte, an das Unglaubliche zu glauben. Und der Witz ging natürlich voll und ganz auf meine Kosten.

»Ah, *noch* nicht«, wiederholte Aruna. »Also ist es noch möglich, Sie zu überzeugen?«

»Es geht nicht ums Überzeugen«, griff Patrick ein, der sich nun in seinem Stuhl nach vorn lehnte, die Ellbogen auf den Knien, die Hände um das Glas geschlossen. »Man muss für den Prozess offen sein. Für den Versuch, nachzuvollziehen, warum diese Praktiken einmal wichtig waren. Und wie sie vielleicht immer noch wichtig sein können. Wir reden hier über Glaubenssysteme, die die Art und Weise bestimmt haben, wie wir über das Schicksal sprechen, bis heute. Tarot zum Beispiel …«

»Schon, aber das Tarot«, unterbrach ihn Aruna, »wurde erst im achtzehnten Jahrhundert ein Teil des Okkulten. Vorher war es einfach ein Kartenspiel mit Trümpfen. So etwas wie Bridge, etwas für Aristokraten. Vier Menschen an einem Tisch, man mischt ein simples Kartenspiel und teilt die Karten aus. Erst als sich dieser Scharlatan Antoine Court de Gébelin damit befasst hat, wurden die Tarotkarten zu etwas« – sie gestikulierte – »Mystischerem.«

»Gébelin«, erklärte Rachel, die mich jetzt ansah, »war ein berüchtigter Lebemann am französischen Hof des achtzehnten Jahrhunderts. Und er hat behauptet, nicht Italiener des fünfzehnten Jahrhunderts, sondern ägyptische Priester mit dem Buch *Thoth* seien für die Erschaffung des Tarots verantwortlich. So ein Satz oder Deck basiert auf vier Reihen, wie unseres, und dann gibt es zweiundzwanzig Karten, die wir inzwischen die Major Arcana nennen, die Große Arkana. Zum Beispiel die Hohepriesterin. Das war früher die Päpstin.«

Mir waren inzwischen Lichtblitze aufgefallen, die sich im Zickzack durch die Luft bewegten und neonfarbene Linien hinter sich ließen, während die Dämmerung langsam der Dunkelheit wich: Glühwürmchen, die unsere Unterhaltung mit der spürbaren Magie der Natur erhellten.

»Als Teil der Ägyptomanie im Frankreich des achtzehnten Jahrhunderts und der Atmosphäre an einem Hof, an dem man Geheimnisse und Mysterien liebte, bekam das Tarot allmählich einen ganz anderen Nutzen«, fuhr Rachel fort. »Aber ich finde, man kann immer noch behaupten, dass die okkulte Verwendung bis ins fünfzehnte Jahrhundert zurückreicht, vor allem in der Region zwischen Venedig, Ferrara und Mailand. Diese Gegend bildete eine Art goldenes Dreieck für experimentelle magische Praktiken. Weißt du, es ist bekannt, dass Aristokraten in den frühen Jahren der Renaissance von uralten Divinationspraktiken fasziniert waren. Von Geomantie und Kleromantie, solchen Dingen. Also warum nicht auch von Karten? Die Dominikaner waren strikt gegen Tarotkarten. Wir wissen, dass Henri III. sie in Frankreich hat besteuern lassen. Wir wissen, dass es im frühen sechzehnten Jahrhundert in Venedig eine Festnahme wegen Kartomantie gab. Und uns liegen zahlreiche historisch belegte Hinweise darauf vor, dass Tarotkarten *öffentliche Skandale* verursacht haben. Ich denke, wir können diese Formulierung auf unterschiedliche Art und Weise interpretieren.«

Ich schaute zwischen ihr und Patrick hin und her. Der hatte sich inzwischen wieder zurückgelehnt und saß mit gefalteten Händen da.

»Und natürlich«, erklärte Rachel, »müssen wir beim Anblick der Major Arcana – das sind der Mond, der Stern, das Glücksrad, der Tod, die Liebenden – einfach anerkennen, dass ein weitverbreitetes Interesse am Okkulten im Italien des fünfzehnten Jahrhunderts diese Bildgestaltung beeinflusst hat, wenn auch vielleicht nicht die Funktion von Tarotkarten.«

In meiner Kindheit und Jugend hätte ich unmöglich glauben können, etwas wie ein Horoskop oder das Lesen einiger Tarotkarten würde mir einen Vorteil verschaffen, mir die Umrisse meiner Zukunft enthüllen. Diese Art des Glaubens stellte einen Luxus dar, über den ich nicht verfügte. Und ich fand es zu schmerzlich, mir vorzustellen, die Sterne hätten mir den Tod meines Vaters ankündigen können, auch wenn mir bewusst war, dass mir die alten Römer widersprochen hätten. Vielleicht hätten das die drei hier auch getan.

Jetzt erhob Patrick die Stimme. »Natürlich ist es Rachel noch nicht gelungen, alle Quellen zusammenzubringen, die sie zum Beweis für diese Theorie braucht. Und das haben schon viele von uns versucht.«

In der Art und Weise, wie er das Wort »versucht« aussprach, abgehackt und hart und voller Missbilligung, klang eine gewisse Verstimmung an. Dadurch wurde mir bewusst, dass es hier nicht nur um ein Projekt von Rachel ging, sondern auch um seines. Vielleicht um ein gescheitertes Projekt. Patrick deutete bei jeder sich bietenden Gelegenheit an, dass es sich hier um mehr als um Forschung drehte, um etwas Reales und Greifbares, während bei Rachel noch Vorbehalte zu spüren waren. Auch wenn ich bemerkt hatte, dass sie sie Patrick gegenüber bewusst nicht zum Ausdruck brachte.

»Man stelle sich nur vor, welche Legitimität sie der okkulten Verwendung in heutiger Sicht verleihen würde – wenn wir wüssten, es gibt ein Kartenspiel aus dem fünfzehnten Jahrhundert, ein frühes Kartenspiel, vielleicht sogar *das* früheste Kartenspiel, das man zum selben Zweck verwendet hat«, schloss Patrick seine Ausführungen.

»Aber es gibt nur wenige Belege für Verhaftungen wegen Frevels«, übernahm Rachel wieder. »Und sogar noch weniger Erwähnungen der Spielpraxis.«

»Solche Belege von Verhaftungen sind doch aber nicht sehr wahrscheinlich«, brachte ich jetzt heraus. »Ich kann mir nicht vorstellen, dass Borso oder Ercole d'Este in Ferrara jemanden für so etwas hätten festnehmen lassen.« Die Familie d'Este hatte sich im dreizehnten Jahrhundert in Ferrara niedergelassen, sich der Lusterfüllung und Mystik verschrieben und über ein Herzogtum geherrscht, das ebenso sehr von Aberglauben wie von Ehrgeiz geprägt war. »Ich kann mir nicht vorstellen, dass sie einen solchen Vorfall schriftlich festgehalten hätten.«

»Ich auch nicht«, stimmte mir Rachel zu.

Die Sonne versank gerade im Hudson River, sodass dieser in Gold und Schwarz erstrahlte. Rachel wandte den Blick nicht von mir ab, sondern ließ ein wohlwollendes Lächeln ihre Lippen umspielen, während sie mich betrachtete, als sehe sie mich zum ersten Mal.

»Dann gehen wir doch nach drinnen und zeigen Ann, wie alles funktioniert«, schlug Patrick vor, klopfte sich mit beiden Händen auf die Knie und wandte seine Aufmerksamkeit Rachel zu.

Alle erhoben sich, doch ich blieb noch einen Augenblick sitzen und überlegte, was mich wohl drinnen erwartete und ob ich überhaupt wissen wollte, was sie mir da zeigen würden. Patricks Worte, die ich neulich belauscht hatte, verfolgten mich: *Es wird Zeit.* Ich empfand eine seltsame Mischung aus Unglauben und Überzeugung – eine Angst, ich würde nicht imstande sein zu glauben, wovon sie so eindeutig wollten, dass ich es glaubte. Und gleichzeitig war da die Angst, ich *wäre* dazu imstande. Sogar ohne viel Überzeugung. Als Rachel die Tür zum Wohnzimmer erreichte, wandte sie sich zu mir um, und einfach so, wie auf einen Befehl, stand ich auf und folgte ihr.

Drinnen versammelten wir uns um einen niedrigen Kaffeetisch auf dem Boden, von dem Patrick die Bücher abgeräumt hatte. Er hielt ein Kartendeck in der Hand: größer als die üblichen Spielkarten und dicker, mit abgenutzten Ecken und einer

Rückenansicht mit einigen gelben Sonnen auf einem Hintergrund von sechseckigen Mustern in einem dunklen Orange. Patrick legte alle auf den Tisch und schaute mich erwartungsvoll an.

»Misch die Karten«, forderte er mich auf.

Beinahe überwältigte mich der Drang, nervös aufzulachen. Ich wollte lachen, damit sie alle begriffen, dass auch ich den Witz hier verstand. Denn es musste sich einfach um einen Witz handeln, oder?

»Jetzt mach schon. Misch die Karten«, wiederholte Rachel.

Ich kniete mich vor den Kaffeetisch und nahm das Kartenspiel in die Hand. Es fühlte sich auf angenehme Weise abgenutzt an, doch als ich die Karten auffächerte, spürte ich einen Widerstand.

»Nein«, sagte Patrick. »Lege sie aus. Berühre sie. Bringe sie mit deiner Energie in Verbindung. Dann fasst du sie wieder zu einem Stapel zusammen und unterteilst den drei Mal.«

Als die Karten vor mir auf dem Tisch lagen, tat ich mein Bestes, sie zu erfühlen. Sie waren alt, das wusste ich sicher, wenn auch nicht handbemalt oder aus Pergament. Trotzdem hatte man sie mindestens zwei Jahrhunderte lang verwendet. Zum ersten Mal im Leben hielt ich einen Satz Tarotkarten in der Hand, und ganz kurz überlegte ich, ob die Karten das wohl in meiner Energie wahrnehmen konnten. Dann wurde mir die Seltsamkeit dieses Gedankens bewusst. Aber als ich da so auf dem Boden in Patricks Wohnzimmer hockte, umgeben von Sammlungen mittelalterlicher Artefakte und seltener Bücher, aufmerksam beobachtet von meinen drei Mentoren, war da etwas. Irgendetwas ließ in mir die Frage aufsteigen, und sei es auch nur für einen Augenblick, ob es möglich *wäre*. Daran zu glauben. Von den Karten schien so etwas wie Elektrizität auszugehen, und sie schienen sich in meinen Händen zu Hause zu fühlen.

Nachdem ich die Karten auf drei Stapel verteilt hatte, legte Patrick jeweils fünf aufgefächert übereinander aus, mit den Bildern nach oben. Die Illustrationen waren einfach gehalten, zugleich jedoch voller Symbole der Arkana: Der Uroboros zierte die Glückskarte, ein Löwe die Karte mit der Aufschrift *la force,* Kraft. Die Augenkarten wirkten grafisch zurückgenommen; auf einem vogeleiblauen Hintergrund erkannte man nur die Andeutung der Drei Stäbe, ebenso bei den Fünf Münzen mit den Symbolen der Tierkreiszeichen auf Eukalyptusgrün. Außerdem gab es da eine Karte mit der Aufschrift *protection,* Schutz, vor einem wässrig blassen Horizont voller Meereskreaturen, die den Ozean schäumen ließen. Als ich mich plötzlich so sehr von den Bildern angezogen fühlte, dass ich über den Tisch langte und mir eine der Karten nahm, erfüllte mich das mit Verlegenheit. Ich hielt eine Drei der Stäbe in der Hand und betrachtete die Aufschrift genauer.

»Ein Etteilla-Kartensatz«, erklärte mir Rachel. »Ein Original. Eines der ersten je gedruckten okkulten Kartendecks. Diese Edition stammt aus dem Jahr 1890.«

»Was bedeutet das?«, fragte ich, legte die Drei der Stäbe wieder hin und schaute zu Patrick auf.

Er studierte die Karten, die vor ihm ausgebreitet lagen. »Wir können hier«, erklärte er, während er auf die Karte mit den Meereskreaturen deutete, »einen Ozean der Gelegenheiten, der Macht, der Erforschung sehen, aber auch einen der Selbstaufzehrung. Den Uroboros natürlich, ein Symbol der Wiedergeburt, des Todes und der Selbstermächtigung. Den Löwen, eine mächtige Karte, deren Wirkung von den Augenkarten gedämpft wird, denn diese erinnern uns an Gleichgewicht und Verlangen.«

Während er sprach, wurde mir bewusst, dass ich versuchte, den Karten einen Platz in meinem Leben einzuräumen, eine Bedeutung aus ihrer dunkel dargestellten Bildhaftigkeit zu lesen.

Im Körper des Uroboros – für immer zur Selbstverschlingung verdammt – nahm ich ein Echo meiner Vergangenheit wahr, das zu hören ich mich noch nicht bereit fühlte.

»Dieses Kartendeck«, durchbrach Rachel meine tiefen Gedanken, »wurde zur Divination verwendet, das wissen wir. Aber wir müssen eines aus dem fünfzehnten Jahrhundert finden, bei dem wir sicher sein könnten, dass es zum selben Zweck verwendet wurde. Ein Kartendeck, dessen Bilder ganz eindeutig von anderen Divinationspraktiken stammen, oder Archivmaterial, das uns erlaubt, entsprechend in Bezug auf existierende Kartendecks zu argumentieren.«

»Es gibt viele einzelne Karten aus dem fünfzehnten Jahrhundert«, fügte Aruna hinzu. »Aber vollständige Decks oder auch nur größtenteils vollständige wie die in der Beinecke Library und der Morgan Library sind unglaublich selten. Komplette Sätze aus späterer Zeit gibt es viel häufiger. Immerhin konnte man durch das Druckverfahren mit einer einzigen Vorlage zahlreiche Kopien erstellen. Das wurde in der Zeit, in der Karten von Künstlern per Hand angefertigt wurden, selten gemacht.«

»Und wahrscheinlich hat es sowieso nicht viele davon gegeben«, meinte ich und wandte mit Mühe den Blick von den Karten ab. Ich konnte mir nicht vorstellen, dass sich die pragmatischen Florentiner oder die Bewohner Roms solchen Ideen hingegeben hätten, musste jedoch überrascht feststellen, dass diese Möglichkeit eine Anziehungskraft auf mich ausübte, als ich jetzt mit diesen Bildern konfrontiert wurde.

»Wenn man ein solches Kartenspiel finden würde, wäre das ein entscheidender Durchbruch«, kommentierte Rachel. »Nicht nur kunstgeschichtlich, sondern auch in der Geschichte des Okkulten. Es würde etwas zu Legitimität verhelfen, was heutzutage sehr viele Leute betreiben. Es würde dem hier zu Legitimität verhelfen.« Sie deutete auf die zwischen uns ausgebreiteten Karten.

Immer wieder hatte man mir gesagt, auf dem Gebiet der Renaissance gebe es kein neues Forschungsthema mehr – das hier fühlte sich allerdings durchaus neu an. Nicht nur neu, sondern rätselhaft, auf ansprechende Weise mysteriös. Und obwohl ich diese Idee unter anderen Umständen womöglich verworfen hätte, konnte ich jetzt spüren, wie sie mich verführte. Die Möglichkeit, dass ein einziges Mal etwas, dem Forschende an der Universität die Magie genommen hatten, diese zurückerhielt. Waren wir nicht aus diesem Grund Akademiker und Forschende geworden? Um die Kunst als Praxis zu entdecken, nicht nur als Artefakt?

Zum Essen kehrten wir auf die Terrasse zurück. Patrick holte ein mit wenig Aufwand zubereitetes Gericht aus gegrilltem Gemüse, Dorsch und französischem Landbrot aus der Küche. Trotz meines anfänglichen Eindrucks, ihm müsse ein mehrköpfiges Personal zur Verfügung stehen, das sich um dieses große Haus kümmerte, kam er ganz offensichtlich problemlos allein zurecht, und wir saßen bei unserer Mahlzeit um einen kleinen Tisch herum statt in einem großen Speisezimmer, wie ich das erwartet hatte. Als alles aufgegessen war und wir uns in unseren Stühlen zurücksinken ließen, war die Hitze des Tages noch in der Nachtluft zu spüren. Rachel erhob sich und trug ihren und meinen Teller in die Küche, dann folgte ihr Patrick mit dem Rest des Geschirrs. Ich schaute zu, wie sie sich in die Küche zurückzogen. Die schwache Innenbeleuchtung ließ ihre dunklen Silhouetten drinnen nur erahnen. Wir konnten Teller klappern hören und wie Töpfe in die Spülmaschine oder die Spüle gestellt wurden.

»Das dauert jetzt wahrscheinlich einige Zeit«, meinte Aruna. Sie zog eine Zigarette aus der Schachtel und bot auch mir eine an, bevor ihre in der Dunkelheit zum Leben erwachte. Unser

Tisch wurde jetzt nur von der Flamme einer einzelnen Sturm-
lampe erhellt.

»Soll ich da mithelfen?«, fragte ich und deutete an, aufstehen
zu wollen.

»Nein«, erwiderte Aruna und berührte meinen Arm. »Das
wollen die beiden nicht.« Die Art, wie sie das sagte, mit einer entfernt anklingenden Warnung, traf mich unerwartet.

»Oh.«

»Ist Ihnen klar, worauf Sie sich da einlassen, Ann?« Aruna
stieß eine Rauchwolke aus.

»Ich glaube schon.« Ich hatte zugesehen, wie Aruna mindestens vier Gläser Wein getrunken hatte, und ich nahm an, dass die
Bereitwilligkeit, mit der sie mir bei diesem Zwiegespräch auf der
Terrasse Dinge anvertraute, zum Teil darauf zurückzuführen
war.

»Ich glaube nicht, dass Sie das wissen.« Sie ließ etwas Asche
auf die Steinplatten fallen. »Sie sollten sich da unbedingt raus-
halten.« Sie deutete in Richtung Küchentür. »Wir anderen tun
das auch. Alles andere wäre unklug. Das Haus ist kein Ort für Sie
oder für mich, Ann. Unser Platz ist hier, auf der Terrasse. Nicht
im Haus. Was im Haus vor sich geht, brauchen wir nicht zu wissen.«

Natürlich begriff ich, was Aruna meinte. Hatte es gewusst,
das wurde mir klar, seit ich das rote Band an Rachels Handgelenk gesehen hatte. Von drinnen hörte man inzwischen kein
Geschirrklappern und kein Laufen des Wasserhahns mehr. Die
beiden waren jetzt schon mindestens zehn Minuten weg.

»Lassen Sie es nicht zu, dass Rachel Sie da hineinzieht«, warnte
mich Aruna. »Achten Sie darauf, Sie selbst zu bleiben. Ein Stück
zurückzubehalten, von allem anderen zu trennen. Denn das
hier« – bei diesen Worten deutete sie zum Fluss und dann wieder
zum Haus – »kann manchen Leuten zu viel werden.«

Schweigend saßen wir da, während der Gesang der Grillen lauter und lauter wurde, ein Zirpen, das ich hinten in der Kehle spüren konnte, bis Rachel und Patrick irgendwann an den Tisch zurückkehrten. Während die beiden Seite an Seite auf uns zukamen, fiel mir auf, dass Patrick einmal kurz Rachels Arm berührte. Die Silhouetten ihrer Körper zeichneten sich vor dem Licht aus der Küche ab.

Als wir endlich zurückfuhren, war es schon spät, und ich empfand den Gedanken an mein winziges Apartment als befremdlich und kalt. Die Straßenbeleuchtung zog flackernd an uns vorüber, als orangefarbener, in eine andere Welt gehörender Schein.

»Ich bin froh, dass du da bist«, sagte Rachel leise von der anderen Seite des Wagens. Sie neigte sich zu mir und legte mir die Hand auf den Arm, eine winzige Sekunde zu lange.

7. KAPITEL

Von diesem Abend an nahmen Rachel und ich uns nicht
mehr frei. Wenn das Wochenende kam, erfanden wir irgendeinen Grund für ein Erscheinen in The Cloisters, selbst
wenn sich Patrick nicht dort aufhielt. Und obwohl ich mir gesagt
hatte, irgendwann würde sich der Anblick der Kassettendecken,
der endlos aufeinanderfolgenden Rippengewölbe und hin und
wieder einer Blattgoldverzierung abnutzen, kam es nie dazu.
Ihre Schönheit berauschte einen, und ich fragte mich, ob ich
wohl im großen Museum an der Fifth Avenue dasselbe empfunden hätte. Dort arbeiteten die Leute vom Sommerprogramm an
Computerbildschirmen nebeneinander.

Stattdessen hatte mich The Cloisters in eine Welt des feuchten
Steins und der Blumen im Übermaß geholt, in der die Kunst
selbst heiß in ihren glänzenden Wachsmalarbeiten und ihrer
Emaille brannte.

Ich arbeitete mit immer größerer Getriebenheit – in jedem
freien Moment befasste ich mich nun mit dem Okkulten, in jeder wachen Minute versuchte ich unter Beweis zu stellen, dass
ich das Risiko wert war, das Patrick und Rachel eingegangen waren. Dadurch verpasste ich immer häufiger Anrufe von zu
Hause. Anfangs hinterließ meine Mutter einfach nur Nachrichten, um zu hören, *was es so gibt.* Um sicher sein zu können, dass
alles in Ordnung war. Dass mein Sommer gut lief. Dass die

Papiere angekommen waren, die sie mir geschickt hatte. Dass es schon Pläne für den Herbst gab. Und dann wollte sie *einfach nur mal hören*. Ob ich Zeit für einen Rückruf hätte. Ob ich gerade da wäre. Ob ich ihre Nachrichten bekommen hätte. Einmal merkte ich ganz deutlich, dass sie geweint hatte, und es war, als könnte ich sie sehen, wie sie da in der Küche stand, seine Kleidung trug, umgeben von Gerümpel und Traurigkeit. Ich schickte ihr eine SMS: *Alles bestens, nur sehr viel zu tun.*

Das stimmte auch, wir *hatten* viel zu tun, aber nicht so viel, dass ich sie nicht hätte anrufen können, nachfragen, wie es ihr ging. Ich glaube, ich warf mich vielleicht in die Arbeit im Museum, sogar in die Stadt an sich, um mich vor der Schuld zu verstecken, die ich empfand, weil ich nicht vor Ort war, um sie in ein tätiges Alltagsleben zurückzuführen. Als hätte ich sie davon überzeugen können, die Insel des Schmerzes zu verlassen, die sie für sich selbst erschaffen hatte. Aber hier, in New York, ging es mir besser, und ich fand es immer schwieriger, zwischen meiner neuen Realität und meinem alten Albtraum hin- und herzuwechseln. Ich wollte nicht, dass mich meine Mutter, Washington, die unsere Stadt umgebenden Apfelplantagen aus der Träumerei holten, in die ich getaumelt war.

Die Stadt an sich hatte mich trunken gemacht, und in gewisser Weise wollte ich mich verzweifelt darin ertränken. Ich wünschte mir, die Geräusche, die Menschen und die ständige Bewegung würden mich in ihren Sog ziehen und für immer auf offener See treiben lassen. Ich fühlte mich am lebendigsten, wenn mich New York mit sich nahm, hin und her warf. Selbst der Gestank dieser Stadt nach in der Sommersonne aufgeheiztem Müll und metallischen Auspuffgasen bezauberte mich. Und schon jetzt erfüllte mich der Gedanke, vielleicht nicht mehr hier zu sein, wenn das Licht im September verändert durch die Ahornbäume im Fort Tyron Park fallen würde, mit Grauen: im

September, einem Monat ohne Rachel, weniger strahlend, weniger aufregend, seltsam.

Wie sich herausstellte, war Rachel eine außergewöhnliche Arbeitskollegin. Sie sprach die renommiertesten Wissenschaftler und Wissenschaftlerinnen unseres Fachs mit Vornamen an; wie so viele andere kleine Geheimnisse bewahrte sie die Kontaktdaten für sie alle sorgfältig gespeichert in ihrem Handy. Wenn wir Termine in der Morgan Library oder an der University of Columbia brauchten, wickelte sie die Bibliotheksangestellten mit ihren entwaffnenden Fragen und ihren unverhüllten Schmeicheleien charmant um den Finger. Gewitzt war sie außerdem: Immer hatte sie den richtigen Literaturhinweis bei der Hand, einen Leckerbissen obskuren historischen Wissens. Es gelang ihr, jede Entdeckung als bahnbrechend und sensationell darzustellen. Für mich fühlte es sich so an, als wäre ich nicht mehr Akademikerin oder Forscherin, sondern Detektivin: eine, der nur noch ein einziger Hinweis zur großen Enthüllung fehlte. Denn so fühlte ich mich, seit ich mit Rachel zusammenarbeitete. Als befände sich das Kunstwerk oder das Manuskript, das mein Leben verändern konnte, direkt um die Ecke.

Gleichzeitig bemerkte ich jedoch seltsamere Dinge bei Rachel. Ganz viele kleine Ticks und Schwindeleien. Mit Vorliebe log sie Moira an. Die hatte eine frustrierende Art, sich in sämtliche Angelegenheiten in The Cloisters einzumischen. Wenn Moira Patrick suchte, sagte Rachel zu ihr, er sei gerade unterwegs, obwohl er in seinem Büro saß. Ich bekam mit, wie sie in der Küche Moiras Sachen irgendwo anders hinstellte, einfach aus einem Regal in ein anderes räumte, gerade so, dass man als Betroffene ins verunsicherte Grübeln über die eigene Zerstreutheit geraten würde. Als wir gebeten wurden, das Handbuch für die Dozenten zu aktualisieren, weil sich bei den ausgestellten Stücken etwas geändert hatte, kümmerte sich Rachel darum und fügte falsche Informationen hinzu, sodass es wirkte, als hätte Moira etwas übersehen. Eines Tages blätterte ich das Handbuch durch, als ich bei Moira an der Rezeption stand, und danach berichtete ich Rachel davon.

»Ein Scherz, nichts weiter«, beharrte sie.

»Du solltest es ihr sagen«, erwiderte ich, weil ich mir Sorgen machte, Moira würde das Ganze sehr ernst nehmen. Doch es hatte Tage gedauert, bis Rachel die notwendigen Änderungen erledigte, und sie schien diese Langsamkeit bewusst auszukosten. Ich fragte mich, ob sie Moira vielleicht gar nichts gesagt hätte, wenn es mir nicht aufgefallen wäre.

Und dann verschwanden eines Tages sämtliche Emailleschildchen mit den Pflanzennamen aus dem Trie-Kreuzgang. Während einer Personalversammlung kam Leo dazu, um das zu melden. *Sehr unerfreulich. Wahrscheinlich war es jemand von den Besuchern, vielleicht ein Kind,* hatte Patrick gemeint. Doch Leo hatte nicht lockerlassen wollen, es immer wieder erwähnt, bis man die Schildchen eines Tages fand. Jemand hatte sie zerstückelt in den Springbrunnen in der Mitte des Kreuzgangs geworfen. Alle vergaßen den Vorfall rasch – alle außer mir und vielleicht Leo. Sehr wahrscheinlich vergaß Leo ihn nicht.

Diese Kleinigkeiten wirkten wie Spielereien. Scherze mit einem Element der dunklen Verspieltheit, die in den Ausstellungsräumen voller Bestattungsskulpturen und mumifizierten Heiligenknochen nur zu natürlich wirkten. Und selbstverständlich konnte ich nie sicher sein, ob es sich einfach nur um eine Spielerei handelte. Vielleicht ja, vielleicht nein. So, denke ich, gefiel es Rachel.

Doch mit Patrick, das fiel mir auf, trieb sie nie solche Spielchen. Ihm gegenüber war sie immer ehrlich, vor allem während unserer wöchentlichen Zusammenkünfte, bei denen wir in seinem Büro unsere Fortschritte durchgingen. Patrick meinte einmal, wir seien seine Augen und Ohren im Archiv. Es lag in unserer Verantwortung, alles zu sehen und zu hören, besonders die Dinge, die den Forschenden möglicherweise jahrhundertelang entgangen waren. Das bedeutete, dass wir vertrautes Material wieder und wieder lasen, Hinweise auf okkulte und divinatorische Praktiken aufspürten und erfassten, anderen kleinen Spuren folgten, und zwar jeder noch so unscheinbaren oder dürftigen. Woche für Woche ging Patrick unsere Arbeit durch und setzte uns auf etwas Neues an. Auf ein weiteres Konvolut an Briefen, Tagebüchern oder Manuskripten, von denen er vermutete – auch wenn er das nie sicher wusste –, sie würden möglicherweise etwas Wichtiges enthüllen, etwas, was er *verwenden* könnte.

Es überraschte mich, dass wir alle nach der Sitzung mit den Tarotkarten so taten, als wäre das Ganze nie geschehen. Als hätten wir uns nicht auf Knien um einen Tisch versammelt, um die Zukunftsdeutung ernsthaft zu betrachten. Als wollte ich jetzt nicht im Alltagsleben die Veränderungen wahrnehmen, die die Karten vorhergesagt hatten – die wässrige Fläche der Schutzkarte, die Stärke des Löwen. Und während dieser ganzen Zeit kostete es Rachel und mich viel Kraft, die Belastung auszuhalten, auch wenn Patrick das nicht mitbekam. Jede Woche durchkämmten wir Tausende geschriebener Seiten, übersetzten sie ganz neu, wechselten täglich zwischen drei oder vier Sprachen hin und her. Oft blieben wir bis spät in die Nacht in The Cloisters.

Deswegen überraschte mich Rachels Nein, als uns Patrick eines Abends, vielleicht zwei Wochen nach dem Abend bei ihm, zum längeren Bleiben aufforderte. Wir packten gerade zusammen.

»Gut«, gab er zurück. Seine Knöchel wurden langsam weiß, als er die Tür zu seinem Büro umklammerte. »Und dieses Wochenende?«

Ich schaute zwischen den beiden hin und her und hatte das Gefühl, gerade unpassenderweise etwas sehr Intimes mitzubekommen, obwohl die Worte an sich ganz unauffällig wirkten.

»Ich weiß es noch nicht«, gab Rachel zurück. »Vielleicht arbeiten wir. Vielleicht fahre ich auch zum Long Lake. Ich habe mich noch nicht entschieden. Aber ich glaube nicht, dass ich hier sein werde.«

»Nun, wir können ja darüber sprechen …«

»Ann«, wandte sich Rachel an mich. »Könntest du uns eine Minute allein lassen? Wir sehen uns dann an der Rezeption.«

Als ich die Tür hinter mir schloss, standen beide noch in ihrer eigenen Ecke, niemand sagte etwas, und ich fragte mich, wie das wohl war, sich durch Hierarchien und Lust und die Arbeit hindurchzulavieren, durch alles gleichzeitig.

Nach dem Abend bei Patrick hatte ich gemerkt, dass ich jeden Austausch zwischen Rachel und Patrick genau analysierte – wie sie die Hand länger als nötig auf seinem Arm oder seinem Rücken ruhen ließ, wie er ihr sogar in überfüllten Ausstellungssälen mit dem Blick folgte. Doch ich war immer gut gewesen, was Sprachen betraf, und mit der Zeit hatte ich die Kommunikation zwischen den beiden in ein Frage-und-Antwort-Spiel des Verlangens übersetzt, in eine komplizierte Syntax des Jagens und Gejagtwerdens.

Ich ging durch die Gärten zur Rezeption, ließ im Laufen eine Hand durch die großen weißen Blüten der Schafgarbe gleiten, spürte die Weichheit der Minze. Der Duft der von der Sonne durchdrungenen Steine schenkte mir eine angenehme Erholung von den staubigen Bänden, die wir aus den Regalen gezogen hatten. Ich erlaubte mir, eine Minute die Augen zu schließen, und als ich sie wieder öffnete, entdeckte ich auf der anderen Seite des Gartens Leo, der dort im Schmutz kniete und den Blick auf meinem Gesicht ruhen ließ.

»Können wir?«, fragte Rachel, die gerade hinter mir erschien.

»Ich möchte dir etwas zeigen.«

»Wenn du noch hierbleiben musst …«

»Nicht nötig. Manchmal vergisst Patrick einfach, dass dieses Museum nicht mein ganzes Leben bestimmt. Bei ihm ist das nämlich der Fall.«

Ich nickte und berührte ein letztes Mal die Pflanzen.

Wir liefen über die sich windenden Pfade des Fort Tyron Parks abwärts, vorbei an Joggern und älteren Pärchen auf Bänken, an kleinen Kindern im Gras und an größeren, die in den dichten Büschen Verstecken spielten. Wie Schulmädchen trugen wir Bücher vor der Brust und gingen nebeneinander. Unsere Schritte waren gleichmäßig, sogar aufeinander abgestimmt. Mir wurde bewusst, dass das etwas von »Wir gegen den Rest der Welt« an sich hatte. Zu diesem Arrangement waren wir während unserer Meetings mit Patrick stillschweigend gelangt.

Hätten wir im Metropolitan Museum gearbeitet, wären wir jetzt vielleicht in eine schicke kleine Bar mit französischem Namen und erlesener Kundschaft gegangen, aber weil wir uns so weit im Norden der Stadt befanden, führte mich Rachel in die Dyckman Street. Von dort aus durchquerten wir zwei mit Graffiti übersäte Unterführungen, bis wir plötzlich am Hudson River waren, wo neben einem öffentlichen Schiffsanlegeplatz und einem Jachthafen eine Bar eröffnet hatte. Die Tische waren aus Plastik, und im Schatten weißer Sonnenschirme saßen einige wenige Leute mit ihren Drinks, die Haut gerötet durch Sonne und Wind. Alles war schlicht gestaltet; es gab weder eine Bedienung noch eine Karte, nur einen Tresen, an dem man seine Bestellung aufgab, und einen Bereich, wo man sich hinsetzte und wartete. Ich freute mich, dass ein solcher Ort in einer Stadt wie Manhattan existieren konnte, denn ich hatte mir früher vorgestellt, alles

Billige und Schöne wäre längst in etwas Teures und Trendiges verwandelt worden.

Rachel bestellte unsere Drinks, und ich schaute zu, wie sie sich über den Tresen beugte, um sich mit dem Barkeeper zu unterhalten. Ihm schien es nichts auszumachen, dass sie so in seinen Bereich eindrang, und er kehrte immer wieder zu ihr zurück. Zwischen den Unterhaltungen versuchte der Mann auf dem Hocker neben ihr, ihre Aufmerksamkeit zu erhaschen. Als sie lachend den Kopf zurückwarf – wessen Worte das ausgelöst hatten, konnte ich nicht mit Sicherheit sagen –, fiel mir wieder auf, wie geschmeidig sie sich bewegte, ihre ganze Weichheit und ihre Kurven. Sie hatte nichts Kantiges, wie ich es langsam entwickelte. Als sie zurückkam, stellte sie zwei Gläser helles Bier auf den Tisch. Ich konnte spüren, wie mir die Spätnachmittagssonne die Arme bräunte, sie so aufwärmte, dass es mich an meine Kindheit in Washington erinnerte. Doch der Ruf der Möwen, die ständigen Motorengeräusche der Boote auf dem Fluss, das alles war ganz und gar neu für mich.

»Wie denkst du über Leo?«, erkundigte sich Rachel, als sie endlich einen Schluck Bier trank. Der Schaum blieb an ihren Lippen haften.

»Den Gärtner?«

»Hmmm«, bestätigte sie. »Ja, den Gärtner.«

»Den kenne ich nicht.«

»Ich habe dich nicht gefragt, ob du ihn kennst. Ich habe dich gefragt, wie du über ihn denkst.« Sie hielt inne und sann ihrer eigenen Frage nach. »Ich meine, ob du überhaupt *an* ihn denkst.«

»Schon«, gab ich zurück und versuchte dabei, nicht rot zu werden, denn mir fiel ein, wie er mich an jenem Tag im Garten berührt, die seltsame Intensität, mit der er meinen Blick festgehalten, sogar die Art und Weise, wie seine Hand über Rachels Kopf geschwebt hatte.

»Es sieht so aus, als würde er an *dich* denken«, kommentierte sie, den Blick auf den Fluss gerichtet.

»Ich bin nicht wegen ihm hier.« Trotzdem hätte ich gern geglaubt, dass die beiden über mich gesprochen hatten. Dass ich das Gesprächsthema gewesen war, als ich sie an jenem Tag im Garten gesehen hatte. Ich und nichts sonst.

»Das ist dann wohl am besten so, oder?«

Auf dem Hudson River warteten Boote auf eine Brise für ihre winzigen Dreieckssegel. Darauf, dass der Wind das weiße Tuch mit zitternder Bewegung erfüllte, auf das leichte Knattern, das vom Ufer her zu hören war.

»Ich bin nur diesen Sommer hier«, sagte ich.

»Das habe ich damals auch geglaubt«, erwiderte sie und schaute mich über ihre Sonnenbrille hinweg an. »Aber dieser Ort hat etwas.« Sie deutete zum Fluss. »Weißt du, diese Bar hat mir Leo gezeigt. Sonst hätte ich sie nie gefunden. Er kennt viele solcher kleinen Orte in New York.«

Als ich mir Leo und Rachel hier zusammen vorstellte, vielleicht sogar am selben Tisch, überkam mich plötzlich eine heftige Eifersucht. Aber auf wen ich eifersüchtig war, hätte ich nicht sagen können.

»Du kennst ihn also schon lange?«, wollte ich wissen.

Rachel zuckte die Schultern und wechselte in ihrer ganz eigenen Art das Thema – endgültig, die Sache war abgeschlossen. »Möchtest du segeln?«

Ich hatte nicht einmal die Gelegenheit zu einer Antwort, da forderte sie schon: »Los.« Sie trank ihr noch fast volles Glas in einem Zug leer. »Auf geht's.«

Sie zog mich bereits in Richtung des Jachthafens, wo die Segelboote mit bunten Seilen vertäut lagen, eine Kakofonie von an Masten schlagenden Metallseilen. Ihre Hand hielt meine fest. Ich konnte nicht anders, es musste mir auffallen, dass Rachel das Thema wechselte, sobald ich ihr eine persönliche Frage stellte. Manchmal wechselte sie dann sogar den Ort, an dem wir uns befanden. Trotzdem gab es ganz eindeutig Dinge, von denen sie wollte, dass ich sie erfuhr – Hinweise auf ihr Leben, bevor wir uns kennengelernt hatten. Ich wusste, eines Tages würde ich mehr erfahren, also marschierte ich hinter ihr her, zufrieden damit, sich die Dinge so entwickeln zu lassen, wie es sein sollte.

»Ich kann nicht segeln«, sagte ich.

»Aber ich.«

Ich schaute auf das dünne Baumwollkleid herunter, das ich heute trug, auf die von Rachel geerbten weichen Lederschuhe mit Absatz und auf die Seeleute am Jachthafen, alle in langärmligen Hemden und Shorts, mit vernünftigem Schuhwerk. Doch Rachel drehte sich nicht einmal um. Sie ging einen Steg entlang, bis wir ein fast am Ende vertäutes Boot erreichten. Mit gekonnten Griffen hantierte sie mit diversen Seilen, ihre langen Finger arbeiteten ganz instinktiv. Sie rollte alles zusammen, warf die Halteseile ins Boot und hielt es so, dass ich einsteigen konnte.

»An Bord mit dir«, forderte sie mich auf, und ich bemerkte, dass sie einen Blick über die Schulter zurückwarf. Das Boot war klein und wackelte, und ich konnte mich kaum festklammern, weil es keine richtige Reling gab. Das ganze Boot lag so tief, dass ich Angst hatte, gleich in den Fluss zu fallen. Rachel versetzte uns mit vollem Körpereinsatz einen überraschend energischen Schubs, dann lenkte sie den Bug so, dass wir bewegungslos im Wind standen. Sie setzte das Großsegel, wobei sie gekonnt an einem Seil zog und es dann befestigte. Dann griff der Wind hinein und ließ uns nach vorn schießen. Jetzt schaute ich zurück an Land, wo der Mann an der Bar mit der Hand seine Augen abschirmte und etwas rief. Doch das ging im Knattern des Hauptsegels unter. Ich wandte mich nach vorn und schaute auf das offene Wasser hinaus, ein Lächeln auf den Lippen.

8. KAPITEL

Die Kiste, die mir meine Mutter geschickt hatte, hatte fast zwei Wochen lang in der Küche meiner Mietwohnung auf mich gewartet. Wegen ihrer Größe hatte ich sie herumgeschoben, sie als Hocker, Kaffeetisch, Türstopper eingesetzt, weil ich meine Vergangenheit so lange wie möglich verschlossen halten wollte. Ich wusste nicht genau, ob ich schon bereit dafür war, dass sich ihr Inhalt von Walla Walla bis nach New York ergoss; ich machte mir Sorgen, dadurch könnte die Distanz überbrückt werden, die aufzubauen mich so viel Kraft gekostet hatte. Doch mittlerweile ging es mir auch auf die Nerven, immer über die Kiste zu stolpern, die Handschrift meiner Mutter auf der Außenseite zu sehen. Die Präsenz, die sie in meinem kleinen Einzimmerapartment einnahm, störte, und sie nahm mehr Platz ein, als ich aufzugeben bereit war. Deswegen entfernte ich mit meinen Schlüsseln das Klebeband, machte nur zwischendurch eine Pause, um mir Sahne in den Kaffee zu schütten und den verzweifelten Versuch zu starten, meine Wohnungstür mit einem Buch aufzuklemmen, um den Luftzug zu verstärken.

Es lag keine Nachricht dabei. Der Inhalt der Kiste war auch nicht nach irgendeinem System organisiert worden. Es sah so aus, als hätte meine Mutter sich einfach eine Handvoll Papiere nach der anderen gegriffen und sie in die Kiste fallen lassen – genauso war das auch abgelaufen, da war ich mir sicher – und hätte hin und wieder innegehalten, um das Ganze tiefer in die Kiste zu drücken und dann den neu gewonnenen Platz zu füllen. Es gab Fetzen zerrissenen Stoffs und zerknittertes Papier. Ein Notizbuch, jetzt in der Mitte durchgebogen, schien mir vom Boden der Kiste aus etwas zuzurufen.

Einen Augenblick lang erwog ich, alles ganz einfach wegzuwerfen – es zum Müllcontainer hinter dem Haus zu tragen und hineinzuwuchten. Ein Kapitel abzuschließen. Doch der Anblick der Handschrift meines Vaters – schwer leserlich, mit eng zusammenstehenden Buchstaben und einer abrupten Hebung in den Konsonanten – ließ mich die Blätter aus der Kiste holen und sie feierlich auf dem Boden stapeln. Ich ordnete alles in Gruppen: Übersetzungen, Vokabeln und Listen zur Herkunft von Wörtern. Zwei weitere Notizbücher kamen ans Licht, und nichts in der Kiste verriet irgendeinen Sinn oder Verstand. Ich fragte mich, wo meine Mutter das alles überhaupt gefunden hatte, und mich überfiel der Gedanke, dass sie wahrscheinlich überall im Haus Schätze meines Vaters gesammelt hatte, Schätze, von denen ich nichts wusste, weil ich nach seinem Tod so wenig Zeit zu Hause verbracht hatte. In meinem letzten Jahr am Whitman College hatte ich alles versucht, um mich nur nachts dort aufzuhalten, und während dieser Zeit hatte ich meine Augen vor der Realität verschlossen, der ich mich ansonsten hätte stellen müssen.

Jetzt hatte ich alle Blätter aus der Kiste geholt und fing an, sie zu durchkämmen, versuchte zu ermitteln, wo sie hingehörten. Es handelte sich um Übersetzungen, die mein Vater erstellt hatte, und um die Ausgangstexte. In einigen Fällen um Fotokopien aus Büchern, in anderen um mit der Hand abgeschriebene Absätze aus Manuskripten. Als Hausmeister hatte es zu den Aufgaben meines Vaters gehört, abends in die Büros auf dem Campus zu gehen und die Mülleimer zu leeren. In den

Gebäuden, die die Geisteswissenschaften und die Sprachen beherbergten, hatte er immer die Augen offen gehalten und nach Material gesucht, das er mitnehmen und übersetzen konnte. Häufig war er spät von der Arbeit nach Hause gekommen, weil er zu viel Zeit damit verbracht hatte, den Papiermüll der fest angestellten Professoren zu durchsuchen. Die verschwendeten keinen Gedanken daran, wegzuwerfen, was sie in ihren Forschungen und Veröffentlichungen bereits berücksichtigt hatten. Für meinen Vater jedoch stellten diese entsorgten Seiten Lehrbücher dar.

Und auch ich hatte so gelernt. Wir hatten uns dann immer mit den übrig gebliebenen Fragmenten von Artikeln oder Büchern oder Briefen hingesetzt und Übersetzungen erstellt. Ich hatte mir überlegt, diese Teilstücke von Geschriebenem hätten unsere, meine Übersetzungsfertigkeiten verbessert, weil der Kontext fehlte, es keine Hinweise gab. Oft war eine Seite weggeworfener Text das Einzige, was wir als Arbeitsgrundlage verwenden konnten. Eine Seite aus einem deutschen wissenschaftlichen Artikel über Goethe, ein Brief von Balzac, Seiten eines transkribierten Manuskripts aus dem Parma des fünften Jahrhunderts. An diesem Müll erfreuten wir uns. Ein kleines Projekt für unsere Freizeit, einfach ein oder zwei Seiten Arbeit, bevor sich mein Vater wieder auf den Weg machte, um die Universitätsräume sauber zu halten, und bevor ich zu einer Restaurantschicht aufbrach.

Das also waren die Papiere, die meine Mutter geschickt hatte. Der ganze Kleinkram, an dem wir so oft gemeinsam gearbeitet hatten. Sie hätten ein Memento sein sollen, wichtige Stücke von geringem Wert für alle außer mir und ihm. Doch als ich sie jetzt durchging, spürte ich auch, wie am Rand meines Sichtfeldes ein mir vertrautes Verschwimmen einsetzte, ein Schwindel, der zunahm, je stärker ich mich auf ihn konzentrierte. Das war die

Panik. Der Bruch. Das, was mich am Nachmittag der Gedenkfeier für meinen Vater überwältigt hatte. Was ich seitdem bekämpft, wovor ich mich ständig gefürchtet hatte. Eine Art dichte, tiefe Aufwallung der Haltlosigkeit, die mich überwältigt und gebrochen hatte. Und die mich an den schlimmsten Tagen unfähig gemacht hatte, den Unterschied zwischen der Realität und der Kraft meiner Albträume zu erkennen.

Ich ließ die Blätter auf dem Boden liegen und ging ans Fenster, wo ich wartete, bis der Straßenlärm darunter mich langsam erreichte, mich verankerte. Ich atmete tief, wie der Therapeut es mir während einer unserer Sitzungen nach dem Vorfall empfohlen hatte: ein durch die Nase, bis fünf zählen, dann ausatmen. Immer wieder, bis das Gefühl verging. Und an jenem Tag verging es auch. Einige Minuten und ein Glas Wasser später. Doch am Tag der Gedenkfeier für meinen Vater war es nicht vergangen. Ich konnte diesen Tag in den Blättern da vor mir fast riechen, eine Mischung aus Tiefkühlmahlzeiten und Zinnien. Ein dicker, saurer Geruch.

An jenem Nachmittag der Gedenkfeier hatte ich die Beherrschung nicht verloren, nur am Rande meines Sichtfeldes hatte sich alles bewegt, ich hatte kaum atmen können, bis sich meine Mutter erhoben hatte, um zu sprechen. Das Ganze fand in unserem Garten hinterm Haus statt, einer kleinen eingezäunten rechteckigen Fläche zwischen vier Mauern, wo sich Freunde, Familie und Kollegen vom College versammelt hatten. Es war voll, und meine Mutter stellte sich auf einen Hocker, weil sie allen danken wollte. Während sie das tat, schluchzend die Worte hervorbrachte, konnte ich das Gefühl der Enge in der Brust nicht mehr ertragen, nicht länger wegschieben, dass ich mich übergeben musste. Ich spürte, dass ich vor Schwindel gleich umkippen würde, deswegen wandte ich mich um und ging zurück ins Haus, so schnell ich konnte – mitten durch die Glastür. Ich sah nicht einmal die schwarzen Vogelaufkleber, die mein Vater auf die Scheibe geklebt hatte, als ich noch ein Kind gewesen war. Mir ist das Blut am deutlichsten in Erinnerung. Aber meine Mutter erinnerte sich an die Schreie. Und obwohl sie nie mit mir darüber gesprochen hat, glaube ich, dass sich auch die meisten anderen Anwesenden am deutlichsten an meinen blutenden Körper erinnern. Meinen Lungen entwich jedes bisschen Luft, bis da nichts mehr war, gar nichts mehr. Ich hatte genäht werden müssen. Mit dreißig Stichen an verschiedenen Körperstellen: an meinen Händen und Wangen, meinem Bauch und meinen Armen. Eine Narbe hatte ich immer noch, direkt unter meinem Haaransatz, in der Nähe meines Ohres, und sie war wurmartig, hart. Manchmal bearbeitete ich sie mit den Fingern, gedankenverloren, bis ich mich wieder erinnerte. Ich wurde damals für zweiundsiebzig Stunden stationär aufgenommen, weil sich herausstellte, dass es mir schwerfiel, zwischen den realen Ereignissen der nahen Vergangenheit – dem Tod meines Vaters, meinen Verletzungen – und der Welt zu unterscheiden, wie sie sich mir darstellte: dunkel und verlogen und bedrohlich. Das sagte man mir zumindest. Aber das war auch der Grund, warum ich es zu Hause nicht mehr aushielt: Meine Mutter war nicht die einzige Gebrochene. Nicht die Einzige, die das Gespür für wahr und falsch verloren hatte. Ich hatte wenigstens einen Ausweg gewusst.

Ich atmete tief, um zu mir zurückzufinden, und machte mich wieder an das Durchgehen der Papiere, als plötzlich etwas meine Aufmerksamkeit erregte. Eine Handschrift, die ich wiedererkannte, aber nicht zuordnen konnte. Nicht die meines Vaters, sondern die von jemand anderem. Ich konzentrierte mich auf den Text hinter den geschwungenen Buchstaben. Er war im Ferrara-Dialekt des Italienischen verfasst, und als ich die Transkription las, begriff ich, wer die Buchstaben niedergeschrieben hatte und warum sie mir so vertraut erschienen: Es war mein Betreuer gewesen, Richard Lingraf. In Zeiten, in denen man mit dem Handy alles digital scannen konnte, kopierte er noch immer Archivmaterial per Hand. Meines Wissens besaß er noch nicht einmal ein Handy. Mein Vater hatte die Seiten wahrscheinlich eines Abends aus dem Büromülleimer geholt, war jedoch nie dazu gekommen, sie mir zu zeigen.

Ich kam mit dem Dokument nur langsam voran. Einige Wörter konnte ich nicht entziffern, weil Lingraf dazu neigte, in der Eile mehrere Wörter zu einem zusammenzufügen, doch der Rest gewann vor meinen Augen langsam an Kontur. Es handelte sich um ein Inventar nach einem Todesfall. Wer auch immer diesen Haushalt geführt hatte – der oder die Betreffende hatte einiges an Wohlstand angehäuft: Goldmünzen, Bücher, Jagdhunde, Porzellan und Fresken. Außerdem, so fiel mir auf, standen da *carte da trionfi* aufgelistet. Tarotkarten. Ich nahm das Blatt in die Hand und drehte es um, doch auf der Rückseite stand nichts. Lingraf hatte die Transkription mitten im Satz abgebrochen. Ich legte das Blatt beiseite und durchsuchte den Rest der Papiere, diesmal nicht nach der Handschrift meines Vaters, sondern nach der von Lingraf. So fand ich ein weiteres halbes Dutzend Blätter, von denen mein Vater manche bereits übersetzt hatte; die legte ich beiseite.

Während meiner vier Jahre am Whitman College hatte mich Lingraf einmal im Scherz als seine einzige Studentin bezeichnet. Allerdings war das kein echter Witz, denn es stimmte mehr oder weniger. Lingraf war irgendwann in den Neunzigerjahren aus Princeton ans Whitman gekommen. Ich hatte ihn immer als Anker des Departments betrachtet, als Personalentscheidung zur Beförderung der stabilen, langfristigen Legitimität, die ein College für die Freien Künste in den Weizenfeldern im Osten des Staates Washington so dringend benötigte. Doch Lingraf hatte am Whitman College nicht viel unterrichtet und nach seinen frühen Publikationen auch nicht mehr sehr intensiv Forschung betrieben. Und selbst wenn – diese Informationen teilte er nie mit mir. Meistens genoss er den Ausblick von seinem Büro und bedachte mich mit vagen Anregungen zu meiner Arbeit über den Palazzo Schifanoia. Er liebte, das wurde mir im Nachhinein klar, das Merkwürdige an dieser Arbeit wirklich, beschäftigte sich gern ausführlich mit der Ikonografie, sprach über die Symbolik, freute sich an den obskuren Assoziationen. Ich hatte damals wenig über seine Besessenheit nachgedacht, weil wir alle zu sehr mit unseren eigenen Leidenschaften beschäftigt waren. Schließlich machte genau das ein Akademikerdasein aus.

Zu meiner Überraschung stellte ich fest, dass es auf den von meinem Vater übersetzten Seiten im Detail um Kartenspiele und Tarot ging. Um eine Person in Venedig, ob Mann oder Frau, war unklar. Und diese Person war dafür bekannt gewesen, dass sie Karten einsetzte, um die Zukunft vorherzusagen. In den Dokumenten ging es außerdem um die Arbeit eines mir wohlbekannten Mannes: das Werk von Pellegrino Prisciani, dem Astronomen der Familie d'Este, und um die von ihm entworfenen Bilder. Lingraf hatte mir gegenüber nie irgendetwas davon erwähnt, obwohl die Verbindung mit meiner eigenen Forschung ganz offensichtlich war. Pellegrino Prisciani hatte auch die astrologische Banketthalle im Palazzo Schifanoia entworfen. Wäre mein Vater noch am Leben gewesen, hätte er alles mit mir besprochen, dessen war ich mir sicher, aber ich hatte nie die Gelegenheit gehabt, mit ihm über die Familie d'Este oder ihre Vergnügungspaläste zu sprechen.

Abgesehen von diesen Details enthüllten die Seiten allerdings nur wenig. Einige Hinweise darauf, dass das Tarot Teil der Gemeinschaft der Familie d'Este und ihres Umkreises gewesen war; das wussten wir bereits und hätten auch davon ausgehen können, ohne uns zu weit aus dem Fenster zu lehnen. Doch als ich die letzte Seite von Lingrafs handgeschriebenen Notizen erreichte, konnte ich die Wörter nicht entziffern. Sie waren in einer Sprache verfasst, die aussahen wie Ferrara-Dialekt oder sogar Neapolitanisch, doch sämtliche Suffixe waren an den Anfang versetzt worden, sodass sie als Präfixe erschienen, als Vorsilben.

Ich begriff, dass es sich hier um eine Art Code handelte: eine mit System umgekehrte Aneinanderreihung von Buchstaben, die ich nicht entziffern konnte. Einen Code, an dessen Übersetzung sich mein Vater nicht versucht hatte.

Ich probierte verschiedene Systeme aus, um herauszufinden, ob ich einen der Sätze würde entschlüsseln können. Diese Technik hatte mir mein Vater für die Situation beigebracht, dass man einmal kein Wörterbuch zur Hand hatte. So konnte ich mich auf das mir so vertraute Latein verlassen. Doch da fügte sich nichts zusammen. Ich legte das Blatt weg und versuchte eine Notiz oder ein Wort von meinem Vater oder Lingraf zu finden, das mich erkennen ließ, woher die Transkriptionen stammten: aus einem Archiv, einer Privatsammlung, woher auch immer. Doch da gab es nur die Ecke eines Stempels, ganz oben auf einer der seltenen von Lingrafs Fotokopien. Die Hälfte einer ausgestreckten Adlerschwinge, das Fragment eines scharfen Schnabels.

Weil ich nicht wusste, aus welchem Archiv oder welcher Bibliothek die Transkriptionen stammten, fiel mir nicht ein, was ich noch tun könnte. Natürlich konnte ich Vermutungen über den Ort anstellen, konnte die Übersetzungen meines Vaters auf ihre Korrektheit überprüfen, obwohl sie schon sehr ins Reine geschrieben wirkten, doch es gab Hunderte von Präfekturen und Archiven und Bibliotheken und Privatkollektionen. Überwältigend viele Möglichkeiten.

Um mich herum lagen die Blätter auf dem Boden verstreut, ein Echo der Vergangenheit, das mich zu sich zurücklocken wollte. Plötzlich wurde mir alles zu viel, als bedeckten die Blätter nicht nur den Boden, sondern auch mein Leben ganz und gar. Ich musste diesen vier Wänden entfliehen, genau wie ich meinem Zimmer zu Hause hatte entfliehen müssen. Hastig griff ich mir meine Tasche und stand plötzlich auf der Straße, lief dann Richtung Süden, konnte endlich wieder atmen.

Ich war ohne ein bestimmtes Ziel losmarschiert, doch bald wurde mir bewusst, dass ich mich in Richtung Central Park bewegte, vorbei an den großen, hohen Häuserblocks der Upper West Side, wo die Ziegelbauten der Vorkriegszeit einem die Aussicht auf den Fluss und hin und wieder auch auf die Sonne nahmen. Die Gegend veränderte sich mit jedem Block kaum merklich und doch entscheidend. Alles wurde grüner, reicher, extravaganter, je weiter ich kam. Ich wollte mir die Blätter aus dem Kopf laufen, laufen und laufen, rückwärts in der Zeit, um sie vergessen zu können. Dass Lingraf diesen Aspekt seiner Forschung mir gegenüber nie erwähnt hatte, setzte mir zu. All die Nachmittage, die wir gemeinsam in seinem Büro verbracht hatten, voller einzelner Blätter und handgeschriebener Vorlesungen, und trotzdem hatte er mir nie einen Hinweis darauf geliefert, er könnte am Thema Tarot interessiert sein. Wenn Patrick beim Lesen von Lingrafs Empfehlungsschreiben gehofft hatte, ich wüsste vielleicht einiges über seine Forschung, würde ich ihn leider enttäuschen müssen. Ohne die Bereitschaft meines Vaters, weggeworfenes Material zu durchsuchen, hätte ich vielleicht nie erfahren, dass mich das Whitman College mit The Cloisters verband.

In einem der teuren Coffeeshops einige Blocks vom Park entfernt holte ich mir einen Kaffee und setzte mich ein Weilchen auf eine Bank, um der vorbeiströmenden Menschenmenge zuzusehen. Die Leute trugen Körbe voller Obst und Gemüse am Arm.

»Heute ist Bauernmarkt«, erklärte mir die Frau am Kaffeetresen, als ich sie danach fragte. Bauernmarkt. Dort würde ich vielleicht einen Blumenstrauß kaufen und damit die Atmosphäre in meiner kleinen Mietwohnung wieder ins Gleichgewicht bringen können.

Mit dem Kaffeebecher in der Hand schlenderte ich an den Reihen der Stände entlang, die man auf der Seventy-Ninth Street aufgestellt hatte. Ich war überrascht, Obst und Gemüse im Überfluss zu entdecken: Aus Körben ergoss es sich bis an den Rand der Tische. Händler verkauften Honig und Lippenbalsam, Stangenbohnen, sogar einen kleinen Strauß Ranunkeln, den ich erwarb, und einige Beutel mit Lavendel, die ich gern gehabt hätte. Dieses Schauen, ohne zu kaufen, hatte ich immer gleichermaßen geliebt und gehasst. Es fühlte sich gut an, zu einer Gruppe zu gehören, schöne Dinge in sich aufzunehmen, doch das Bewusstsein, sich nichts außer einigen Blumenstängeln leisten zu können, war einschränkend und düster.

Am Ende der Reihe hatten sich die Leute um einen kleinen Kartentisch versammelt, der kein schützendes Zelt um sich hatte, wie es die anderen Händler für sich beanspruchen konnten. Der Tisch war mehr oder weniger kahl, der reichhaltige, bunte Schmuck der anderen Verkäufer fehlte. Und dann hörte ich ihn, noch bevor ich ihn sah.

»Ann?«, vergewisserte sich Leo. Dann kam er um den Tisch und umfasste mein Handgelenk. »Was machst du denn hier?«

»Ich laufe einfach ein bisschen durch die Gegend.« Ihn plötzlich zu sehen, hatte mich so aus dem Konzept gebracht, dass ich nicht einmal mitbekam, wie er mich auf seine Seite des Tisches zog und auf einen Stuhl deutete.

»Setz dich da hin«, wies er mich an, während er Geld von einer Frau in einem schicken, sehr gut sitzenden und offensichtlich teuren Kleid entgegennahm. Sie steckte in ihre Lederhandtasche, was auch immer er ihr gerade verkauft hatte, und ging weg.

Ich schaute zu, wie Leo einige weitere Transaktionen vornahm. Manchmal verkaufte er Dinge vom Tisch, manchmal zog er sie aus einem Korb darunter hervor, bis plötzlich eine Pause entstand und er sich mir zuwandte.

»Du bist also einfach durch die Gegend gelaufen?«

Ich nickte. Das Ganze war schließlich ein Zufall, oder?

»Dich hat niemand hergeschickt? Rachel hat dir nicht gesagt, du sollst mich hier suchen?«

Ich fragte mich, woher Rachel hätte wissen sollen, wo sich Leo an einem Samstagmorgen aufhielt, erwiderte jedoch einfach nur: »Niemand hat mir irgendwas gesagt. Ich bin allein hier.«

Leo reichte mir etwas vom Tisch. Schwarze Samenkörner, in einer fein gesponnenen Kette zusammengehalten. Ich betastete ihre glänzende Hülle.

»Die wird dir stehen«, sagte Leo, während er auf die Kette deutete. »Leg sie um.«

Ich schaute zu ihm auf und bemerkte, wie klein er den Kartentisch erscheinen ließ. Es wirkte fast komisch: Leos zerrissene Jeans und sein schwarzes T-Shirt mit den Löchern um das Halsbündchen, seine Beine und Torso so lang, dass alles, was er trug, ein wenig zu klein wirkte, als wären die Kleidungsstücke für ein Kind angefertigt worden.

»Was ist das?«, wollte ich wissen.

»Pfingstrosensamen. Die vertreiben böse Geister und Albträume, sagt man.«

»Ich habe keine Schlafprobleme.«

»Noch nicht«, gab er zurück.

Ich legte mir die Kette um, während er wieder etwas verkaufte, ohne viel Hin und Her.

»Was hast du denn noch im Angebot?« Ich nahm den Tisch in Augenschein. Es gab gewebte Amulette aus Halmen und weitere zu Ketten aufgereihte Pfingstrosensamen. Zerstoßenes in kleinen Plastikbeuteln, auf denen Preisschilder mit schockierend hohen Beträgen prangten. Die Kette, die ich um den Hals trug, war mit vierzig Dollar ausgezeichnet.

»Mittelchen. Mittelchen für die Wehwehchen der Reichen.«

Ich drehte eines der Halmamulette um, um den Preis herauszufinden: sechzig Dollar. Dann hielt ich es mir an die Nase. »Zitronenverbene«, stellte ich fest.

»Sehr gut. Du wirst noch zu einer Expertin. Aber es ist zum größten Teil Eisenkraut. Dieselbe Familie. Die Zitronenverbene füge ich nur wegen des Dufts hinzu.«

Mir fiel auf, dass alles hier auf dem Tisch auch im Garten des Bonnefont-Kreuzgangs in The Cloisters wuchs. Also in dem Garten mit den magischen und medizinischen Kräutern, die man im Mittelalter am häufigsten verwendet hatte.

»Und das hier?«, fragte ich und hielt einen der Plastikbeutel hoch.

»Schwarzes Bilsenkraut. Getrocknet und gemahlen. Zwei Gramm.« Als ich nicht reagierte, fuhr Leo fort: »Es hat narkotisierende Wirkung.«

Das sagte er mit einem Schulterzucken, als wäre es keine große Sache, teuer angezogenen Frauen pflanzliche Narkotika zu verkaufen.

»Hast du's ausprobiert?«, fragte ich.

Er nickte.

»Darf ich auch?«

Er warf mir einen wohlwollenden Blick zu. »Ja, aber ich habe da was, was dir vielleicht lieber wäre.« Er zog eine Schachtel mit etikettierten Kräutern hervor. Mit dabei Alraune und Wermut. Er reichte mir einen Beutel mit der Aufschrift *Stranddistel*.

»Wofür ist das?«

Er lehnte sich zu mir und flüsterte mir ins Ohr, während er meinen Oberarm umfasste: »Ein Aphrodisiakum. Es hat stimulierende Wirkung.« Er nahm mir den Beutel aus der Hand und leckte seinen kleinen Finger an, bevor er ihn in den Inhalt tauchte. Dann hielt er mir den Finger mit dem Pulver vor die Lippen. Ich nahm sein Angebot an und leckte das Pulver ab. Es war grobkörnig und bitter, hatte sich mit dem Salz seiner Haut vermischt.

»Wie lange dauert es, bis die Wirkung einsetzt?«

»Das wirst du dann schon merken.«

Ich schaute zu, wie er zum Tisch zurücktrat, wo einige Leute auf ihn warteten. Ich wollte nicht weg. Dank Leos Energie schienen die Papiere weit entfernt.

»Können Sie mir helfen?«, erkundigte sich eine Frau bei mir und versuchte sich am Tisch vorbeizudrängen, an dem Leo gerade ein Amulett verkaufte.

Ich schaute Hilfe suchend zu Leo hin, doch als er nicht reagierte, stand ich auf und ließ mich auf das Ganze ein, indem ich sagte: »Natürlich. Wonach suchen Sie denn?«

Dann verbrachten Leo und ich ungefähr die nächsten beiden Stunden damit, Kräuter und Ketten, Mixturen und Zubereitungen zu verkaufen. Jedes Mal, wenn er hinter meinem Rücken vorbeiging, streckte Leo eine Hand aus, um mich zu berühren, oder er tat es, manchmal ein wenig zu lange, während ich Wechselgeld herausgab. Ein aufregender Tanz, der mich hoffen ließ, die Sonne würde nie untergehen, der Tag hier auf dem Bauernmarkt nie enden.

Dazu kam es aber doch, und nachdem die Frauen – der größte Teil der Kundschaft – weg waren und Leos Bestand fast zur Neige gegangen war, zog er die Kasse heraus und zählte zweihundert Dollar in Zwanzigern ab, die er mir reichte.

»Deine Kommission«, erklärte er.

Als ich das Geld entgegennehmen wollte, zog er es zurück.

»Du darfst aber niemandem erzählen, dass du mich heute hier gesehen hast, okay?«

»Okay«, erwiderte ich langsam und griff wieder nach dem Geld, wand es ihm diesmal aus der Hand. »Warum denn nicht?«

Leo zog eine Augenbraue hoch. »Ernsthaft?«

»Ja, ernsthaft. Warum denn nicht?«

»Weil alles, was ich heute verkauft habe, aus den Gärten von The Cloisters stammt. Alles geerntet. Alles gestohlen. Alles neu etikettiert, um weiße Frauen anzulocken, die nicht an die moderne Medizin glauben, aber die Einzigen sind, die sich solche Sachen noch leisten können. Weißt du, was ich meine?«

»Glaubst du wirklich, das interessiert irgendjemanden? Was sind schon ein paar abgeschnittene Kräuter aus dem Garten?«

Leo warf lachend den Kopf zurück.

»Oh, Ann, so läuft das nicht wirklich. Das hier ist kein kleines Unternehmen. Ich schneide nicht einfach ein paar Kräuter ab. Ich habe einen ganzen zweiten Garten im Gewächshaus hinter dem Bonnefont-Kreuzgang, voll mit Kräutern, die ich für den Verkauf ernte.« Er zeigte auf den Tisch. »Ich verkaufe hier mehr als ein paar abgeschnittene Kräuter.«

Er war stolz darauf, dachte ich: auf das Geld, die Betrügerei, das Geheimnisvolle.

»Warum sollte ich es irgendjemandem erzählen?«, fragte ich, während ich das Geld einsteckte.

»Du wärst überrascht, was die Leute in Gesprächen so nebenbei erwähnen.«

»Ich werde darauf achten, deinen illegalen Züchtungsbetrieb außerhalb des Informationsumlaufs zu halten.«

»Illegaler Züchtungsbetrieb?«

»Was denn? Nennt man das nicht so?«

Leo lachte, und mir gefiel die Herzlichkeit, die Intensität, mit der er sich diesem Lachen überließ. Kaum zu glauben, dass *ich* es war, die ihn dazu gebracht hatte. Einfach wunderbar.

»Ich kann mir nicht vorstellen, dass du dich damit auskennst«, sagte er. »Mit einem Betrieb, meine ich.« Ich wollte gerade zugeben, dass das stimmte, dass er recht hatte, als er in ernsterem Ton hinzufügte: »Man muss einfach aus der jeweiligen Situation rausholen, was rauszuholen ist, weißt du? Dafür sorgen, dass man Vorteile davon hat. Dass das Ganze für einen selbst gut läuft.«

Damit war ich tatsächlich vertraut, denn so hatte ich mich verhalten, seit ich alt genug gewesen war, um meine Situation erfassen zu können.

»Es ist nur …« Er trat näher an mich heran, überbrückte den Abstand zwischen uns und nahm eine meiner Locken in die Hand, die sich aus meinem hoch auf dem Kopf zusammengebundenen Knoten gelöst hatte. »Es gehört zu den Dingen, die ich im Moment am Laufen habe. Zu den wichtigen Dingen.«

Ich konnte spüren, wie seine rauen Knöchel kurz meine Wange berührten, und ich wandte ihm mein ganzes Gesicht zu, sodass sein geöffneter Handteller über meine Lippen strich. Ich wollte davon erstickt werden, doch während ich seinen Duft einsog – Erde und Körpergeruch und Zitronenverbene –, schaute Leo abrupt auf und erklärte: »Shit. Wir müssen hier weg.«

Hastig packte er alles zusammen, wobei deutlich wurde, wie wenig das alles in allem war, klappte den Tisch zusammen und reichte mir die Kassenschatulle.

»Komm jetzt.« Er griff nach meinem Handgelenk und zog heftig daran.

Zuerst gingen wir einfach nur schnell, und ich bemerkte einen Mann hinter uns, der immer näher kam.

»Leo«, rief der Mann. »Leo …«

»Schneller«, befahl Leo und setzte sich in Trab.

Weil ich kürzere Beine hatte als er, kam ich kaum mit.

»Wer ist das?«, fragte ich nach einem Blick über die Schulter.

»Ein Polizist von hier«, erklärte Leo. »Dem passt es nicht, dass ich ohne Lizenz verkaufe.«

»Du hast keine Lizenz?«

»Hey. Du hast heute auch verkauft. Also beeil dich.«

Vor uns konnte ich den Park sehen.

»Und jetzt organisieren wir dir ein Taxi«, erklärte Leo, hob die Hand und winkte eines heran. »Du bist zu langsam.«

Als ein Wagen neben uns hielt, bugsierte mich Leo auf den Rücksitz und warf dem Fahrer einen Zwanzigdollarschein zu. »Nach Hause mit ihr«, wies er den Mann an.

»Leo, warte. Nicht …« Ich war verwirrt, doch er hatte die Tür bereits geschlossen. Das Fenster ließ sich nicht öffnen, und ich rief seinen Namen gegen die Scheibe, sah zu, wie er sich nach dem Polizisten umschaute, denn es war tatsächlich ein Polizeibeamter, der ihn da verfolgte. Dann rannte er los, in den Park.

9. KAPITEL

Kaum hatte sich die Tür zur Bibliothek hinter mir geschlossen, da sagte Rachel: »Wir müssen für Patrick in die Innenstadt.«

Es war Montag. Den Rest des Wochenendes hatte ich damit verbracht, an Lingrafs Forschungen zum Thema Tarot zu denken und mir den Kopf darüber zu zerbrechen, ob ich mich deswegen bei ihm erkundigen könnte, ob er mir überhaupt antworten würde. Aber dann würde ich erklären müssen, wie ich an so viele seiner Unterlagen gekommen war. Dass es sich dabei um einen reinen Zufall handelte, würde er mir nicht glauben. Von den schwarz glänzenden Pfingstrosensamen, die ich um den Hals trug, hatte ich seit der Begegnung mit Leo kaum die Finger lassen können. Dann hatte ich entschieden, das Geheimnis meines Vaters für mich zu behalten. Zumindest vorerst.

»Keine Ahnung, wie lange das dauern wird«, fuhr Rachel fort. »Vielleicht ist es aber auch gar nicht schlecht, wenn wir heute aus der Bibliothek rauskommen.« Sie klappte den Daumen aus, um in Richtung von Patricks Büro zu zeigen. »Besser, wir sind ihm nicht im Weg.«

Das stimmte – Patrick war während unserer Besprechungen immer gereizter geworden. Immer unrealistischere Erwartungen hatte er an uns gestellt, und wir waren bei unseren Forschungen immer wieder in Sackgassen geraten.

»Ich weiß nicht, wann wir wieder zurück sind«, erklärte Rachel. »Es wird dauern. Mehr kann ich dir nicht sagen.«

Mir war es egal. Es löste ja auch das Problem mit Leo. Die Frage, wie die nächste Begegnung ablaufen würde – die erste, seit ich ihn an diesem Wochenende gesehen hatte.

In der Limousine auf dem Weg nach Downtown verkündete Rachel: »Wir sind auf dem Weg zu Stephen Ketch.«

Ich hatte keine Ahnung, ob ich hätte wissen müssen, wer Stephen Ketch war, sagte jedoch nichts, weil ich hoffte, sie würde weiterreden und ich meine Unwissenheit für mich behalten können.

»Ein privater Auftrag von Patrick. Hat mit dem Museum nichts zu tun.«

Rachel schien sich darüber zu ärgern, und mir kam plötzlich der Gedanke, dass es zwischen ihr und Patrick möglicherweise seit der Abendeinladung mit Aruna zu Spannungen gekommen war, weil er mich in den Kreis geholt hatte. Ich fragte mich, wie es sich wohl für sie anfühlte, dass die Balance jetzt nicht mehr stimmte. Als ich keine Antwort gab, schaute Rachel abrupt zu mir her. Erwartungsvoll.

»Sorry«, sagte ich. »Ich weiß nicht, wer Stephen Ketch ist.«

Seufzend schaute Rachel zu, wie die Gebäude draußen am Autofenster vorbeiflogen. »Das siehst du dann schon«, gab sie zurück.

John fuhr uns an einem Gebäude mit Türsteher nach dem anderen in Richtung Queensboro Bridge vorbei, und irgendwann hielt er an. Ich konnte erkennen, wo der Sutton Place sich am Ufer des East River erstreckte, und wir befanden uns an einem der seltenen Orte, an denen die Stadt einem Raum zum Atmen gönnte, an denen die Gebäude in den Hintergrund traten und der Himmel die Szene dominierte. Ich folgte Rachel den Block entlang zum Fluss hin, doch bevor wir den erreichten, blieb sie vor einem Eisentor zwischen zwei Wandnischen in einer Ziegelsteinmauer stehen, über dem sich eine schmiedeeiserne Verzierung befand. Eine viktorianische Lampe hing an einer schwarzen Kette.

Es war fast wie eine kleine Gasse. Ein schmaler Gang zwischen den Gebäuden, der mir vielleicht gar nicht aufgefallen wäre, wäre ich nicht zu Fuß hergekommen und in Begleitung von jemandem, der wusste, wo man zu suchen hatte. Das Ganze wirkte unauffällig und zugleich schön. Gut versteckt, aber wenn man die kleine Gasse einmal bemerkt hatte, konnte man die Aufmerksamkeit einfach nicht mehr davon abwenden – eng und ganz offensichtlich alt. Man kehrte der Betriebsamkeit der Häuserblocks den Rücken zu, an denen wir auf unserem Weg nach Süden vorbeigefahren waren. Rachel betätigte eine Klingel auf der linken Seite des Tors, und tief in der Gasse, hinter einer weiteren Tür, hörte ich den Ton der Klingel. Niemand kam uns entgegen, aber ein Summen erklang, und Rachel stieß das Tor auf. Wir gingen weiter, bis wir eine Glastür mit der Aufschrift *KETCH SELTENE BÜCHER UND ANTIQUITÄTEN* erreichten, per Hand und in Goldbuchstaben geschrieben.

Drinnen sah es anders aus, als ich erwartet hatte. Dunkel, mit einer niedrigen Decke. Der Raum schien komplett von Ansammlungen aus alten Glasflaschen und aneinandergelehnten Gemälden gesäumt. Bücher bedeckten jeden Zentimeter der Wände; einige standen in Glasvitrinen. Im hinteren Teil des Ladens ratterte die Klimaanlage vor sich hin, und in den Ecken hatte man surrende Ventilatoren aufgestellt, um die kühle Luft im Raum zu verteilen. Überall war einem etwas im Weg – ein Louis XIV.-Stuhl, eine blau-weiße Vase, eine Skulptur, irgendein Schnickschnack aus Blech.

Ein klein gewachsener, breit gebauter Mann, von dem ich nur annehmen konnte, dass es sich um Stephen Ketch handelte, saß tief drinnen im Raum an einem großen Eichenholzschreibtisch. Er notierte Informationen in einem Register. Ich blieb stehen, um einen Blick in einige Glasvitrinen zu werfen, in denen billige Scheinwerfer auf die teureren Stücke gerichtet waren: eine Handvoll antiker Ringe mit darin eingefassten echten Edelsteinen, alle mit umgedrehten Preisschildern, sodass man die Beträge nicht sehen konnte. Einen goldenen Ring mit einem glatten roten Edelstein in der Mitte, unfacettiert, einfach gehalten, betrachtete ich länger. Er wirkte, als könnte es sich um ein Originalstück aus dem alten Rom handeln.

In Walla Walla waren die Antiquitätenläden voll von staubigem landwirtschaftlichem Equipment gewesen, und von Möbelstücken, die die heiße Sonne des Westens förmlich ausgedörrt hatte. Hin und wieder fand man einen Gegenstand, der mit seinen ursprünglichen Besitzern in den Osten gekommen war: eine mit Blumen bemalte Truhe oder einen Spiegel, dunkel und trüb vor Alter. Doch in den meisten Fällen waren die als »antik« bezeichneten Gegenstände genau genommen ziemlich neu. Fünfzig Jahre alt, vielleicht hundert. Hier hingegen gab es Stücke aus dem siebzehnten Jahrhundert, Gemälde aus der Zeit, bevor sich die Wege der nach Westen Ziehenden von Independence, Missouri, aus über den gesamten Kontinent erstreckt hatten.

Seit meiner Ankunft in New York hatte ich – abgesehen von meiner MetroCard und Lebensmitteleinkäufen – kein Geld ausgegeben. Doch hier im Antiquitätenladen ertappte ich mich bei der Überlegung, welche Beträge sich wohl auf den umgedrehten Preisschildern verbargen. Aus dem Augenwinkel nahm ich wahr, dass Rachel Stephen Ketch durch eine Tür im hinteren Teil des Raumes folgte, und ich konnte durch die dünnen Vorkriegswände hören, wie sie einige wenige Stufen hochstiegen. Ich war jetzt allein im Laden, zog irgendein Buch aus einem Regal und entdeckte, dass es sich um eine Erstausgabe von *Oliver*

Twist handelte. Ich stellte den Band zurück und bewegte mich auf Stephen Ketchs Schreibtisch zu.

Auf dieser Seite des Ladens war sogar noch mehr Kram angehäuft worden, und ich stellte mir vor, dass Stephen wie ein Tier in seinem Bau lebte, in einem gemütlichen Nest aus Antiquitäten und seltenen Büchern als bequemem, schützendem Polster. Ich riskierte einen Blick auf sein Register, in dem Objekte und Preise in quadratischen Buchstaben festgehalten waren. *Reliquie, Sankt Elias, 6 800 Dollar,* las ich da. Genau in diesem Moment öffnete sich die Tür, und Stephen und Rachel erschienen wieder. Sie hielt eine mit einem grünen Band umwickelte Schachtel in der Hand.

»Gibt es irgendetwas, was Sie gern sehen würden?«, erkundigte sich Stephen. Keine unfreundliche Frage, ohne den Hauch eines Vorwurfs, obwohl er mich gerade beim Herumschnüffeln erwischt hatte.

»Sie haben da ein paar ganz wunderschöne Stücke«, erwiderte ich.

Er schaute zu Rachel hinüber, und sie nickte.

»Lassen Sie mich Ihnen ein paar zeigen.«

Da wurde mir bewusst, dass er wirklich sehr klein war und den Großteil seiner Präsenz aus seiner Breite bezog, er kam kaum hinter den Schreibtisch oder wieder hervor. Jetzt ließ er ein Schlüsselbund klimpern.

Im Vorbeigehen griff er nach meiner Hand und betastete den unteren Teil meines Ringfingers. Die Berührung fühlte sich angenehm an: warm und trocken und weich, und er bedeutete mir durch Gesten, ihm zu folgen, während Rachel zurückblieb, um sich einige Bücher im Regal neben seinem Schreibtisch anzusehen.

»Dinge anschauen ist vergnüglich«, kommentierte er, während er mich an eine Glasvitrine führte. »Aber nichts kann es ersetzen, sie wirklich zu berühren.«

Er holte einen Ring heraus und reichte ihn mir. Darauf waren Weinranken eingraviert, und winzige Diamanten glitzerten heftig, trotz des wenigen Sonnenlichts hier im Laden und ihrer so geringen Größe.

»Ein Verlobungsring aus Platin, etwa 1928«, sagte Stephen.

Er glitt auf meinen Finger und passte perfekt, wirkte graziös.

»Ganz entzückend«, sagte ich und gestattete mir die Vorstellung, wie das wohl gewesen sein musste – zu Zeiten, in denen das Land kurz vor dem Kollaps stand, etwas zu besitzen, das so eindeutig den eigenen Wohlstand zeigte. Wie ein Leuchtturm in den vor einem liegenden dunklen Tagen. Ich sann darüber nach, ob der Ring wohl irgendwann während der Zeit nach dem Börsenkrach im Pfandhaus zu Geld gemacht worden und dann durch die Hände verschiedener Ladenbesitzer gewandert war, bis er irgendwann hier ankam, bei Stephen.

Der holte jetzt einen Ring mit einem kleinen Smaragd im Carréschliff hervor.

»Noch älter«, kommentierte Stephen, während er ihn mir reichte.

Ich steckte mir den Ring an den Finger. Als Kind und als Jugendliche hatte ich nie Schmuck besessen. Ich hatte mir nicht einmal billiges Zeug als Ersatz gekauft, doch ein einziges Stück, das meine Mutter trug, hatte ich immer haben wollen: ein schönes Goldarmband mit einem Bernsteintropfen als einzigem Anhänger. Es hatte meiner Großmutter gehört, hatte mir meine Mutter erklärt, und eines Tages würde es mir gehören. Und trotz der Schönheit des Armbandes und der Tatsache, dass es mir so gut gefiel, wie der Stein da an ihrem Handgelenk schwang wie ein Pendel, hatte mich dieser Gedanke mit einer unstillbaren Traurigkeit erfüllt. Die Schmuckstücke hier waren in einem Laden gelandet, statt in der Bewegung einer Trägerin warmes

Leben zu entfalten. Und genauso waren die Schmuckstücke in The Cloisters zu lebenslanger Kälte verurteilt.

»Was ist mit dem da?«, erkundigte ich mich und deutete auf den goldenen Ring mit dem glatten roten Stein in der Mitte. Ich bemerkte, dass die kleinen Schnörkel aus Gold, die den Stein in ihrer Fassung hielten, wie Schlangen aussahen; ihre winzigen Schuppen waren durch das Alter abgewetzt.

»Ah, Sie verfügen über einen ganz ausgezeichneten Geschmack.« Stephen zog den Ring hervor und hielt ihn in einer Hand, dann benutzte er die andere, um mit großer Geste sein Taschentuch auszuschütteln, bevor er sich den Ring auf den Handteller legte, den nun ein einfaches Stück Baumwolle bedeckte.

Winzig war er, dieser Ring. Viel zu klein, als dass er an einen anderen Finger gepasst hatte als an meinen kleinen, und auch auf den passte er kaum. Auf der Innenseite waren die Worte *loialte ne peur* eingraviert. Altfranzösisch, wahrscheinlich aus dem dreizehnten oder vierzehnten Jahrhundert, und sie bedeuteten »Treue ohne Angst«.

»Sehr alt«, sagte Stephen. »Sehr alt«, als wiederhole er das für sich selbst.

Ich drehte das Preisschild herum, auf dem *25 000 Dollar* stand. Dass ein solches Stück in diesem überfüllten Teil des Geschäfts hatte landen können, eingeklemmt zwischen seltenen Büchern und anderen Objekten, schockierte mich. Ich zog mir den Smaragdring vom Finger und untersuchte ihn genauer, wobei ich sah, dass es sich ganz eindeutig um eine Handarbeit handelte.

Als ich den Ring zurückgab, stellte ich fest, dass sich zwischen den Reihen mit den Schmuckstücken eine Handvoll geprägter Münzen befand. Die Kanten waren abgegriffen, die Riffel teilweise verschwunden. Auf einer erkannte ich deutlich ein Medusenhaupt: die Augen wie Stecknadeln, das Haar aus Schlangen.

»Darf ich?« Ich streckte die Hand nach der Münze aus, und Stephen nickte.

Auf meinem Handteller wirkte sie schwerer und dicker, als das bei einer gewöhnlichen Münze zu erwarten gewesen wäre, und ich begriff, dass es sich um ein Amulett mit einer Inschrift auf der Rückseite handelte.

»Um die Gebärmutter ins Gleichgewicht zu bringen«, erklärte Stephen, während ich mich ans Entziffern der uralten griechischen Wörter machte.

»So ungewöhnliche Stücke«, sagte ich, fast wie zu mir selbst.

»Du solltest es ihr zeigen, Stephen.« Das kam von Rachel, die uns vom hinteren Teil des Ladenraums aus beobachtete. »Ich denke, es würde ihr gefallen.«

Stephen ging an Rachel vorbei zu der Tür, durch die die beiden zuvor verschwunden waren. Er hielt sie für mich auf.

Da waren einige Stufen und dann ein kurzer Flur, der in einen weiteren Raum führte. Dieser war nicht so dicht mit Glasvitrinen bestückt. Eine Handvoll Manuskripte bot illustrierte Seiten dar. Wegen des möglicherweise schädlichen Tageslichts waren die Vorhänge zugezogen. In den Glasvitrinen präsentierte sich eine chaotische Sammlung schöner Objekte: Broschen und Ringe, antike Spielkartensätze. Sogar Älteres gab es: Papyrus, einen Skarabäus aus Emaille, eine Reliquie. Dieser Raum war die Miniaturausgabe eines Museums.

»Stephen berät Sammler«, sagte Rachel hinter mir. »Er arbeitet mit vielen Leuten zusammen, die sich für Dinge interessieren, die ...« Sie hielt inne, schaute auf ein offenes Manuskript herunter. »... die man auf dem gewöhnlichen Markt nur schwer bekommt.«

»Die Feststellung der Herkunft gehört nicht zu unserer Kompetenz«, erklärte Stephen und wies mit einigen Gesten auf die Stücke um sich herum. »Aber wir verstehen uns auf den Erwerb.

Wir erhalten hier Besuch von allen möglichen Verkäufern und Käufern. Manchmal stammen die Stücke aus Übersee. Oft müssen sie schnell verkauft werden. Ich kann ihnen ein Zuhause bieten.«

»Verfährt man in The Cloisters auch so?«, erkundigte ich mich.

»O nein«, sagte Rachel. »Nie. Aber Patricks Standards sind ein bisschen niedriger.«

Sie stellte eine Schachtel auf eine der Glasvitrinen, und Stephen entfernte das Band darum, öffnete die Schachtel und förderte ein Tarot-Kartendeck zutage. Er nahm eine einzelne Karte vom Stapel.

»Sie sind aus Mantua«, erklärte Rachel.

Stephen nickte. »Ja, von einem Händler, der vermutete, sie könnten ursprünglich aus Ravenna stammen. Sie wissen ja, wie das in diesen byzantinischen Städten zuging. Gold wurde sehr großzügig verwendet.«

»Sie sind ganz außergewöhnlich«, sagte ich, während ich auf die Karte hinabschaute, die Stephen auf das Glas gelegt hatte – die Welt. Sie verkörperte Vollständigkeit und Vollendung, einen Begriff der Ganzheit. Es handelte sich um die letzte Karte in der modernen Großen Arkana.

»Eine Familie hat sie auf dem Dachboden eines alten Landhauses gefunden, genau in dieser Schachtel, genau mit diesem Band verschlossen.«

»Ist das wahr?«, fragte ich.

Stephen zuckte die Schultern. »So lautet die Geschichte.«

»Patrick hat eine Sammlung«, fügte Rachel hinzu. »Normalerweise kleine Stücke: Fragmente, aus Manuskripten gerissene Seiten, kleine Devotionalien. Manchmal auch Dinge, die ein wenig« – hier suchte Rachel meinen Blick – »ungewöhnlicher sind. Letztes Jahr kam er mit einigen Astragali aus Griechenland zurück. Im Winter hat er ein Manuskript erworben, das angeblich von einem Haruspex verfasst wurde, von jemandem, der die Innereien geopferter Tiere verwendete, um nach Omen zu suchen.« Sie deutete auf die Karte vor uns. »Solche Dinge wie das hier gehören zur letzteren Kategorie seiner Sammlung.«

Ich dachte an die anderen Stücke in Patricks Bibliothek, während Stephen die Karte zurück in die Schachtel beförderte und diese mit dem Band verschloss.

»Vielleicht möchten ja auch Sie über eine Sammlung nachdenken?«, wandte er sich an mich.

Ich musste ein Lachen unterdrücken. In diesem Laden gab es nichts, was ich mir hätte leisten können.

»Mich bearbeitet er schon seit Monaten«, kommentierte Rachel und stellte sich neben mich. »Können wir die beiden da anprobieren?« Rachel zeigte auf zwei gehämmerte Silberringe, jeder mit einem Schafbockkopf, der jeweils in die andere Richtung schaute. Trug man sie zusammen, ergab sich also eine Symmetrie. Erst als Stephen die Ringe hervorholte, fiel mir auf, dass der ganze Ring den Körper eines Schafbocks darstellte.

Rachel streifte sich beide auf einen Finger. Die Ringe wirkten überraschend grazil.

»Hier«, sagte sie und reichte mir einen. Er passte perfekt. Rachel lehnte sich zu mir hin und streckte die Hand aus, sodass unsere Finger parallel zueinander positioniert waren und die Tierköpfe wie Spiegelbilder zueinander standen. Unsere Hände unterschieden sich ganz eindeutig: Ihre Finger waren lang und kantig, mit manikürten Nägeln, meine mit breiteren Knöcheln und zerrissener Nagelhaut. Ich fand es seltsam, dass Ringe derselben Größe so problemlos auf unsere jeweiligen Finger passten.

»Die nehmen wir«, sagte sie zu Stephen, streckte dabei die Hand aus, um die Arbeit zu bewundern.

Ich zog mir den Ring vom Finger und hielt ihn ihr hin, neugierig darauf, welcher Betrag wohl auf dem Preisschild stand. Um herauszufinden, um welche Größenordnung des Investments es sich hier handelte.

»Nein«, sagte sie. »Der gehört dir.«

»Rachel, das kann ich nicht annehmen.«

»Natürlich kannst du, jetzt sei nicht albern.«

»Es sind Freundschaftsringe«, erklärte Stephen, der die Quittung per Hand ausstellte. »Dafür gemacht, zwischen zwei Trägerinnen aufgeteilt zu werden. Aus den Dreißigerjahren des vergangenen Jahrhunderts. Silber. Sterling natürlich.«

»Aber es ist so ein extravagantes Geschenk.«

Rachel sah mich an. »Ann. Was für den einen extravagant ist, ist es für andere nicht. Du musst lernen, ein Geschenk anzunehmen.«

Ich schaute nach unten, wo der Ring bereits einen angenehm heftigen Sog auf mich ausübte, und mir wurde klar, dass ich damit aufhören musste, zu bekämpfen, was da so unerwartet in mein Leben gekommen war, seit ich The Cloisters betreten hatte.

»Danke«, sagte ich.

Rachel nickte knapp, und wir gingen zurück in den größeren Raum, wo Stephen den Verkauf mit ausholenden, geschwungenen Buchstaben in sein Register eintrug.

»Ein schönes Paar«, kommentierte er. »Passen Sie auf, dass die beiden Teile nie getrennt werden.«

»Das werden wir«, erwiderte Rachel, und dabei schaute sie mich an.

Auf dem Weg zurück zu The Cloisters saßen Rachel und ich schweigend da, beobachteten an entgegengesetzten Seiten der Limousine, wie sich die Stadt vor uns ausbreitete: der Central

Park, der Henry Hudson Park, bis wir irgendwann den Glockenturm von The Cloisters sehen konnten.

»Lassen Sie uns hier unten raus, John«, wies Rachel den Fahrer an und bedeutete ihm, in einiger Entfernung vom Museumseingang zu halten.

Sobald wir aus dem Wagen gestiegen waren, wandte sich Rachel mir zu: »Erzähl Patrick nicht, dass dir Stephen die Karten gezeigt hat.«

Wir liefen über einige gepflegte Rasenflächen. Der Nachmittag war zur Hälfte vorbei, und die Sonne traf uns voll ins Gesicht.

»Aber er hat mich doch mit dir …«

»Hat er nicht«, unterbrach mich Rachel.

»Aber warum …«

»Ich fand es wichtig, dass du mitkommst. Dass du es weißt. Ich will nichts vor dir verheimlichen.«

Ich hatte nicht vorgehabt, ihr etwas zu erzählen, überhaupt irgendjemandem etwas von dem zu sagen, was ich da in den Papieren meines Vaters entdeckt hatte. Aber Rachel war nicht die Einzige, die Geheimnisse zu teilen hatte.

»Ich habe am Wochenende ein paar ungewöhnliche Taroterwähnungen entdeckt«, sagte ich. Als sie aufschaute, sah ich vor uns die Mauer von The Cloisters.

»Oh? In was für einer Publikation denn?«

»Das weiß ich nicht sicher.«

Ich erklärte Rachel, was es mit den Papieren auf sich hatte, die meine Mutter geschickt hatte, sprach von den Übersetzungen meines Vaters und berichtete von den Transkriptionen meines wissenschaftlichen Betreuers.

»Und Lingraf hat dir gegenüber nie etwas davon erwähnt?«

»Nein. Ich hatte keine Ahnung, dass er sich in seinen Forschungen überhaupt mit Tarot befasst hat.«

Rachel blieb stehen. Wir hatten den Kreisel vor The Cloisters erreicht. An den Mauern des Museums bewegten sich leuchtend rote Banner leise im Wind.

»Er hat es also nie erwähnt? Während der ganzen vier Jahre, die ihr miteinander gearbeitet habt? Kein einziges Wort?«

»Kein einziges.«

»Ach so.« Rachel schwieg nur eine Sekunde, dann fügte sie hinzu: »Wärst du bereit, die Papiere mitzubringen? Damit wir sie uns zusammen ansehen?«

»Natürlich, aber wenn wir nicht sagen können, woher sie stammen, weiß ich nicht, wie viel sie uns nutzen werden.«

Wir betraten The Cloisters, und ich ließ die kühle Luft bewusst über mich streifen, spürte den beruhigenden Widerhall meiner Schritte auf dem Steinboden.

»Wir könnten ja vielleicht Patrick fragen«, schlug ich vor.

Rachel legte mir die Hand auf den Arm, in einer leichten Bewegung, nicht zu drängend. Dann sagte sie: »Lass uns das nicht tun. Wir behalten es für uns. Fürs Erste.«

10. KAPITEL

Als der Juli voranschritt, standen die Blumen in The Cloisters in so voller Blüte, dass sich ihre Köpfe zum Boden hin
bogen. Mit diesem Monat kam eine schwere Decke aus Hitze
und Dunst. Doch die Bibliothek und die Ausstellungssäle boten
weiterhin Zuflucht. An manchen Tagen hielt ich mich trotz der
Anziehungskraft der Gärten an die mit Blattgold verzierten In-
nenräume mit ihren Gewölben, lief dicht an den Lüftungsschlit-
zen entlang und lebte mein Leben innerhalb der Mauern. Ich
führte im wahrsten Sinne des Wortes eine klösterliche Existenz,
doch das lag zum größten Teil an der angenehmen Klimatisierung.

Vielleicht lag es teilweise auch daran, dass Leo nur selten nach
drinnen kam, denn ich fühlte mich gefangen zwischen der Sehn-
sucht, Zeit mit ihm zu verbringen, und meinen Verpflichtungen
gegenüber Rachel. Dass ich mich so stark zu ihm hingezogen
fühlte, stellte eine Ablenkung von der Arbeit dar, so fürchtete
ich. Und die Arbeit musste an erster Stelle stehen; die Arbeit war
meine Zukunft. Und obwohl wir einander im Vorbeigehen sahen – er auf der anderen Seite des Gartens in abgeschnittenen
Jeans und Arbeitsstiefeln, das Gesicht unter einem Strohhut verborgen, oder die eingefriedeten Bereiche oder das Lager verlas-
send, die Hände in den Taschen –, gab ich deshalb mein Bestes,
mich in diesen Augenblicken unsichtbar zu machen. Mich klug

zu verhalten und den Kopf einzuziehen, egal wie schwer mir das zu fallen schien, egal wie leicht ich, das wusste ich, nachgegeben hätte, wenn sich die Gelegenheit ergäbe.

Falls Rachel irgendetwas davon mitbekam, so erwähnte sie es nicht. Inzwischen hatten wir eigene gemeinsame Geheimnisse. Es stimmte: Die Transkriptionen, die ich ihr gezeigt hatte, enthüllten nichts radikal Neues, aber sie ließen uns erkennen, dass die Überlegungen bezüglich der Existenz des Tarots in der Renaissance auf weniger wackligen Füßen standen oder zumindest nuancierter waren als bei einem einfachen Kartenspiel. Eine Seite jedoch hatte ich nicht einmal Rachel gezeigt: die mit der Sprache, die ich nicht entziffern konnte und die dennoch zur selben Sammlung von Übersetzungen zu gehören schien, die die teilweise sichtbaren Adlerinsignien trug. Diese Seite behielt ich für mich.

Eines Morgens hatte ich mich bereits zwei Stunden in der Bibliothek aufgehalten, als Rachel erschien und auf Patricks Bürotür schaute.

»Ist er schon da?«

Ich schüttelte den Kopf.

»Ich überlege, ob er uns irgendwie aus dieser Führung für Dozenten mit Moira rausholen kann.« Rachel sah sich um und schien etwas zu suchen. Ich hatte keine Ahnung, was. Einen Augenblick später drängte sich Moira an Rachel vorbei in die Bibliothek.

»Ah, gut. Ihr seid beide da. Die Führung beginnt in fünf Minuten, also solltet ihr hier wahrscheinlich zu einem Ende kommen.« Moira schaute zu mir herüber. Ich saß über den Tisch gebeugt da, Papiere um mich herum. »Zumindest fürs Erste.«

»Moira …«, setzte Rachel an, doch Moira wandte sich auf dem Absatz um und verließ den Raum, bevor wir weiter protestieren konnten.

Führungen für Dozentinnen und Dozenten waren etwas Seltsames. Normalerweise wurden sie von Hochschullehrern im Ruhestand übernommen, und das Dozentenprogramm von The Cloisters wurde vom Bildungsministerium mitorganisiert zu dem Zweck, dass Schulkinder und Besucher geführt werden konnten. Aber es war nie die Sammlung, für die sich die Leute am meisten interessierten – ihnen schien immer ein Blick hinter die Kulissen am wichtigsten. Wenn wir sie durch die Büroräume führten, schlenderten sie am langsamsten herum, lehnten sich in Türrahmen oder an Fenster, alle prägten sich die nicht öffentliche Topografie des Museums ein. Und im Magazin und beim Sicherheitsdienst gab es stets mehr Fragen als vor dem Mérode-Triptychon und oder den Sarkophagen aus dem zwölften Jahrhundert.

Als wir im Magazin ankamen, erkundigte sich eine Frau, die trotz der Sommerhitze ein Halstuch trug: »Wie viele Stücke werden hier aufbewahrt?«

Rachel zog eine Lade auf, in der Steinfragmente und kleine Emaillestücke zur Nummerierung und Katalogisierung bereitlagen. »Es gibt hier über fünftausend Objekte wie diese. Damit können wir Ausstellungen unterstützen oder sie im Wechsel in unseren Sälen zeigen.«

»Im Met gibt es sogar noch mehr davon«, flüsterte eine Frau neben mir, und ich lächelte höflich. »Haben Sie sich dort einmal die Stücke im Magazin angesehen?«, fragte mich die Frau und legte mir dabei die Hand auf den Arm.

»Noch nicht.«

»Oh. Das sollten Sie wirklich tun. Das darf man sich nicht entgehen lassen. Man kann dort an Drähten aufgehängte Gemälde sehen.«

Solche Kommentare waren Rachel und ich gewohnt: Die Dozenten hielten es für angemessen, uns in Bezug auf unser eigenes Material Unterricht zukommen zu lassen. Und später, nachdem sich alle wieder im Ausstellungsbereich verteilt hatten, saßen Rachel und ich am Tisch und lachten, und zwar relativ gemein, über ihre Herablassung und über die Weisheiten, die sie uns vermittelt hatten.

Ich hatte das Magazin in der Fifth Avenue tatsächlich noch nicht besucht, wusste jedoch nach meinem kurzen Aufenthalt in The Cloisters, dass wertvolle Stücke auf viele verschiedene Arten aufbewahrt wurden. Hauptsache, die Räumlichkeiten waren klimatisiert und man schützte alles vor zu hellem Sonnenlicht. Doch natürlich betrachteten Museumsbesucher Kunstwerke nicht aus dieser Perspektive, als funktionale Objekte, die in Rotation gezeigt und eingesetzt werden mussten, um Bedeutung zu generieren. Sie sahen jedes Einzelstück als Schatz, stellten sich vor, es einmal auf ihrem Dachboden zu finden, unter den Schätzen ihrer eigenen Familie, als etwas, dem sie einen immensen Wert zuschrieben, aus Sentimentalität und weil sie keine richtige Forschung betrieben.

Beim Sicherheitsdienst stellte Rachel jeden einzelnen Mitarbeiter mit Namen vor.

»Wir freuen uns sehr, Sie heute bei uns zu haben«, erklärte Louis, während eine Reihe von Bildschirmen die Rückseite seines Kopfes beleuchtete.

»Wird hier alles von Kameras erfasst?«, erkundigte sich eine der Frauen irgendwo weiter hinten, nachdem sie die Hand gehoben hatte.

»Fast alles«, antwortete Louis.

»Aber brauchen Sie denn nicht jede Ecke und jeden Winkel, falls ein Raub passiert?«

»Dass ein Museum beraubt wird, kommt nur sehr, sehr selten vor«, erklärte er geduldig. »Und wir haben rund um die Uhr Personal hier, um die Sicherheit der Sammlung garantieren zu können.«

»In welchen Teilen gibt es denn keine Kameras?«, wollte die Frau wissen.

»Planen Sie vielleicht einen Raub?«, fragte Louis zurück. Er behandelte das Ganze jovial. Die meisten der Kunstwerke in The Cloisters konnte man unmöglich bewegen – Fresken, riesige Wandteppiche, in Nischen befestigte Statuen, Kunst mit dem Gewicht von einigen Hundert Kilo.

Die Frau zog ihr Nein ein wenig zu sehr in die Länge; ganz offensichtlich beleidigte die Unterstellung sie ein wenig. Vorn in der Gruppe traf Rachels Blick meinen, und wir beide taten unser Bestes, das Lächeln zu unterdrücken, das sich auf unseren Gesichtern ausbreiten wollte.

»Die inneren Büroräume, die Bibliothek und Teile des Magazins werden nicht vollständig von Videokameras erfasst«, präzisierte Rachel.

»Und das gilt auch für die meisten Gärten und Wirtschaftsräume«, fügte Louis hinzu. »Einen großen Teil haben wir im Blick, aber nicht alles. Pflanzen kann man schließlich ersetzen.«

»Ich weiß nicht, ob das so stimmt«, sagte Leo. Mit einem Kaffeebecher in der Hand versuchte er sich einen Weg durch die Menge aus Frauen zu bahnen, von denen einige besorgt sein Outfit musterten.

»Leo«, bat ihn Rachel, »stell dich doch unserer neuen Sommerdozentengruppe vor.«

»Hey.« Leo erhob den leeren Kaffeebecher.

»Leo ist einer unserer Gärtner«, fuhr Rachel fort.

»Falls Sie das beim Anblick der Schmutzflecke nicht sofort begriffen haben«, ergänzte Leo.

»Wenn Sie irgendwelche anderen Fragen dazu haben, was wir hier in den Gärten heranzüchten, kommen von ihm ganz ausgezeichnete Informationen.« Das war wieder Rachel.

»Ich habe schon einmal eine Führung mitgemacht und dabei

gehört, Sie züchten auch Giftpflanzen. Stimmt das?«, unterbrach sie eine Frau.

Leo nickte. »Sie dürfen aber nicht vergessen, dass vielen Pflanzen, die wir heute als giftig einstufen, im Mittelalter und in der Renaissance ein medizinischer Nutzen zugesprochen wurde. Denken Sie nur an Tollkirsche, Belladonna«, sagte er. »Man nennt diesen Strauch die ›schöne Frau‹, weil Frauen sie in kleinen Dosen verwendet haben, um ihre Pupillen zu vergrößern.«

Sein Blick fand meinen. Unter den Bartstoppeln, um die er sich schon seit Tagen nicht gekümmert hatte, waren schwach seine Grübchen zu erkennen.

»Wofür hat man sie denn noch verwendet?«, fragte jemand von hinten.

»Nun, die Alraune wurde als Einschlafhilfe verwendet. Heute wissen wir aber, dass es sehr leicht zum Tod kommen kann, wenn man dazu viel davon einnimmt ...«

»Das alles können wir besprechen, wenn wir draußen in den Gärten sind«, unterbrach Rachel. »Ich denke, Leo muss jetzt sicher wieder hinaus.«

Leo erhob als Geste des Dankes den Kaffeebecher. Als er sich an der Gruppe vorbeimanövrierte, die den Flur füllte, strich er kurz an mir entlang, und in einer raschen Bewegung umfasste er mit seiner rauen Hand mein Handgelenk. Das reichte schon, um das Blut in meinem Körper brausen und brennen zu lassen. Doch bis ich über die Schulter schauen konnte, ging er bereits den Flur hinunter; er wandte sich nicht um.

»Okay«, rief Rachel und klatschte in die Hände. »Jetzt wollen Sie doch sicher die Statue der heiligen Margareta von Antiochien sehen?« Und wir schlurften weiter.

Nachdem wir die Leute in der Küche ihrem Gratiskaffee mit Gebäck überlassen hatten, wo sich Moira fürsorglich um sie kümmerte, machten Rachel und ich einen Zwischenstopp in der

Kapelle. Mir gefiel es sehr gut, wie Stimmen hier klangen: Flüstereien fügten sich zu etwas ganz anderem zusammen, zu einem mönchischen Summen oder einem meditativen Gesang. Schritte auf dem Steinboden draußen verliehen dem Ganzen eine willkommene Klangstruktur. So stellte ich mir das Gefühl in den Kirchen und Kathedralen Europas vor, wenn Besucher an den Stationen der von italienischen, flämischen oder französischen Meistern geschaffenen Kreuzwege entlangschlurften, während man ganz in der Nähe einen richtigen Gottesdienst vorbereitete.

Rachel setzte sich in eine Bank, umfasste die Sitzkante und lehnte sich zurück, das Gesicht emporgerichtet, wo das Buntglas der hohen Fenster das Sonnenlicht brach und auf den hellen Steinmauern rote, blaue und grüne Lachen entstehen ließ.

»So. Du machst es also, nicht wahr.«

Sie formulierte das nicht als Frage, sondern als Feststellung.

»Wovon sprichst du?«

»Von dir und Leo.«

»Ich habe mich noch nicht entschieden.«

»Oh doch, das hast du.« Sie bewegte den Kopf langsam in meine Richtung, bis sich unsere Blicke begegneten. »Du wirkst hungrig, wenn er da ist.«

»Ich kenne ihn doch nicht mal.« Ich spürte, wie sich Hitze in mir ausbreitete, nicht nur in meinen Wangen, sondern in meinem ganzen Körper.

»Musst du ihn denn kennen?«

Darauf wusste ich keine Antwort. Beim größten Teil meiner Erfahrungen hatte es sich entweder um Männer gehandelt, die ich kaum kannte – es hatte in meinem Grundstudium vereinzelte One-Night-Stands gegeben, dann einen Gast, dem ich beim Kellnern begegnet war und der sich übers Wochenende in der Stadt aufhielt, außerdem jemanden, der bald danach ein Juraaufbaustudium anfangen sollte –, oder welche, die ich mein ganzes Leben lang gekannt hatte. Etwas dazwischen gab es nicht, und Leo war jetzt schon irgendwo dazwischen.

Wir gingen durch den Ausstellungsbereich zurück, blieben in der frühgotischen Halle stehen, wo die Wände mit Parade-beispielen von Buntglasfenstern aus den Kathedralen von Can-terbury, Rouen und Soissons bestückt waren. Eines davon zeigte eine Frau in einem goldenen Kleid, die zwei Flaschen in den Händen hielt; der Titel lautete: *Gift abfüllende Frau aus der Legende von Saint Germain in Paris, 1245–47.*

An diesem Abend blieb ich bis spät in der Bibliothek, im Nach-hinein könnte ich jedoch nicht sagen, wieso. Am Nachmittag hatte sich ein Gewitter entladen und der Hitze ein Ende gesetzt, nicht aber der Feuchtigkeit, und die Gärten troffen vor Nässe. Als es siebzehn Uhr wurde, verließen Patrick und Rachel die Biblio-thek, fragten mich nur im Vorbeigehen, wie lange ich noch blei-ben wolle. »Nur eine Stunde«, hatte ich erwidert, dabei jedoch ge-wusst, dass ich warten wollte, bis die Dunkelheit kam. Ich wollte mich ganz und gar allein in diesem Raum fühlen, nichts hören als das leise Echo meiner eigenen Atemzüge oder das kaum wahr-nehmbare Seufzen des Papiers unter meinen Fingerkuppen. Als die Sonne untergegangen war, schloss ich meine Bücher und setzte mich an eine Ecke des Bonnefont-Kreuzgangs, wo ich zusah, wie der Mond über den Baumwipfeln aufstieg. Mir entglitt die Zeit, während sich der Tag tiefer in die Nacht sinken ließ. Das Gesicht zum unendlichen Raum erhoben, musste ich einfach glauben, dass sich der Nachthimmel in New York von dem unterschied, den ich von zu Hause in Washington kannte. Ich stellte mir vor, die Sternbilder wären hier anders am Firma-ment positioniert, der Mond wandere langsamer, die Erde drehe sich rascher um ihre eigene Achse. Und das, obwohl ich wusste, dass so etwas nicht möglich war.

Als die Mondsichel direkt über mir stand, beschloss ich, zurück in die Bibliothek zu gehen. Etwa zwei Stunden waren vergangen, und als ich mich gegen die Tür lehnte und sie aufschob, war es drinnen dämmrig. Weil ich davon ausging, dass der Sicherheitsdienst beim Vorfinden des leeren Raumes einfach das Licht gelöscht hatte, streckte ich instinktiv die Hand nach dem Schalter aus. Doch als ich die Tür schloss, wurde mir klar, dass der Raum nicht gänzlich unbeleuchtet war: Hinten tropften zwei große Kerzenständer geradezu vor Wachs und flüssigem gelbem Licht.

Zuerst erkannte ich die Anwesenden nicht, weil sie von Schatten umschlossen waren. Doch ich entdeckte die Karten, die da auf dem Tisch ausgebreitet lagen. Ihre Blattgoldverzierungen glitzerten im Kerzenlicht. Erst als Patrick sich bewegte, wurden die Silhouetten schärfer: die Bewegung seines Armes, ihr auf eine ganz bestimmte Art fallendes Haar. Mir vertraute Erscheinungen.

»Ann …«, sagte er, und während sich meine Augen an das Dämmerlicht gewöhnten, konnte ich sehen, dass er den Abstand zwischen uns überbrückt, die Distanz geschlossen hatte, sodass er die Hand ausstrecken und meinen Arm berühren, mir Halt bieten konnte.

Rachel blieb wie festgewachsen auf der anderen Seite des Tisches, und niemand von uns schien in der Lage zu sein, die richtigen Worte zu finden. All die Fragen, die ich hatte stellen wollen, schienen unnötig und überflüssig – was hier vor sich ging, war eindeutig. Ganz ohne Zweifel hatten sie sich allein gewähnt; schließlich hatte ich meine Bücher geschlossen zurückgelassen. Das Experiment, die Sitzung, wie auch immer sie das hier nennen wollten, hatte ohne mich stattfinden sollen. Mir wurde schlagartig bewusst, dass meine Anwesenheit ein Fehler war, ein Irrtum, und dass wir alle Geheimnisse voreinander bewahrten:

ich vor Rachel und Patrick, Leo vor uns allen. Irgendwie gefiel mir das, weil es bedeutete, dass jede Unze an Wissen und an vertraulichen Informationen mühsam erworben worden war.

»Ann«, sagte Patrick wieder und schob seine Hand meinen Arm hoch, bis zu meiner Schulter. »Entschuldige. Wir hätten dich dazubitten sollen.«

Ich weiß nicht, was ich erwartet hatte. Vielleicht, dass er sagen würde, ich hätte hier nichts zu suchen. Ich sei hiermit entlassen. Aber ich hatte nicht damit gerechnet, eingeladen zu werden, und obwohl ich darüber frustriert hätte sein sollen, dass man mich tatsächlich übergangen hatte, klopfte mir bei seinen Worten das Herz vor Dankbarkeit.

Er winkte mich an den Tisch, auf dem das Kartenspiel, das wir bei Stephen Ketch mitgenommen hatten, in einem komplizierten Muster ausgelegt war.

»Wenn er ein neues Kartenspiel erworben hat, ist es Patrick am liebsten ...« Rachel hielt inne, als suche sie nach dem richtigen Ausdruck. »... die Karten hier einzuweihen.«

»Die richtige Atmosphäre«, fügte er hinzu, »hilft einem dabei, die eigene Intuition vollständig aufzurufen.«

Ich wusste, es wäre unpassend gewesen, wenn ich darum gebeten hätte, das Licht wieder anzuschalten. Stattdessen setzte ich mich zu Rachel ans andere Ende des Tisches, wo sie in einer Sicherheit spendenden Geste meine Hand ergriff und sie drückte. Die Frage, wessen Entscheidung es gewesen war, mich nicht direkt dazuzuholen, ging mir durch den Kopf, und ich fragte mich, ob Rachel die Fürsprecherin oder die Torwächterin gespielt hatte. Sosehr sie mich auch willkommen geheißen hatten – es gab da eine Beziehung, eine Verbindung zwischen Rachel und Patrick, zu der ich nie Zugang erhalten würde.

Die Sitzung bezog sich auf Patrick. Er hatte die Karten ausgelegt und arbeitete nun die Bedeutung der aufgedeckten Karten heraus, fuhr mit dem Finger unter jeder Karte entlang und hielt nur inne, um ihre Ecken zu berühren. Nach mehreren Minuten stapelte er die Karten auf, wobei er sorgfältig darauf achtete, dass sie nicht aneinanderrieben. Dann reichte er sie mir über den Tisch hinweg, den ganzen Stapel.

Aus dem Augenwinkel beobachtete ich, wie Rachel die Geste in sich aufnahm. Etwas blitzte auf – als trete sie einen Schritt zurück –, und dann schien sie weicher zu werden, zutraulicher.

»Halte sie zuerst einmal in der Hand«, wies mich Patrick an, »und denk an die Fragen, die du beantwortet sehen möchtest. Dann legst du drei Karten in einer Reihe aus.«

Ich tat, was er gesagt hatte, hielt während des gesamten Vorgangs die Augen geschlossen. Natürlich mischte ich die Karten nicht, weil wir fürchten mussten, die Ölfarbe und das Blattgold zu beschädigen. In mir keimte langsam die Hoffnung auf, die Karten würden mir die Umrisse meiner Zukunft zeigen – die Tage, die ich noch in The Cloisters vor mir hatte, und die danach.

Während ich die Karten aufdeckte, war es unmöglich, sich nicht von ihrer Schönheit, ihrem Glanz und ihren ungewöhnlichen Symbolen beeindrucken und fesseln zu lassen. Völlig neutral zu betrachten, was sie wohl aussagten. Vor mir lagen der Mond, der Gehängte und die Zwei der Kelche. Ich wusste, dass der Mond, wie er mir da direkt ins Gesicht sah, Täuschung oder Unklarheit bedeutete, ein betrügerisches Spiel. Die Zwei der Kelche hingegen bezog sich auf Liebe oder Freundschaft, auf neue Beziehungen, auf Zusammenarbeit und Anziehung. Der Gehängte war ein Symbol des Vergehens und der Veränderung, aber traditionell ebenso ein Zeichen für Judas – *den Verräter.* Alle drei zusammen berichteten mir etwas über eine sich verändernde Landschaft, über Neues und Gefahr. Und da gab es noch etwas: Es flirrte am Rand meines Sichtfeldes, fühlte sich wie eine bereits gehörte Warnung an, die ich nicht ganz erfassen konnte. Die Karten strahlten eine Energie aus, die meinen Pulsschlag beschleunigte und meine Augen feucht werden ließ. Sie brannten, als wäre ich unter Wasser.

Weil Rachel die Symbolik dieser Karten längst in- und auswendig kannte, hatte ich für mich selbst angefangen, die Bedeutungen einzelner Karten zu studieren, wie ich das früher einmal mit lateinischen Illustrationstafeln getan hatte. Ich hatte herausgefunden, dass einem die Symbole etwas über verschiedene Neigungen sagen konnten – die Kelche über Intuition; die Schwerter über Diversität in der Richtung; die Stäbe über ursprüngliche Energie. Ich hatte herausgefunden, dass sich die Major Arcana unterschiedlich interpretieren ließ, je nachdem, ob die Karte auf dem Kopf stand oder richtig herum lag. Aber am wichtigsten war: Ich hatte herausgefunden, dass es keine Eins-zu-eins-Korrelation zwischen den Karten und den Ereignissen gab. Es ging eher um ein Gefühl, eine Empfindung, die sie einem vermittelten.

»Was siehst du?«, wollte Patrick wissen, als sein Blick meinem begegnete. Und dann fragte er es wieder, diesmal mit einem Unterton in der Stimme: »Was *siehst* du, Ann?«

In den Karten konnte ich meine Zukunft erkennen, sogar Echos meiner jüngsten Vergangenheit, doch was ich da sah, war privat, für mich allein bestimmt – ein deutlicher Hinweis darauf, dass etwas in Bewegung kam, sich erdrutschartig zu lösen begann, auch wenn ich nicht eindeutig erkennen konnte, wie es sich für mich wieder zusammenfügen würde. Ich widerstand dem Drang, die Karten zu einem Stapel zusammenzufassen, sie zu mischen und so zu tun, als hätte ich noch nichts aufgedeckt.

»Das alles hier ist noch ganz neu für mich«, sagte ich, während ich die Karten behutsam beiseitelegte. »Wie wäre es, wenn du ein paar Karten aufdeckst, Rachel?«

»Ich kann nicht«, gab Rachel zurück. »Ich lese nicht aus Karten.«

»Warum?«

»Ich tue das einfach nicht. Ich studiere Karten, aber ich lese nicht aus ihnen, nein. Und das wird auch so bleiben.«

»Es gab nie eine Kartenlesung für dich?«, vergewisserte ich mich.

Sie schaute über den Tisch, richtete den Blick fest auf Patrick. »Doch. In der Vergangenheit. Es ist kompliziert. Anders als Patrick will ich nicht in die Zukunft schauen. Ich möchte mich lieber überraschen lassen.«

Bei diesen Worten stieß sich Patrick vom Tisch ab. Der schwere Holzstuhl, auf dem er gesessen hatte, fiel um, polterte über den Steinboden. Er kümmerte sich nicht darum. Stattdessen verließ er die Bibliothek, ließ uns beide dort zurück, allein, im Kerzenlicht.

11. KAPITEL

Drei Tage nachdem ich gemeint hatte, in den Karten lesen zu können, lud mich Leo zu einem Gig in die Bronx ein. »Ich spiele Bass«, erklärte er mir an eine der Säulen gelehnt, die den Trie-Kreuzgang umgaben. »Du kannst mit der U-Bahn hinfahren. Nur eine Haltestelle weiter als das Yankee-Stadion. Ich hole dich dann da ab.«

Es hatte keinen Small Talk gegeben, keine Erklärung zu dem, was an jenem Tag auf dem Bauernmarkt passiert war oder danach. Er sprach mich einfach an und fragte. Es war weniger eine Einladung als eine Unausweichlichkeit. Jedenfalls fühlte es sich für mich so an, obwohl ich seine Telefonnummer nicht hatte – und die gab er mir auch jetzt nicht. Nur das Versprechen, dort auf mich zu warten.

»Okay«, erwiderte ich. »Gut.«

Die Entscheidung, das wusste ich, würde mich vor einer weiteren Nacht in meinem winzigen Apartment retten. In den vergangenen beiden Wochen war die Wohnung noch weiter verkommen: Kleiderstapel auf dem Bett, Geschirr in der Spüle, überall Papiere. Ich hielt mich selbst nicht für unordentlich, doch an jenem Morgen war ich über ein wenig Kaffeesatz gestiegen, der am Abend vorher beim Wegwerfen aus dem Filter gefallen war, und ich hatte mir nicht einmal die Mühe gemacht, mir die Fußsohlen zu säubern. Die Ähnlichkeit mit dem Zuhause, das ich in Walla Walla hinter mir gelassen hatte, entging mir nicht, doch die Neigung, die ich mit meiner Mutter teilte, analysierte ich ganz bewusst nicht weiter: die Tendenz, den Dingen ihren Lauf zu lassen, wenn ich unter Stress stand.

Tatsächlich hatte ich meinen Küchentisch Büchern, Artikeln, meinem Laptop und einem Satz Tarotkarten aus einem Buchladen in der Nähe überlassen. Ich las wissenschaftliche Texte über Tarot, oder auch *carte da trionfi*, wie man sie in der Renaissance genannt hatte. Ich fand heraus, dass der früheste erhaltene Verweis auf Tarotkarten aus der Buchführung der Familie d'Este in Ferrara aus dem Jahr 1442 stammte und dass Marziano da Tortona, der Sekretär und Astrologe des Herzogs Filippo Maria Visconti von Mailand, einer der Ersten gewesen war, der etwas über die Symbolik des Kartenspiels niederschrieb. Außerdem erfuhr ich: Es stimmte zwar, dass es sich bei Tarot ursprünglich um ein Kartenspiel gehandelt hatte, doch mindestens seit 1527 bezeichnete man es in Venedig als Utensil für Divination.

Auch wenn nur wenige Wissenschaftler über das Tarot geschrieben hatten, da sich Historiker und Kunsthistoriker nur sehr selten mit diesem Thema befassten, stimmten sie alle überein: Die frühe Moderne war von der Divination und der Zukunftsdeutung besessen gewesen. Astrologen fanden sich natürlich im Italien des fünfzehnten und sechzehnten Jahrhunderts auf jeder Gehaltsliste. Marsilio Ficino, der Astrologe der einflussreichen Familie Medici, hatte so fest an die Weisheit der Planeten geglaubt, dass er sogar bei der Geburt von Giovanni di Lorenzo de' Medici vorhergesagt hatte, dieser würde Papst werden. So kam es auch – man kennt ihn als Papst Leo X. Außerdem schienen Orte wie Ferrara, wo die herrschende Familie zugleich unermesslich reich und auf dunkle Weise von okkulten Methoden fasziniert war, mit denen sie ihre Herrschaft zu befördern hoffte, ideal zum Nutzen von Tarot und Karten als Mittel zur Zukunftsweissagung zu sein. Auch die Tradition des Tarots selbst durfte man nicht vergessen: Die Darstellungen waren so unverwechselbar, so anders als jeder andere Kartensatz, den uns frühere Generationen hinterlassen hatten, dass man sich nur schwer vorstellen konnte, die Karten wären jemals für irgendetwas anderes genutzt worden als für das Okkulte. Und schließlich war da noch das Gefühl, das mir die Karten in meiner Hand beim Legen vermittelten – aufgeladen, lebendig.

Nach meiner Zusage hatte ich Leo im Garten stehen lassen und war in die Bibliothek gegangen. Nach dem Abend, an dem wir bei Kerzenlicht die Karten gelegt hatten, hatte es mich überrascht, Rachel am selben Tisch vorzufinden, in heller Beleuchtung, umgeben von Arbeitspapieren und Forschungsmaterial, nicht im Schatten. Sie schien sich so mühelos und ohne Übergang zwischen der Welt der Karten und der Welt der rationalen Forschung zu bewegen. Mir jedoch fiel es immer schwerer, die Grenzen nicht verschwimmen zu lassen. Als ich mich zu Rachel setzte, konnten wir Patrick durch die dicke Tür seines Büros hören; er hatte die Stimme erhoben, doch das alte Eichenholzblatt ließ seine Worte dumpf klingen.

»Es ist Aruna«, sagte Rachel, wobei sie nicht einmal von ihrer Transkription aufschaute. »Er hat ihr die Karten gezeigt, und sie denkt, sie sind eine Fälschung. Er hatte gehofft, sie beim Symposium in der Morgan Library präsentieren zu können, aber daraus wird jetzt nichts mehr. Er wird wohl einfach moderieren müssen.«

Das schien mir schwer vorstellbar. Ich hatte etwas gespürt, als ich sie an jenem Abend hielt, beim Legen, genau hier auf diesem Tisch. Aber funktionierte Magie nicht genau so? Man lenkte das Publikum mit dem Setting ab, mit der Atmosphäre, der einnehmenden Darbietung, sodass niemandem die angewandten Tricks, die Falschheit des Ganzen auffiel?

Wir konnten Patrick durch die Tür hören. Sein dumpfes Grollen der Wut, der Enttäuschung. Es war ein Rückschlag, und was Rückschläge betraf, wurde Patrick immer intoleranter.

»Was denkst du?«, fragte ich Rachel.

Sie schaute von ihrer Arbeit auf und zuckte die Schultern.

»Schön sind sie, aber sie fühlen sich nicht echt an. Steif sind sie. Pergament ist normalerweise viel biegsamer. Und es stimmt schon, die Illustrationen haben etwas Unvollendetes. Vielleicht etwas Kindliches?«

Ich nickte. Ich hatte die Karten nur zweimal gesehen, einmal in Stephen Ketchs Laden und dann im Dämmerlicht der Bibliothek. Rachel, davon ging ich aus, hatte häufiger die Gelegenheit gehabt, sie zu betrachten.

»Und das findet Aruna auch?«

»Ja. Ich hatte es natürlich auch schon zu ihm gesagt. Aber von mir wollte er es nicht hören. Ich denke, er wird die Karten noch einigen Leuten zeigen müssen, bevor er sich wirklich damit abfinden kann.«

»Ich wusste gar nicht, dass es Leute gibt, die Tarotkarten aus dem fünfzehnten Jahrhundert fälschen.«

»Willst du meine persönliche Meinung hören? Ich denke, es handelt sich um eine Kopie aus dem siebzehnten Jahrhundert. Keine zeitgenössische. Um einen schlechten Nachahmungsversuch der Werke der Visconti in Mailand.« Rachel lehnte sich über den Tisch und senkte die Stimme zu einem Flüstern, fast zu einem Zischen. »Du weißt, wonach er sucht, oder? Er sucht nach einer Art Urtext. Nach dem allerfrühesten Kartenspiel. Nach dem, das am eindeutigsten kultischen Zwecken diente. Er sucht nach etwas, von dem wir noch nicht einmal wissen, ob es existiert oder nicht. Einfach nach etwas, wovon er …« Sie ließ die Finger flattern. »… träumt.«

»Aber du glaubst nicht, dass wir einen Beweis dafür finden? Irgendwann?«

»Wahrscheinlich, doch, ja. Ich würde die Arbeit hier nicht machen, wenn ich es nicht für möglich halten würde. Aber wie hoch ist die Wahrscheinlichkeit, dass das über den Kontakt zu Stephen passiert? Stephen verkauft nichts so Gutes. Gegenstände von so hoher Qualität behält er für sich oder gibt sie irgendwann in aller Stille an Institutionen weiter, die ihre Anschaffungsrichtlinien etwas lockerer handhaben.«

Rachel hatte recht. Die Karten waren steif, ihnen fehlte die bewegliche Qualität von Pergament, und einige der Illustrationen wirkten unfertig. Doch da war etwas gewesen, dabei, wie sie sich angefühlt hatten, etwas Intuitives, das ich nicht so ohne Weiteres ignorieren wollte.

»Ich glaube einfach, Patrick war bereit, so viele dieser Details zu übersehen, weil das Kartenspiel fast vollständig ist. Und komplette Kartenspiele sind unmöglich zu finden. Es wäre ein solcher Coup gewesen, das Kartenspiel in der Morgan Library zu präsentieren. Übrigens will Patrick, dass wir morgen noch ein paar verbliebene Karten bei Stephen abholen. Ich nehme an, einige mussten aus einer anderen Quelle bezogen werden.«

»Klar«, gab ich zurück. »Aber komisch, dass er sie immer noch haben will, wenn man bedenkt, wie sich Aruna geäußert hat.«

Die lauten Stimmen aus Patricks Büro waren verstummt, in der Bibliothek kehrte wieder Stille ein, abgesehen von dem Lärm der Besucher, die draußen auf den Fluren vorbeigingen.

»Es ist vielleicht sowieso klüger, sich im Moment nicht in Patricks Nähe aufzuhalten«, flüsterte Rachel.

Auf dem U-Bahnsteig in der 125th Street gab es nur wenig Platz zum Stehen, und im Waggon sogar noch weniger. Überall Leute in Nadelstreifen-Shirts und Yankee-Caps: junge Familien, betrunkene Collegestudierende, japanische Touristen, ein Typ, der gefälschte Caps verkaufte. Ein Ozean aus Körpern, zum Ersticken dicht und bunt, der mich trotz meiner Versuche, meinen Platz zu verteidigen, wild durch die Gegend warf. Bevor sich die Türen schlossen, wurde ich in den Wagen gepresst, mein Gesicht gegen die Scheibe gedrückt, die leicht verkratzt und abgenutzt war. Drei Haltestellen später wurde ich ausgespuckt, als sich die U-Bahn am Yankee-Stadion leerte. Bis zum ersten Pitch blieben nur fünfzehn Minuten. Hinterher saßen noch wenige Leute im Zug: Ich selbst, ein Mann, der unerklärlicherweise alles verschlafen hatte, und eine junge Mutter mit dem Kind auf dem Schoß. Dass die Stadt wild zwischen diesen beiden Extremen – fröhlichem Chaos und dem Arbeitsalltag – hin- und herpendelte, weckte in mir eine verzweifelte Gier, alles mitzunehmen. Ich wollte die Gegensätzlichkeit beider Extreme erleben.

Leo stand eine Station weiter am Eingang zur U-Bahn. Ich trug ein kurzes Babydoll-Kleid aus der von Rachel geerbten Kollektion und war erfreut, als Leo bei meinem Anblick dramatisch zwei Schritte zurücktrat.

»Gut siehst du aus«, sagte er anerkennend. »Komm jetzt. Wir essen vor dem Gig noch was.«

Meine Hand nahm er nicht, doch er umfasste meinen Oberarm und ging ganz dicht neben mir, wie ein Geiselnehmer mit einer Pistole sein Opfer vor sich her führen würde. Ungewohnt, aber es gefiel mir, wie nahe er mir war, wie intim es sich anfühlte.

Die Bronx kannte ich noch nicht: Alles wirkte lebendig und laut, aus Stereoanlagen in Autos und Weinkellern quoll Musik, Menschen saßen lachend auf Türschwellen und spielten ihre eigene Musik. Kakofonie oder Symphonie – ich konnte mich nicht entscheiden. Und trotz der langen Straßen mit ihren dicht belaubten Bäumen und den niedrigen Apartmentblocks, nur vier oder fünf Stockwerke hoch, fühlte es sich hier beengter an als in Manhattan, wo Wolkenkratzer die Aussicht dominierten. In The Cloisters wirkte Leo hin und wieder verletzlich und reizbar, hier hingegen locker und gelassen. Selbst sein Schritt war unbekümmerter, wie aus dem Gleichgewicht geraten, als wäre ihm egal, wie oder in welchem Rhythmus seine Füße den Boden berührten.

»Da drüben wohne ich«, sagte Leo und deutete auf ein Backsteingebäude mit Apartments. »Im dritten Stock, hinter dem Eckfenster da.«

Ich konnte seinen Atem in meinem Nacken spüren. Sonst machte es mich immer ein wenig nervös, wie er in meinen Bereich eindrang, zu viel davon einnahm, als wäre es nicht meiner, sondern seiner. Jetzt erregte es mich nur. Es löste in mir das Bedürfnis aus, all die so sorgsam voneinander getrennten Bereiche meines Lebens aufzuschließen und einfach loszulassen.

Wir gingen der Sonne immer weiter entgegen, bis sich ein heißes orangefarbenes Zwielicht über den Bürgersteig ausbreitete. Keiner von uns beiden sprach ein Wort. Ich machte mir Sorgen, wenn ich jetzt etwas sagte, könnte mich das verraten, als Hochstaplerin entlarven. Doch Leo führte mich einfach in eine Bar, bewegte sich rasch durch den dunklen Innenraum, bis wir auf einem Hinterhof wieder ins Abendlicht traten, wo die Schirme mit Bierlogos bedruckt waren und ein einzelner Ventilator zwischen aufgestellten Umzäunungen abgestandene, feuchte Luft umwälzte.

Leo ließ sich in einen Plastikstuhl fallen, stand dann rasch wieder auf, um einen für mich hervorzuziehen, doch die Geste kam zu spät. Er schaffte es gerade so, die Lehne zu berühren und den Stuhl ein wenig zurückzukippen. Ich wusste den Versuch trotzdem zu schätzen.

»Sorry«, sagte er. »Bin ein bisschen aus der Übung.«

»Erst hast du mich in ein Taxi gesetzt, und jetzt willst du mir einen Stuhl anbieten«, erwiderte ich. »Ich hätte dich gar nicht für einen Kavalier gehalten.«

»Kavaliere standen im Mittelalter hoch im Kurs, oder?«, fragte er.

Wir bestellten Bier, von dessen Gläsern das Kondenswasser rann, und einen Teller Tacos. Ich war ganz eindeutig zu schick angezogen.

»Hast du Ärger bekommen?«, wollte ich wissen. »Neulich, meine ich.«

»Oh. Du meinst Officer Palko? Der erwischt mich ab und zu. Offiziell braucht es drei Bußbescheide, damit man des Ortes verwiesen wird. Bisher hat er mir nur zwei verpassen können.«

Ich nickte, und dann schwiegen wir eine Weile, bis er irgendwann fragte: »Wird das hier dein erstes Punkkonzert?«

»Ja.«

Genau genommen war es mein allererstes Konzert überhaupt. Aber das wollte ich noch nicht zugeben.

»Wenn wir auf die Bühne gehen, kannst du in den Backstagebereich.« Leo hielt mir seine Zigaretten hin, doch ich lehnte ab. Er holte eine für sich aus der Packung und zündete sie an. Der Schwefelgeruch des Streichholzes drang bis zu mir über den Tisch.

»Das willst du also?« Ich trank einen prickelnden, befriedigenden Schluck Bier, griff dann dankbar das neue Thema auf. »Musiker werden?«

»Gärtner ist also deiner Ansicht nach kein Beruf?« Er lehnte sich in seinem Stuhl zurück und klopfte die Zigarette am Tisch ab. Einen Aschenbecher gab es nicht.

»Nein. Ich meine, ob du Musiker werden willst.«

»Was, wenn ich dir sagen würde ...«, meinte er, rieb ein Streichholz an der Schachtel und ließ es langsam aufflammen, als Reflex, aus Gewohnheit.«… dass ich überhaupt keinen Ehrgeiz habe. Dass ich einfach nur pflanzen und beschneiden und Unkraut jäten will, den ganzen Tag. Was dann?«

»Was meinst du damit, was dann?«

»Wäre das hier dann gelaufen? Wäre es für dich vorbei?« Er zog zwischen uns beiden eine Linie in der Luft. »Bist du auf der Suche nach jemandem, der immer versucht, sich in etwas Neues zu verwandeln? Das kann einen nämlich ganz schön auslaugen.«

Ob Leo gerade einen Scherz machte oder es ernst meinte, fand ich immer noch schwer einzuschätzen; ich hatte den Verdacht, dass es sich häufig um eine Kombination von beidem handelte.

»Ich weiß nicht, nach wem ich suche«, sagte ich nach einer Minute. Um die Stille zu füllen und weil es stimmte.

»Vor Künstlern kann ich dich nur warnen, weißt du. Das können Arschlöcher sein. Richtige Mistkerle, psychologisch gesehen.« Er zeigte auf sich selbst. Wie er da im Plastikstuhl saß, ihn mit jeder Bewegung seines großen, schlaksigen Körpers ruckeln und kippeln ließ. Er saß keine Sekunde still; ständig bewegte er ein Bein oder warf sich im Stuhl vor und zurück. Doch trotz dieser gehetzten Energie blieb er aufmerksam. Er beobachtete, wie ich aß, meine Augenwinkel, meine Lippen.

»Dann ist es wohl gut, dass du einfach Gärtner bist«, meinte ich.

»Ich wusste, ich hatte dich richtig eingeschätzt«, erklärte Leo und stieß einen dünnen Rauchfaden aus. »Und ich bin Dramatiker, wenn es das ist, was du wissen wolltest. Ich schreibe Theaterstücke. Und in meiner Freizeit bin ich Bassist in einer Punkband.«

»Du willst also kein Musiker werden?« Es fühlte sich so an, als würde sich die Stimmung jedes Mal verändern, wenn ich geglaubt hatte, eine Information über Leo erhascht zu haben. Das gefiel mir – das Gefühl, nie in ein Gleichgewicht zu kommen.

»Nein«, gab er zurück und inhalierte den Rauch. »Jetzt bist du erleichtert, was?«

»Ich habe nichts gegen Musiker.«

»Aber wie viele Musiker kennst du? Persönlich?«

»Keine«, gab ich zu. »Und du bist der einzige Dramatiker, den ich kenne.«

»Das liegt daran, dass es nicht mehr viele von uns gibt.«

Wir bestellten die nächste Runde Bier, und ich fragte ihn, wie er zum Theater gekommen war: auf dem College. Und warum er es so sehr liebte: wegen der Struktur, dem Gespür für Tempo. Wir sprachen über unsere Collegeerfahrungen, er an der New York University, ich am Whitman College. Er war fünf Jahre älter als ich, und ich fragte mich, wie viele weitere Jahre es mich kosten würde, bis ich meinen eigenen Traum aufgeben und nach Hause zurückkehren würde, um etwas anderes auszuprobieren. Auf jeden Fall mehr als fünf.

»Fragen dich die Leute manchmal, was du machen willst, wenn das hier nicht läuft?«, erkundigte ich mich.

Er hielt inne. »Was willst *du* denn machen, wenn das hier nicht läuft?«

»Wenn was nicht läuft?«

»Museen, eine Stelle als Akademikerin.« Wie er das letzte Wort aussprach, die dritte Silbe durch die Zähne zog und immer länger werden ließ, war eine Herausforderung, ein Necken.

»Von *Laufen* kann keine Rede sein«, gab ich zurück. »Ich bin das Waisenkind, das Patrick adoptiert hat, weißt du noch?«

»Ja«, sagte er, stieß Zigarettenrauch aus und studierte eingehend die Fransen am Sonnenschirm über meinem Kopf. »Rachel hat immer zu mir gesagt, wenn aus den Stücken nichts wird, soll ich sie einfach fürs Fernsehen umschreiben.«

»Und warum machst du das nicht?«

»Weil ich das unehrlich finde. Verrat am Theater.«

»Rachel weiß also, dass du Stücke schreibst«, stellte ich fest und trank von meinem Bier. Ich wollte nonchalant klingen, konnte aber nicht anders, als darüber nachzudenken, wie oft sich die beiden unterhalten hatten, ob sie schon einmal zusammen in dieser Bar gewesen waren und warum mir Rachel nichts davon erzählt hatte.

Leo nickte.

»Hat sie dich schon mal spielen sehen?«

»Reden wir jetzt den ganzen Abend über Rachel? Dann hätte ich sie ja gleich einladen können.«

Das verletzte mich, und das wusste er auch, denn im nächsten Moment griff er über den Tisch hinweg nach meiner Hand, und obwohl ich versuchte, sie ihm zu entziehen und wieder in meinen Schoß zu legen, hielt er sie fest, schloss seine langen Finger um meine, und er übte denselben Druck aus wie bei jeder Berührung. Ein wenig zu fest, aber vollkommen ehrlich gemeint.

»Wart ihr beide mal zusammen?«

Ich wusste nicht, warum ich diese Frage stellte, aber ich tat es. Ich fragte, weil ich es wissen musste.

»Nein«, antwortete er und schob sich das Haar hinters Ohr. »Nicht mein Typ. Außerdem läuft da, soweit ich weiß – soweit das überhaupt irgendjemand weiß –, schon eine ganze Weile was zwischen ihr und Patrick.«

Ich wollte nicht weiter nachbohren; schließlich hatte ich die Antwort bekommen, die ich hatte hören wollen.

»Und bin *ich* dein Typ?«, fragte ich, weil mir die beiden Biere und die Tatsache Mut machten, dass er immer noch mein Handgelenk festhielt und mit dem Daumen über die kaum sichtbaren blauen Venen unter meiner Haut fuhr.

Statt einer Antwort lehnte er sich über den Tisch und küsste mich. Nicht sanft, nicht so wie normalerweise beim ersten Mal, sondern richtig und heftig, die Hand in meinem Haar. Und genau darum konnte ich Leo nicht widerstehen: wegen der Dringlichkeit, der Unordnung, dem Chaos, seinem ungenierten Enthusiasmus, die Dinge anders zu machen als andere. Nicht nur einfach anders als alle anderen um uns herum, sondern anders als alles, was ich bis dahin gekannt hatte: schüchterne Annäherungsversuche, feuchte Hände im Auto, unbeantwortete SMS. Es war, als wäre die Anziehung, die ich auf Leo ausübte, hungrig, von einer wachsenden Gier, als würde sie den Tisch, die Bar, mein Leben verschlingen. Ich hoffte, das würde passieren.

An diesem Abend stand ich hinter der Bühne und sah zu, wie er spielte. Die Musik war so laut, dass sie sich in Lärm verwandelte – in ein Wummern, einen Schmerz. In der Menge kam es zu frenetischen Körperkollisionen, doch ich hatte kaum einen Blick dafür übrig, was in der Dunkelheit des Raumes geschah, weil ich so sehr darauf fixiert war, wie Leo das Haar in die Augen fiel, wie ihm ein Schweißrinnsal über die Brust kroch. Und trotz allem, was in jenem letzten Jahr passiert war, trotz der entsetzlichen Monate nach dem Tod meines Vaters, dachte ich in diesem Augenblick an nichts von alldem. Ich dachte nur an Leo. An seinen langen Torso und an seine Rauheit. An die Energie aus der Menge und daran, wie sich mein Körper von ganz allein bewegte, unabhängig von mir, im Rhythmus der Musik.

Hinterher quetschten wir uns alle in das Apartment des Gitarristen, wo das Licht schummrig und die Luft verraucht war. Er hatte einen Balkon, von dem aus man das Wasser sehen konnte, und eine zierliche Freundin, Mia, mit wilden Locken, die sie, so behauptete sie, seit sechs Jahren nicht mehr gebürstet hatte. Das glaubte ich ihr auch. Als ich auf den Balkon trat, um nicht von den Leuten erdrückt zu werden und dem abgestandenen

Zigarettenrauch und dem Alkohol zu entkommen, gesellte sich Leo zu mir und presste seinen Körper an meinen.

»Es hat dir gefallen, oder? Das Konzert?«

Ich murmelte etwas Zustimmendes.

»Das wusste ich. Ein Teil von dir ist Punk, Ann. Auch wenn ich nicht mit Sicherheit sagen kann, ob du das auch selbst weißt. Aber es gefällt mir. Es erinnert mich an mich selbst.«

Ich ließ es zu, dass sich mein Körper rückwärts an ihn lehnte, bis seine Wange meinen Nacken berührte und er flüsterte: »Ich habe etwas für dich.«

»Was denn?«, fragte ich und drehte mich ganz schnell um. Wir waren einander so nahe, dass ich den Kopf heben musste, um zu sehen, was er da über mir hochhielt: ein abgenutztes Kartenspiel.

»Mias Tarotkarten«, erklärte er. »Hier, zieh eine.«

Ich runzelte die Stirn. »So macht man das aber nicht.«

Doch er hielt das Kartenspiel in die Luft, die oberste Karte ragte ein Stück heraus. Ich entriss sie ihm und presste sie mir an die Brust.

»Welche ist es?«, wollte er wissen. Ein Lächeln umspielte seine Lippen.

Ich riskierte einen Blick nach unten und schälte mir die schon schweißfeuchte Karte von der Brust. Die Liebenden. Als ich zu Leo hochschaute, lachte er. Er lehnte sich ganz nah zu mir und flüsterte mir ins Ohr: »Ich sage dir gern die Zukunft voraus.«

Als ich am nächsten Morgen in der Bronx aufwachte, standen ein Pappbecher mit Kaffee und ein Bagel auf dem Nachttisch. Leo teilte sich das Apartment mit dem Schlagzeuger, einem ehrgeizigen Mixed-Media-Künstler mit einem Abschluss von der Brown University. Der war längst unterwegs, bis ich den Kopf aus Leos Zimmer streckte, und Leo saß über den Küchentisch gebeugt und machte sich Bleistiftnotizen. Kleidungsstücke lagen herum, außerdem war alles voller Haschkrümel und klebriger Harzreste, aber da gab es auch eine abgenutzte Ausgabe von Sam-Shepard-Stücken, einige lose Blätter mit Essays von David Mamet auf dem Kaffeetisch, ein paar Theaterprogramme mit draufgekritzelten Daten auf dem Umschlag.

»Vielen Dank für den Kaffee«, sagte ich.

»Gehört zum Service.« Er schaute auf.

»War schön ...«

»Gehen wir diese Woche essen?«, fragte er, ohne das Schreiben zu unterbrechen.

»Ich habe deine Nummer nicht.« Ich stand auf und suchte nach meinem Handy oder einem Zettel, während Leo immer weitermachte. Irgendwann zeigte er vage um sich.

»Hol mir einen Stift. Dann schreibe ich sie dir auf.«

Ich ging in eine Ecke, wo eine bunte Ansammlung von Kugelschreibern und Notizblöcken auf einem Bücherregal lag. Ich schaute mich nach einem relativ normalen Stift um, als ich sie entdeckte: zwei Würfel. Nicht irgendwelche Würfel, sondern Astragali, wie sie Patrick in seiner Bibliothek hatte. Ich widerstand dem Drang, sie in die Hand zu nehmen und Leo zu fragen, woher sie stammten, ob es sich um Repliken oder um echte Würfel handelte. Stattdessen ging ich mit dem Stift zu ihm zurück.

»Gib mir deinen Arm«, sagte Leo, und ich hielt ihn ihm gehorsam hin, genoss es, wie er mir die Nummer in die Haut prägte, in die weiße Innenseite meines Arms. »Da«, sagte er und schaute zu mir hoch. »Jetzt hast du sie.«

12. KAPITEL

Auch nachdem die Tinte auf meinem Arm nicht mehr zu sehen war, konnte ich spüren, wie mir die Ziffern von Leos Nummer über die Haut krochen. Doch weil es in The Cloisters so viel zu tun gab, war ich davon abgelenkt. Jeden Tag wurde ich von Bussen mit Kindern aus dem Sommercamp, von Touristen aus aller Welt und von New Yorkern auf der Flucht vor der Mittagssonne umringt. Ein stetiger Strom menschlicher Körper bewegte sich durch die Ausstellung, gleichmäßig und wie in einem Drüsensystem; die Menschen pumpten Energie und Hitze in das gotische Gebäude. Es waren so viele, dass die Sensoren immer weitere Temperaturanstiege meldeten und die Klimatisierung an ihre Grenzen geriet. Kinder standen auf den großen in den Boden eingelassenen Metallgittern und genossen das seltsame Gefühl, wenn ihnen die kühle Luft die Beine hochkroch. Man konnte dem Geräusch hallender Fußschritte nicht entkommen, weil ständig Leute von den edelsteinbesetzten Reliquien zu den Fresken mit den Löwen und Drachen pilgerten, und zu den Gemälden von Heiligen, die als Märtyrer ihr Leben gelassen hatten.

Und während die Sonne langsam ihre Bahn über den Himmel zog und es sich anfühlte, als würde die Hitze uns nie verlassen, setzte die ganze Situation Patrick allmählich zu. Sein freundliches Lächeln war eingefallenen Wangen gewichen, seine früher tadellos gebügelten Hemden wirkten zerknittert. Und bei Gesprächen mit Rachel und mir gab es in seinen Fragen einen ganz bestimmten Unterton, ein Drängen, das unterschwellig schon lange darin gelauert, nun jedoch zwischen den Besucherströmen einen erhitzten Höhepunkt erreicht hatte. Früher hatte Patrick Rachel und mich oft am selben Material arbeiten lassen, doch mir fiel auf, dass er uns nun unterschiedliche Aufgaben zuteilte. Er stellte Archivquellen zusammen und gab sie uns, und dann überprüfte er immer unsere Arbeit, was uns sehr frustrierte, weil er uns wie Schulkinder und nicht wie routinierte und erfahrene Forscherinnen behandelte. Als wäre es unsere Schuld, dass es in den Archiven keine Informationen gab, als würden wir vor ihm verbergen, was wir tatsächlich entdeckt hatten.

Ich nehme an, dass er mich aus diesem Grund eines Tages allein in den Antiquitätenladen von Stephen Ketch mitnahm und Rachel in der Bibliothek zurückließ, in einer ganzen Flut aus Büchern und Übersetzungen.

»Das hier muss vor dem Morgan-Symposium fertig durchgesehen sein«, wies er Rachel an, während er darauf wartete, dass ich meine Sachen zusammensuchte. Es handelte sich um eine Bestrafung, das begriff ich jetzt, aber *wer* hier bestraft werden sollte, war mir nicht ganz klar.

Auf der Taxifahrt in die Innenstadt, als The Cloisters hinter uns lag, schien er jedoch wieder der alte Patrick zu sein, den ich Anfang des Sommers kennengelernt hatte – und eifrig darauf bedacht, mir zu zeigen, wie tief ich in das Mysterium um die Karten verstrickt war.

»Rachel«, erklärte er, »leistet ganz ausgezeichnete Arbeit. Wirklich ganz ausgezeichnete. Aber sie glaubt nicht immer an die Sache. Nicht so wie ich. Oder wie du, würde ich sagen. Diesen Instinkt kann einem niemand beibringen.«

Ich wollte protestieren. Einwenden, dass auch Rachel diesen Instinkt besaß. Oder dass er sich irrte. Ich glaubte immer noch nicht daran. Doch ich dachte an den Abend zurück, als Leo und ich auf dem Balkon gestanden hatten, als ich mir die Karte mit den Liebenden an die Brust gedrückt hatte. Ich dachte an die Sitzung in The Cloisters, bei der mich die Karten vor einer Veränderung, einem Übergang, vielleicht vor Verrat gewarnt hatten. Ich schaute zu Patrick neben mir im Taxi hinüber, doch er hatte sich zum Fenster gedreht, berührte mit einer Hand den Seitengriff. Seine Fingerspitzen waren weiß, weil er sie so stark dagegenpresste. Ich wusste, er hoffte noch immer, dieses Kartenspiel würde die Entdeckung liefern, nach der er schon so lange suchte.

»Du hast es gesehen, oder, Ann?«, fragte er, während er sich mir zuwandte. »In den Karten. An diesem Abend. Du hast auch etwas anderes bemerkt. Das habe ich dir angesehen, weißt du.«

Dass er mir so forschend ins Gesicht schaute, verzweifelt und getrieben, löste in mir das Bedürfnis aus, ihm zu versichern, es ginge nur um Karten, nur um einen amüsanten Trick. Aber er hatte recht. Ich hatte etwas gespürt. Und es hatte mich auch verfolgt, wie der Geist von etwas Unerklärlichem, das über Forschung und Publikationserfolge hinausging.

»Ja«, gab ich zurück. »Ich glaube, da ist etwas.« Und dann fügte ich rasch hinzu: »Aber Patrick, vergiss bitte auf gar keinen Fall, dass ich mich auch irren kann. Das mit den Karten – das ist alles noch neu für mich.«

»Natürlich. Aber macht es das nicht noch besser? Ist das kein Beweis dafür, dass du – jemand ohne Erfahrung – es auch spüren kannst?«

»Manchmal«, wandte ich sanft ein, »können wir unserem Gefühl nicht trauen. Intuition, eine Ahnung – das sind keine Beweise.«

Ich sagte nicht, was mir wirklich langsam Sorgen bereitete: dass ich allmählich Schwierigkeiten hatte, innerhalb der Mauern von The Cloisters Realität und Einbildung voneinander zu unterscheiden. An manchen Tagen schien es mir unter den gotischen Bögen und den Totenskulpturen, als würden mir die Augen der Statuen folgen, als würden Gold und Glitzern mein Sichtfeld ausfüllen und alles verschwimmen lassen, als würde sich mein eigener Körper auflösen, ganz kurz, und zu einem Gefühl werden, einer Ahnung, einer Intuition.

Ich wusste, woher dieser Instinkt stammte, dieses Beharren darauf, das Fremdartige sei eine nähere Betrachtung wert. Seine Saat war an unserem Küchentisch in Washington aufgekeimt, zwischen Papierfetzen und Sprachstückchen, über den Notizblöcken, die mein Vater und ich oft zusammen füllten. Obwohl er manchmal auch allein daran gearbeitet hatte. Dieser Instinkt hatte mich hergeführt, mich in allem geleitet, was ich tat. Immer. Das wurde mir seit seinem Tod langsam klar, doch ein Teil meiner Überzeugung war mit ihm gegangen. Und erst jetzt kehrte sie allmählich zurück. Patrick täuschte sich nicht, wenn er meinte, mein Glaube daran sei stärker als Rachels. Denn vielleicht brauchte der Mensch ein wenig Magie, um eine beengte Kindheit erträglicher zu machen.

Bei Stephen Ketch stellten wir fest, dass sich nichts verändert hatte. Wenn überhaupt, hatte man den Eindruck, die Anzahl der antiken Flaschen und Bücher hätte seit unserem letzten Besuch zugenommen, sich vervielfacht, als hätten sie im Dunkeln Fortpflanzung betrieben.

Obwohl er uns mit dem Türöffner hereingelassen hatte, hielt sich Stephen nicht im größten Raum auf. Patrick betätigte eine Glocke auf dem Schreibtisch, und das Echo war im Obergeschoss zu hören.

Ich zog eine Zola-Erstausgabe aus dem Regal und setzte mich zum Warten auf einen der freien Stühle; das Buch öffnete ich, wo der französische Text einsetzte. Patrick ließ den Blick über die Regale schweifen. Irgendwann kam er zu meinem Stuhl und legte eine Hand auf die Rückenlehne. Er beugte sich zu mir herunter, bis sich sein Körper in meinem Bereich befand.

»Ach«, kommentierte er mit einem Blick auf das Buch in meinem Schoß. »*Wenn man die Wahrheit verbirgt und im Boden vergräbt, dann wird sie erst recht wachsen.* Zola.«

Ich schaute zu ihm auf und fühlte mich einen Augenblick lang sehr jung. Als blickte ich zu meinem Vater hoch, der sich über eine meiner Übersetzungen gebeugt hatte, um zu überprüfen, dass ich auch die richtigen Fälle verwendete. Dieser Eindruck war so intensiv, dass ich das Buch schloss, aufstand, damit sich eine gewisse Distanz zwischen mir und Patrick ergab. Und das war in Stephens Laden so schwierig, dass es mich ganz nervös machte.

»Weißt du«, fuhr er fort und drehte sich dabei um sich selbst, um alles in sich aufzunehmen – die seltenen Bücher, den Schmuck, die Gemälde –, »wir werden es finden. Irgendwann werden wir finden, was wir suchen. Den Kartensatz, das Dokument. Die Wahrheit. Den Schlüssel. Wir werden finden, was wir suchen.«

Etwas in seiner Stimme, drängend und dünn, strafte Lügen, was alle Forschenden wussten: Möglicherweise gab es diesen Schlüssel nicht mehr. Das war die Realität aller Archive – trotz ihrer Fülle waren sie immer unvollständig, denn sie bestanden per definitionem aus Fragmenten.

»Der Glaube stirbt nie«, sagte Stephen vom anderen Ende des Raumes. Er hatte ihn durch die Hintertür betreten und durchsuchte nun die Papiere auf seinem Schreibtisch, bis er einen gepolsterten Umschlag fand, den er Patrick überreichte. Der gab ihn geistesabwesend an mich weiter.

»Ich habe da noch ein paar andere Dinge, die Sie vielleicht sehen möchten«, wandte sich Stephen an Patrick und wies mit einer Kopfbewegung zur Tür. Als ich den beiden folgen wollte, hob Patrick eine Hand.

»Wir brauchen nur ein paar Minuten.«

Ich ging zu meinem Stuhl zwischen den Antiquitäten zurück, legte den Umschlag auf meinen Schoß, und das Bild von Patrick, das sich in eines von meinem Vater verwandelt hatte, erschien erneut vor meinem inneren Auge. Als mehr als nur ein paar Minuten vergangen waren, wurde mir klar, dass die beiden länger brauchen würden, und auf der Suche nach einem Zeitvertreib stand ich auf, schaute mir Objekte genauer an und riet ihr Alter, den Betrag auf ihrem Preisschild, den ich mir dann ansah. Irgendwann bekam ich das Gefühl, der Umschlag, den mir Patrick überreicht hatte, wäre der einzige übrige Gegenstand im Laden. Im Dämmerlicht nahm ich ihn in die Hand und schaute mir den Verschluss an. Die Lasche war nur eingesteckt, ich konnte sie also problemlos öffnen und mir den Inhalt des Umschlags auf den Handteller fallen lassen. Es handelte sich um drei Karten: zwei Augenkarten und die Karte mit der Päpstin aus der Major Arcana.

Ich legte die zwei Augenkarten hin und drehte die Karte mit der Päpstin herum, um die Rückseite zu untersuchen. Darauf waren nicht nur Sterne vor einem blauen Himmel zu sehen, sondern auch feine goldene Linien, die Sterne miteinander verbanden – Konstellationen. Skorpion und Waage, die Plejaden und der Krebs, außerdem glitzernde Blattgoldflecken, die sich über einem Umriss der Erde zeigten, die Welt so schwarz und blind wie die Nacht. Ich schaute auf die Karte in meiner Hand hinunter und betastete sie, um festzustellen, wie steif sie war.

Instinktiv bog ich sie ein wenig, nur als Test, weil ich spüren wollte, worüber Rachel und ich gesprochen hatten: die seltsame Steifheit der Karten. Und während ich das tat, merkte ich, wie plötzlich eine der Ecken auseinanderklaffte. Rechts oben hatte sich etwas von der empfindlichen blau-goldenen Rückseite der Karte gelöst, ein Stück Papier. Und da, untendrunter, entdeckte ich etwas Ungewöhnliches: eine wehende Haarsträhne vor einer blassblauen und hellrosafarbenen Landschaft. Vorsichtig steckte ich einen Fingernagel in die entstandene Lücke und sah zu, wie die steife Päpstinnenkarte ganz abfiel und eine andere Karte zum Vorschein kam – die der Jägerin, Diana. Zu erkennen an dem Bogen in einer Hand und an dem Monddiadem auf ihrem Kopf. Ihr schräg gegenüber ein aus einem Teich trinkender Hirsch. Über ihr hielten Putten einige Pfeile, und die Konstellation des Krebses – des Sternzeichens, das man mit dem Mond in Verbindung brachte – stand am Himmel.

Die falsche Vorderseite, das begriff ich jetzt, war von ein wenig Mehl und Wasser in jeder Ecke gehalten worden. Diese mittlerweile spröde gewordene Mischung zerbröselte jetzt, als ich sie vorsichtig mit dem Fingernagel bearbeitete. Die Karte, die ich auf diese Weise enthüllte, wirkte gefühlsbetont und dramatisch in der Ausführung. Die Farben blass, aber voll, die bildliche Darstellung vielfältig und mysteriös. Doch ein Wort da auf der Karte – *trixcaccia* – sagte mir gar nichts. Nicht wegen der Schrift, sondern wegen der Sprache. Es wirkte wie *fast* zu entschlüsseln; vielleicht eine neapolitanisch-lateinische Hybridform, der etwas Vertrautes anzuhaften schien.

Die Karte, die ich da in der Hand hielt, besaß die unheimliche Eigenschaft, die manchen Kunstwerken eigen ist: die Fähigkeit, einen in den Bann zu ziehen, zu verschlingen. Zum ersten Mal hatte ich das bei einer Kopie erlebt. Einem sorgfältig hergestellten Abbild von Botticellis Grazien-Fresko im Louvre, das man für eine Ausstellung in Seattle so detailliert wie möglich kopiert hatte. Den ganzen Tag hätte ich das Fresko betrachten können, seine graziösen Figuren und die verwaschenen

Farben. Die Karte in meiner Hand hatte dieselbe Wirkung: Es war, als würde ich in sie hineinfallen, in einen Teich der Schönheit.

Das Geräusch von Schritten aus dem oberen Stockwerk holte mich in die Gegenwart zurück, und ich machte mich rasch daran, die falsche Vorderseite wieder an der Karte zu befestigen, die ich darunter zum Vorschein gebracht hatte. Das Mehl wieder anzufeuchten, traute ich mich nicht, weil ich fürchtete, damit die Farben zu beschädigen, doch es gab keinen anderen Weg, die beiden Seiten wieder zusammenzufügen. In den folgenden Augenblicken kam es mir keine Sekunde lang in den Sinn, die Karte wieder in den Umschlag zu stecken oder meine Entdeckung Patrick zu zeigen. Stattdessen zog ich meine Tasche unter dem Stuhl hervor, leerte mein Portemonnaie aus – sämtliche Karten, Münzen, Dollarscheine, alles, was die Oberfläche der Karte hätte zerkratzen können, holte ich heraus –, und dann zog ich den Reißverschluss um die Karte zu.

Als ich meine Tasche auf dem Boden abgestellt hatte und das Zola-Buch, in dem ich vorher gelesen hatte, irgendwo ein Stück weiter hinten aufschlug, öffnete sich die Tür am Ende des Raumes, und Patrick und Stephen traten ein. Sie waren noch immer in ein Gespräch vertieft.

»Und Sie sagen mir Bescheid, wenn Ihnen noch irgendetwas anderes unterkommt?«

»Natürlich, natürlich«, erwiderte Stephen. »Dann sind Sie der Erste, den ich anrufe.«

Ich beobachtete, wie ihm Patrick einen dicken Umschlag aushändigte und dafür ein Stück Papier erhielt.

»Behalten Sie das lieber nicht«, fügte Stephen hinzu. »Quittungen hat man besser nicht gleich zur Hand, falls irgendjemand kommt und Fragen stellt. Aber mir ist natürlich klar, dass Sie jetzt erst mal etwas brauchen.«

Patrick nickte, und dann kam er wieder zu mir, überreichte mir die Quittung und griff nach dem Umschlag.

Ich schaute genau hin und las die Aufschrift: drei Tarotkarten. Dann steckte ich die Quittung in meine Tasche und überlegte, wie viel Zeit mir wohl blieb, bevor Patrick bemerkte, dass sich in dem Umschlag nur zwei Karten befanden.

Den ganzen restlichen Tag über fürchtete ich den Augenblick, in dem Patrick das Fehlen der Karte entdecken würde. Ich saß in der Bibliothek und versuchte erfolglos, die Angst vor dem Moment wegzuschieben, in dem er aus seinem Büro kam und zu wissen verlangte, wo sie war: die Karte, die Entdeckung. Es gelang mir nicht, mich zu konzentrieren, und selbst als ich durch die Gärten lief und mich zum Durchatmen zwingen wollte, konnten mich der Lavendelduft und die über meine Haut streichenden Gräser nicht beruhigen.

Rachel schloss sich mir an der Ecke des Bonnefont-Kreuzgangs an.

»Was ist da in der Stadt passiert?«, wollte sie wissen. Sie schüttelte eine Zigarette aus der Schachtel und zündete sie an, mit raschen, abrupten Bewegungen.

»Nichts«, antwortete ich. »Wir haben noch ein paar Karten abgeholt.«

»Und das ist alles?«

»Das ist alles.« Ich war noch nicht bereit, Rachel oder irgendjemandem sonst von meiner Entdeckung zu erzählen, doch in der Art, wie sie mich fragte, erkannte ich etwas Drängendes, sodass ich mich anspannte und rot wurde.

»Okay.« Sie schwieg kurz, stieß ein bisschen Rauch aus. »Er telefoniert nämlich gerade, und er klingt wütend.«

Was hätte ich sagen sollen? Dass sich der Gegenstand von Patricks Wut nur wenige Meter von seinem Büro entfernt befand, sicher in meiner Tasche verstaut? Nein. Und deswegen, weil ich mein Geheimnis nicht enthüllen wollte, sagte ich das Einzige, was wir bisher nie ausgesprochen hatten, obwohl es uns beiden aufgefallen war.

»Er ist schon die ganze Zeit so nervös, versucht so verzweifelt, irgendetwas zu finden, mit irgendetwas beim Symposium erscheinen zu können. Meinst du, das wird ihm vielleicht alles zu viel? Dass wir so wenig entdeckt haben? Dass es so aussieht, als gäbe es da gar nichts?«

Rachel betrachtete mich aus dem Augenwinkel, ganz kurz, und nickte.

»Wollen wir am Wochenende mal raus hier?«, fragte sie. »Ich finde, wir sollten was zusammen unternehmen.«

Ich hatte das Wochenende mit der Karte verbringen wollen, allein. Vielleicht wie besprochen mit Leo ausgehen. Doch Rachel fuhr fort: »Das Morgan-Symposium ist am Montag. Wenn wir heute wegfahren, haben wir fast drei Tage. Kannst du heute los?«

»Wo willst du denn hin?«, fragte ich.

»Zum Long Lake«, sagte sie. »Ins Camp.«

Den Begriff »Camp« hatte ich bisher nur gehört, wenn es darum ging, Kindern Grundkenntnisse im Bogenschießen beizubringen und sie ganze Nachmittage lang Freundschaftsbändchen knüpfen zu lassen. Doch Rachel musste etwas ganz anderes meinen.

»Gut«, erwiderte ich. »Und Patrick?«

»Ich sage ihm Bescheid. Jetzt gleich. Pack einfach ein paar Sachen fürs Wochenende zusammen und komm zu mir. Die Adresse schicke ich dir per SMS.«

»Jetzt gleich?«

»Vielleicht willst du ja lieber hierbleiben und dir ansehen, wie sich das Ganze entwickelt?«

Sie hatte recht. Ich holte mein Handy hervor und schickte Leo, der sich seit seiner Einladung nicht mehr gemeldet hatte, eine SMS, in der ich ihn über meinen Ausflug informierte. *Dann ein andermal?* Kurz schaute ich den drei grauen Punkten zu, die da über mein Display hüpften, wartete seine Antwort jedoch nicht ab. Ich musste eine gewisse räumliche Distanz zwischen Patrick und mir schaffen. Wenn die Karte ein Rettungsboot darstellte, würde es nicht für uns alle drei Platz bieten, das wusste ich.

Meine Erwartung, wir würden in die Adirondack-Berge fahren, zeigte deutlich: Ich hatte nicht einmal ansatzweise begriffen, wie wohlhabend Rachel war. Als ich sie vor ihrem Haus traf, wartete bereits ein Wagen auf uns. Der Pförtner trug Rachel eine kompakte cremefarbene Ledertasche nach und bugsierte sie feierlich in den Kofferraum, direkt neben meinen Rucksack, in den ich zwei Taschenbücher und meinen Laptop geschoben hatte. Ich hätte es ihr gegenüber nie zugegeben, aber das hier war meine erste Übernachtungseinladung bei einer Freundin seit der Grundschule.

Der Fahrer brachte uns zu einem Helikopterflugplatz am West Side Highway, wo ein anderer Bediensteter unser Gepäck in Empfang nahm und verstaute, bevor sich die Rotoren des Hubschraubers gleichmäßig zu drehen begannen. Ich dachte, wir würden damit bis ganz in den Norden des Staates fliegen, doch als ich das Rachel gegenüber erwähnte, sagte sie lachend in ihre Kopfhörer: »So weit schafft er es nicht.« Der Pilot wandte sich mit einem Grinsen zu mir um, also tat ich mein Bestes, damit sich die verlegene Röte nicht über meine Wangen bis über meinen Hals und mein Dekolleté ausbreitete.

Auf Long Island stiegen wir in ein gelbes Wasserflugzeug mit zwei großen Schwimmern und relativ kurzen Flügeln um. Zwei kleine Propeller sollten uns den ganzen Weg zum Long Lake bringen, in den Sonnenuntergang hinein. Rachel schwang sich routiniert auf den Rücksitz und schloss bereits ihren Gurt, als ich den ersten vorsichtigen Schritt an Bord machte. Der Pilot überreichte mir ein Paar Kopfhörer und hielt den Daumen hoch. Ich war noch nie in einem so kleinen Flugzeug gewesen. Nachdem ich die Kopfhörer aufgesetzt hatte, hörte ich, wie der Pilot zu Rachel sagte, unsere Flugzeit werde etwa zwei Stunden und fünfzehn Minuten betragen. Wenige Minuten später befanden wir uns in der Luft; langsam verschwanden die Wolkenkratzer von Manhattan hinter uns im Dunst.

Während des Fluges wies uns der Pilot hin und wieder auf Außergewöhnliches hin – auf den breiten Hudson River, der unter uns dahinfloss, die Wölbung der Catskills, die Rennstrecke in Saratoga, den Lake Placid, an dessen Ufer zweimal die Winterolympiade abgehalten worden war. Irgendwann verstummte er, denn er brachte uns zu einem dunklen Flecken Erde, der sich nicht als Land, sondern als tintenschwarze Wasserfläche herausstellte. Ich hatte mir während der Reise vorzustellen versucht, wie Rachels Camp wohl aussah, aber mir fehlte das nötige Wissen.

Unser Pilot musste noch einiges an Distanz zurücklegen, bis das Haus am Horizont erschien. Der Steg war mit hellen weißen Leuchten markiert, die weit hinaus auf den See schienen, über Meilen die einzige Lichtquelle. Auf dem Steg stand ein Mann, der einen grünen Signalstab erhoben hielt, bis das Wasserflugzeug an den Steg geglitten war. Die Tür öffnete sich, und wir stiegen aus. Rachel umarmte den Mann, und obwohl ich sah, wie sich ihre Lippen bewegten, konnte ich nicht hören, was sie zu ihm sagte.

Der Pilot klopfte mir auf den Arm und bedeutete mir mit einer Handbewegung, ich solle die Kopfhörer absetzen. Als ich das tat, brachen die Umgebungsgeräusche wieder über mich herein, und zu meiner Überraschung stellte ich fest, dass sich auf meinen Armen eine Gänsehaut bildete. Ich nahm die Kühle der Luft wahr. Seit meiner Ankunft in New York hatte ich keine einzige wirklich kalte Sommernacht erlebt. Meistens schlief ich ohne Decke, weil meine Klimaanlage nicht funktionierte.

Während man unsere Taschen auslud, schaute ich zum Haus hin. Zu beiden Seiten hob sich je ein Schornstein mit Zinnen schwarz gegen den dunklen Nachthimmel ab. Im Haus gingen Lichter an, und ich konnte undeutlich die Umrisse der Veranda erkennen, die sich um das ganze Gebäude wand, konnte sehen, wie elegant es wirkte. Hier und da erkannte man durch ein Fenster einen Kronleuchter. Wie man das Ganze als »Camp« bezeichnen konnte, begriff ich nicht: Es handelte sich um ein Herrenhaus mit einem Komplex aus dazugehörenden Wirtschaftsgebäuden und einem Bootshaus. Alles war so eindeutig alt, dass das Licht, das durch die Mehrfachverglasung drang, getönt und wässrig wirkte. Wir gingen über den Steg und dann einen leichten Rasenhang hinauf, und als wir uns dem Haus näherten, erblickte ich nach und nach ausgestopftes Kleinwild auf den Kaminsimsen und an den Wänden überall Geweihe.

Als Rachel auf die Stufen zur Haustür trat, knackten diese laut, und auch in dem spärlichen Licht konnte ich erkennen, wie dick und breit die Bretter waren, die man zum Hausbau verwendet hatte. Rachel blieb an der Haustür nicht stehen, sondern ging direkt in ein von oben bis unten mit klar lackiertem Kiefernholz verkleidetes Wohnzimmer. Die empfindlichen schmalen Holzlatten waren so blank geputzt, dass man sich in dem Raum fühlte wie in einem Baum – alles roch sogar nach Kiefer und nach Rauch von einem Lagerfeuer.

Überall standen Regale, die vor Büchern überzuquellen schienen: eselsohrige Taschenbuchausgaben von Alison Luries *Ein ganz privater kleiner Krieg* und Jacqueline Susanns *Das Tal der Puppen,* Zane-Grey-Romane im Leineneinband, alte Schachteln mit Mühle und anderen Brettspielen, die Ecken vom langen Gebrauch abgenutzt. Da standen Sofas, die in der Mitte ein ganz klein wenig durchgesessen waren, und auf jedem lag eine dicke Kaschmirdecke. Alles wirkte wie zufällig, war aber eindeutig in der geübten Weise der Wohlhabenden so arrangiert.

»Rachel?«, hörte ich eine Frau aus einem Raum rufen, der sich als Küche entpuppte.

Während sich der Rest des Hauses eindeutig an der Vergangenheit orientierte, war die Küche radikal modern. Eine Früheninsel und ein Herd mit zehn Platten bildeten das Zentrum des Raumes. Rosen in verschiedenen Blütestadien standen in Vasen auf dem Frühstückstisch und auf den Fensterbrettern. Es gab Schalen, die vor Bananen und Zwiebeln überquollen, und über allem hing der angenehme Duft von Zitronen und Pfirsichen.

Eine ältere Frau mit stahlgrauem Haar und einer ansprechenden Leibesfülle schloss Rachel in die Arme.

»Der Flug war in Ordnung?«

Rachel nickte und ließ sich auf einem Hocker an der Bar nieder.

»Und Jack hat sich um das Gepäck gekümmert?«

»Ja.«

»Ich bin Ann«, sagte ich und streckte die Hand aus. Die Frau schob Rachel zur Seite und umarmte mich auch.

»Ich kann gar nicht glauben, dass ihr beide hier seid. Früher war hier den ganzen Sommer über was los, aber jetzt hat das sehr abgenommen.« Sie schaute zu Rachel hinüber und tätschelte ihr die Hand. »Es tut mir so leid, Liebes.«

Doch Rachel winkte ab. »So war es schon seit einer ganzen Zeit nicht mehr, Margaret.«

»Manche Dinge werden nie leichter.«

Einen kurzen Augenblick schwiegen wir alle, dann sagte Margaret: »Ich habe jedenfalls einiges für euch im Kühlschrank. Aber ich gehe davon aus, dass ihr selbst zurechtkommt. Wir können gern mehr vom Markt holen, Jack fährt nur erst morgen Nachmittag in die Stadt.«

»Danke, Margaret. Ich glaube nicht, dass wir noch irgendetwas brauchen.«

»Dann gehe ich jetzt.« Sie schlüpfte aus der Schürze und umrundete die Kücheninsel, um Rachel noch einmal zu umarmen. Sie berührte in einer freundlich-besorgten Geste meine Schulter. »Du weißt ja, wie du uns erreichen kannst.«

Nachdem sie gegangen war, sagte ich: »Ich dachte, das wäre deine Mutter.«

Rachel schüttelte den Kopf. »Margaret. Sie kümmert sich um alles. Sie arbeitet schon hier, solange ich denken kann. Komm jetzt.« Sie erhob sich von ihrem Hocker. »Ich will dir dein Zimmer zeigen.«

Rachel führte mich durch die vordere Eingangshalle und ein gewundenes Treppenhaus mit schwerem Kiefernholzgeländer in den zweiten Stock. Die Bogendecke des Flurs bestand aus dem gleichen Holz, das den Rest des Hauses bestimmte; sie wölbte sich wie eine Welle über uns empor. Rachel blieb vor der dritten Tür auf der linken Seite stehen und öffnete sie.

»Hier oben ist niemand außer uns. Auf der Westseite gibt es einen identischen Flügel, aber die Räume sind nur in Gebrauch, wenn eine große Party gefeiert wird oder viele Gäste kommen.«

Ich prägte mir jedes Detail ein: wie die Kiefernholzverkleidung ineinandergriff, wie die Messingplatten der Lichtschalter glänzten, dass in jedem Raum und in den meisten Fluren frische Blumen standen. Noch nie hatte ich ein Gebäude betreten, in dem es so schön war wie in Rachels Haus am Long Lake, weder ein Hotel noch ein Privathaus oder mein eigenes Zuhause, und mir fiel sehr deutlich auf, wie ungezwungen sich Rachel in einer Umgebung bewegte, von der ich jedes einzelne Detail in mich aufsaugen wollte.

Rachel stand im Zimmer. Hier gab es ein Himmelbett und einen Ziegelkamin, einen Fenstersitz und eine Glastür, die auf eine Dachterrasse führte. Draußen war es stockdunkel, nur eine schmale Mondsichel hoch am Himmel erstrahlte über dem See.

»Hier ist es ruhig. Nicht wie in den Hamptons oder generell auf Long Island«, erklärte sie. »Wirklich ruhig. Und dunkel. Vertraut. Und hier fragt niemand, wo deine Eltern sind oder wo man wohnt. Das Haus hat meinen Ururgroßeltern mütterlicherseits gehört«, fügte sie zur Erklärung hinzu. »Sie haben es 1903 bauen lassen. Zu einer Zeit, als niemand in die Hamptons wollte und alle hierherkamen. Meinem Großvater hat es gefallen, in einem kleinen Boot auf dem See zu segeln. Jedes Jahr gibt es eine Regatta. Die ist nach ihm benannt: die Henning-Summer-Regatta.«

Mir waren bei unserer Ankunft die kleinen Boote am Ende des Stegs aufgefallen. Die weißen Rümpfe der im Bootshaus hängenden Boote hatten im Mondlicht geglänzt.

»Und weil meine Mutter diesen Ort so geliebt hat, haben wir die Sommer immer hier verbracht, nie irgendwo anders.«

Das klang nach Einsamkeit, doch ich war dankbar für dieses Alleinsein, für die Distanz, die Rachel zwischen uns und der Stadt hatte schaffen können. Dort auf dem Bett lag mein Gepäck. Und darin befand sich die Karte, die die Reise von der New Yorker Innenstadt bis hoch in den Norden des Staates in weniger als fünf Stunden zurückgelegt hatte.

Am Wasserflughafen hatte ich bemerkt, dass Rachel ihr Handy abgestellt hatte. Als sie es hervorgezogen hatte, war Patricks Name ganz kurz oben auf dem Display erschienen.

Und in diesem Augenblick war ich froh, dass Rachel zwischen uns stand, dass sie die wachsenden Spannungen zwischen Patrick und mir abfing. Plötzlich spürte ich, wie lang dieser Tag gewesen war, und ich konnte nicht anders, ich musste einen sehnsüchtigen Blick auf das Bett werfen, auf seine sorgfältig gefaltete Oberdecke und die drapierten Kissen.

»Ich schlafe gleich nebenan«, sagte Rachel, der die Erschöpfung auf meinem Gesicht nicht entging. Nachdem sie die Tür hinter sich geschlossen hatte, saß ich auf dem Bett, schaute in die Dunkelheit des Long Lake hinaus. In dem großen Haus gab es außer dem Knarren des Holzes kein einziges Geräusch. Das Holz zog sich zusammen, während es die Hitze des Tages freigab.

13. KAPITEL

Obwohl Rachel und ich schon sehr viel Zeit miteinander verbracht hatten, waren wir noch nie in einer Situation allein gewesen, in der sich unverplante Stunden vor uns erstreckt hatten. Zuvor hatten Arbeitsaufträge jeden Augenblick bestimmt. Wir waren nie abends oder zum Mittagessen zusammen weggegangen wie unter Freundinnen üblich, hatten nur hin und wieder bei ein paar Cappuccini, einem Bier zusammengesessen oder uns im Segelboot davongestohlen. Doch wie sich herausstellte, ergaben all diese Momente in der Summe eine Freundschaft. Und so tranken wir am nächsten Morgen zusammen an der Theke in der Küche unseren schwarzen Kaffee, die nackten Füße unter die Schenkel geschoben.

»In den Zwanzigerjahren hat der Leiter des Bürgerbüros von Albany gern seine Sommerwochenenden hier verbracht. Er kam dann immer mit dem Flugzeug her. Und eine Weile lang haben meine Eltern das Haus dem Direktor des Museum of Modern Art für die Feiern am 4. Juli geliehen. Ich glaube, Dorothy Parker war auch mal hier, denn ich habe ein Exemplar von Nancy Mitfords *Liebe unter kaltem Himmel* hier gefunden, in dem ihr Name stand. Auf jeden Fall habe ich *beschlossen,* dass sie mal hier war«, erzählte sie, während sie an ihrem Kaffee nippte. »Für ein Wochenende oder so, und da hat sie das Buch hier liegen lassen.«

Der Gedanke, dass dieses Haus einmal von Partys und Ge-lächter erfüllt gewesen war, löste bei mir eine Art Nostalgie aus, und ich fragte mich, welche seltsamen Spiele man wohl hier im Schatten der Adirondack-Berge gespielt hatte. Außer unserer Unterhaltung und den sanften Wellen des Sees, deren Schwap-pen ans Ufer wir durch die Fenster hören konnten, war es still in der Küche. Man konnte sich leicht vorstellen, wie es gewesen sein musste, als Musik erklang und Menschen in einer kühlen Sommernacht über die Veranda verstreut saßen, als die Töne die Bohlen zum Schwingen brachten.

»Hast du oft Freundinnen hierher mitgenommen?«, fragte ich. Dabei stellte ich mir vor, wie ganze Gruppen von Mädchen sich um den Tresen versammelt hatten, an dem wir jetzt saßen, und wie Speck auf dem Herd vor sich hin brutzelte.

Rachel schüttelte den Kopf. »Du bist die erste. Ich habe nie viele Freundinnen gehabt.«

Zumindest in dieser Hinsicht glichen Rachel und ich einan-der.

»Und Patrick …« Kaum hatte ich diese Worte ausgesprochen, stand Rachel auf und ging zum Kühlschrank, zog die Tür auf.

»Möchtest du frühstücken?« Damit wechselte sie das Thema.

»Eigentlich habe ich keinen richtigen Hunger.«

»Ich auch nicht. Gehen wir zum Strand?«

Einen Strand hatte ich bei unserer Landung in der Dunkelheit am Vorabend nicht entdeckt, aber ich wollte unbedingt Sonne auf den Oberschenkeln spüren und dabei ein Buch in der Hand halten. »Strand klingt super.«

Also zogen wir Badeanzüge an, schnappten uns Handtücher, Bücher und Sonnenschirme, klemmten uns alles mehr oder we-niger geschickt unter die Arme und marschierten zu dem schma-len Stück Sand, das den Rasen rund ums Haus zum See hin säumte. Am Horizont schwebten weiße Wattewolken gemächlich über den Himmel. Wir dösten in der Sonne, lasen oder lagen einfach nur da, bis sich Rachel auf den Bauch drehte und die Realität, die mir seit dem Abendessen bei Patrick keine Ruhe mehr ließ, in Worte fasste, indem sie fragte: »Hat dich Patrick schon überzeugt, was Zukunftsvorhersagen betrifft?« Sie lag neben mir, den Kopf auf eine Hand gestützt; an ihrer Wange klebte ein wenig Sand.

Ich wollte mein Buch nicht weglegen, mit dem ich seit fast einer Stunde mein Gesicht vor der Sonne abgeschirmt hatte, und war dankbar für seinen Schutz. Mit dem, was mich in The Cloisters erwartete, konnte ich mich noch nicht auseinandersetzen. Noch nicht einmal mit dem, was sich oben in meinem Zimmer befand.

»Am liebsten würde ich es abstreiten«, gab ich zurück und ließ die Andeutung zwischen uns schweben.

»Meine Mutter hat sich einmal die Zukunft vorhersagen lassen«, berichtete Rachel. »Irgendwo auf der Lexington Street, aus Teeblättern. Die Frau dort hat sich die Teeblätter angeschaut und erklärt, sie würde ihr keine detaillierten Informationen geben. Das, was sie da erkennen könne, sei zu dunkel und zu traurig. Meine Mutter hat immer erzählt, sie habe darüber nur gelacht, aber ich glaube, die Angst hat sie nie abschütteln können.«

»Ich weiß nicht, was aus meinem Leben wird«, sagte ich. »Und dabei bin ich diejenige, die es lebt.«

»Ich glaube, wenn an dem Ganzen wirklich was dran ist, beherrschen es Frauen besser als Männer«, verkündete Rachel, während sie über den See schaute. »Und zwar nicht, weil Frauen an sich intuitiver sind – nein. Es liegt daran, dass Frauen neue Muster leichter erkennen können als Männer. Denk doch nur mal an Stoffe. Seit Jahrhunderten arbeiten Frauen als Weberinnen. Und all diese Frauen waren in der Lage, Muster zu erkennen und Eingriffe vorzunehmen, die schöne Dinge entstehen lassen. Wir weben uns also nur ein Leben zusammen. Versuchen zu erkennen, wohin uns die verschiedenen Fäden führen.«

Ich dachte an die Moiren, die griechischen Göttinnen des Lebens, von denen es hieß, sie schrieben uns bei unserer Geburt unser Schicksal zu. Klotho spann den Faden unseres Lebens, Lachesis bemaß ihn. Atropos, die ihn abschnitt, entschied über sein Ende. Die drei, so glaubte man, bestimmten innerhalb weniger Tage nach der Geburt eines Babys dessen Schicksal.

»Wusstest du, dass meine Eltern hier gestorben sind?«, fragte Rachel, und dabei wandte sie den Blick nicht vom See ab, auf dessen Oberfläche der Wind sich sanft entfaltende Berge und Täler entstehen ließ.

»Nein«, erwiderte ich. Doch die Vorstellung von Rachel, allein und verwaist, wirkte nicht unnatürlich oder überraschend auf mich. Etwas an ihr, eine Selbstgenügsamkeit, hin und wieder auch eine Art Müdigkeit, ließ diese Enthüllung nicht erstaunlich erscheinen.

»Ich frage mich oft, ob diese Teeblattleserin das wusste. Ich habe sie hinterher zu finden versucht, aber das ist mir nicht gelungen. Von Dutzenden Frauen auf der Lexington Street habe ich mir die Zukunft aus Teeblättern lesen lassen. Keine von ihnen war meiner Mutter jemals begegnet. Ich habe zu jedem Termin ein Foto von ihr mitgenommen. Inzwischen trage ich längst kein Bild mehr mit mir herum.«

»Wie lange ist das her?« Ich wusste, dass es in dieser Situation keine richtigen Fragen gab.

»Drei Jahre.«

»Es tut mir so leid.« Ein völlig unzureichender Kommentar.

»Mein Vater ist letztes Jahr gestorben.«

Rachel setzte sich auf und schaute mich an.

»Du weißt also, wie es ist«, stellte sie fest.

Ich nickte. Die Wolken hingen tief am Himmel, berührten die Gipfel der Adirondacks in der Entfernung liebevoll wie mit einem Kuss.

»Gut möglich, dass es Leute gibt, die die Zukunft vorhersagen können«, sagte ich leise.

»Aber ich weiß nicht, warum irgendjemand erfahren wollen würde, wie die eigene Geschichte ausgeht«, gab sie zurück.

Am späten Nachmittag war ein Gewitter über den Long Lake hereingebrochen und hatte selbst die letzte Spur der sengenden Hitze weggewischt, die der Haut meiner Schenkel eine tiefrosa Färbung verliehen hatte. Und die Kühle, die sich durch die Fenster zu uns ins Haus ausbreitete und mich nach einem Pullover greifen ließ, weckte in mir den Wunsch, draußen zu sein, in der erfrischenden Sommerluft, weit weg von allem hier drinnen – von Rachel, von der Karte, sogar von mir selbst.

Ich zog Sportschuhe an. Mit einem Quietschen schloss sich die Tür hinter mir. Vom Strand aus hatte ich ihn entdeckt: einen schmalen Weg, vielleicht nicht mehr als ein von Wildtieren gebahnter Pfad, der sich nordwärts wand, weg vom Haus an der südlichsten Ecke des Sees. Der Weg war von einem fein gewebten grünen Blätterdach und zarten weißen Blüten überwachsen. Knotige Wurzeln quer über dem Pfad ließen mich abrutschen, brachten meine Füße in seltsame Positionen. Alles war nass vom Regen, und auf den Steinen am Wegrand glitzerte feucht sattgrünes Moos. Mir musste einfach auffallen, wie sehr sich diese Wege von denen unterschieden, die ich in meiner Kindheit und Jugend benutzt hatte: Die waren offen und trocken und von Gras überwachsen gewesen, voller Panoramablicke mit einigen hervorstechenden Landmarken, an denen man erkennen konnte, wie man vorankam.

Hier gab es keine solchen Orientierungspunkte, nur ein sich immer weiter erstreckendes knotiges Dickicht, so dicht von Grünpflanzen überwachsen, dass ich schon sehr bald gar nichts mehr vom Himmel sah. Und allmählich führte der Pfad vom Seeufer weg und tiefer in den Wald hinein, wo das Terrain mal trocken und passierbar, mal völlig durchfeuchtet und sumpfig war. Trotzdem lief ich weiter. In meinem Alleinsein und der gleichmäßigen Bewegung spürte ich die Distanz, die ich zwischen mir und dem Tag schaffen musste, sogar zwischen mir und dem Sommer.

Ganz ohne Zweifel hatte ich mich in eine problematische Situation manövriert, indem ich die Karte vor Patrick verbarg. Dadurch waren enorme Risiken für meine Stelle und für meine Zukunft entstanden. Und trotzdem konnte ich nicht mit Sicherheit sagen, ob diese Entscheidung wirklich meine eigene gewesen war. In diesem entscheidenden Augenblick in Stephen Ketchs Laden hatte ich das Gefühl gehabt, von etwas außerhalb meines rationalen Selbst besessen zu sein, als hätte der Instinkt die Logik überwältigt. Dieses Gefühl, so begriff ich, als ich erneut über ein Wurzelgeflecht stolperte, hatte ich bisher nur einmal im Leben gehabt. An einem Tag, als alles automatisch, instinktgesteuert abzulaufen schien – an dem Tag, als ich beim Heimkommen von der Uni gehört hatte, wie das Telefon in der Küche immer und immer wieder läutete, weil meine Mutter nie einen Anrufbeantworter eingerichtet hatte, bis ich an den Apparat ging und die Worte am anderen Ende der Leitung hörte. *Es tut mir aufrichtig leid, Ihnen das mitteilen zu müssen, aber Jonathan Stilwell ist tot.*

Nichts anderes drang an diesem Tag mehr zu mir durch, nur das Gefühl, instinktiv zu handeln, das Gefühl der Unmöglichkeit, zwischen dem zu entscheiden, was wirklich geschehen war und was Teil der traumartigen Realität darstellte, in die ich geraten war. Ich konnte mich erinnern, wie mein Auto klang, als ich den Automatikhebel in die Parkposition brachte. Daran, wie das entfernte Läuten des Telefons sogar von draußen zu hören gewesen war, an das Gefühl des Apparats in meiner Hand. Doch ansonsten gab es da nichts außer der Unentrinnbarkeit des Ganzen.

Jetzt streckten die Laubbäume zu beiden Seiten des Pfades ihre Äste aus, brachten mich zu Fall. Ich schlug mir die Knie auf, hatte Schlamm an den Handtellern, befand mich von Angesicht zu Angesicht mit dem feuchten Boden und dem Schotter des Pfades. Zu diesem Zeitpunkt hätte ich nicht mit Sicherheit sagen können, wie lange ich schon unterwegs war. Lange genug, um zu begreifen, dass ich nicht mehr genau wusste, wo ich mich befand oder auf welchem Weg ich an diese Stelle gekommen war. Unter dem Pflanzendach konnte man unmöglich sagen, ob sich der Himmel rasch verdunkelt hatte, oder ob vielleicht der Abend schon hereingebrochen war.

Im Aufstehen wischte ich mir Zweige und Schmutz von Händen und Knien. Dann beschloss ich, es wäre an der Zeit, mir den Rückweg zum Haus zu suchen. Beim Gehen dachte ich an die Karte, die sich in meiner Tasche befand, an die seltsame Aufschrift – *trixcaccia*. Das Wort war mir unbekannt, die Sprache jedoch nicht, jedenfalls nicht völlig. Ich durchforstete mein Gedächtnis – dieses so unzureichend ausgestattete, unvollkommene Archiv – und versuchte mich zu erinnern, wo ich dieses Wort möglicherweise schon einmal gesehen hatte. Doch währenddessen wurde mir bewusst, dass die Temperatur sank und das Tageslicht langsam erlosch.

Inzwischen hätte ich das Seeufer erreicht haben müssen, sah jedoch nur den immergleichen dichten Laubwald vor mir, denselben steinigen Lehmboden, dieselben Teiche, auf denen die Biber zur Warnung ihrer Artgenossen mit den Schwänzen auf die Oberfläche schlugen, dass es durch den Wald hallte.

Vor der Wildnis hatte ich mich nie gefürchtet, zumindest nicht im Westen, wo ich mir einen Überblick verschaffen, mein Ziel im Blick behalten konnte. Doch hier war der Wald so dicht, dass ich um mich herum kaum fünf Meter weit sah. Die Bäume wirkten wie ein Spiegelkabinett, erschienen mir irgendwann alle gleich. Ich blieb stehen und lauschte konzentriert, weil ich hoffte, einen Bootsmotor oder vielleicht das entfernte monotone Rauschen einer Landstraße zu hören, doch da war nur das Geräusch des von den Blättern tropfenden Wassers, eine gleichmäßige Unterbrechung der Stille, die einen hätte verrückt machen können. Vor mir erstreckte sich der Pfad. Mir war nicht aufgefallen, dass er sich verzweigt oder die Richtung geändert hätte, deswegen lief ich weiter, wartete darauf, die Rasenfläche vor dem Haus wiederzuerkennen, das Bootshaus, den See, irgendetwas.

Schon sehr bald wurde es dunkel. So dunkel, dass ich sicher sein konnte: Es handelte sich nicht einfach um die Wolken eines vorüberziehenden Sturms, sondern es wurde Abend, mit einer unbarmherzigen Kälte, die sich durch die Baumstämme arbeitete. Und obwohl sich meine Augen ein wenig daran gewöhnten, stolperte ich alle paar Schritte und musste die Hände ausstrecken, um nicht zu fallen, mich an einem Felsen, einem Busch festhalten, an irgendetwas, um das Gleichgewicht nicht zu verlieren. Doch die Kälte und die Dunkelheit waren nicht das Schlimmste. Das Schlimmste waren die Schatten, die tieferen Schwarztöne, die sich am Rande meines Sichtfeldes entlangbewegten, so schnell, dass ich nicht sicher sein konnte, ob sie real waren oder nicht. Und mit ihnen kam die Angst. Nicht nur die Angst vor der Nacht und der Kälte und allem anderen, was es da vielleicht noch im Wald gab, sondern auch die Angst vor meinen Entscheidungen – dass ich die Karte versteckt, Washington mit seinen weiten Grasflächen verlassen, überhaupt in The

Cloisters zu arbeiten begonnen hatte. Und dann war da die Angst, keine dieser Entscheidungen wäre überhaupt jemals meine eigene gewesen.

Ich blieb stehen und stellte fest, dass ich mich in der Dunkelheit verirrt hatte. Auf keinen Fall konnte ich bis zum Morgen so weiterlaufen, bis die Sonne wieder aufging und mir eine Orientierung ermöglichte. Ich saß fest und ließ mich auf dem feuchten Boden nieder, die Knie an die Brust gedrückt, den Rücken an die raue Rinde eines Baumes gelehnt. So wartete ich. Bald kroch die feuchte Kälte mir bis auf die Knochen, und meine Zähne begannen alle paar Minuten unkontrolliert zu klappern. Jetzt war kein Platz mehr für Sorgen um irgendetwas anderes als darum, wie es mir warm genug bleiben würde, dass ich die Nacht überstand.

Ich weiß nicht, wie lange sie brauchte, um mich zu finden, doch als sie erschien, war mir so kalt, dass ich die Kiefer nicht zum Rufen auseinanderbekam. Das machte nichts. Sie hatte eine Jacke und eine Taschenlampe dabei, und sie entdeckte mich sofort. Inzwischen waren meine weißen Schuhe mit Schlamm und grünen Spritzern bedeckt.

»O Gott, Ann.« Als sie mich erreichte, legte mir Rachel die Jacke um die Schultern und umschlang mit einem Arm meine Taille. »Kannst du aufstehen?«

Wie sich herausstellte, konnte ich das, auch wenn ich sehr unsicher auf den Beinen war. Die Jacke half, doch das meiste bewirkte Rachels Körperwärme, die durch die Anstrengung von ihr ausging, mich auf den Pfad zurückzubekommen. Innerhalb weniger Minuten konnte ich sichere Schritte machen, wenn sie nur an meiner Seite blieb.

»Ist schon okay«, sagte sie, während wir dem Strahl ihrer Taschenlampe folgten. »Wir müssen hier entlang. Du kannst mir vertrauen.«

Selbst als ich mich besser fühlte – warm genug, erholt genug –
und wieder allein hätte laufen können, wollte ich sie nicht loslassen. Als wäre Rachel selbst ein Geist, der verschwinden könnte,
wenn sich unsere Körper nicht mehr berührten. Doch dann,
nach etwa einer halben Stunde, konnte ich sie sehen: die Lichter
des Hauses, das Geländer der Veranda. Und, was am allerwichtigsten war: den Unterschied zwischen dem, was die Realität ausmachte – unsere Körper, die Karte, das Haus –, und dem, was
nicht dazugehörte: meine Erinnerung an die Schatten der hereinbrechenden Nacht, vielleicht sogar meine Erinnerungen aus
den Nächten davor.

»Ich muss dir etwas zeigen«, sagte ich. Ich bearbeitete meine
Haare mit einem Handtuch. Etwa eine Stunde hatte ich damit
verbracht, mir unter der Dusche Schmutz und Kies von Händen
und Knien zu schrubben.

Rachel saß in meinem Zimmer auf dem Bett. Während ich im
Bad war, hatte sie im Kamin ein Feuer angezündet. Mitternacht
war lange vorbei, und das einzige Geräusch im Haus kam von
dem Harz, das die Flammen auflodern ließ.

Wenn ich mich auf einen Augenblick festlegen müsste, in
dem meine Loyalität gegenüber Rachel stärker wurde als meine
Loyalität gegenüber Patrick, war es dieser, in jener Nacht. Der
Augenblick, in dem ich entschied, dass ich sie die Erkenntnis bestätigen lassen musste, der ich mich schon im Wald genähert
hatte. Ich holte die Karte aus der Tasche, samt ihrer zur Tarnung
gedachten Vorderseite. Beide legte ich neben Rachel aufs Bett,
und das Wort auf der Karte, *trixcaccia,* fiel besonders ins Auge.
Es schien sich um Unsinn zu handeln. Eine Ansammlung von
Konsonanten und Vokalen, doch ich konnte inzwischen erkennen, wie man die Nachsilbe in eine Vorsilbe verwandelt, das
Wort zerschnitten und neu zusammengesetzt hatte. Es handelte

sich um einen Code. Um einen, den ich schon einmal irgendwo gesehen hatte. Wieder griff ich nach meiner Tasche und tastete darin herum, bis ich den Ordner in die Hand bekam, der Lingrafs Transkription enthielt, die Passage, die weder mein Vater noch ich hatten entziffern können. Ich legte das Blatt neben die Karte.

Wortlos nahm Rachel die Karte in die Hand und drehte sie herum, um die Rückseite zu betrachten, bevor sie ihre Aufmerksamkeit mir zuwandte. »Das hat Patrick also gestern abgeholt?«

Der Vorwurf, die Unterstellung in ihrer Frage konnte mir nicht entgehen – dass ich ihr nicht gesagt hatte, was wir da bei Stephen Ketch abgeholt hatten, und die Andeutung, dass Patrick womöglich deswegen so wütend gewesen war.

»Nicht ganz«, sagte ich. Ich legte die ursprüngliche, zur Tarnung gedachte Karte oben auf die andere. »Alle Karten, die Patrick an diesem Tag bekommen hat, sahen so aus. Während er mit Stephen oben war, habe ich mir diese Karte angeschaut, die Päpstin, und sie einfach ein bisschen gebogen. Ich weiß, das soll man nicht, weil man damit vielleicht die Farbe beschädigt, aber du hast es ja auch gesagt: Dass die Karten so steif waren, hat sich irgendwie falsch angefühlt. Als hätte man etwas damit gemacht. Und da hat sich die obere Ecke der Karte gelöst. Ich konnte untendrunter etwas anderes erkennen, wollte aber nichts kaputt machen. Darum habe ich es mit dem Fingernagel versucht. Die beiden Karten wurden von einem Gemisch aus Mehl und Wasser zusammengehalten, und das hier kam zum Vorschein.«

»Diana«, sagte Rachel mit einem Blick auf die Karte. »Die Jägerin.«

Ich nickte.

»Und die anderen?«

»Die konnte ich mir nicht näher anschauen.«

Rachel studierte die Karte sehr aufmerksam, schien sich den Anblick fest einzuprägen.

»Weiß er davon?«, erkundigte sie sich, als sie schließlich aufsah, meinem Blick begegnete.

»Nein. Nur du.«

»Gut. Wenn er es bis jetzt noch nicht herausgefunden hat …« Sie schüttelte den Kopf. »Du hast nur kurz die Karte anzufassen brauchen, um es zu bemerken. Wie konnte er sie so lange in seinem Besitz haben, ohne dass das passiert ist?«

»Glaubst du, er weiß schon, dass eine von Stephens Karten fehlt?«

Rachel zuckte die Achseln. »Er hat mir gesagt, dass Stephen versucht, ihm ein komplettes Kartendeck zu beschaffen. Und dass Stephen einige einzelne Karten hat ausfindig machen können, die der Beschreibung nach zu dem Kartensatz passten, von dem er uns schon Karten verkauft hatte. Die sollten innerhalb der nächsten Tage bei ihm eintreffen. Ich weiß also nicht, ob das hier alle sind oder ob da noch mehr kommen. Als ich am Freitag bei Patrick im Büro war, um ihm zu sagen, dass wir wegfahren, klang es nicht, als hätte er gerade Stephen am Telefon. Jedenfalls kann ich das nicht mit Sicherheit sagen.«

Als ich das hörte, war ich dankbar, dass Patrick mir die Quittung gegeben hatte. Er besaß keinen Nachweis darüber, was Stephen ihm verkauft hatte, obwohl Stephen selbst es natürlich würde sagen können. Stephen mit seinen Registern und seiner Buchführung.

»Die Jägerin«, sagte Rachel wieder, dieses Mal mit leiser Stimme. »*Diana Venatrix.*«

Ich schaute auf die Karte hinunter, und dabei hallten mir Rachels Worte in den Ohren wider. *Venatrix* war das lateinische Wort für Jägerin, *cacciatrice* das italienische. Wenn ich mir die Transkriptionen meines Betreuers angeschaut hatte, hatte ich immer den Eindruck gehabt, hier und da ein wenig Latein sehen zu können. Doch Übersetzungen ohne Schlüssel waren unmöglich. Die Karte, das begriff ich jetzt, stellte diesen Schlüssel dar – ein Bild von Diana als Jägerin und das Wort, dargestellt auf dieselbe seltsame Weise, konnten wir als Anhaltspunkt verwenden.

Ich griff in meine Tasche und zog einen Notizblock hervor, schrieb das Wort auf der Karte darauf: *trixcaccia*. Und dann das lateinische, *venatrix,* und das italienische, *cacciatrice.* Da, in dem Wort auf der Karte, konnte ich sehen, wie die lateinische Nachsilbe – *trix* – mit der italienischen Vorsilbe kombiniert worden war – *caccia*. Zum Übersetzen von Lingrafs Transkription brauchte ich nur nach den üblichen italienischen und lateinischen Vor- und Nachsilben zu suchen.

Diese Form der Satzanalyse hatte ich von meinem Vater gelernt. So hatte er sich über Jahre andere Sprachen Stück für Stück erschlossen. Indem er einen Originaltext gefunden und sich dann einen Weg herausgebahnt hatte, angefangen mit einem einzigen Wort, und in mühevoller Kleinarbeit jeden einzelnen Satz zusammenfügend. Und jetzt saß ich hier und verwendete dieselbe Methode zur Übersetzung einer Sprache, die er nicht hatte entschlüsseln können, die auch Lingraf nicht hatte entschlüsseln können. »Die Jägerin«, wiederholte Rachel und nahm mir den Notizblock aus der Hand.

Ich wandte mich der Transkription zu und machte mich an die Arbeit. Selbst trotz unserer gemeinsamen Anstrengung brauchten wir bis zum Morgen, um diese einzige Seite zu übersetzen. Wir saßen nebeneinander auf dem Boden, arbeiteten uns Wort für Wort vorwärts, genau wie mein Vater und ich das getan hatten. Als Ausgangspunkt nahmen wir an, dass die verwendete Grammatik im Ursprung auf romanischen Sprachen beruhte und dass sich ein Aristokrat aus der Renaissance, dem es auf

Geheimhaltung angekommen war, den Code ausgedacht hatte. Und wir hatten recht. Mit Rachels ausgezeichneten Lateinkenntnissen und meinem sehr guten Italienisch gelang es uns, das gesamte Dokument zu übersetzen: Es war ein kurzer Brief, wahrscheinlich von einem Mitglied einer herrschenden Familie an eine Tochter. Der Text lautete folgendermaßen:

Meine liebste Tochter. Ich sende dir einen Kartensatz, der sich seit einiger Zeit in meinem Besitz befindet. Die Karten werden dir, so hoffe ich, die Erleuchtung schenken, die ich ihnen verdanke. Mit diesen Karten siehst du vielleicht mehr, als dir lieb ist. Du magst daran glauben, dass uns der freie Wille geschenkt wurde, doch diese Karten werden dich daran erinnern, dass unser Schicksal in den Sternen geschrieben steht. Sei gewarnt, meine Tochter, dass ich dir diese Karten mit der Angst schicke, sie werden dir nicht nur die Zukunft zeigen, sondern auch dafür sorgen, dass sie sich so ergeben wird. Um das anzunehmen, musst du vorbereitet sein. Und möge es so sein, dass deine Wünsche dem Willen der Karten entsprechen, denn nur der wird herrschen.

14. KAPITEL

Wir waren von der Nacht so erschöpft, dass wir erst mittags aufwachten. Dann, als die Sonne hoch über uns stand, krochen wir aus dem Bett in meinem Zimmer, auf dem wir zusammen eingeschlafen waren, umgeben von Notizen und Büchern. Wir lagen in Stühlen auf der Wiese, ließen uns von der Sonne wärmen, während wir zusahen, wie eine Brise den See mit steifen Schaumkronen versah.

Dass wir uns an einem Ort befanden, an dem wir offen über die Entdeckung sprechen konnten, wo niemand wie Moira oder Patrick oder sogar Leo unsere abenteuerlichsten Theorien über die Karte und ihre Herkunft hören konnte, kam uns zupass. Zumindest war klar, dass wir es gefunden hatten – dass *ich* es gefunden hatte: das Kartenspiel, das bewies, dass die Verwendung für divinatorische Praktiken zu den ursprünglichen Zwecken der Karten gehört hatte. Wir wussten aber nicht, woher das Kartendeck stammte oder wann es gefertigt worden war. Das Dokument in Lingrafs Handschrift war mit keiner Zuordnung versehen, es gab keine Notizen. Die Illustration auf der Karte stammte fast sicher aus der Renaissance – darauf wies alles vom Thema bis zur Ausführung hin. Doch die Karte hätte von überallher stammen können – aus Mailand, Rom, Florenz, Venedig. Unser einziges Beweisstück war das teilweise erkennbare Zeichen, Schwinge und Schnabel eines Adlers in schwarzweißer Fotokopie. So viele Jahrhunderte später bedeutete nicht einmal Stephens Angabe, die Karten stammten aus Mantua, sehr viel.

Aber das machte nichts. Ein Weilchen genossen wir das Glücksgefühl über unsere Entdeckung. Und darin, das Ganze mit Rachel zu teilen, lag eine Sicherheit, die meine Verwundbarkeit minderte: Dieses Geheimnis verband uns.

Ich stand auf, streckte Arme und Beine. »Ich hole mir was zu essen. Möchtest du auch was?«

Rachel schüttelte einfach den Kopf, sah nicht einmal von ihrem Buch auf, das einen langen Schatten über ihr Gesicht bis ins Gras warf. Ihr Ring, der zu meinem passende Schafbock, glitzerte in der Sonne.

Rachel wirkte hier ungezwungener, entspannter. Während der letzten beiden Tage hatte ich zum ersten Mal erlebt, wie sie ihre Zeit wirklich genoss, vielleicht an dem Tag beim Segeln auf dem Hudson auch. In Patricks Nähe war sie immer auf der Hut, verhielt sich professionell. Ich schlenderte durch die holzverkleidete Bibliothek in die Küche, wo ich Margaret antraf, die gerade weiße Hortensien in einer Keramikvase arrangierte.

»Vom Bauernmarkt«, erklärte sie, während sie mit einem kleinen Messer einige hervorstehende Blätter abschnitt. »Kann ich Ihnen irgendwie helfen?«

Als ich aufwuchs, hatte es nie jemanden gegeben, der mir irgendwie in der Küche geholfen hätte. Da waren nur mit Alufolie abgedeckte Überbleibsel der Abendmahlzeiten aus den Studentenwohnheimen, die meine Mutter von ihren Schichten am Whitman College mitbrachte. Ich musste mich immer selbst auf die Suche machen, Schränke und Schubladen öffnen, versuchen, mir vor und nach dem Unterricht eine Mahlzeit zusammenzustückeln. Nie gab es beschriftete Behälter mit geschnittenem Obst und Gemüse. Und schon gar keine Margaret, eine mütterliche Figur, die bereit war, ihre eigene Beschäftigung zu unterbrechen, um einem zu helfen.

»Ich möchte Ihnen nicht zur Last fallen«, gab ich zurück. »Ich wollte mir nur schnell etwas zu essen holen.«

Wir waren noch nicht dazu gekommen, irgendetwas Richtiges zu essen, weil uns beiden die Anstrengung des Aufstehens von der Wiese zu viel gewesen war. Rachel hatte sich eine Zigarette angezündet und erklärt, die würde ihr reichen.

»Wie wär's mit einem Sandwich?«, schlug Margaret mit einem Blick in den Kühlschrank vor. »Ich habe heute Morgen Brot vom Bauernmarkt mitgebracht.« Sie suchte die Zutaten zusammen und stapelte die Behälter auf der Arbeitsplatte.

»Ich weiß, Sie können das selbst. Aber soll ich es nicht lieber machen?«

Schon der Anblick, wie sie routiniert den Brotlaib in zwei Hälften schnitt, mit kräftiger Hand und einer selbstbewussten Führung des Messers, ließ mich begreifen, dass sie recht hatte. Es war mir tatsächlich lieber, wenn sie das übernahm.

»Danke«, sagte ich und setzte mich auf einen Hocker.

»Sieht ganz so aus, als hättet ihr Mädchen es nett, da in der Sonne mit den Büchern.« Margaret tauchte ein Messer in einen marmorierten Senftopf. »Es ist schön zu sehen, dass Rachel wieder Freude am Leben findet.«

Ich war mir unsicher darüber, ob ich über irgendetwas von dem reden durfte, was während unseres kurzen Aufenthalts hier zwischen uns passiert war. Dass Rachel mich gerettet hatte, dass ich über ihre Eltern Bescheid wusste. Doch etwas an Margaret weckte in mir den Wunsch, mich ihr anzuvertrauen. Vielleicht lag es an ihrer Art zu sprechen, als enthalte jeder Satz etwas Vertrauliches, als bleibe alles Gesagte zwischen uns beiden.

»Rachel hat mir vom Tod ihrer Eltern erzählt«, setzte ich an.

»Hat sie das?« Margaret wirkte überrascht, fast resigniert. »Danach dachte ich, sie würde alles hier ganz aufgeben.«

Ich wollte Einzelheiten herausbekommen. Meiner Erfahrung nach schenkten Details einem Ereignis eine gewisse Festigkeit, verliehen dem Schrecken einen Körper. Auch wenn sich mir selbst die Details einiger meiner schlimmsten Tage bis heute entzogen. Margaret schaute mich von der Theke aus an und wischte sich die breiten Hände an der Schürze ab, griff dann nach einem Salatkopf, von dem sie einige Blätter abriss.

»Rachels Eltern sind abends immer gern nordwärts gesegelt«, erzählte sie. »Dann haben sie in einem kleinen Restaurant am Seeufer zu Abend gegessen. Das gibt es immer noch. Und hinterher sind sie dann nach Hause gesegelt. Diese kleinen Boote …«

Sie schüttelte den Kopf. »Nun ja, die sind ja kaum groß genug für zwei Personen, aber an diesem Abend haben sie sich zu dritt ins Boot gequetscht und sind losgesegelt. Der Wind war gar nicht so stark. Trotzdem habe ich gesehen, dass es nicht einfach für sie war, den Kurs zu halten, aber wechselnde Winde gibt es natürlich oft in dieser Gegend, besonders wenn ein Gewitter aufzieht. Nach dem Abendessen gab es dann allmählich richtige Böen. Ich begreife immer noch nicht, warum sie wieder in dieses kleine Boot gestiegen sind, aber das haben sie getan. Alle drei, und sie sind zum Camp zurückgesegelt. Als sie um zehn Uhr noch nicht da waren, habe ich Jack mit dem Motorboot losgeschickt, damit er schaut, ob er sie finden kann. Einige Stunden später hat er dann das Boot entdeckt. Umgeschlagen, mitten auf dem See. Keine Spur von Rachel oder ihren Eltern. Natürlich hat er über Funk den Sheriff von Hamilton County alarmiert …«

»Rachel war bei ihren Eltern? Und sie hat überlebt?«

Margaret nickte. »Es gab eine riesige Suchaktion. Man hat Rachel ohnmächtig am Ufer gefunden, nicht weit vom Boot. Das war am nächsten Morgen. Aber die Suche nach ihren Eltern hat

Tage gedauert. Der See wurde gesperrt, und dann hat man Netze eingesetzt. Schließlich hat man sie gefunden. Sie trieben in einer kleinen Bucht nicht weit vom Camp. Der Wind in dieser Nacht …« Margaret hielt inne. »Der Sturm war so heftig, dass Wellen ins Boot schlugen. An Bord gab es nur eine Schwimmweste. Als man Rachel fand, hatte sie sie an. Man erzählt sich, sie hätten die anderen beiden rausgenommen, damit alle drei ins Boot passen. Und Rachel scheint sich nur an sehr wenig zu erinnern. Sie wusste noch, wie das Boot gekentert ist, aber das war es auch schon. Der Sheriff hat gemeint, sie wäre vielleicht vom Mast getroffen worden, als sie von Bord geschleudert wurde. Niemand weiß das genau. Damals war seit fünf Jahren niemand mehr bei einem Unfall durch Ertrinken im Long Lake umgekommen.«

Ich dachte daran, wie dunkel das Wasser wirkte, wie abgelegen das Camp war – am äußersten Ende des Sees, Meilen entfernt von der Stadt oder von anderen Ansiedlungen. Natürlich, es musste ein Unfall gewesen sein: Sie hatte beide verloren, gleichzeitig. Doch ich musste an den Ausdruck auf Rachels Gesicht denken, als wir das Boot entwendet hatten. Daran, wie geschickt sie die Leinen losmachte und uns auf den Hudson steuerte, wie der Wind ihr die Haarspitzen gegen die sonnenverbrannte Wange gepeitscht, wie sie gelacht hatte, und ich fragte mich, ob ich wohl noch den Sport genießen könnte, der mir die Eltern geraubt hatte.

»Ist sie jetzt zum ersten Mal seit dem Unfall zurück?«

»Nein. Sie war seitdem ein paarmal wieder hier. Zuerst musste sie sich ja um die Berichte der örtlichen Polizei kümmern. Dann kam sie aber eine sehr lange Zeit nicht mehr hierher. Im letzten Herbst ist sie dann mit einem älteren Herrn erschienen, mit dem sie zusammengearbeitet hat.«

»Patrick«, sagte ich.

»Ja. Patrick. Ein sehr netter Mann. Ein bisschen alt für Rachel. Aber wer will über so etwas schon urteilen, sie hat ja ihre Eltern und alles nicht mehr.«

Dass sich Rachel für Patrick entschieden hatte, ergab jetzt mehr Sinn für mich. Er bot ihr die Sicherheit, die sie so plötzlich verloren hatte.

Margaret lehnte sich über den Tresen zu mir hin und senkte die Stimme. »Das ganze Geld befindet sich in einem Treuhandfonds, wissen Sie? Rachel erhält erst mit dreißig Zugriff darauf. Das war eine Überraschung. Die Eltern und Rachel, die standen sich nicht wirklich nahe. Sie hatte sich an jenem Abend mit ihnen gestritten, und ich glaube, dass sie die Erinnerung daran immer sehr belastet hat. Bis zu Rachels dreißigstem Geburtstag dauert es noch ein paar Jahre, aber wir alle stellen Vermutungen an, was sie dann mit dem Camp vorhat. Ob sie es behält oder verkauft. Und genauso mit dem Apartment ihrer Eltern. Das kann sie erst verkaufen, wenn sie dreißig ist, deswegen steht es einfach leer. Ein paar Stockwerke über ihrem in der Stadt. Ich wäre ja umgezogen. Das arme Ding.« Das alles teilte mir Margaret in vertraulichem Ton mit. »Da geht es um ganz schön viel Geld. Ihre Mutter war das, was man als ›reiche Erbin‹ bezeichnet, und ihr Vater, nun ja, der hat auch einen beachtlichen Wohlstand zusammenbringen können. Im Moment bekommt sie eine monatliche Zuwendung. Darum kümmert sich der Familienanwalt. Der bezahlt auch uns und regelt die Finanzen für die Immobilien. Wir sind alle auf Stand-by und warten darauf, dass sich Rachel irgendwann in der Zukunft entscheidet, was sie machen will.«

Margaret schob mir das Sandwich hin. Es war größer, als ich erwartet hatte, voller leuchtend grünem, knackigem Salat und gegrilltem Hühnerfleisch und naturgereiften Tomaten.

»Danke«, sagte ich.

Draußen auf dem Rasen schaute Rachel aufs Wasser; am anderen Ende des Sees sammelten sich Wolken.

»Sieht gut aus«, meinte sie.

Sobald ich den Teller abstellte, griff sie nach einer Sandwichhälfte und biss hinein. Dabei schmierte sie sich Senf über die Wange.

»Noch ein Sommersturm«, kommentierte ich. Ich saß Rachel gegenüber. Schweigend kauten wir, bis ein kurzer Donnerschlag ertönte. Die dicken Wolken hatten sich hoch am Himmel zu einer nächtlichen Dunkelheit zusammengefügt, die sich in unsere Richtung ausbreitete.

»Das fehlt mir, wenn ich nicht hier bin«, sagte sie.

»Ist es nicht schwer?« Die Worte waren mir entwischt, bevor ich es verhindern konnte.

»Margaret hat dir alles erzählt, oder?« Rachel seufzte. »Ich mache es meistens so, dass ich nicht ins Detail gehe. Das vermeide ich. Dann ist es jedes Mal so, als würde ich alles von Neuem erleben. Manchmal kann ich die Kälte immer noch spüren, diese Kälte, die mir damals in der Nacht bis auf die Knochen gedrungen ist.«

Ich streckte eine Hand aus und legte sie Rachel auf den Arm, um ihr etwas Trost zu schenken. Ich wusste, es gab nichts zu sagen. Worte waren nicht dazu geschaffen, die leeren Stellen zu füllen. Doch ich wusste, wie es war, wenn man einen Elternteil verlor. Und seit gestern wusste ich auch, wie es war, so zu frieren.

»Das ist das Einzige, woran ich mich erinnere, weißt du? An die Kälte. Die Leute fragen mich immer nach Einzelheiten, aber unser Gehirn beschützt uns vor den schlimmsten Traumata. Standet ihr euch nahe, dein Vater und du?«, wollte sie wissen.

Auch ich erinnerte mich nur noch an einige Details vom Todestag meines Vaters. »Er war mir sehr ähnlich«, sagte ich. »Oder vielmehr bin ich wie er. Manchmal denke ich, das hat meine Mutter frustriert. Sie hat uns nicht immer verstanden.«

»Meine Eltern haben mich auch nicht immer verstanden«, erwiderte Rachel. »Ich hatte aber immer die Hoffnung, wir würden das irgendwann überwinden. Auch wenn ich nicht davon ausgehe, dass sie diese Hoffnung teilten. Nicht wirklich. Sie haben sich ein unbeschwertes, amüsanteres, weniger ernsthaftes Kind gewünscht, als ich eins war.«

»Ich glaube, meine Mutter hat sich ein Kind mit weniger Ehrgeiz gewünscht«, sagte ich, weil das stimmte. Ich hatte immer das Gefühl gehabt, sie betrachte meine Ambitionen als eine Verurteilung ihrer Person. Vielleicht traf das auch zu.

»Solche Erwartungen können schwer wiegen«, fuhr Rachel fort. »Meine Eltern haben immer gedacht, ich würde das Tarot, die akademische Welt hinter mir lassen. Sie haben sogar versucht, mir einen Anreiz zu bieten – so haben sie es formuliert –, damit ich die Uni verlasse. Ich sollte im Fundraising arbeiten, jung heiraten, das tun, was ihnen nicht mehr möglich war: Kinder haben.«

»Sie haben dir Geld dafür geboten?«

»Es war eher so, dass sie mir deutlich gemacht haben, sie würden mich weniger unterstützen, wenn ich an der Uni bliebe. Damit war natürlich das Finanzielle gemeint. Das Leben nach ihrem Tod ist ein völliger Neuanfang, eine ganz leere Seite im eigenen Buch.«

»Aber um einen hohen Preis.«

Rachel nickte und wandte ihre Aufmerksamkeit dem See zu, schaute über den Rasen. Ich überlegte, ob sie beim Anblick dieses Panoramas jedes Mal das gekenterte Boot vor sich sah, den Sturm, der mit seiner Gewalt ihr Leben aufgerissen hatte. Doch ich wusste, die Zeit ermöglichte es einem, sogar die am schwersten erträglichen Orte wieder zu besuchen.

Kaum dass wir aufgegessen hatten, zog die Regenfront heran, die feuchten Böen peitschen durch die Seiten unserer Bücher. Der Sturm brach rasch über uns herein, die Äste der höheren Ulmen schrammten über die Dachschindeln. Und obwohl Rachel und ich drinnen Schutz suchen mussten, wussten wir, dass der Sturm schnell vergehen würde, schnell genug, dass unser Wasserflugzeug uns problemlos in einer Stunde abholen und in die Stadt zurückbringen konnte, durch den orangefarbenen Dunst des Sonnenuntergangs.

Im Rückblick ist mir bewusst, dass es klug gewesen wäre, meinen Sommer in The Cloisters zu diesem Zeitpunkt zu beenden. Gar nicht erst in die Stadt zurückzukehren, meine Sachen zu packen und zurückzulassen, was sich in meiner Mietwohnung befand. Doch inzwischen habe ich begriffen, dass diese Entscheidung nicht bei mir lag.

Als das Wasserflugzeug auf Long Island landete, wandte sich Rachel mir zu und fragte: »Warum ziehst du nicht für den Rest des Sommers zu mir?«

Und weil ich den Eindruck hatte, uns verbinde nicht nur unsere derzeitige Situation, sondern alles, sagte ich ohne Zögern Ja. Warum hätte ich auch ablehnen sollen? Warum in meinem engen Apartment bleiben, wenn mir Rachel ein Entkommen bot?

»Ich habe sehr viel Platz«, meinte sie, als wir in die wartende Limousine stiegen. »Und wir fahren sowieso beide jeden Tag zur Arbeit ins Museum. Ich habe doch gesehen, wo du wohnst. Es sieht so aus, als hättest du nicht mal eine Klimaanlage. Ich weiß, wir haben schon August und ich hätte dich früher fragen sollen, aber …«

Rachel brauchte mich nicht zu überreden. In vielerlei Hinsicht fühlte es sich bereits so an, als wären wir Mitbewohnerinnen. Wie Zwillinge, die dasselbe durchgemacht hatten, Tausende Meilen voneinander entfernt.

»Nimm den Wagen und such zusammen, was du brauchst«, forderte sie mich nach einem Blick auf. Hinter ihrem Kopf zog der West Side Highway vorüber. »Ich werde unseren Portier bitten, dir Schlüssel machen zu lassen.«

Obwohl wir einander erst wenig länger als zwei Monate kannten, wurde mir bewusst, dass ich mehr Zeit mit Rachel verbracht hatte als mit irgendjemandem sonst außerhalb meiner eigenen Familie. Der Familie, mit der ich nur zu gern weniger Zeit verbracht hätte, hätte ich mir ein Studentenwohnheim leisten können. Und meine Freundschaften während der Collegezeit waren immer flüchtig gewesen, vor allem, als deutlich wurde, dass ich lieber Zeit mit Sprachenlernen verbrachte als auf Partys oder Treffen in engen Wohnheimzimmern, wo dann zehn Mädchen auf einem Bett hockten. Rachel scherte sich nicht darum. Weil wir gleich waren. Wir waren in so vieler Hinsicht unterschiedlich, doch uns trieb dasselbe an.

Und so fuhr ich in der Limousine nach Norden zu meiner Mietwohnung, wo ich meine Kleidungsstücke und Bücher in den Seesack aus Walla Walla packte und die restlichen Übersetzungen meines Vaters in eine Mappe steckte. Ich warf die Essensreste aus meinem winzigen Kühlschrank weg, steckte mir den Schlüssel in die Tasche, und dann stand ich unter den flackernden Neonröhren im Flur. Vielleicht würde ich nur noch hierher zurückkehren, um die Kisten mit den restlichen Büchern abzuholen.

Als mich der Fahrer dann vor Rachels Apartment absetzte, einer Dreizimmerwohnung an der Upper West Side, wurde mir wieder vor Augen geführt, was ich am Long Lake erkannt hatte: Rachel war reich. Die Räume boten eine großzügige Aussicht auf den Central Park, es gab eine Terrasse voller üppig bepflanzter Blumenkübel, Parkettböden, einen hellblauen, glänzenden

Kühlschrank mit Vintageoptik. Nicht unglaublich viel Platz, aber genug. Und sie lebte allein.

Ich schätzte es, dass sie sich für nichts entschuldigte. Sie sparte sich Kommentare wie »Tut mir leid, dass es hier so aussieht, ich bin nicht zum Aufräumen gekommen« oder »Ich weiß, das wirkt protzig, aber es hat meiner Großmutter gehört«. Sie ließ mich in die Wohnung und zeigte mir einfach die Schale für meine Schlüssel und das freie Schlafzimmer, in dem ich meinen Seesack abstellen konnte.

Küche und Wohnzimmer waren zu einem großen Bereich zusammengefasst, getrennt durch den Esstisch, ein älteres Holzmöbelstück mit komplexen Intarsien und relativ vielen Kratzern. Mir fiel positiv auf, dass zwar alles in der Wohnung tadellos geputzt aussah, Rachel jedoch an einigen Stellen Unvollkommenheiten willkommen hieß. Ich ertappte mich dabei, wie ich länger als nötig die Materialien berührte: das glatte Holz, das weiche Leder, das wertvolle Silber von Rachels Bilderrahmen – alles fühlte sich unter meinen Händen kühl an. Bis ich die Glasscheiben erreichte, durch die man einen Ausblick auf den Park hatte. Unter mir konnte ich die immer gegenwärtige Schlange aus Taxis und Menschen erkennen, die sich ihren Weg ins dichte Grün des Central Park und wieder heraus bahnten. Hier drinnen summte die Klimaanlage leise vor sich hin.

»Bevor du fragst«, meinte sie, »meine Eltern haben auch in diesem Gebäude gewohnt. Im oberen Stockwerk. Ich bin hier aufgewachsen. Und nein, ich habe die Wohnung nicht selbst gekauft. Das haben sie für mich getan, als ich in der Grundschule war. Als Investition.«

»Ich hatte gar nicht vor zu fragen.«

»Die Leute wollen das üblicherweise wissen.«

»Es ist ganz deine Entscheidung, was du mir mitteilen möchtest, Rachel.«

»Ich weiß«, gab sie zurück. Und dann überbrückte sie die räumliche Distanz zwischen uns, streckte die Arme aus und umarmte mich, inniger als bei unserer ersten Begegnung. Fast verzweifelt. »Ich will einfach nicht, dass wir Geheimnisse voreinander haben.«

15. KAPITEL

Am nächsten Morgen besuchte ich zum ersten Mal die Morgan Library in der Madison Avenue, ein braunes Sandsteingebäude aus dem neunzehnten Jahrhundert, dessen vergoldete Räume seltene Manuskripte, Originalentwürfe zu Mozarts Sinfonien und Zeichnungen von Rubens beherbergten. Im Jahr 2006 hatte man einen über eine riesige Fundraisingkampagne finanzierten zeitgenössischen Anbau hinzugefügt, zu dem ein gläsernes Atrium und ein Auditorium gehörten. An jenem Tag bevölkerte eine Mischung aus Akademikern und führenden Leuten der Kunstwelt das Atrium: zum alljährlichen Symposium, das dieses Jahr den Titel »Kunst und das Okkulte: Divination im Europa der frühen Moderne« trug. Wir erschienen zusammen dort, Rachel und ich, nachdem uns Patrick mitgeteilt hatte, wir sollten uns dort treffen.

Die Öffentlichkeit war an diesem Tag ausgeschlossen, und die elitäre Atmosphäre konnte einem nicht entgehen – überall begrüßten sich Menschen mit einer Handbewegung oder indem sie eine Tasse Kaffee hoben. Es gab Gruppen von Frauen in schicken schwarzen Bleistiftröcken, mit Statussymbolen wie extravaganten Halsketten und Fliegen und im typischen Zerstreuter-Akademiker-Look in verschiedenen Stadien. Überall stellten sich Leute mit denen zusammen, die sie kannten, und klatschten über die, die sie nicht kannten. Wenn es mir möglich gewesen wäre, auch nur eine einzige Unterhaltung zu belauschen, wäre sie mir bestimmt wie eine private Sprache vorgekommen, eine deutlich umrissene Liste von Namen, Orten und Kursen, dafür gedacht, alle auszuschließen, die die Dreistigkeit besaßen, in diesen Kreis eindringen zu wollen. Von der Kaffeebar erklang der Lärm eines La-Marzocco-Milchaufschäumers.

Ich erkannte einige Gesichter wieder, und innerhalb weniger Minuten wurde mir klar, dass mir mindestens zehn der Anwesenden Absagen erteilt hatten. Solche negativen Antworten auf Bewerbungen bei Promotionsprogrammen waren eine ziemlich persönliche Angelegenheit, und ich spekulierte darüber, wie viele von ihnen ihre frühere Meinung über mich, über meine Arbeit nach diesem Sommer revidieren würden, wenn Rachel und ich erst einmal die beste Art und Weise ausgearbeitet hätten, um unsere Entdeckung publik zu machen.

Die Liste der Vortragenden strotzte nur so vor wichtigen und aufsteigenden Akademikerinnen und Akademikern – eine Morgan-Einladung war ein Zeichen dafür, dass man es geschafft hatte. Es gab Leute von der University of Chicago und von der Duke University, die über Prophezeiungen im Karolingischen Evangeliar und mittelalterlichen Mystizismus als weiblichen Verehrungskult referierten. Es gab Präsentationen zur Geschichte der Würfel und zu Isabella d'Estes Kindheitshoroskop, zur Rolle von Astrologie und Geomantie, zum Aberglauben bei Omen und zur Traumdeutung. Und wir waren vor allem wegen Herb Diebolds Vortrag zum Thema Tarot hier, wegen der Fragerunde, die Patrick moderieren sollte.

Aruna kam ebenfalls. Sie bahnte sich sofort ihren Weg zu uns, beugte sich verschwörerisch vor und sagte: »Ich habe mir schon gedacht, dass ich euch beiden hier begegnen würde.«

»Wir würden uns das nicht entgehen lassen«, gab ich zurück.

»Und das hätte Patrick auch gar nicht erlaubt«, fügte Rachel hinzu, so leise, dass ich nicht sicher wusste, ob Aruna es auch gehört hatte.

Aruna glättete die Vorderseite ihres Kleides aus weißem Seidenkrepp. Mit seinen großen quadratischen Taschen hätte es jede andere Frau matronenhaft erscheinen lassen, an ihr wirkte es jedoch auf einfache Weise elegant.

»Habt ihr schon Gelegenheit gehabt, mit irgendeiner dieser Klatschbasen hier darüber zu sprechen, was wir heute erwarten dürfen?«, erkundigte sich Aruna.

»Ich nehme an, die Anwesenden würden die Bezeichnung ›Gelehrte‹ bevorzugen«, erwiderte Rachel.

Bevor Aruna auf diese Bemerkung reagieren konnte, unterbrach uns ein tiefgebräunter Mann mit olivfarbener Haut, der Rachel auf beide Wangen küsste und verkündete: »Stimmt schon. ›Gelehrte‹ ist uns wirklich lieber. Auch wenn es ›Klatschbasen‹ möglicherweise besser trifft.«

»Ich dachte, du bist den ganzen Sommer über in Berlin?«, fragte Rachel.

Der Mann war, das wusste ich, der Harvard-Professor Marcel Lyonnais, am besten bekannt für eine bahnbrechende Studie, die Grundlage einer Typologie von Symbolen im Italien der frühen Moderne. Außerdem war er bekannt dafür, seine Frau und seine drei Kinder für eine seiner Studentinnen im Grundstudium verlassen zu haben: Lizzy, ein paar Jahrzehnte jünger als er.

»Das stimmt. Und es stimmt auch immer noch. Ich bin nur ein paar Tage hier. Um ein bisschen Zeit mit Lizzy zu verbringen. Sie fühlt sich ein wenig alleingelassen ...« Er verstummte. Dann wandte er sich widerwillig mir zu. »Und Sie sind ...?«

Ich streckte die Hand aus, und er umfasste sie. Sein Handteller fühlte sich weich an. »Ann.«

Ich wollte mehr sagen als nur meinen Namen, ihm deutlich machen, dass ich ebenfalls zu den Insidern gehörte, ein wertvolles Mitglied der Gruppe war, doch nun begann sich der Ozean an Körpern um uns herum in Richtung der Stufen zu bewegen, ein Hinweis darauf, dass die soziale Interaktion auf die Zeit nach den Vorträgen verschoben wurde. Und von den Schultern, die sich an mir vorbeischoben, erschien mir ein Paar vertraut. Zuerst erkannte ich sie nicht, so wie man vertraute Gesichter außerhalb des gewohnten Zusammenhangs nicht erkennt, doch einen Augenblick später streckte ich die Hand aus, legte sie der Frau auf den Arm. »Laure?«

Laure war am Whitman College zwei Jahre über mir und wohl das für mich gewesen, was einer Freundin am nächsten kam, manchmal auch eine Mentorin. Wobei ich mir überlegt hatte, dass sie sich anderen Studierenden gegenüber wahrscheinlich genauso verhielt. Laure hatte Zeitgenössische Kunst studiert. Mit ihrem tadellosen Stil und ihrer raschen Auffassungsgabe hatte sie allen ganz deutlich signalisiert, dass sie sich von Walla Walla nicht stoppen lassen würde, nicht einmal von Seattle, der Stadt ihrer Kindheit und Jugend. Damals war sie von einem permanenten Geruch nach Gras und einem Gefolge von Emo-Jungs umgeben gewesen, die vor Anhänglichkeit förmlich nach ihren Fersen schnappten.

»Ann!« Sofort umarmte sie mich heftig. »Du bist in New York?«

Ellbogen stießen an uns, wir wurden in Richtung Treppenhaus geschoben. »In The Cloisters«, sagte ich, während ich ihr folgte.

»Großartig. Ich hatte ja keine Ahnung. Wir sollten mal was trinken gehen. Und nächstes Jahr?«

Ich schüttelte den Kopf.

»Nicht schlimm. Irgendwann bekommst du deine Chance, das weiß ich sicher.«

Wir hatten es während unserer Unterhaltung eine Treppe hinunter geschafft und waren dabei von Aruna getrennt worden;

Rachel, noch hinter mir, wurde gegen Marcel gepresst. Es wirkte immer so, als wären gestandene Leute mit Eifer darauf bedacht, sie zu beeindrucken, genau entgegengesetzt der Dynamik bei uns anderen.

»Möchtest du dich zu mir setzen?«, fragte Laure, als wir das Auditorium betraten.

»Ich bin eigentlich mit …«

»Wir gehören zusammen«, erklärte Rachel, die jetzt neben mir erschien.

Rachel begrüßte Laure mit einer gewissen Kälte, und ich bemerkte, dass Laure sofort zu mir schaute. In der Art, wie sie meinen Blick suchte, lag eine Irritation.

»Dann sehen wir uns in der Pause«, verkündete sie, drückte mir kurz den Arm und ging zwischen zwei Sitzreihen hindurch.

Beim Entwurf des Auditoriums hatte man die Akustik berücksichtigt. Es war mit Kirschholzpaneelen ausgekleidet, was dem Raum eine Wärme verlieh. Rote Polstersitze reihten sich sanft ansteigend bis zur Rückseite. Auf den Stühlen im Bühnenbereich hatten sich bereits einige der Vortragenden niedergelassen, Patrick saß zwischen ihnen. Rachel und ich wählten eine Reihe in der Mitte des Zuhörerraums aus und setzten uns hin.

Die akademische Welt, das wusste ich, war klein, voller Freunde und Feinde, dauerhaft schwelender Konflikte, die durch jahrelange abfällige Bemerkungen über die Arbeit anderer am Schwelen gehalten wurden, manchmal auch durch den Charakter einzelner Personen. Schon ein Blick durch den Raum reichte, um die verschiedenen Konfliktherde zu identifizieren: Etablierte Fakultätsmitglieder saßen immer noch bei ihren alternden Doktorvätern von vor zehn, zwanzig oder dreißig Jahren, umgeben von ihren eigenen derzeitigen Schützlingen im Grundstudium. Die stellten sich ohne Zweifel vor, wie sie eines Tages ihr eigenes Gefolge um sich versammeln würden. Jede Gruppe bildete eine separate Konstellation, doch alle waren miteinander verwoben, umkreisten einander, immer darauf bedacht, die Größe der anderen Umlaufbahnen abzuschätzen, die Macht der individuellen Anziehungskraft.

Anders als ich hätte sich Rachel ganz problemlos irgendeiner dieser Gruppen anschließen können. Sich von einer dieser Konstellationen erfassen lassen – ein strahlend aufsteigender Stern am akademischen Himmel. Stattdessen saßen wir zusammen, während das Licht langsam gedimmt wurde, und ich konnte mir nicht helfen: Unsere elitäre Zweiergruppe gefiel mir am besten. Im hinteren Teil der Bühne wurde jetzt die Leinwand angeleuchtet, und man erkannte das Bild eines Tarotdecks aus der Renaissance, eines der vielen Beispiele für unvollständig erhaltene Kartensätze, nur eine oder zwei Karten. Bei einer handelte es sich um die Welt. Vor einem Blattgoldhintergrund sah man eine Miniaturdarstellung des Lebens im späten Mittelalter: ein Ruderboot, einen Ritter, der sich zwischen zwei Schlössern bewegte, alles in einem Kreis angeordnet. Die Herrschaft über diese kleine Welt oblag einer Frau, die in der einen Hand ein Zepter, in der anderen einen Reichsapfel hielt.

Herb Diebold nahm seinen Platz am Rednerpult ein. Er war älter, als ich erwartet hatte, und recht klein, jedoch ordentlich in einen bunt karierten Anzug und ein bis oben geschlossenes Hemd gekleidet. Ein sorgfältig gepflegter grauer Schnurrbart ergänzte seine runden Wangen und seinen ganz und gar kahlen Kopf.

»Letzten Sommer in Pontegradella«, setzte er an und räusperte sich, »versuchte ich in einem muffigen kleinen Stadtarchiv die Aufzeichnungen über die Verhaftung von Ercole d'Estes Neffen Alfonso zu finden, von dem viele glauben, dass er sein unehelicher Sohn war. Dabei bin ich auf etwas Ungewöhnliches gestoßen. Natürlich habe ich die Dokumentation von Alfonsos

Verhaftung gefunden, aber darunter war etwas aufgelistet, das meine Aufmerksamkeit erregte.«

Diebold hielt inne und ließ ein neues Bild auf der Leinwand erscheinen, eine Fotografie des Dokuments über die Festnahme. In der oberen Ecke befand sich ein Bild, das ich gut kannte, wenn auch nur, weil ich es wenige Stunden zuvor gesehen hatte – in Lingrafs Unterlagen. Hier war es also komplett: ein Adler, die Schwingen ausgestreckt. Das ganze Zeichen, von dem wir bisher nur Teile gesehen hatten: das des Archivs von Pontegradella, einer zu Ferrara gehörenden Gemeinde.

Gerade wollte ich Rachel eine Hand auf den Arm legen, als sie mir ins Ohr flüsterte:»Der Stempel.«

Ich nickte, während Diebold fortfuhr.

»Da stand: *Mino della Priscia, festgenommen, weil er mit einer Person außerhalb des Hofes über das Oraculum der Herzogin von Ferrara gesprochen hat.* Zuerst habe ich gedacht, das könne nicht stimmen, deswegen habe ich auf meinem Schreibtisch ein wenig Platz geschaffen und mein nützliches Lateinwörterbuch zurate gezogen. Selbst nach all diesen Jahren brauche ich immer noch Hilfe, wenn es ums Übersetzen geht.«

In diesem Augenblick füllte ein kurzes höfliches Gelächter das Auditorium. Alle hier im Publikum wussten, dass Diebold in Wirklichkeit keine Übersetzungshilfe benötigte.

»Natürlich ist *oraculum* dem Wort ›Orakel‹ sehr ähnlich. Aber ich glaubte nicht, dass das so stimmen könnte, denn meines Wissens – und über das Ferrara der Frührenaissance weiß ich ziemlich viel – war die Herzogin von Ferrara eine ganz besonders fromme Frau.«

Ich schaute zu Rachel hinüber, und ihr Blick begegnete meinem. Um uns herum wurden die Gesichter im Publikum vom Schein der Leinwand erleuchtet. Alle lauschten gebannt.

»Was sollte ich also davon halten?« Diebold ließ die Frage

wirken, während er einen Schluck Wasser trank. »Dass die Mutter von Isabella d'Este, Italiens berühmtester weiblicher Patronin der Renaissance, Orakel befragte? Ich schlug ein weiteres Mal im Wörterbuch nach, aber die Etymologie war ganz eindeutig. Und deswegen sind wir heute hier – wegen Orakeln und Sehern, Karten und Würfeln. Um uns darüber auszutauschen, welche Rolle sie gespielt haben.«

Hier machte Diebold eine Pause und sah sich im Raum um, bevor er seine Brille richtete und die Aufmerksamkeit wieder den Notizen vor sich zuwandte. Ich wandte mich zu Rachel und formte mit den Lippen die erste Zeile des von uns übersetzten Dokuments: »*Meine liebste Tochter.*«

»Die Frage sollte nicht lauten, ob Divinationspraktiken eingesetzt wurden. Natürlich war das der Fall. Die Astrologie, das wissen wir, war allgegenwärtig. Wir wissen auch, dass die Aristokraten der Renaissance von der Frage besessen waren, ob ihr Schicksal festgeschrieben oder veränderbar war. Sie wollten wissen, was sie verändern konnten, was dem Zufall überlassen war und vor welchen Ereignissen es kein Entkommen gab. Diese Faszination hatten sie von den Griechen und Römern übernommen, die sich immer an Orakel wandten, um das Schicksal der Menschen zu erforschen. Und wenn ein Christ des Mittelalters keine Orakel befragte, lag das nur daran, dass man in dieser Ära von der bevorstehenden Apokalypse besessen war. Eine Einstellung, die man dem wichtigsten Orakel aller Zeiten verdankte – Christus.«

Diebold blätterte um und fuhr fort. Ich wusste, dass wir bleiben, uns die Fragerunde anhören mussten, die für Patrick qualvoll werden würde. Danach würden wir weiteren Small Talk und Kaffeepausen über uns ergehen lassen müssen. Aber jetzt schon sehnte ich mich danach, das Auditorium zu verlassen und zu den Dokumenten zurückzukehren, die ich neben meinem Bett aufbewahrte. Den identischen Stempel da oben auf der Seite wieder mit meinen eigenen Augen zu sehen.

»Die Fragestellung ändert sich also, sie lautet jetzt: Woher wissen wir das? Woher wissen wir, welches Schicksal uns erwartet? Das war eine Frage, die gebildete Männer und Frauen während der gesamten Renaissance beschäftigte. Sie wollten die Zukunft kennen – das Gute, aber vor allem das Schlechte. Die Frage lautete immer: Ließ sich diese Zukunft verändern oder war alles vorherbestimmt? War die Zukunft das Schicksal? Diese Frage ist die Grundlage von allem, wofür wir heute hergekommen sind.«

Rachel lehnte sich zu mir hin, als wollte sie mir etwas zuflüstern, hielt jedoch inne, als Diebold weitersprach.

»Natürlich habe ich mich auf die Suche nach diesem Orakel von Ferrara gemacht, jedoch nirgendwo einen weiteren Hinweis darauf entdeckt. Ich habe ortsansässige Gelehrte an der Università di Bologna gefragt, und sie alle haben nur die Schultern gezuckt. Was sollte das denn sein, wollten sie wissen. Vielleicht ein Tempel, habe ich gesagt. Vielleicht ein Raum im Palazzo Schifanoia? Ein Gemälde, ein …«

Er zeigte auf die Leinwand in seinem Rücken.

»Eine Tarotkarte?«

Eine gespannte Stille hatte sich über das Publikum ausgebreitet. Diebold schüttelte den Kopf.

»Leider habe ich in diesem Sommer keinen schriftlichen Hinweis auf eine Tarotsitzung in den Stadtarchiven gefunden. Auch nicht in den Städten der Umgebung. Doch dann habe ich mich wieder meinem guten alten Lateinwörterbuch zugewandt und bin den Wurzeln des Wortes *oraculum* nachgegangen. Wie sich herausgestellt hat, liegen sie im Wort *orare*, was ›beten‹ oder ›flehen‹ bedeutet. Und dann habe ich die Zeile in dem Bericht über die Verhaftung noch einmal gelesen, diejenige, die ich für einen

Hinweis darauf gehalten hatte, dass die Herzogin von Ferrara ein Orakel besaß. Und ich begriff, dass man mit diesem Wort auch jemanden außerhalb des Hofes bezeichnen konnte, der die Gebete der Herzogin gehört oder dem man davon berichtet hatte. Und da habe ich begriffen, wie dünn die Trennlinie zwischen dem ist, was wir als Schicksal kennen, und dem, was wir als Entscheidung begreifen – eigentlich eine Sache der Interpretation. Mehr nicht.«

Herb Diebold sprach noch eine halbe Stunde, erklärte, es sei an der Zeit, dass sich Kunsthistoriker in angemessener Ausführlichkeit mit der Ikonografie von Tarotkarten befassten, selbst wenn diese nicht zur Divination verwendet worden waren. Er verglich Karten aus dem fünfzehnten Jahrhundert mit ausgewählten römischen und griechischen Statuen, mit Fresken und Mosaiken in Ravenna. Als der Schlussapplaus erklang und die Lichter im Raum angingen, schauten Rachel und ich einander einfach nur an, so lange, dass die Leute in den Nachbarsitzen aufstanden und uns baten, ihnen Platz zu machen.

Wir bahnten uns den Weg die Treppe hoch ins Atrium, wurden jedoch durch die Menschenmenge getrennt und landeten in unterschiedlichen Bereichen. In der eingeplanten Kaffeepause gab es schicke Sandwiches und französisches Gebäck, doch ich hatte keinen Hunger. Ich wollte die Karte in den Händen halten, um haptisch erfassen zu können, wie gründlich sich Herb Diebold geirrt hatte. Dass die Herzogin nicht nur ein *oraculum* besessen und es an ihre Tochter weitergegeben hatte, sondern dass wir es gefunden hatten: Der Satz Tarotkarten *war* ihr *oraculum*.

Laure erschien neben mir und fragte: »Wollen wir draußen eine rauchen?«

»Ich rauche nicht.«

»Dann gönnen wir uns doch einfach etwas frische Luft.«

»Jetzt, wo du's sagst«, erwiderte ich und schaute zu der Stelle, an der Patrick und Diebold in der Nähe der Treppe zusammenstanden, Patrick energisch, frenetisch gestikulierend, während sich Diebold mit einer Hand den Nacken rieb. »Ich merke gerade, dass frische Luft jetzt wirklich genau das Richtige wäre.«

Wir gingen ein paar Stufen hinunter, die uns auf die Madison Avenue führten, wo die vor dem Gebäude gepflanzten Ahornbäume schwer an ihren wachsartigen Blättern trugen, weil der Tag so heiß geworden war, dass selbst der durch vorbeifahrende Autos entstehende Luftzug keine Erleichterung bedeutete. Wie bei allen Universitätssymposien standen draußen mehrere Dutzend Leute und rauchten. Laure zog eine Schachtel Nelkenzigaretten aus der Tasche und klopfte darauf, sodass eine herausrutschte. Noch vor dem Anzünden war der übermäßig klebrig-süße Geruch in der Hitze wahrnehmbar.

»Okay«, sagte sie und fixierte mich mit dem Blick. »Woher kennst du Rachel Mondray?«

Ich hatte gehofft, wir würden einander ein Update über die letzten Jahre liefern oder sogar darüber sprechen, wie es mit meinen Bewerbungen gelaufen war, vielleicht kurz ein bisschen über die Hitze jammern. Dass es um Rachel gehen würde, hatte ich nicht erwartet. Laure hatte sie drinnen doch nicht einmal richtig begrüßt.

»Ich arbeite in The Cloisters mit ihr zusammen.«

»Nur ihr beide?«

»Und Patrick Roland.«

»Hmmm.« Laure hielt die Hand leicht vor Mund und Gesicht und zündete sich geschickt ihre Zigarette an. »Wie lange arbeitet ihr denn schon zusammen?«

»Seit Juni.«

Laure zog an ihrer Zigarette und ließ dann den Arm nach unten fallen. Mit dem anderen stützte sie ihre Brust. Sie sah aus wie eine Figur in einem Balthus-Gemälde, blass und sehr dünn.

»Und was ist passiert? Ich meine, was ist in The Cloisters passiert, seit du angefangen hast, mit ihr zu arbeiten?«

»Nichts. Wir arbeiten einfach. Woher kennst du sie denn?«

In einem früheren Leben hätte ich Laure alles anvertraut. Ich hätte ihr von der Karte erzählt. Davon, dass ich bei Rachel eingezogen war. Alles über den Laden von Stephen Ketch und dass wir manchmal noch bis spätabends in The Cloisters blieben. Wie unheimlich es war, zwischen alternden Skeletten und Menschen zu arbeiten, die daran glaubten, dass das Okkulte noch eine Bedeutung hatte. Doch inzwischen war ich jemand anders, ein anderer Mensch, der gelernt hatte, wie wichtig es war, ein Geheimnis zu wahren, welchen Wert Informationen hatten.

»Ich habe sie letztes Jahr kennengelernt«, berichtete Laure. »Sie hat an einem meiner Graduiertenseminare teilgenommen. Die meisten Studierenden fanden das Seminar sehr frustrierend, aber die Professorin hat ständig betont, wie positiv Rachel auffiel. Rachel war ganz eindeutig etwas Besonderes für die Dozenten – talentiert, weißt du.« Sie beschrieb mit der Hand einen Kreis, und ein dünner Rauchfaden folgte der Bewegung.

Ich nickte, weil ich ganz genau wusste, was sie meinte.

»Und sie war ja auch nett. Man konnte ziemlich eindeutig erkennen, dass man sie in Yale behalten wollte, aber sie hat sich für Harvard entschieden.«

»Diese Version kenne ich auch.«

Laure schaute mich forschend an. »Hat sie noch irgendetwas anderes erzählt?« Um uns herum strömten die Leute langsam ins Gebäude zurück.

»Zum Beispiel …?«

»Sollen wir demnächst zusammen brunchen gehen?«, unterbrach mich Laure mit einer gewissen Dringlichkeit und trat die

Zigarette aus. Sie trug geschmackvolle Lederschuhe mit flachen Absätzen.

»Das fände ich sehr schön.«

»Gut«, gab Laure zurück. Sie legte mir einen Arm um die Schulter, als wir uns auf den Weg zurück ins Atrium machten. »Pass auf dich auf, okay?«

Ich schaute an der Fassade des Morgan Museums hoch, die sich vor uns erhob – die Schätze mehrerer Jahrhunderte hatte man in seinen Mauern zusammengetragen und verwahrte sie dort.

»Okay«, gab ich zurück, obwohl ich meiner Ansicht nach schon besser auf mich aufpasste, als Laure das an meiner Stelle getan hätte.

Als das Symposium vorüber war, wartete ich auf den Stufen des Museums auf Rachel, an eine der steinernen Urnen aus dem neunzehnten Jahrhundert gelehnt, aus denen Einjahrespflanzen lange Zweige mit weißen Blüten hängen ließen. Sie war drinnen von Marcel aufgehalten worden, der ihr die Gelegenheit verschaffte, einige der Vortragenden kennenzulernen. Ich wäre unendlich gern der Typ Akademikerin gewesen, den andere nach dem Ende einer Veranstaltung festhielten, um ihre Studierenden vorstellen zu können, selbst wenn es nur darum gegangen wäre, dass ich mich wegen eines wichtigen Termins hätte entschuldigen können: einer Verabredung zum Lunch mit dem Direktor der Frick Collection, einer für mich bereitstehenden Limousine, einer Bibliothek voller Bücher, die nur darauf warteten, gelesen zu werden. Rachel, das war ganz eindeutig, würde irgendwann zu diesen Akademikerinnen gehören.

»Hat es Ihnen gefallen?«

Aruna war plötzlich geräuschlos neben mir aufgetaucht.

»Ja, sehr.«

»Ich finde solche Veranstaltungen inzwischen ermüdend«, gab sie zurück. »Fast traurig. All diese alternden Besessenen, immer noch wild mit denselben Werken beschäftigt, die Gelehrten schon seit Jahrhunderten Kopfzerbrechen bereiten. Haben Sie sich jemals gefragt, warum Sie hier sein wollen und nicht« – sie zog eine Zigarettenschachtel hervor und hielt sie mir hin – »an der Wall Street, wo man richtiges Geld verdient?«

Ich lehnte die Zigarette ab und überlegte dabei, ob ich irgendwann einfach Ja sagen würde. So zur Raucherin werden. An manchen Tagen erschien mir das unausweichlich.

»Sie sollten das Ganze nicht idealisieren«, sagte Aruna.

»Das tue ich nicht.«

»Und lügen sollten Sie auch nicht.«

Aruna klopfte ein wenig Asche von der Spitze ihrer Zigarette. Ich musste lachen.

»So viele von uns hier wollen einfach das ganze Leben damit verbringen, *irgendetwas* genau zu erforschen. Uns in Bibliotheken und Klassenräumen aufzuhalten, in Archiven und Museen, Geschichte in den Dingen zu *spüren*, die sie zurückgelassen hat. Aber dann ist man nicht mit den Lebenden zusammen, Ann. Das dürfen Sie nicht vergessen. Und manche von uns überleben diesen ganzen Tod besser als andere.«

»Mir kommt das alles hier sehr lebendig vor«, erwiderte ich.

»Ja. Aber das ist eine Fiktion. Es ist tot. Alles. Darin besteht die wahre Aufgabe des Gelehrten, ein Nekromant zu werden. Verstehen Sie, was ich meine, Ann?«

»Ja.« Aber ich war mir da nicht so sicher.

»Gut. So viele von uns vergessen, dass der wahre Sinn unserer Tätigkeit darin liegt, Dinge zu reanimieren, auch wenn wir dabei manchmal den Preis bezahlen, uns selbst animieren zu müssen.«

Auf den Stufen, auf der wir standen, musste man das Gewicht der Vergangenheit um uns herum einfach spüren. Waren

Museen schließlich nicht eigentlich Mausoleen? Auf The Cloisters traf das im wörtlichen Sinne zu.

»Haben Sie sich schon mal überlegt, noch ein Juraaufbaustudium draufzusetzen?«, erkundigte sich Aruna.

Ich schaute sie an, und sie lachte nur.

»Vielleicht ist es dafür ja noch nicht zu spät«, sagte ich.

»Nun, wenn Sie nach diesem Sommer immer noch überzeugt sind, kommen Sie doch im Herbst zur Beratung zu mir. Es hilft, wenn man jemanden innerhalb des Betriebs kennt«, schlug sie vor.

»Vielen Dank«, sagte ich. Das meinte ich auch so.

»Und das ist gut. Dass Sie sich nicht zum Narren machen, indem Sie versuchen, von jedem anwesenden Fakultätsmitglied bemerkt zu werden. Verzweiflung sieht immer schlecht aus. Vor allem in der akademischen Welt, wo wir mühelos erbrachte Leistungen belohnen, nicht Jahre des Kämpfens.«

Sie trat auf ihren Zigarettenstummel und drückte mir eine kühle Hand auf den Arm. »Und das hat Rachel schneller begriffen als die meisten«, flüsterte sie mir zu.

Noch ein kurzes Drücken meines Arms, und weg war sie, ging ganz unauffällig zwischen den letzten verbliebenen Akademikergruppen hindurch, glitt in ein Taxi und winkte mir ein letztes Mal zum Abschied zu. Ich hob die Hand, doch dann fiel mir auf, wie viele Leute um mich herum das ebenfalls getan hatten, also neigte ich stattdessen den Kopf, und die winzige Geste unterschied mich von den anderen.

Ich wartete, bis ich als Einzige noch auf den Stufen stand, und ließ mich in das Geräusch der Autos auf der Straße sinken, einen ständigen Strom der Aktivität, den Lärm lebendiger Dinge.

16. KAPITEL

Mit einer Limousine in The Cloisters anzukommen, war besser. Vorbei der Stress, mit dem Kaffeebecher in der Hand in der U-Bahn herumgeschubst zu werden, während man versuchte, die Anfahrt so zu planen, dass man den Shuttlebus nicht verpasste. Durch unser Zusammenwohnen ergaben sich auch ganz neue gemeinsame Zeitinseln, die wir vorher nicht gehabt hatten: die Hin- und Rückfahrt zum Museum, das Frühstück, die Zeit nach dem Abendessen. Und innerhalb dieser Zeitinseln konnte ich mich langsam öffnen, zulassen, dass Rachel mich ganz so sah, wie ich war. Ich hoffte, dass sie das auch so empfand.

Bei Patrick war das ganz offensichtlich nicht der Fall.

An unserem ersten Tag nach dem Morgan-Symposium sagte er zu uns: »Wenn man zusammen wohnt und zusammen arbeitet, kann das für eine Freundschaft eine Belastung bedeuten. Da ist es besser, man testet die Grenzen dieser Freundschaft nicht zu sehr aus. Nicht wahr?«

»Bei Frauen ist das etwas anderes.« Mehr hatte Rachel ihm nicht erwidert.

Doch wir registrierten sein Unbehagen darüber, dass wir jetzt ständig zusammen waren. Wie er uns beobachtete, immer hoffte, die Anzeichen irgendwelcher Insiderwitze in unseren Mienen zu erspüren.

An jenem Tag summten die Gärten von The Cloisters durch die Energie der Besucher und der Insekten, die die Blüten ansteuerten, und ich, nicht in der Lage, das Geheimnis zu vergessen, das da in mir und nun auch in Rachel summte, lief an ihnen entlang, bis ich den Bonnefont-Kreuzgang samt seinen leuchtend grünen Quittenbäumen mit knorrigen Ästen erreichte. Hinsetzen wollte ich mich nicht, deswegen blieb ich stehen, schaute über die Ecke des Gartens, die an steile Felsabhänge grenzte, auf den Grund gut dreißig Meter unter mir.

Ich presste beide Handteller an die Steinmauer und lehnte mich nach vorn, gerade genug, um die Gefahr der Situation spüren zu können, das Adrenalin durch meinen Körper rasen zu lassen, bis ich es wieder spürte: dasselbe Gefühl, das ich gehabt hatte, als ich die Karte mit der Jägerin darauf entdeckte: den wilden Sprint der Angst, die Schärfe der Erkenntnis, dringend handeln zu müssen. Das tat ich einfach nur, um die darauffolgende mich überflutende Erleichterung zu genießen. Den Moment, in dem nichts geschah, in dem ich nicht fiel, in dem Patrick mich nicht erwischt hatte, in dem Rachel und ich schließlich mit dem davonkommen würden, was wir da taten.

New York hatte mir vor Augen geführt, welch großen Hunger ich in mir trug. Einen Hunger auf Freude und Risiko, einen Hunger darauf, allen um mich herum deutlich zu zeigen, welcher Ehrgeiz in mir brannte. Einen Hunger, diese ehrgeizigen Pläne Wirklichkeit werden zu lassen. Anstelle von Furcht erfüllte mich eine Art nervöser Freude. Und das Wissen, dass es in einer Stadt wie dieser möglich war, einen Neuanfang zu machen, die Erinnerung an meinen Vater in etwas zu verwandeln, was mich voranbrachte, nicht hemmte. Und vor Patrick den Tarotkartensatz zu entdecken, wäre der größte Erfolg von allen. Ich hielt mich nicht für unmoralisch – ich begriff einfach, welche Lektion mir die Stadt beibrachte.

Als ich mich wieder über die Mauer lehnte, um auf die gepflasterte Straße unter mir zu schauen, spürte ich, wie zwei Hände meine Taille umfassten und mich kurz nach vorn stießen. Ich schrie auf, laut und schrill.

Beim Umdrehen sah ich Leo vor mir, und außerdem einen Garten voller uns beobachtender Besucher. Die Leute schauten besorgt zu uns hin, fragten sich, ob sie eingreifen sollten.

Ich schlug Leo auf beide Arme, doch er lächelte nur und hielt mich weiter fest. »Keine Chance.«

»Du hast mir einen ganz schönen Schrecken eingejagt«, gab ich zurück. Ich schaute mich um und lächelte ein paar besonders besorgten Gesichtern beruhigend zu.

»Du solltest dich nicht so weit vorlehnen. Was, wenn etwas passiert?«

»Du meinst, wenn sich jemand von hinten anschleicht und mich stößt?«

»Genau, oder wenn du stolperst und fällst. Wir verbieten den Leuten nicht ohne Grund, sich auf diese Mauer zu setzen.«

»Ach!«

Er deutete auf ein Schild, das ich aus irgendwelchen Gründen über Wochen nicht wahrgenommen hatte. *NICHT ÜBER DIE MAUER LEHNEN.*

»Komm jetzt«, sagte er. »Ich habe etwas für dich.«

Er nahm mich bei der Hand und führte mich durch den Bonnefont-Kreuzgang und durch ein Tor mit dem Hinweis *Nur für Personal.* In diesem Teil von The Cloisters war ich noch nie gewesen. Es war eine vom Rest des Museums durch Mauern getrennte Rasenfläche. Hier gab es zwei kleine Schuppen und ein langes Gewächshaus voller Setzlinge. Außerdem Gartengeräte wie Grasschneider und Heckenscheren, die in unordentlichen Haufen herumlagen, Stapel mit leeren Töpfen und ein paar wild verteilte Steinbrocken, die man von draußen nicht sah. Müllbehälter voller abgeschnittener Triebe. Blätter lagen über den Komposthaufen verteilt.

Leo führte mich in einen Schuppen, in dem breite Regale für Blumentöpfe sämtliche Wände entlangliefen; auf allen standen Glasbehälter mit getrockneten Samen.

»Ysopsamen«, erklärte er. »Ich habe die Samenstände des letzten Jahres getrocknet.«

In der Sorgfalt, mit der alles arrangiert war, lag eine gewisse Zärtlichkeit, von den Blumen, die zusammengebunden zum Trocknen an der Wand hingen, bis hin zu der Art und Weise, wie die Heckenscheren alle mit dem scharfen Ende nach unten in Terrakottatöpfen steckten. Und der Raum roch nach Leo, oder vielleicht roch Leo auch nach dem Raum: nach Erde und Gras, mit einer Andeutung von Körperausdünstungen.

Er nahm eine Handvoll getrockneten Lavendel von der Wand und reichte mir den kleinen Strauß. »Für dich.«

Der Lavendelduft stieg mir in die Nase: krautig und nach Sonne, ganz komplex.

»Den Lavendel habe ich nach diesem ersten Tag im Garten geschnitten und zum Trocknen aufgehängt. So hält er länger«, erklärte er. »Und wenn du keine Lust mehr hast, den Lavendel anzuschauen, kannst du die Blüten abstreifen und sie in Schubladen verteilen.«

Er streckte eine Hand aus und demonstrierte es mir mit dem Daumen. Ich sah zu, wie die kleinen Blüten auf den Boden unter uns rieselten.

Beim Betreten des Schuppens hatte ich nicht bemerkt, wie klein er war, jetzt aber schon. Zu zweit konnten wir uns kaum herumdrehen, und deswegen wurden unsere Körper bereits aneinandergepresst, als Leo mir die Hand in den Nacken schob und mich küsste. Im Nachhinein ist mir klar, dass nicht er mich ins Regal hob, sondern dass ich hinaufsprang, ihm beide Beine um die Taille schlang und ihn so dicht an mich heranzog, dass ich seinen Körper an meinem spüren konnte. Er machte mit, ließ eine raue Hand unter meinem Shirt verschwinden, schob sie unter meinen BH. Dann zog er mir das Shirt über den Kopf und über die erhobenen Arme.

In meinen Bewegungen lag etwas, das ich als überraschend selbstsicher und zielbewusst empfand. Als würde ich zum ersten Mal die Führung übernehmen und Leo mir folgen. Ich wartete nicht mehr darauf, dass mich die Menschen in meiner Umgebung willkommen hießen oder mir ihre Zustimmung signalisierten – ich nahm mir einfach, was ich wollte, und das Gefühl berauschte mich. Und zwar so sehr, dass ich nach der Knopfleiste von Leos Jeans griff und die Knöpfe zu öffnen begann. Doch selbst durch das Rascheln unserer Kleidung, durch die Geräusche unserer Körper hindurch war von draußen ein unmissverständliches Husten zu hören.

»Tut mir leid, wenn ich störe«, sagte Rachel.

Ein BH-Träger hing mir von der Schulter. Leo wandte sich nicht um, um Rachel zu begrüßen, doch ich ließ mich langsam vom Regal gleiten und trat hinaus in das Sonnenlicht, das die Schwelle erhellte. Dort zog ich mir den BH zurecht und das Shirt wieder über. Und dann ging ich zu Rachel, die auf mich wartete.

»Bringt das ruhig zu Ende«, meinte sie. »Ich kann ja um die Ecke gehen.«

»Nicht nötig«, erwiderte Leo aus dem Schuppen. »Ich melde mich, Ann.«

Während ich mit Rachel davonging, sagte ich nichts, versuchte nicht einmal, die Falten in meinem Shirt zu glätten oder die Stellen meiner Haut zu kühlen, die vor Schweiß und Erwartung ganz feucht geworden waren.

»Ich wusste gar nicht, dass das zwischen euch inzwischen so

ernst ist«, kommentierte Rachel auf dem Rückweg zur Bibliothek mit einem Blick auf mich.

»Ich weiß nicht, ob ich es als ernst bezeichnen würde.«

»Und da gehst du auf der Arbeit so ein Risiko ein? Dann muss es was Ernstes sein«, gab sie zurück.

»Woher hast du gewusst, wo wir sind?« Ich war mir nicht sicher, ob ich die Antwort wirklich hören wollte, doch Rachel zuckte nur die Achseln.

»Überall sonst hatte ich schon gesucht.«

Dann, als wir durch einen gotischen Bogen den Ausstellungsbereich betraten, hielt sie mir die Tür auf und sagte: »Lass Leo nicht kaputt machen, was wir tun.«

Ich ging durch die Tür und blieb stehen. Wir waren im Raum mit den Wandbehängen, wo riesige, dicht gewebte Stoffe idyllische Szenen aus dem Leben im Mittelalter darstellten – ein Teppich mit Blumen, fast lebensecht, ein ruhendes Einhorn.

»Warum sagst du das? Leo hat mit dem, was wir beide tun, gar nichts zu schaffen.«

»Im Augenblick gelingt es dir noch, das alles auseinanderzuhalten. Aber was, wenn das schwieriger wird? Was, wenn du lieber in der Bronx schlechte Punkkonzerte besuchen und warmes Bier trinken willst, statt dich auf die Situation hier zu konzentrieren?«

Rachels Worte verletzten mich. Nicht nur, weil sie so genau zutrafen, sondern auch weil ich ihr keinen Grund zu der Annahme gegeben hatte, ich würde Leo einen höheren Stellenwert einräumen als ihr, unserer Arbeit, unserer Entdeckung. Wegen der Arbeit war ich hergekommen, doch ich blieb wegen des Tarots, nicht wegen Leo. Selbst wenn ich es hin und wieder schwierig fand, meine Beziehungen in The Cloisters von dem Ort selbst zu trennen, als wären meine persönlichen Verhältnisse und meine Leidenschaft für die Arbeit mittlerweile so sehr ineinander verschlungen wie das Weinlaub, das im Garten wuchs.

»Leo ist nicht meine Priorität«, sagte ich.

»Dann verhalte dich auch so. Das hier ist etwas ganz Großes, Ann. Was wir gefunden haben – was du gefunden hast. Und jetzt wissen wir auch, woher die Karten stammen. Mit diesem Beweis können wir so unglaublich viel erreichen. Wir *müssen* unglaublich viel erreichen.«

Rachel wandte sich ab und wollte gehen, doch ich packte sie am Arm. Ein paar Besucher beobachteten uns, und obwohl wir mit leiser Stimme gesprochen hatten, waren wir immer noch lauter, als man sich normalerweise in den Ausstellungsräumen von The Cloisters verhielt.

»Das *tue* ich doch«, zischte ich. »Ich bin nur einmal mit ihm ausgegangen. Jede freie Minute verbringe ich mit dir. Ich habe dir *alles* erzählt. Ist es nicht ganz eindeutig, dass wir zusammen da drinstecken?«

Ich schätzte mich selbst nicht als Menschen ein, der auf Konfrontation aus war, aber bei dieser Verteidigung empfand ich denselben Adrenalinstoß wie beim Lehnen über die Mauer im Garten.

Rachel hob beide Hände. »Okay. Okay. Alles klar. Vielleicht möchte ich dich im Moment nur einfach mit niemandem teilen. Ich brauche dich wirklich. Wir dürfen die Konzentration nicht verlieren. Ich will einfach nicht, dass mir Leo das wegnimmt.«

»Ich gehe nicht von dir weg«, sagte ich. Und zu meiner eigenen Überraschung umarmte ich sie, spürte, wie sich ihr schlanker Körper an meinem entspannte.

»Ich will einfach sicher sein können, dass wir einen ordentlichen Vorsprung rausholen, bevor Patrick so weit ist«, sagte sie und entzog sich mir.

Ich nickte. »Das will ich auch. Ich brauche es.«

»Das weiß ich«, erwiderte sie.

»Er wird uns bald fragen«, meinte Rachel am nächsten Tag, als wir in der Bibliothek saßen, umgeben von losen Blättern und Notizen. Was chaotisch aussah, war in Wirklichkeit eine mit Bedacht ausgerichtete Anordnung von Material. »Er hat davon gesprochen, noch mal zusammen die Karten zu befragen. Hier. Wieder nachts. Jetzt, wo der Satz vollständiger ist. Dann haben wir eine Chance.«

Rachel und ich brauchten eine Gelegenheit, uns die restlichen Karten genauer anzusehen. Wenigstens eine, sie zu fotografieren, damit wir mit unserer Forschung anfangen konnten. Unsere Entdeckung, das wussten wir, würde unserer jeweiligen Karriere, unserem Status in der akademischen Welt, eine solide Basis verschaffen. Eine solche Gelegenheit zu verpassen, konnte keine von uns riskieren, indem wir unser Wissen mit Patrick teilten. Wir beide begriffen, wie leicht, wie schnell sich die gesamte Darstellung der Entdeckung verschieben könnte, von uns – zwei junge Frauen am Anfang ihrer Laufbahn – hin zu Patrick, einem etablierten Forscher im Bereich des Okkulten. Darum hatten wir uns dafür entschieden, Stillschweigen zu bewahren und den richtigen Moment abzuwarten.

Als uns Patrick zwei Tage später schließlich bat, abends länger zu bleiben, saßen Rachel und ich gerade draußen in den Gärten, auf der weiter entfernten Mauer, wo wir die vergehende Nachmittagssonne genossen. Rachel rauchte, ich ließ mir vom Gras die Knöchel kitzeln und von den moosbewachsenen Steinen die Handteller streicheln. Die Besucher bewunderten die geschnitzten Säulen, die Skulpturen in Kutten gekleideter Klosterbrüder im Schutz ihrer Nischen. Rachel und mich jedoch bemerkte niemand. Es sah aus, als wären wir Teil des Inventars geworden.

Als ich Patrick durch den Kreuzgang auf uns zukommen sah, hatte ich eigentlich nach Leo Ausschau gehalten. Patrick bewegte sich langsam, sog den Duft nach Zitronenmelisse und Lavendel ein, tauchte wie zufällig eine Hand in den Springbrunnen und schüttelte dann das Wasser ab, wobei die Tropfen im Sonnenlicht ganz klar wirkten.

»Ihr raucht doch nicht etwa?«, fragte er, als er uns erreichte, die Hände in den Taschen zu Fäusten geballt. Ich schaute nicht einmal auf, spürte jedoch instinktiv, wie Rachel die Zigarette über der Brüstung aus der Hand gleiten und sie in das Gras weiter unten fallen ließ.

»Wir doch nicht«, gab sie zurück.

Ich unterdrückte ein Lächeln.

»Das ist auf dem Gelände strengstens verboten. Aber ihr könnt immer gern vor dem hinteren Tor rauchen.«

»Da mache ich das auch normalerweise«, erwiderte Rachel.

Patrick schaute über unsere Köpfe hinweg, zum Fluss hin, und fragte dann, ohne dabei Blickkontakt zu suchen: »Hat eine von euch irgendwelche Pläne für heute Abend?«

Rachel und ich gaben unser Bestes, um einander nicht anzuschauen, doch ich konnte spüren, wie das Blut rascher durch meine Finger floss, als ich die Ecke der Mauer umfasste.

»Nein«, antwortete ich, und dabei fühlte sich mein Mund ganz trocken an.

»Nichts Besonderes«, fügte Rachel hinzu.

»Würde es euch etwas ausmachen, länger zu bleiben?«

»Gar nicht«, sagte ich. »Gibt es irgendwelche Vorbereitungen zu erledigen?«

Patrick schüttelte den Kopf. »Nur euch selbst müsst ihr mitbringen. Und eine offene Einstellung.«

Rachel und ich nickten, und Patrick wandte sich zum Gehen, durchmaß diesmal den Garten mit wenigen raschen Schritten.

Danach fühlte es sich an, als würde das Ende des Tages nie kommen. Doch wir warteten, und währenddessen erledigten wir die uns von Patrick aufgetragenen Forschungsarbeiten. Arbeiten, die sich nun, im Lichte unseres Geheimnisses, überflüssig anfühlten. Irgendwann erschienen die Kollegen vom Sicherheitsdienst in der Bibliothek, um wie jeden Tag bei Sonnenuntergang alles zu überprüfen.

»Wir bleiben heute Abend länger«, verkündete Rachel.

Louis nickte. »Uns fehlen ein paar Leute, falls ihr später einspringen möchtet.«

Beide lachten wir, und ich sagte mir einmal mehr, wie außergewöhnlich es doch war, dass der Sicherheitsdienst uns nur selten behelligte. Dass wir trotz der vielen so wertvollen Ausstellungsstücke auf dem Gelände von The Cloisters arbeiten, herumlaufen und in verschiedene Bereiche vordringen durften, wann und unter welchen Umständen wir wollten.

Eine knappe Stunde später kam Patrick aus seinem Büro, die Schachtel mit den Karten in der Hand. Draußen hatten die Dachziegel eine dunkle Terrakottafarbe angenommen, der Lichterschein der Stadt verdrängte das Sonnenlicht. Die Nachtlaternen in den Gärten schwankten leicht in der sanften Brise, die vom Hudson River zu uns heraufkroch.

Patrick legte die Karten auf den Tisch und schaute auf die Uhr. »Er müsste bald hier sein«, verkündete er.

»Wer denn?«, wollte Rachel wissen. Aber sie hätte gar nicht zu fragen brauchen, denn Leo betrat genau in diesem Augenblick die Bibliothek, die Jeans noch schmutzig von einem in den Gärten verbrachten Nachmittag.

»Was soll er hier?«, fragte Rachel.

»Leo wird uns bei einem sehr wichtigen Experiment helfen.«

Als Patrick das sagte, schenkte mir Leo ein rasches Lächeln, bevor er einige kleine Plastikbeutel aus der Tasche zog. Er warf sie auf den Tisch, und ich erkannte sie sofort. Solche hatte er auf dem Bauernmarkt verkauft, und zwar nur unter der Hand – auf Bestellung angefertigte Kräutermischungen und auch Tinkturen, sorgfältig im Gewächshaus von The Cloisters zusammengestellt.

»Ich habe nachgedacht«, verkündete Patrick, der jetzt an den Tisch trat und einige der transparenten Päckchen in die Hand nahm. »Vielleicht haben wir die ganze Zeit den falschen Ansatz gewählt. Ich finde, wir sollten uns den Karten aus einer anderen Richtung nähern, in einem völlig neuen Zustand, wenn man so will.«

»Du meinst, wir sollen Drogen nehmen.« Rachel sagte das völlig emotionslos, geradeheraus, als ginge es um den Auftrag, ein altes Buch aus dem Magazin zu holen. Doch mir fiel auf, dass sie wusste, was Leo uns mit diesen Päckchen anbot. Dass sie vielleicht schon mehr als einmal die Möglichkeit gehabt hatte, die Mischungen selbst auszuprobieren.

»Nein. Keine Drogen. Jedenfalls nicht im engeren Sinne. Nicht so, wie wir sie heute definieren würden«, gab Patrick zurück. Und in diesem Augenblick klang er wie er selbst, wie der Kurator, der mich eingestellt hatte, der eine tief empfundene Neugierde gegenüber den Dingen hegte, die sich uns hier präsentierten. Nicht wie der Kurator, den sein fehlender Fortschritt frustrierte, die allmähliche Zerstörung seiner eigenen Leidenschaft.

»Wie ihr beide wisst«, fuhr er fort, »ist der Mystizismus des Mittelalters ausführlich erforscht worden. Und wir wissen, dass diejenigen, die Visionen erlebt haben, dabei Unterstützung bekamen. Bilsenkraut und Alraune haben vielleicht eine wichtige Rolle gespielt, wenn es darum ging, die Visionen mittelalterlicher Mystiker möglich zu machen. Aber dabei handelt es sich nicht um Drogen zur Entspannung – auch damals nicht. Es geht um Forschung, um Verstehen können. Sodass wir möglicherweise unserer eigenen Intuition näher kommen, unseren Instinkten. Um einen Prozess des Begreifens, nicht des Drogenkonsums. Ich erwäge schon seit einiger Zeit, das auszuprobieren, und Leo hat mich dabei sehr unterstützt.«

Leo nahm eines der Plastikbeutelchen in die Hand und schüttelte es. »Dreißig Prozent Bilsenkraut, fünfundsechzig Prozent Alraune, und dann winzige Mengen Tollkirsche und Stechapfel. Nichts davon genug, um einem zu schaden«, erklärte er. »Bilsenkraut und Alraune enthalten Hyoscin. Das ist ein Halluzinogen, ein psychotropischer Stoff. In Tollkirsche und Stechapfel ist Atropin, und das wirkt muskelentspannend. Es hilft, alles auszugleichen.«

Rachel schaute Patrick an. »Du machst sicher einen Scherz, oder? Wir sollen Gift einnehmen, das Leo vorbereitet hat?«

»Darüber haben wir gesprochen. Darüber, dass ihr vielleicht Bedenken haben könntet. Deswegen ...« Leo zog eine Thermoskanne aus der Gesäßtasche seiner Hose und stellte sie auf den Tisch. »Hier, die sind alle gleich.« Er mischte die Päckchen auf dem Tisch. »Such eins aus, und ich nehme es ein.«

Rachel wählte eines der Päckchen und reichte es Leo über den Tisch. Der schüttete den Inhalt in seine Thermosflasche und ließ die Flüssigkeit kreisen. Dann trank er sie, indem er die Flasche ansetzte und seinen Kehlkopf rhythmisch auf und ab bewegte, bis er Rachel den leeren Behälter zeigen konnte.

»Eine sichere Sache«, kommentierte er. »Das verspreche ich. Alles hier drin ist in kleinen Dosen harmlos.«

Ich hatte bereits gesehen, wie Leo diese Mischungen auf der Upper West Side Frauen verkauft hatte. Frauen, die ihrem eigenen Leben entfliehen wollten, auf der Suche nach ihren eigenen Enthüllungen waren. Und vielleicht fühlte ich mich aus diesem Grund sicher dabei, die von Leo für uns vorbereiteten Kräuter zu trinken. Vielleicht entsprach es aber auch meinem Verlangen, die Dinge tiefer zu erforschen, einem Verlangen, das ich mit Patrick teilte. Zu sehen, was wir den Karten noch würden entlocken können, uns selbst, wenn wir nur ein wenig Unterstützung hätten. Patrick holte drei Becher und eine Karaffe mit heißem Wasser, goss jedes Trinkbehältnis voll. Dann überreichte er sie uns zusammen mit je einem Päckchen.

»Wie lange wird es denn dauern, bis man eine Wirkung spürt?«, wollte ich von Leo wissen.

»Zwischen zwanzig und vierzig Minuten. Die Substanzen müssen erst in die Blutbahn gelangen. Die Wirkung entfaltet sich nicht schnell, sondern langsam. Man bekommt das dann wie zufällig mit.«

Rachel trank einen Schluck von ihrem Tee. »Das schmeckt wirklich widerwärtig, Leo.«

»Bitter«, gab er zurück. »Nicht widerwärtig.«

Ich nahm einen Schluck, und das war wirklich nicht ohne. Eine dunkle, übel riechende, körnige Flüssigkeit. Ich wünschte, ich könnte das Ganze mit einem Schluck herunterstürzen, damit ich es so schnell wie möglich hinter mir hätte.

»Danke, Leo«, sagte Patrick, während er vorsichtig an seinem Becher nippte.

»Ich bin im Gewächshaus, falls ihr mich braucht.« Leo erhob sich, um zu gehen.

»Könntest du bitte in zwei Stunden wiederkommen und nach uns schauen?«, forderte ihn Patrick auf. »Einfach um zu sehen, dass alles gut läuft.«

Leo nickte. »Ich bin sicher, ihr werdet keine Probleme haben. Aber ich komme dann zurück.«

Während wir darauf warteten, dass die Substanzen ihre Wirkung entfalteten, räumten wir unsere Arbeitstische ab und öffneten die Fenster halb. Patrick holte zwei Kandelaber aus seinem

Büro und zündete die Kerzen an, deren Flammen in dem sanft durch den Raum wehenden Luftzug leicht flackerten. Zwischen uns dreien hatte sich eine Stille ausgebreitet, und niemand wagte dieses Schweigen zu brechen. Vielleicht aus Angst, die nächsten Worte wären diejenigen, die wir nicht würden zurücknehmen können. Das rote Wachs tropfte leise auf den Eichenholztisch, sodass sich Pfützen bildeten.

Und genau diese Pfützen aus klebrigem Wachs zeigten mir zuerst, dass hier etwas Ungewöhnliches vor sich ging. Zunächst schienen sie zu glänzen und zu zittern, ohne unser Zutun auf dem Tisch Strudel zu bilden. Ich zwinkerte immer wieder und rieb mir die Augen, weil ich wegzuwischen versuchte, was meine Sicht verschwommen und unsicher werden ließ. Doch als es mir gelang, die Bewegung des Wachses wirklich zu erhaschen, stellte ich fest, dass die Dinge im Raum um mich herum – die Bücher und Lampen, die gotischen Fenster und krummen Balken – ebenfalls eine größere Helligkeit anzunehmen schienen, als würden sie von innen beleuchtet.

Rachel, das merkte ich genau, spürte den Effekt jetzt auch, und als sie mich am Handgelenk packte, konnte ich es auch in ihren Augen sehen – durch die Tollkirsche hatten sich ihre Pupillen so sehr vergrößert, dass sie aussahen wie schwarz glänzende Geldstücke.

»Leg die Karten aus«, forderte sie Patrick auf. Und obwohl ihre Stimme wie aus weiter Ferne klang, als stehe sie am Ende eines langen Flures, tat Patrick langsam genau das. Eine Karte nach der anderen legte er auf den Tisch. Und als er fertig war, schien es, als erledige mein Geist die Arbeit, nach der sich meine Finger geradezu schmerzhaft sehnten: Jede Vorderseite löste sich auf, um darunter eine weitere Karte zum Vorschein kommen zu lassen – den Magier unter Merkur, die Liebenden unter Venus, begleitet von der Konstellation des Taurus, die Königin der Kelche unter einer Frau, die wie Rachel aussah, ihr langes blondes Haar vor einer goldenen Krone aus Olivenzweigen, am Körper eine Toga, in der Taille zusammengehalten und eine Schulter frei lassend. In Panik schaute ich von Rachel zu Patrick, weil ich herausfinden wollte, ob sie dasselbe sahen, doch es betraf eindeutig nur mich allein. Als ich wieder auf den Tisch hinunterschaute, hatten die Karten einen Glanz wie aus einer anderen Welt, und als Patrick mit dem Finger die Umrisse nachzeichnete, entstanden goldene Spuren auf dem Tisch, als sei ein Teil von ihm dort zurückgeblieben, wo sein Finger gerade gewesen war – Hunderte solcher goldenen Fingerspuren.

Und obwohl unablässig Kerzenlicht auf uns schien, war es, als würde der Raum immer dunkler. Als würden wir alle, auch die Bibliothek selbst, tiefer in die Eingeweide von The Cloisters gezogen. Als senke sich die Decke mit ihren Rippenbögen und ihren gekreuzten Balken langsam über uns und würde sich zusammenfalten. Doch das fühlte sich nicht furchterregend an; etwas daran war angenehm, als würde ich endlich eins mit dem Gebäude. Als wäre es immer so bestimmt gewesen, dass wir von der Macht der Arbeit selbst zermalmt würden.

Ich kann mich immer noch nicht genau erinnern, was Patrick aufgedeckt hatte, aber ich weiß noch gut, dass er die Karten mehr als einmal aufdeckte, dass er auf der Suche nach einer Lösung, die sich ihm jedes Mal entzog, wieder und wieder von Neuem anfing. Tatsächlich schien sich alles, was ich in den Karten erkennen zu können glaubte, in einem Nebel aufzulösen, bevor sich irgendetwas erfassen ließ. Und ich begriff, dass die Drogen meine Intuition nicht geschärft, sondern vielmehr betäubt, sie verwirrt hatten, sodass ich nur noch schlecht sehen, nicht mehr so eindeutig fühlen konnte.

Doch durch die Dunkelheit, die sich um mich herum Raum verschaffte, drang immer noch ein elektrisierendes Gefühl, ein

Lichtstrahl, den die Karten aussandten, während Patrick sie energisch auf den Tisch warf. Blitze einer schweren, dunklen Zukunft, die ich nicht zu erklären vermochte, die sich jedoch trotzdem wie eine Gewissheit anfühlten. Je mehr ich zu diesen Blitzen vorzudringen versuchte, desto überwältigender wurden sie. Sie drangen in mich ein und brachen über mir zusammen wie eine schwindelerregende Wolke, die so rasch verschwand, wie sie gekommen war. Durch den Nebel hindurch bemerkte ich nicht, dass ich zu atmen aufgehört hatte, dass sich meine Benommenheit rasch in eine Ohnmacht zu verwandeln drohte.

Und obwohl es schien, als wären erst Minuten vergangen, war da Leo. Er stand in der Tür der Bibliothek und fragte, ob es mir gut gehe. Er umrundete den Tisch, legte mir eine Hand auf die Schulter und schaute mir in die Augen. Ich wollte zu ihm sagen, dass ich in den Karten nicht sehen konnte, was ich hätte sehen müssen, dass durch die Kräuter, die wir genommen hatten, ein Schleier über meine Augen gelegt worden war. Doch als ich zu ihm aufschaute und nach seinem Blick suchte, war das eine zu rasche Bewegung gewesen, und der Raum um mich herum begann sich heftig zu drehen, schleuderte mich aus der Dunkelheit in ein blendendes Licht. Und während Leo etwas zu mir sagte, als er mich aus der Bibliothek führte, mit einer Hand in meiner Achsel, während ich sehen konnte, wie sich Rachels und Patricks Münder bewegten, war es, als hätte man mir die Ohren mit Baumwolle verstopft, als befände ich mich unter Wasser und würde sie alle aus einer Distanz beobachten, die ich nicht zu überbrücken vermochte.

Obwohl ich das Gefühl hatte, meine Beine könnten mich nicht tragen, führte mich Leo nach draußen in den Garten. Doch bevor wir die Bibliothek verließen, warf ich einen Blick zurück. Und da sah ich Patrick und Rachel, beide über den Tisch gebeugt, Rachels Hand, die nach einer Karte griff, und jede einzelne Bewegung wurde durch das Kerzenlicht in Zeitlupe versetzt.

In den Gärten wurde es aber nicht besser als in der Bibliothek. Die gemeißelten Säulen und Statuetten, die Weinranken, die sich um das keltische Kreuz im Zentrum des Trie-Kreuzganges wanden, die Schatten und dunklen Ecken, alles schien nach mir zu greifen und mich packen, mit sich ziehen zu wollen. Als Leo mit mir durch die Ausstellung ging, blendeten mich die glitzernden Steine, und die Fresken mit den Löwen bewegten sich vor meinen Augen, verfolgten uns durch die Wände hindurch. Alles, so schien es mir, war darauf aus, uns Schaden zuzufügen.

»Ich will zurück.« Das war meine Stimme, auch wenn ich sie kaum erkannte.

»Du musst erst wieder ein bisschen zu dir kommen«, erwiderte Leo, und ich merkte, dass er mich durch den Personalflur in Richtung Küche führte. »Ich gebe dir etwas zu essen, dann kannst du zurück.« Er schaute mich nicht an, sondern schleppte mich mit sich, stützte mich mit seinem langen Arm und seinem kräftigen Rücken. »Was hast du heute gegessen?«

»Ich esse nicht mehr so viel«, gab ich zurück. Das entsprach der Wahrheit, und vor meinem inneren Auge erschien das Bild von Rachel als Skelett, als jemand, der sich langsam aus Fleisch in Knochen verwandelt.

»Daran solltest du aber was ändern.«

Leo setzte mich auf einen Stuhl in der Küche und bot mir ein Stück Kuchen aus dem Kühlschrank an, doch ich schob es weg.

»Du musst«, beharrte er.

»Dann werde ich mich übergeben.«

»Nein, wirst du nicht.« Leo war mir jetzt ganz nah, und ich konnte spüren, wie seine Hände mein Haar berührten, es streichelten, wie er mit den Fingern hindurchfuhr. Er tröstete mich, liebkoste mich.

»Ich will zurück«, wiederholte ich.

Leo schob mir den Teller hin, doch ich schüttelte den Kopf.

»Übergeben«, sagte ich wieder.

Er brachte mir ein Glas Wasser, und das trank ich leer. Langsam, wobei es sich so anfühlte, als könnte ich spüren, wie jedes einzelne Wassermolekül durch meine Kehle und in meinen Bauch glitt. Nicht einmal die Neonbeleuchtung in der Küche hatte es geschafft, mich aus meinem High zu holen. Alles schien nach seinen eigenen Gesetzmäßigkeiten zu funktionieren, wild und neu. Ich versuchte zu berechnen, wie lange es jetzt her war, dass ich die Mischung eingenommen hatte.

»Wie lange wird die Wirkung anhalten?«, fragte ich.

»Noch länger, wenn du nichts isst.«

Reumütig nahm ich das Stück Kuchen in beide Hände und biss davon ab. Aber dass ich jetzt aß, machte keinen Unterschied. Dass ich etwas trank, auch nicht. Denn die Drogen wurden nur noch mächtiger, als hätten sie in meinem Blut ihre Kraft gebündelt, sich auf einen extremen Endspurt vorbereitet. Und als mich Leo durch die Gänge von The Cloisters zurückführte, entzog sich mir das Licht, und ich sah nur noch Dunkelheit. Die kam auch aus mir selbst, eine Dunkelheit, die ich in den Fingerknöcheln und Fußfragmenten der Heiligen als Echo wahrnahm, in der Wildnis der Einhornwandteppiche und den offenen Mäulern der Wasserspeier, die die Ecken der Kreuzgänge bevölkerten. Das ganze Museum, das begriff ich jetzt – auch wenn ich das vielleicht immer gewusst hatte, immer zu glauben geneigt gewesen war –, wollte mit aller Macht lebendig werden.

17. KAPITEL

Ich werde nie vergessen, wie der Morgen heraufzog, wie Leos Wohnung wegen der tief hängenden Wolkendecke in Dunkelheit gehüllt war, wie ich auf einen Donnerschlag hoffte, auf die Erleichterung, die der Regen bringen würde. Stattdessen verdunkelte der wie verletzt wirkende Himmel alles unter sich. Leo war bereits unterwegs, als ich aufwachte, aber er hatte mir eine Nachricht hinterlassen: *Ich sehe dich dann da.* Deswegen schaffte ich es irgendwie zur U-Bahn, zu einer Fahrt in der Hitze und mit bitterem Kaffee. Trotzdem war ich früh dran, denn die Substanzen in meinem Blut hatten mir einen unruhigen Schlaf beschert, und ich erwischte den ersten Shuttlebus zum Museum, schob den Rucksack auf meinen Schultern hin und her, um das Gewicht besser zu verteilen, als ich den Personaleingang erreichte. Drinnen waren die Flure menschenleer und gleichzeitig voller halb präsenter Ereignisse aus der vergangenen Nacht, voller Schatten und Erinnerungen, denen ich nicht trauen konnte. Die Drogen hatten anscheinend dafür gesorgt, dass die Fakten, die realen Ereignisse ausradiert wurden, und sie hatten sie nur durch Empfindungen und Erinnerungsfragmente ersetzt, auf die ich mich nicht verlassen konnte.

Ich ging zur Bibliothek. Verschwunden waren die Kerzenständer, die verräterischen Wachspfützen, die Karten. Stattdessen stand Rachels Tasche auf dem Tisch, der Inhalt auf seltsame

Weise überall verteilt, als hätte sie die Tasche in Eile fallen lassen. Die Tür zu Patricks Büro stand halb auf, und durch den Spalt konnte ich einen Fuß sehen, nur einen Fuß, der rhythmisch zitterte, als würde er von einem langsamen Tremor durchlaufen. Hektische Atemzüge und ein sich ohne Pause wiederholendes Geräusch durchbrachen die Stille; es klang wie das Schlagen einer hohlen Trommel.

Warum ich nicht Rachels Namen rief, nicht sofort den Sicherheitsdienst zu Hilfe holte, weiß ich nicht. Vielleicht konnte ich die Indizien nicht als solche erkennen: den Fuß, die Tasche, das Zittern. Alles deutete auf einen grotesken Unfall hin. Vielleicht wäre ich in diesem Augenblick auch überfordert gewesen, einzuschätzen, was nach dieser Nacht real war, selbst dann, wenn die Substanzen meine Blutbahnen schon verlassen hätten. Stattdessen zog es mich zur Tür zu Patricks Büro, wo alles war, wie es sein sollte, abgesehen von einer Kaffeetasse, die durch einen Stoß auf den Boden gefallen war, wo sich eine dunkle Pfütze wie eine Blutlache in den Teppich ergoss.

Nicht weit entfernt lag Patrick, noch immer mit dem Anzug bekleidet, den er am Abend zuvor getragen hatte, jetzt leblos.

Und da war Rachel, die ihm rhythmisch den Brustkorb zusammendrückte, ihm Luft in die Lungen blies, auch wenn sich trotz der Anstrengung nichts hob oder senkte. Seine Haut glänzte.

In diesem Augenblick verließ mich alles – mein Gefühl für Zeit und Handeln, meine Fähigkeit, die Szene vor mir zu begreifen. Ich konnte nur im Türrahmen stehen, Rachel beobachten, ihren emotionslosen, harten Gesichtsausdruck, ihr mechanisches und angestrengtes Bearbeiten von Patricks Brust, wie eine Maschine. Sie war so auf das konzentriert, was sie da tat, dass sie meine Ankunft nicht einmal bemerkt hatte.

Als sie endlich zu mir aufsah, mit beiden Händen auf Patricks Brustkorb, sagte sie nur: »Ich hatte noch keine Zeit, einen

Krankenwagen zu rufen. Kannst du das machen? Ich habe Angst, wenn ich aufhöre, wird er …«

Sie verstummte, das Gesicht feucht vor Schweiß, kreideweiß trotz der Anstrengung, und schaute auf den leblosen Körper hinunter.

»Rachel«, sagte ich. »Er ist tot.«

Man konnte ihn im Raum wahrnehmen, den abgestandenen Geruch des Todes – wie überreife Concorde-Trauben. Es gelang mir, zu der Leiche hinzutreten und Patrick die Finger an den Hals zu legen. Er war kalt. Da floss kein Blut durch seine Adern, und das war schon seit Stunden nicht mehr der Fall gewesen.

»Ich habe gehört, wenn man es schafft, Blut- und Luftzirkulation in Gang zu halten, hat man eine Chance«, sagte sie, fast zu sich selbst, und dabei mied sie meinen Blick.

Ich kniete mich ihr gegenüber hin und umfasste mit beiden Händen ihre Unterarme.

»Rachel. Es ist vorbei.«

Endlich schaute sie mir in die Augen. Ihre wirkten wie milchig, fast als nähmen sie nichts wahr. Als wäre das gesamte Ereignis eine Erscheinung, ein Zauber, aus dem man sie einfach nur erwecken musste. Ich fragte mich, ob wir beide so aussahen, ob unsere Pupillen immer noch durch die Tollkirsche vergrößert waren.

»Nein«, gab sie zurück, machte sich los und unterdrückte ein Schluchzen. »Ruf einen Krankenwagen.«

Ich holte mein Handy aus dem Rucksack und wählte die 911, beschrieb die Szene einem Mann in der Notrufzentrale, der mich mehrfach fragte, ob ich sicher sei, dass Patrick nicht mehr lebte. Ich antwortete jedes Mal mit Ja. Rachel, die diesem Austausch lauschte, hatte irgendwann aufgehört, Patricks Brustkorb zu bearbeiten. Sie saß auf dem Boden neben der Leiche, das Gesicht nass, die Knie unter das Kinn gezogen, und sie zitterte, als wäre ihr kalt. Normalerweise wirkten Rachels Arme stark und kräftig, doch nun erschienen sie mir schwach und fragil, und mir war schleierhaft, wo sie die Energiereserven für ihre Druckmassage hergenommen hatte.

Die Fragen, die ich in diesem Augenblick eigentlich hätte stellen können – wie lange sie schon hier war, wie lange sie wieder und wieder einen toten Körper bearbeitete, was geschehen war, wie sie ihn gefunden hatte –, erschienen mir müßig. Ich konnte mich nur zu ihr auf den Boden setzen, wo wir einander festhielten, die Knie gegeneinander geschoben, und dabei hofften wir, eine lange Zeit würde niemand kommen und uns finden, bis wir uns wenigstens an eine Welt hätten gewöhnen können, in der es Patrick nicht mehr gab.

Wir wussten nicht, wie lange es dauern würde, bis die Polizei erschien oder das restliche Personal, aber wir saßen zusammen auf dem Boden, und es fühlte sich an wie Stunden, auch wenn es in Wirklichkeit vielleicht Minuten waren. Wir betrachteten Patricks bewegungslosen Körper, bis Rachel irgendwann aufstand und hinter Patricks Schreibtisch trat. Ich beobachtete sie, während sie die Schubladen aufzog und Papiere und Notizblöcke herausholte.

»Rachel, was …« Ich hielt inne. Etwas in ihrem Gesicht – entschlossen und hart – ließ mich verstummen. Stattdessen stand ich auf, und durch die plötzliche Bewegung verschwamm mir die Sicht. Das Surreale der ganzen Szene – die Leiche auf dem Boden, das Tempo, mit dem Rachel die Schubladen durchsuchte – machten mir deutlich, dass ich unbedingt weiter zur Tür schauen musste, falls dort irgendeine Bewegung entstand, dass ich die Ohren spitzen musste, um die Sirenen sofort zu hören. Als Rachel Patricks Tasche erreichte, leerte sie sie aus – der Inhalt ergoss sich über den Fußboden, und Patricks Adressbuch landete an seinem blank geputzten Schuh.

Rachel, jetzt auf Händen und Knien, ordnete die Gegenstände und schob sie nach einer Kontrolle zurück in die Tasche. Irgendwann begriff ich im Nebel der Szene, was sie da suchte. Ich sah die Schachtel, auf der entgegengesetzten Seite des Raumes, weil sie über den Fußboden geglitten war. Die grüne Schleife war leicht ausgefranst und ausgebleicht. Ich ging dorthin, wo sie liegen geblieben war, doch meine Bewegungen fühlten sich langsam an. So langsam jedenfalls, um Moira die Zeit zu geben, in der Tür zu erscheinen. Dort schrie sie auf, ein hoher, klagender Laut. Und während Rachel in dem ganzen Chaos Patricks Tasche zurück auf den Tisch stellte, begegnete ihr Blick meinem, und ich schob die Schachtel geräuschlos in meinen Rucksack. Währenddessen hockte Moira bei der Leiche und begann zu weinen, und dabei stellte sie immer wieder dieselbe Frage, die ich im Stillen formulierte, seit ich an diesem Morgen den Raum betreten hatte: *Was ist passiert?*

Die Polizei nahm unsere Aussagen zu Protokoll, und der Gerichtsmediziner nahm die Leiche mit. Moira musste man ein Beruhigungsmittel geben. Vorn am Museum erleuchtete das Blaulicht von Polizeiautos die graue Steinfassade des Gebäudes. Als ich zwischen den anderen Angehörigen des Personals stand, fiel mir auf, dass im gesamten Museum eine unheimliche Stille herrschte. Niemand von uns wusste, was wir tun sollten. Ich war noch nie Zeugin eines Todes gewesen, hatte nur die Nachwehen erlebt. Und in dieser Zeit unmittelbar danach fühlte ich mich ohne Halt. Mir war klar, dass es keine guten Entscheidungen gab, keine angebrachten nächsten Schritte, nur die abscheuliche Gewissheit, dass die Zeit weiterlaufen würde, egal wie sehr ich mir wünschte, sie anzuhalten, zurückzudrehen. Das Einzige, was mir Halt gab, wog schwer in meinem Rucksack: die Schachtel, die grüne Schleife.

Ich hatte keine Gelegenheit, Rachel zu fragen, wie sie Patrick gefunden hatte oder wie die Nacht, der gestrige Abend, zu Ende gegangen war. Doch ich empfand Dankbarkeit, weil Rachel vor Ort gewesen war, bevor das Museum öffnete, bevor Besucher aus dem Foyer zum Mérode-Triptychon und wieder zurück schlenderten, nur durch eine Mauer von Patricks nichts mehr wahrnehmenden Ohren getrennt, ohne davon zu wissen.

Die Leute vom Personal schienen an einen Herzinfarkt zu glauben. *Wenigstens hatte er es schnell hinter sich. Und ist an einem Ort gestorben, den er geliebt hat.* Ich wusste, dass diese Plattitüden nichts bedeuteten, und mit jeder weiteren wurde das Summen in meinen Ohren lauter.

»Wir müssen Michelle anrufen«, sagte Rachel ruhig, als sie neben mir erschien. Ich hatte am Rand des Museumseingangs gestanden, zugesehen, wie Leute kamen und gingen, eine sich energisch bewegende Herde aus Leuten von der Forensik und technischem Museumspersonal. Langsam sammelten sich die Schaulustigen im Park.

Mir war klar, Rachel hatte recht, aber gleichzeitig wusste ich, dass das Ganze real werden würde, wenn wir die Information weitergaben. Dass ich mit Patrick auch meinen Wohltäter verloren hatte, denjenigen, der mich ins Museum geholt hatte. Rachel hielt sich bereits das Handy ans Ohr, und mir wurde bewusst: Ich hatte zwar große Angst vor dem, was Michelle de Forte jetzt wohl sagen würde, hoffte jedoch gleichzeitig verzweifelt darauf, jemand würde mir sagen, was zu tun wäre. Erst nachdem Rachel das Gespräch beendet hatte, wurde mir klar, dass wir uns auf jeden Fall unseren eigenen Weg würden suchen müssen. Egal wie die Anweisung lautete.

»Was hat sie gesagt?«

»Dass sie mich bald mit Anweisungen zurückruft, wir aber heute nicht öffnen und das Personal nach Hause schicken sollen.«

»Meinst du, sie wird dafür sorgen, dass ich gehen muss?«
Endlich hatte ich den Mut gefunden, diese Frage zu stellen.

Rachels Augen verengten sich. »Warum solltest du denn gehen müssen?«

»Weil jetzt, wo Patrick nicht mehr da ist ...«

»Wo Patrick nicht mehr da ist ...« Die Worte erstarben Rachel auf den Lippen, und ich konnte ihre Erschöpfung spüren. Welch große Anstrengung es sie kostete, auch nur zu sprechen. Ich hätte mir gewünscht, mich nicht an dieses Gefühl erinnern zu können, aber ich konnte es. Sie setzte erneut an. »Jetzt, wo Patrick nicht mehr da ist, gibt es sogar noch mehr zu tun. Das wird schon alles klappen, Ann. Für uns beide.« Und dann hielt sie inne, packte mich so fest am Arm, dass ich spüren konnte, wie ihre halbmondförmigen Nägel sich mir in die Haut bohrten, und eindringlich flüsternd sagte sie: »Außerdem werden einige Dinge jetzt einfacher sein.«

Da wünschte ich mir, wir beide wären gerade allein. Doch um uns herum drängte sich das Personal am Eingang zusammen, und die Gesichter wurden immer wieder von dem rotierenden Blaulicht der Polizeiwagen erleuchtet. Das Ganze war eine plötzliche und unwillkommene Störung, die die alltägliche Welt, den Frieden von The Cloisters brutal zerschnitt.

Auf der Heimfahrt sagte keine von uns beiden etwas. Doch das Gewicht der Schachtel in meinem Rucksack fühlte sich viel größer an als zuvor. Weil ich direkt aus Leos Wohnung ins Museum gekommen war, sehnte ich mich heftig nach einer Dusche; der Schweiß der vergangenen Nacht klebte noch an mir, salzig und rau. Ich konnte mich nicht erinnern, Leo nach seinem Eingreifen in der Bibliothek gesehen zu haben. Obwohl er mich mit nach Hause genommen hatte, konnte ich mich außer an das Stück Kuchen und das grelle Licht in der Küche an nichts mehr aus der vergangenen Nacht erinnern. Und Leo – wo war Leo? Ich hatte ihn an diesem Morgen nicht im Museum gesehen.

In Rachels Apartment warf ich meine Tasche auf den Tisch und ging ins Bad, weil ich duschen wollte, aber auch, um nachzudenken. Ich musste mir mit dem heißen Wasser die Szene dieses Morgens vom Körper schrubben. Erst als ich aus der Dusche stieg, wurde mir klar, dass sich mir dieser Morgen tiefer eingeprägt hatte, bis in meine Knochen, nicht nur auf meine Haut gelegt, und dass ich ihn nicht so ohne Weiteres würde abwaschen können.

Bis ich ins Wohnzimmer zurückkehrte, das mehr als schulterlange Haar noch nass, hatte Rachel bereits bei jeder Karte die Vorderseite abgenommen und alle Karten auf dem Tisch ausgebreitet, jeweils neben ihrem falschen Zwilling. Unter allen Karten der Großen Arkana befanden sich ikonografisch komplexe Karten, die sowohl römische Gottheiten als auch deren astrologische Zeichen und Symbole darstellten. Schon jetzt erschlossen sich mir Muster zwischen ihnen, ein dichtes Netz aus Symbolen, das jede Karte mit der Konstellation verband, der sie ihren Namen verdankte. Über Venus und der Karte der Liebenden stand das Sternbild des Stieres am Himmel; auf der Karte des Papstes war eine Konstellation aus dem Schützen zu sehen, mit Jupiter, dem herrschenden Planeten des Schützen, im Vordergrund. Sobald ich eine Verbindung hergestellt hatte, eröffnete sich mir schon die nächste. Stumm zählte ich, es gab siebenundsiebzig Karten. Der Satz war fast vollständig, nur eine Karte fehlte: der Teufel. Vielleicht stellte diese Karte, so überlegte ich mir, Hades mit dem Zeichen des Skorpions dar. Schließlich war Pluto der römische Name für Hades, und außerdem beherrschte er das Zeichen.

Doch so sehr mich die Karten anzogen, so dringend das Bedürfnis war, sie zu halten, sie sogar auszulegen und festzustellen, was sie mir verraten konnten, so sehr musste ich auch herausfinden, was in der vergangenen Nacht geschehen war, an diesem Morgen: mit mir, mit Rachel, mit Leo, mit Patrick, mit uns allen. Mit der Welt von The Cloisters.

»Ist das zu fassen?«, fragte mich Rachel, während sie die Karten betrachtete. »Hast du das hier gesehen?«

»Rachel – was ist gestern Abend passiert?«

»Schau dir das hier erst mal an.«

Ich ging zur Ecke des Tisches, nahm die komplexen Farbwirbel und die federleicht-detaillierte Figurenzeichnung auf. In den Ecken jeder einzelnen Karte bemerkte ich den auffälligen Umriss eines weißen Adlers mit einer goldenen Krone. Es war das Zeichen der Familie d'Este. Derselbe Adler wie auf den Dokumenten im Archiv, die wir in der Morgan Library gesehen hatten, und auf Lingrafs Dokumenten. Und sosehr ich darüber sprechen wollte, was letzte Nacht geschehen war – ich konnte meinen Blick nicht von der Szene auf dem Tisch abwenden. Nichts, das wusste ich, besaß eine größere Macht als die Neugierde. Ich hatte sie immer für mächtiger gehalten als das Begehren. Hatte Adam nicht aus diesem Grund in den Apfel gebissen? Weil er neugierig war? Weil er es wissen musste? *Aus Forschungszwecken.* Ich nahm die Weltkarte in die Hand, die das volle Himmelsgewölbe zeigte, mit Saturn im Zentrum, den Mund geöffnet, ein Kind auf dem Handteller.

»Sie sind ganz unglaublich.«

»Kannst du dir vorstellen, was mit diesen Karten für uns erreichbar wird?«

Ich verschränkte die Arme vor der Brust. »Was ist letzte Nacht passiert?«, fragte ich wieder.

Rachel betrachtete immer noch mit verträumtem Blick die Karten, und sie brauchte eine Minute, um sich selbst zurück in unsere Welt zu holen.

»Ich weiß es nicht«, gab sie zurück. »Ich bin hier aufgewacht. Ich erinnere mich nicht an sehr viel von dem, was nach dem zweiten Kartenlegen passiert ist. Es ist, als gäbe es da ein großes schwarzes Loch in meiner Erinnerung. Da ist fast gar nichts aus der Zeit zwischen Mitternacht und sechs Uhr morgens.«

Genau dieselbe Lücke wie bei mir. »Aber als du gegangen bist?«

»Als ich gegangen bin, war mit Patrick alles in Ordnung. Und mit dir und Leo auch.«

»Wir waren immer noch da, Leo und ich?«

Rachel schüttelte den Kopf und zog einen der Stühle heran. »Das habe ich angenommen. Aber ehrlich gesagt weiß ich es nicht sicher. Nur noch, dass Patrick in meiner letzten Erinnerung am Leben war. Und dass ich heute Morgen hier aufgewacht bin. Und dass du nicht da warst.«

Rachel ließ das Gesagte zwischen uns in der Luft hängen. Keine Anschuldigung an sich, aber eine Art und Weise, ihre eigene Verwicklung in das Geschehene mit meiner zu verbinden. Und wieder eine Bestätigung der Tatsache, dass das, was da geschehen war, etwas Gemeinsames darstellte, dass wir zusammen daran teilgenommen hatten, aus freien Stücken.

»Ich bin bei Leo aufgewacht.«

»Und woran erinnerst du dich?«

»Ungefähr an genauso viel wie du. An das Kartenlegen. Und dann ist mir schlecht geworden, und Leo hat versucht, mir etwas zu essen zu geben. Was auch immer es war, es war stärker, als ich erwartet hatte. Aber Leo hat auf mich nicht gewirkt, als hätte es ihn stark beeinflusst.«

»Toleranz«, sagte Rachel. »Mit der Zeit hat er eine gewisse Toleranz entwickelt.«

Der Gedanke, dass Leo dieselben Drogen schon vorher ausprobiert hatte, sogar mehr als einmal, war mir bis zu diesem Moment nicht gekommen, aber er leuchtete mir ein.

»Meinst du, es war eine Überdosis?«, fragte ich Rachel, und gleichzeitig dachte ich darüber nach, ob ich noch wusste, was mit den Bechern passiert war, die wir verwendet hatten, oder sogar mit den kleinen Plastikbeuteln.

»Vielleicht eine Unverträglichkeitsreaktion?«

»Aber wir haben doch alle dieselbe Dosis genommen, dieselbe Mischung.«

»Vielleicht war es einfach Pech.«

Ich sparte mir die Antwort. In keiner Weise hätte ich die Dunkelheit in Worte fassen können, die ich an jenem Abend empfunden hatte, und meiner Überzeugung nach handelte es sich dabei um mehr als bloßes Pech.

Ich hätte mir gewünscht, die Tage nach Patricks Tod wären anders gewesen als die davor, aber The Cloisters öffnete jeden Tag außer am Mittwoch um zehn Uhr morgens, und in den Besucherströmen, die sich ihren Weg durch die Ausstellung bahnten, kannte sicher niemand den kurzen, in der *New York Times* erschienenen Artikel, in dem der zu frühe Tod eines gefeierten Kurators der mittelalterlichen Kunst betrauert wurde. Niemand außer uns nutzte in jenen hellen Sommertagen die Bibliothek, denn die Leute bevorzugten die glitzernde Sonne auf der Haut, das feuchte Gras unter den Schenkeln. Doch Rachel und ich blieben in den grünen Lederstühlen, an den großen Eichenholztischen, umgeben von Bänden über Kunst und Architektur.

»Machen Sie einfach mit dem weiter, was Sie bisher getan haben«, sagte Michelle de Forte, als sie in der folgenden Woche zu uns ins Museum kam. »Vielleicht wird der neue Kurator ja übergangslos mit Patricks Arbeit fortfahren wollen. Sie beide sollten von dieser Annahme ausgehen und weitermachen.«

»Wie lange wird es denn dauern, bis Sie jemanden finden?«, erkundigte sich Rachel.

Wir standen in der Bibliothek, umgeben von Büchern, von denen Rachel einige aufgeschlagen fixiert hatte. Eines zeigte ein mittelalterliches Manuskript mit Illustrationen der Sternzeichen und der Körperfunktionen, für die sie zuständig waren – die Waage für einen Teil des Dünndarms, der Skorpion für die Genitalien.

Michelles Blick ging zwischen uns und der Tür zu Patricks Büro hin und her.

»Wir tun unser Bestes«, sagte sie. »Wir wollen aber nicht überstürzt handeln und einen Fehler machen. Bis dahin …« Sie zuckte die Achseln und ging hinaus in den Sonnenschein des Gartens.

Mehr sagte sie uns nicht. Bis am nächsten Tag Rachels Handy klingelte.

»Belladonna, Tollkirsche. Da ist sich der Pathologe sicher«, verkündete Michelle.

Ihre Stimme klang dünn, verriet eine Anspannung, die vielleicht nur in einer Explosion Erleichterung hätte finden können, und das schien sie verhindern zu wollen. Wir saßen an der Ecke des Gartens, hielten das Handy zwischen uns, wobei die Lautstärke so niedrig eingestellt war, wie es nur ging.

»Beim Abschluss der Autopsie«, fuhr Michelle fort, »haben sie es in seinem Gewebe und seinem Blut gefunden. Große Mengen. Große Mengen eines gefährlichen Gifts.«

»Selbstmord?«, überlegte Rachel laut.

»Natürlich nicht«, gab Michelle zurück. »Wie können Sie so etwas sagen?«

Weil, dachte ich, Rachel wie ich wusste, dass die Alternative viel schlimmer war. Ich musterte Rachels Gesichtsausdruck, suchte nach dem Aufblitzen von irgendetwas – Überraschung, Schuldgefühle –, doch sie wirkte einfach nur völlig verblüfft.

»Was können wir jetzt tun?«, fragte ich, um die Stille zu füllen.

»Nun, es gibt eine Ermittlung. Die Polizei wird sich mit Ihnen in Verbindung setzen. Ich wurde bereits kontaktiert, man geht jetzt systematisch das Personal von The Cloisters durch.«

»Könnte es auch ein Unfall gewesen sein?«, wollte Rachel wissen. Und in diesen Worten, in ihrer Frage, nahm ich ein leichtes Zittern der absoluten Niedergeschlagenheit wahr. Die scharfrandigen Umrisse eines weiteren Verlusts durch gewaltsame Umstände, mit dem sie würde fertigwerden müssen. Mit dem wir beide würden fertigwerden müssen.

»Die Polizei geht von einem Verbrechen aus.« Michelle machte eine kurze Pause, bevor sie hinzufügte: »Zum gegenwärtigen Zeitpunkt raten wir allen Personalangehörigen, mit den Ermittlungsbeamten zu kooperieren. Wenn Sie jedoch den Beistand eines Anwalts wünschen, ist das ganz Ihnen überlassen.«

Zwei Tage später teilten uns die ermittelnden Beamten des 34. Reviers in Inwood mit, sie wollten uns getrennt sprechen, und ich hatte immer noch nichts von Leo gehört.

Eine Beamtin, eine gewisse Detective Murphy, trat an der Anmeldung auf uns zu und sagte zu Rachel: »Wir schicken einen Wagen, wenn wir mit Ann fertig sind. Sie werden also abgeholt.«

Rachel nickte und warf mir einen letzten Blick zu, ging dann in Richtung Museum und überließ mich dem flackernden gelblichen Licht des Reviers.

Ich hatte erwartet, die Befragung werde in einem kahlen Raum mit einem Metalltisch und unbequemen Stühlen stattfinden, vielleicht auch mit einem einseitig verspiegelten Fenster. Stattdessen wurde ich in Detective Murphys Büro geführt, ein gemütliches Zimmer, das mich an das einer Akademikerin an der Universität erinnerte, voller Papierstapel und verblichener Familienporträts in leicht angelaufenen Rahmen. Sie wies auf einen Ledersessel in der Ecke und setzte sich an ihren Schreibtisch, schaute mich von dort aus an. Außerdem war ein Beamter anwesend, dem ich vorher noch nicht begegnet war. Er stand an einen Aktenschrank gelehnt und schaute hin und wieder auf die Uhr über Detective Murphys Tür.

»Ich bin sicher, die Neuigkeiten über Patrick haben Sie erschreckt«, setzte sie an. »Wir sprechen momentan mit allen, die am fraglichen Tag im Gebäude waren. Das gehört zu unserer Routine.«

Ich versuchte kurz zu ergründen, ob sie jemals zuvor in The Cloisters gewesen war, ob sie während ihrer Mittagspause gern durch die Ausstellung schlenderte und über die mumifizierten Körper nachdachte, die in unseren Sarkophagen ruhten.

»Fangen wir mit dem Grundsätzlichen an. Sie haben Patrick an seinem Todestag gesehen, oder?«

»Ja.«

»Und wie hat Patrick an diesem Tag gewirkt? Im Allgemeinen?«

»Es schien ihm gut zu gehen. Ein bisschen gestresst war er vielleicht. Es war eine arbeitsreiche Zeit für ihn. Für uns.«

»Okay. Gestresst also. Hat er verärgert oder nervös gewirkt?«

»Mir ist nichts aufgefallen, nein.«

»Haben Sie in letzter Zeit irgendjemanden in The Cloisters bemerkt? Irgendjemanden, der sonst nicht da war? Den Sie nicht kannten?«

»Es wäre nicht leicht, als Fremder irgendwo im Personalbereich von The Cloisters herumzulaufen, ohne bemerkt zu werden«, gab ich zurück. »Und die Bibliothek hat diesen Sommer kaum jemand benutzt. Sämtliche Besucher werden erfasst, samt Kontaktdaten. Was die Museumsbesucher betrifft …« Ich zuckte die Achseln. »Von denen sehen wir jeden Tag Hunderte.«

»Wie war es um sein Beziehungsleben bestellt?« Die Ermittlerin schaute in ihre Notizen. »Hatte er eine Freundin? Einen Freund?«

Das Bild, wie Patrick Rachel am Handgelenk packte, stieg kurz in mir auf. Die Silhouette ihrer Körper durch die geöffnete Küchentür seines Hauses, die Art und Weise, wie Margaret über ihre gemeinsam verbrachte Zeit am Long Lake gesprochen hatte.

»Nicht, dass ich wüsste«, log ich.

»Uns geht es zum gegenwärtigen Zeitpunkt darum, ein Motiv herauszuarbeiten«, erklärte der andere Beamte. »Im Moment ist uns nicht klar, warum jemand Patrick würde ermorden wollen.«

»Ich weiß es nicht«, gab ich zurück. »Ich weiß es wirklich nicht. Alle haben ihn geliebt – das Personal in The Cloisters und im Metropolitan Museum. Er wurde von allen respektiert. Manchmal geschehen Dinge ohne Grund. Ohne Motiv. Manchmal ist es einfach Pech.«

»Wenn jemand vergiftet wird, ist das im Allgemeinen kein Pech«, erwiderte Detective Murphy.

»Wir machen uns in The Cloisters ständig Sorgen, das könnte versehentlich passieren«, erklärte ich. Ob das stimmte, wusste ich nicht, doch es erschien mir völlig plausibel, denn es besuchten ja viele Kinder das Museum, und es gab dort viele giftige Pflanzen.

»Ihnen fällt also niemand ein, der ein Motiv hätte haben können, Patrick zu ermorden? Gab es keine Konflikte? Keine Streitigkeiten am Arbeitsplatz?«

»Keine.«

»Als wir Leo Bitburg zur Befragung einbestellt hatten«, berichtete der andere Ermittler, »hat er erwähnt, dass zwischen Rachel und Patrick etwas lief. Ist Ihnen jemals irgendetwas aufgefallen, was man als Hinweis darauf deuten könnte?«

Ich versuchte so beiläufig wie möglich zu klingen, tat mein Bestes, meine Besorgnis darüber zu verbergen, dass Leo bereits hier gewesen war, aber nicht mit mir gesprochen hatte. »Ich arbeite erst seit Sommeranfang im Museum, deswegen weiß ich es nicht.«

»Leo Bitburg hat gesagt, und ich zitiere ihn jetzt, ›Rachel und Patrick sind schon seit fast einem Jahr ein Paar. Das wussten alle in The Cloisters. Sie waren ständig zusammen.‹ Das haben Sie aber nie gesehen?«

Die beiden beobachteten mich ganz genau, doch ich zuckte nur die Schultern.

»Ich bin wirklich noch neu«, sagte ich.

»Betrachten Sie Rachel als enge Freundin?«, erkundigte sich Detective Murphy.

»Ja«, erwiderte ich. »So würde ich es formulieren.«

»Aber sie hat nie mit Ihnen über Patrick gesprochen?«

»Nein.«

»Okay.« Detective Murphy machte sich Notizen. »Wie sieht's bei Ihnen aus? Hatten Sie und Patrick irgendeine Form der Beziehung außerhalb des Museums?«

Ich dachte an den Tag, an dem wir Stephen Ketchs Laden besucht hatten. Daran, wie er hinter mir gestanden, mir über die Schulter geschaut hatte, genau wie früher mein Vater, wenn er meine Arbeit durchging. Trotzdem schüttelte ich den Kopf und verneinte das.

»Und was wissen Sie über die Tollkische?«, fuhr Detective Murphy fort.

»Dass sie giftig ist. Dass sie seit der Eröffnung in den Dreißigerjahren in The Cloisters gezogen wird.«

»Ist Ihnen bekannt, dass es sich bei der Wurzel um den giftigsten Teil der Pflanze handelt?«

»Nein, das wusste ich nicht.«

»Zum gegenwärtigen Zeitpunkt«, sagte Detective Murphy und klopfte dabei mit einem Bleistift auf die Schreibtischplatte vor sich, »gehen wir davon aus, dass man Patrick eine hohe Dosis der Wurzel verabreicht hat, wahrscheinlich als sehr feines Pulver. In einer Form, die man sehr leicht in ein Getränk oder ein Lebensmittel hätte mischen können. Der Geschmack ist sehr unauffällig, deswegen ist es sehr gut möglich, dass Patrick nichts gemerkt hat. Haben Sie vielleicht mitbekommen, dass jemand ihm etwas zu essen gebracht hat? Haben Sie irgendwann jemanden in der Küche im Museum gesehen, der sich verdächtig verhalten hat?«

Ich überlegte, ob sich überhaupt etwas in der Küche abgespielt oder ob Patrick sich vielleicht mehr von dem Pulver besorgt hatte, das wir eingenommen hatten. Ob er seine eigene Dosis angepasst hatte, während Leo sich um mich kümmerte. Ohne darüber gesprochen zu haben, erfassten wir offenbar alle – Rachel, Leo und ich –, dass wir der Polizei nichts über die Ereignisse des bewussten Abends mitteilen durften.

Darum sagte ich stattdessen: »Das ist eine Gemeinschaftsküche. Alle teilen sie sich. Wie in jedem Büro gibt es ständig Verwechslungen – man isst aus Versehen das Mittagessen von jemand anderem, trinkt Kollegen den Kaffee weg.« Plötzlich musste ich an das Stück Kuchen denken, das mir Leo hingeschoben hatte. Jetzt fragte ich mich, von wem es wohl stammte.

»Wollen Sie damit sagen, dass eigentlich jemand anders hätte vergiftet werden sollen?«

Ich sann darüber nach, wie leicht ein Leben aus dem Gleis geriet, wie leicht Fehler passieren, sich Unfälle ereignen konnten. Dass ich vielleicht entlassen werden würde, an den Tod meines Vaters – wie wir alle unser Leben führten, auf Messers Schneide, wie uns das Schicksal so ohne Weiteres zur einen oder anderen Seite stoßen konnte, zu Erfolg oder Versagen, Leben oder Tod.

Genau diese Kaprizen hatten die alten Römer mit ihren Philosophien und Göttern zu rationalisieren versucht, tief in ihrem Innern jedoch die Wahrheit gekannt: Das Schicksal war genauso brutal wie providenziell.

»Ich erkläre Ihnen nur, wie das bei uns in der Küche funktioniert«, sagte ich.

»Und wie sieht es bei Ihnen aus?«, erkundigte sich der männliche Ermittler. »Sind Sie in irgendwelche persönlichen Beziehungen im Museum involviert?«

»Intime Beziehungen«, verdeutlichte Detective Murphy.

»Was sollte das denn mit den Ermittlungen zu tun haben?«

»Wir versuchen nur, ein detailliertes Bild von der Arbeitsumgebung zu bekommen«, erklärte er.

»Nun, Rachel und ich sind befreundet. Und ich bin mit Leo ausgegangen, aber das würde ich nur als lockere Beziehung bezeichnen.«

Beide schrieben sich etwas auf.

»Und wie sieht das mit Rachel aus? Was ist Ihr Eindruck?«

Die Beamtin machte eine Geste. »Von ihr im Allgemeinen?«

»Im Allgemeinen hat sie sich sehr entgegenkommend und professionell verhalten. Wenn ich ehrlich sein soll, glaube ich nicht, dass sie zu so etwas in der Lage wäre.«

»Und sind Sie sich sicher – immerhin sind Sie ja neu –, dass Sie sie für eine solche Einschätzung gut genug kennen?«

»Ich kenne sie so gut wie andere Menschen auch«, gab ich zurück. Es erschien mir nicht notwendig zu berichten, dass wir inzwischen zusammenwohnten und unsere gesamte Zeit gemeinsam verbrachten. Ich wollte mich selbst so weit wie möglich aus dem Geschehen ausklammern. Der Instinkt der Selbsterhaltung war für mich ganz natürlich.

»Okay«, sagte Detective Murphy und erhob sich, um mich zur Tür zu bringen. »Vielleicht haben wir zu einem späteren

Zeitpunkt noch Fragen. Bitte sagen Sie Rachel, sie soll uns wissen lassen, wann sie abgeholt werden möchte, wenn Sie wieder im Museum sind.«

Auch mir wurde ein Fahrer angeboten, aber ich wollte laufen. Ich folgte den sich windenden Asphaltwegen in Richtung des Museums, vorbei an Gruppen von Leuten auf Picknickdecken und Mädchen mit knochigen Knien, die auf dem Rücken liegend Bücher lasen. Eine urbane romantische Schäferszene. Und in diesem Augenblick sehnte ich mich danach, unter ihnen zu sein, inklusive einer Sandale, die mir vom Zeh hing, mit den Gedanken woanders. Dass meine einzige Sorge wäre, wie die Ameisen in die Sandwiches aus dem Delikatessenladen auf der West Twenty-Fourth Street geraten waren. Nicht, wie Patrick zu Tode gekommen war, welche Rolle ich dabei möglicherweise spielte, wie im Moment. Vielleicht war das Ganze ja ein Unfall gewesen: Vielleicht hatte er noch mehr Gift genommen, nachdem Leo schon weg war. Oder vielleicht war dem Gerichtsmediziner irgendetwas entgangen, weil die Beamten ja das Gift als Todesursache vermuteten?

Ich wusste, warum ich mich dafür entschieden hatte, Detective Murphy nicht alles zu erzählen, was ich wusste. Rachels und meine Entdeckung stellte etwas so Seltenes dar, dass sich das Risiko lohnte: Die von uns getroffenen Entscheidungen lohnten sich. Brachte einem diese Stadt nicht genau das bei? Dass die eigene Aufgabe darin bestand, es bis ganz nach oben zu schaffen, andere aus dem Weg zu stoßen, Risiken einzugehen. Bei meiner Ankunft in New York hatte ich mich danach gesehnt, mich selbst zu vergessen, zu einem neuen Menschen zu werden, zu einer Person, die an das Tarot glaubte. Zu einem Menschen, der sich gern in die unheimliche und dunkle Welt von The Cloisters hineinziehen ließ. In eine Welt, in der es möglich war, mit bestimmten Dingen davonzukommen. Und Rachel hatte mir dabei geholfen, zu einem solchen Menschen zu werden.

In The Cloisters nahm ich den Hintereingang und passierte das Metalltor. Ich spürte das kühle Eisen an den Fingerspitzen, bevor ich das Tor hinter mir ins Schloss fallen ließ. Rachel fand ich an unserem Tisch in der Bibliothek vor, den Kopf über ein Buch gebeugt.

Ich setzte mich ihr gegenüber hin. Meine Wangen waren von dem Marsch den Hügel hinauf erhitzt, mein Körper angespannt wegen der Aufregung über die Befragung. Unsere Blicke trafen sich über Bücherstapeln und Notizblättern.

Ich sagte nur: »Ich habe ihnen nichts erzählt.«

»Das war mir klar«, gab sie zurück.

18. KAPITEL

Die Gedenkfeier für Patrick fand an einem bewölkten Samstagnachmittag statt, eine Stunde nach der Schließung des Museums für Besucher. Wer das Ganze arrangiert hatte, weiß ich nicht, aber alle waren da: nicht nur Mitarbeiterinnen und Mitarbeiter, sondern auch der Kurator des Morgan Museum, Personal der Frick Collection, Fakultätsmitglieder der Universitäten von Columbia, Yale, Princeton und Pennsylvania. Und es gab Tische mit appetitlichen Häppchen, Martinis und Champagner; im Schatten der Quittenbäume hatte man zusätzliche Stühle aufgestellt. Ich hörte, wie Moira zu jemandem sagte, man habe die Feier geplant, bevor bekannt wurde, dass es sich bei Patricks Tod um einen Mord handelte. Diese Information wurde noch immer sehr vorsichtig weitergegeben – jemand vom Met hatte erfolgreich dafür gesorgt, dass die Presse nicht darüber berichtete. Zumindest bisher.

Gäste schlenderten durch die Gärten oder nahmen ihre Champagnergläser mit in die Ausstellungssäle, um der späten Nachmittagssonne zu entkommen, die sich endlich für einen Auftritt entschieden hatte. Ich überlegte mir, dass kein Security-Personal vor Ort war, niemand, der die Leute daran hätte erinnern können, ihre Getränke nicht über den Fresken oder Altarfragmenten zu verteilen, keine Vorspeisen auf den Fenstersimsen abzustellen. Bei einem späteren Gang durch die Ausstellung sammelte ich Papierservietten mit Fleischresten ein und entsorgte sie im Abfalleimer der Personalküche.

Rachel trug Schwarz. Ein Etuikleid mit einer langen Goldkette, an der ein bemaltes Amulett aus Emaille hing, ganz in Grün und Rot. Ich hatte mir ein bescheidenes und angemessenes Kleid von ihr geborgt, doch beim Anblick der anderen wurde deutlich, dass ich mich auch für etwas Extravaganteres hätte entscheiden können. Überall sah man Farben und auffällige Stoffe. Wir hatten Patricks Büro zum Umziehen genutzt. Uns aus der Arbeitskleidung geschält und die Kleider übergezogen, wie in einer Umkleidekabine in der Highschool, nicht wie an dem Ort, an dem Patricks Leiche knapp zwei Wochen zuvor gelegen hatte.

»Ich will das nicht«, hatte Rachel gesagt, als sie mir den Rücken zuwandte, damit ich ihr den Reißverschluss zuziehen konnte.

»Niemand von uns will das.«

»Wenn ich hier reinkomme, denke ich immer noch, er müsste hier sein.«

»Ich weiß.«

»Ich meine es ernst. Fast, als wäre er nie gegangen. Nur sein Körper.«

Sie packte mich bei der Hand, kräftig, bevor wir unsere Kleidungsstücke in die Taschen stopften und hinaus in das vergehende Sonnenlicht des Sommers traten. Und als ich jetzt Patricks Gedenkfeier durchstehen musste, wurde mir klar, dass The Cloisters, vielleicht sogar Rachel, mir etwas ganz Bestimmtes geschenkt hatte: einen Neuanfang, weg von Walla Walla, weg von der Erinnerung an die Gedenkfeier für meinen eigenen Vater, von den alten Unsicherheiten, die ich während des vergangenen Jahres hatte durchstehen müssen. Und dieser Gedanke schenkte mir ein wenig Trost.

Unter einem der Türstürze an der hinteren Seite des Bonnefont-Kreuzgangs bemerkte ich Leo. Er stand dort, sein Oberkörper im Schatten, der untere Teil in der Sonne. Seine abgetragenen Jeans zierten grüne Flecke, sein Gesicht blieb verborgen. Er hatte sich nicht die Mühe gemacht, sich für diesen Anlass umzuziehen. Ich wollte zu ihm gehen, mit ihm am Rand der Ereignisse stehen, doch als ich einen Schritt auf ihn zutrat, packte mich Rachel am Arm, und mit der anderen Hand schützte sie ihre Augen vor der Sonne.

»Lass mich nicht allein«, flüsterte sie mir zu.

Und so standen Rachel und ich zusammen da, Schulter an Schulter neben der blühenden Schafgarbe. Wir lauschten Michelle de Fortes Ansprache und dann der des Kurators vom Morgan Museum. Aruna erzählte Geschichten über Patrick, und dabei hatte sie den Blick fast die ganze Zeit auf Rachel und mich gerichtet. Als der letzte Redner geendet hatte, spielte ein unter dem Kreuzganggewölbe platziertes Streichquartett, und zum ersten Mal wurde mir bewusst, über welch wundervolle Akustik The Cloisters sogar außerhalb der Gebäude verfügte.

Vor der Gedenkfeier hatte uns Michelle mitgeteilt, bis Ende August werde man einen Ersatz für Patrick finden. Bis dahin war es nur noch eine Woche, und während ich die Menschen über die Gartenpfade wandeln sah, überlegte ich, wer von ihnen wohl schon plante, wo sie ihr nachhaltig ausgerichtetes Dinner für die Mitglieder des Trusts abhalten, wie sie besser lesbare Wegweiser für die Räumlichkeiten entwickeln, wo sie anderen ihre ersten Vorschläge für neue Ausstellungen unterbreiten würden. Das alles natürlich, nachdem sie untersucht hatten, wie viele von Patricks Leihanfragen rückgängig gemacht werden konnten, wie sich unsere Forschung anderweitig einsetzen ließ. Ich war davon überzeugt: Die The-Cloisters-Kuratorenstelle würde auf großes Interesse stoßen.

Aruna gesellte sich zu uns, ein Champagnerglas in der Hand.

»Gott zeigt die Zeit an/ die der Pflicht obliegt«, sagte sie.

»Boëthius«, gab ich zurück. »Das hätte Patrick als passend empfunden.«

»Mein Schicksal dreht sich mit dem Rad / Wie des Mondes Phasen zur Veränderung verurteilt«, erwiderte Rachel.

»Ich glaube, Patricks Schicksal ist nicht mehr an ein Rad gebunden, Rachel. Er ist heruntergefallen.«

»Aber unseres dreht sich noch«, gab sie zurück, und dabei schaute sie an Aruna vorbei auf die Versammlung von Kuratoren, die sich um ein Kräuterbeet mit Bilsenkraut und Alraune geschart hatten.

»Wir alle sind von unserem Schicksal besessen«, verkündete Aruna verträumt. »Denn das ist das Einzige, was wir nicht kontrollieren können. Das Einzige, dem gegenüber wir blind sind. Meinen Sie nicht auch, Rachel?«

Ich schaute zu Rachel hinüber, die ihre Aufmerksamkeit nun wieder auf Aruna konzentrierte.

»Es gibt Wege, um Dinge sehen zu können«, sagte ich.

Aruna zog eine Augenbraue hoch. »Glauben Sie, es gibt Wege, mit denen man sehen kann, in welche Richtung sich das Glücksrad möglicherweise bewegt, Rachel?« Aruna ließ die Olive tief unten in ihrem Glas kreisen und legte den Kopf schief. »Vielleicht haben Sie ja schon einen solchen Weg gefunden?«

»Ich weiß nicht, was Sie meinen, Aruna.«

»Natürlich sollten Sie vorsichtig abwägen, woran Sie glauben«, fuhr Aruna fort. »Menschen neigen dazu, sich von dem Versprechen nach Erkenntnis verführen zu lassen.« Aruna wartete meine Antwort nicht ab, sondern hob eine Hand und erklärte: »Entschuldigen Sie, da gibt es jemanden, den ich begrüßen muss.« Sie zog sich aus unserem Kreis zurück und ging.

»Sie tut wirklich alles, um sich rätselhaft zu geben«, kommentierte Rachel.

Doch zum ersten Mal überkam mich der Gedanke, dass es bei Aruna nicht um Rätselhaftigkeit ging. Sie war ein Orakel. Und wer sonst hätte ein Orakel sein können, wenn nicht eine Frau, die den Tempel der Erkenntnis bewachte?

Ich schüttelte den Kopf. »Wir wissen besser als die meisten anderen, wie leicht man von den Geheimnissen der Vergangenheit verführt werden kann.«

»Lass dich nur nicht allzu sehr locken, Ann. Manchmal ist es besser, nicht zu wissen, was die Zukunft für einen bereithält.«

Ich dachte daran, dass Rachel überlebt hatte, während ihre Eltern gestorben waren, dass Patrick gestorben war. Es war einfach zu begreifen, warum sie nicht wissen wollte, was die Zukunft möglicherweise bereithielt, warum es leichter war zu glauben, Patrick wäre noch unter uns, immer noch hier zwischen den Pflanzen, auf irgendeine Art und Weise. Wir gingen zur Ecke des Gartens und setzten uns auf die ihn umgebende niedrige Steinmauer, beobachteten die Bewegungen, wie sich Gruppen bildeten und wieder zerstreuten – soziale Zellteilung.

Der Champagner in unseren Gläsern war warm geworden. Es fühlte sich an, als wäre man die entfernte Cousine auf einer Familienhochzeit; man wurde leicht übersehen, gehörte jedoch irgendwie trotzdem unverzichtbar zu dem Ereignis. Nach einigen Minuten, als die letzten Strahlen der Nachmittagssonne unsere Haut wärmten, sagte Rachel: »Ich bin so froh, dass du diesen Sommer hier gelandet bist.«

»Ich auch.«

»Von alldem hier bleibt uns wenigstens das.«

Die Augustsonne ging schon ein wenig früher unter, und an manchen Tagen konnte man im Wind eine scharfe Kälte spüren. Alles um uns herum kühlte sich ab, und vielleicht war das bei mir genauso.

»Wenn du willst, könntest du mit mir nach Cambridge kommen. Vielleicht haben sie ja am Fogg Institute Arbeit für dich.«

Wir hatten nicht darüber gesprochen, was am Ende des Monats geschehen würde. Allerdings gab es in meiner Inbox eine Nachricht des Restaurants, in dem ich gearbeitet hatte: Man wollte wissen, ob ich im September zurückkäme. Der bloße Anblick des Namens hatte bei mir für Beklemmungen gesorgt, panische Atemnot.

»Vielleicht«, sagte ich und nippte an meinem Champagner, der nicht mehr sprudelte. »Ich würde gern hierbleiben.«

Rachel nickte. »Du könntest jederzeit Aruna fragen, ob sie von irgendeinem Job in der Beinecke Library weiß.«

Wir planten einen Artikel, in dem wir die Entdeckung der Karten und eine vollständige Übersetzung der von Lingraf transkribierten Dokumente präsentieren wollten. Einen Artikel, der die ursprüngliche, okkulte Herkunft des Tarots enthüllen würde, das in der Renaissance so rege Interesse, das Schicksal zu entschlüsseln, die Zukunft zu kennen. Eine Publikation dieses Artikels würde uns ganz zweifellos in die Lage versetzen, unsere nächste Arbeitsstelle selbst auszuwählen. Eine Belohnung für die Risiken, die ich in diesem Sommer eingegangen war.

Rachel winkte dem Morgan-Kurator zu. »Ich gehe da besser mal hin und sage Hallo. Möchtest du gern vorgestellt werden?«

»Nein. Nicht nötig.«

Es gab wenig mehr zu tun, als abzuwarten, bis die Veranstaltung vorbei wäre. Ich stieß mich von der Steinmauer ab und ging in die Ausstellung, weil ich hoffte, mich dort zwischen den Gemälden und Skulpturen verlieren zu können. Drinnen war ich dankbar für die Stille, und vor meinem Lieblingsstück in der Kollektion – einem riesigen Löwenfresko – setzte ich mich auf eine Bank und erlaubte meinem Blick, dem Verlauf des Schwanzes zu folgen. Leo und ich hatten seit der bewussten Nacht noch keine Gelegenheit zum Sprechen gehabt, und die wenigen SMS zwischen uns hatten mir mehr Fragen als Antworten gebracht. Nicht, dass ich nicht mit ihm hätte sprechen wollen, doch nach Patricks Tod hatte mich Rachel mehr gebraucht als sonst.

»Hast du dich verdrückt?« Es war Leo.

»Nur eine Pause«, gab ich zurück und sah ihm ins Gesicht.

»Keine Lust, einen Mord als Gelegenheit zur Sicherung der nächsten Stelle zu nutzen? Respekt.«

»Das ist unfair.«

»Ist es das? Hast du mal da rausgeschaut?«

»Was sollen wir denn sonst tun?«, fragte ich zurück. »Irgendeine Zusammenkunft muss es doch geben.«

Leo bewegte sich näher zum Fenster hin – einem schmalen gotischen Bogen aus dickem Floatglas. So von hinten erleuchtet war Leo nur eine dunkle Silhouette, seine Gesichtszüge lagen im Schatten.

»Und das tun wir, indem wir unsere besten Kleidungsstücke anziehen und uns gegenseitig auf die Schulter klopfen, nur wenige Schritte von der Stelle entfernt, an der ein Mann ermordet worden ist.«

»Leo ...«

»Was springt denn für dich bei seinem Tod heraus, Ann? Hast du dich das schon mal wirklich gefragt?«

Das hatte ich getan, auch wenn ich die Antworten nicht ertragen konnte.

»Dasselbe könnte ich dich auch fragen«, sagte ich ruhig.

»Du weißt, warum ich es getan habe«, sagte Leo und legte dabei seine Hand mit den vor Erde schwarzen Nägeln in den Nacken. »Er hat mich darum gebeten.« Seine Stimme klang dünn. Er sah müde aus, die Haut seines braun gebrannten Gesichts wirkte wie über seine Wangenknochen gespannt. »Ann, vertraue dir selbst. Es hat einen Grund, dass du jetzt hier bist und nicht da draußen.«

Doch meine Intuition funktionierte nicht so wie Leos – clever und schnell, schmiegsam wie eine zweite Haut. Man kam schwerer an sie heran. Ich hatte begonnen, mich von den Karten führen zu lassen, meine Intuition durch sie zu erwecken. Doch Leos Art hatte es schon immer entsprochen, alles von der Seite zu betrachten, nicht aus Reserviertheit oder Angst, sondern weil er Dinge gern einschätzte, Leute gern einschätzte. Er war berechnend.

»Jeder trauert anders.«

»Versuche nicht, Entschuldigungen für sie zu finden.«

»Ich finde Entschuldigungen für mich selbst«, gab ich zurück. Das meinte ich auch so.

»Gut, dann lass Rachel da raus. Sie verdient es nicht.«

»Wir sind Freundinnen.«

Er lachte. »Ist dir noch nicht aufgefallen, dass Rachel keine Freundinnen hat? Nur Bewunderinnen. Du bist mit mir auf Partys voller Leute gewesen, die ich als Freunde betrachte, aber hast du jemals jemanden getroffen, den Rachel als Freundin betrachtet?«

Ich starrte ihn an, verärgert darüber, dass er in gewisser Weise recht hatte. Dass die Welt, in der ich mich so umsichtig eingemauert hatte, nun Risse zu zeigen begann.

»Es ist dir noch nicht aufgefallen, oder? Jetzt, da du darüber nachdenkst. Hat sie dich jemals irgendjemandem vorgestellt? Nein, oder?«

»Warum ist das denn wichtig?«

»Weil«, sagte er und öffnete dabei die Hände, »irgendjemand es getan hat. Jemand von hier hat ihn umgebracht. Jemand, der gerade in diesem Augenblick durch das Museum läuft. Du, ich, Rachel, Moira. Und du willst das nicht sehen.«

Das war eine Realität, der ich mich noch nicht zu stellen bereit war, denn wenn ich das täte, würde es nur eines bedeuten: einen weiteren Verlust. Deswegen hatte ich das Ganze rationalisiert. Irgendwohin weggesperrt. Zumindest bis zu diesem Augenblick war ich nicht bereit gewesen, Patricks Tod als Mord zu betrachten. Selbst während der Befragung und im Angesicht der Beweise hatte ich weiter geglaubt, dass es eine Alternative gab, ein anderes Schicksal, das auf Patrick gewartet hatte. Ich erhob mich von der Bank und ging zu Leo.

»Ich muss das hier durchstehen«, sagte ich leise. »Ich kann nicht weg. Nicht jetzt.«

Er streckte eine Hand aus und berührte eine meiner Haarsträhnen, und dabei streiften seine rauen Knöchel meinen Hals. Ich schaute zu ihm auf und wünschte mir, er würde sich zu mir beugen und mich küssen. Ich wollte mir von ihm Trost spenden lassen, wollte etwas Beständiges in einer Welt, die sich um mich herum drehte. In einer Welt, die ich nicht so deutlich sehen konnte, wie ich wollte, da hatte er recht.

»Ann«, sagte er. »Ich hoffe, du bist clever genug, das hier zu überleben.«

Hinter uns öffnete sich die Tür zum Saal mit einem lauten Knarren. Ich konnte ihre Schuhe hören, bevor ich ihre Stimme hörte.

»Wir sollten jetzt gehen«, sagte Rachel. »Ann?«

»Ann und ich hatten uns gerade überlegt, irgendwo zu Abend zu essen. Stimmt's?«

Ich nickte, das Gesicht immer noch zu Leo emporgehoben, den Rücken Rachel zugewandt. Die Stille war angespannt, und ich flüsterte die Worte, die ich sagen wollte, im Geiste so lange, bis ich mir ihrer sicher war.

»Ich denke, ich werde die Nacht bei Leo verbringen«, sagte ich und schaute dabei noch immer zu ihm auf.

»Was?«

Ich wandte mich zu Rachel um. Sie wirkte fragil, völlig erschöpft. Zum ersten Mal fiel mir auf, dass das Kleid ihr auf unvorteilhafte Weise am dürren Körper hing, von Schultern und Schlüsselbeinen, von den hervorstehenden Hüftknochen. So hatte die Trauer an mir ausgesehen. Ich hätte nicht sagen können, wann sie so dünn geworden war, doch jetzt fiel es mir auf, als ich ihren Körper zwischen den Holzstatuen von der Heiligen Johanna und der Heiligen Ursula eingerahmt sah.

»Ich werde mit Leo zu Abend essen«, wiederholte ich. »Wenn es dir nichts ausmacht natürlich.«

»Natürlich macht es mir nichts aus.« Sie hatte die Arme vor der Brust verschränkt. »Wir treffen alle unsere eigenen Entscheidungen.«

Einen Augenblick geriet ich ins Schwanken und fragte: »Möchtest du, dass ich …«

»Nein«, unterbrach sie mich. »Das möchte ich nicht.«

Sie wandte sich zum Gehen, doch als sie die Tür zum Bonnefont-Kreuzgang erreichte, zur Sonne, die hinter dem Horizont verschwinden wollte, wandte sie sich um und sagte: »Vorsicht, Ann. Oben auf dem Rad ist es gefährlich.«

Die Tür schloss sich hinter ihr.

»Was hat sie denn damit gemeint?«, wollte Leo wissen.

»Gar nichts«, gab ich zurück. Doch als wir durch die Ausstellung gingen, konnte ich nicht anders: Ein letztes Mal musste ich zu dem Glücksrad und seinen Figuren hinschauen. Rachels Worte brannten mir im Kopf.

19. KAPITEL

Ich traf Laure in einer überfüllten Seitenstraße in der Innenstadt, wo aufgereihte Apartmentgebäude aus Backstein die Morgensonne fernhielten. Der Frühstückstresen wirkte geschmackvoll, mit schwarzen und weißen sechseckigen Kacheln und Spiegeln in glänzenden Bronzerahmen dahinter. An polierten Holztischen standen Lederstühle. Den wartenden Gästen wurden Teller mit Stapeln aus dicken Toastscheiben und Spiegeleiern serviert. Ich ließ den Blick durch den Raum schweifen, bis ich Laure auf einem Hocker an der Bar entdeckte, der Straße zugewandt, auf der sich Passanten und Autos zusammengetan hatten, um dem Tag das Gewebe zu verleihen, das ihn zusammenhalten würde.

Nach einem Gig in Red Hook hatte mich Leo eingeladen, die Nacht bei ihm zu verbringen. Deswegen hatte ich keine Zeit zum Haarewaschen gehabt. Der Geruch nach abgestandenem Zigarettenrauch haftete noch immer an meiner Kleidung – an denselben Kleidungsstücken, die ich hinter der Bühne getragen hatte, während ich die anderen Künstler beim Warten auf ihren Auftritt beobachtete. Morgens musste ich in aller Eile Leos Wohnung verlassen; das Haar hatte ich mir in einem Pferdeschwanz zurückgebunden. Meinen Locken fehlte der Schwung, und ich hatte sie nicht durchbürsten wollen. Ich wollte nicht vergessen, wie Leo sie sich um den Zeigefinger gewickelt und dann daran gezogen hatte. Danach hatte er erklärt, ich würde ihn nach Hause begleiten – kein Vorschlag, sondern eine Feststellung.

Leo und ich hatten nie über unsere Beziehung gesprochen, und manchmal überlegte ich, ob er sich wohl in anderen Nächten andere Frauen in genau dieses Bett holte. Doch es war immer noch leicht, solche Gedanken wegzuschieben; jede Nacht hätte ich Leo sowieso nicht haben wollen. Das hätte Rachel auch gar nicht zugelassen.

»Du wirkst ...« Laure nippte an ihrem Kaffee. »... ein bisschen zerzaust?«

Ich schaute an meinem Kleid herunter, das die Nacht verknäult auf dem Fußboden verbracht hatte. In Leos Wohnung gab es nur einen kleinen Spiegel über dem Waschbecken im Badezimmer. Trotzdem wusste ich, dass Laures Beurteilung zutraf. Ich fuhr mir mit einer Hand über das Kleid, als würde das ausreichen, um die Falten glatt zu streichen.

»Wenigstens hast du Spaß in New York«, kommentierte sie.

»Der Gärtner in The Cloisters«, wollte ich erklären. »Wir ...«

Laure nickte. »Ich hatte auch einen Gärtner in The Cloisters, als ich hergezogen bin.«

Ich schaute auf die Karte. Dass sich Laure mit mir verabredet hatte, um mein oder ihr Liebesleben mit mir zu besprechen, bezweifelte ich. Ich erinnerte mich deutlich an ihren Freund zu Whitman-Zeiten – einen Fußballspieler, der zwischen den Unterrichtsstunden ständig rauchte und immer ein abgenutztes Exemplar des Magazins *Howl* in der Gesäßtasche mit sich herumtrug. Ich fragte mich, was er jetzt wohl machte; an seinen Namen konnte ich mich nicht erinnern.

»Also«, sagte ich, nachdem ich einen Stapel Pfannkuchen wie den bestellt hatte, der gerade an mir vorbeigetragen worden war. »Wie läuft's denn in Yale?«

»Alles in Ordnung«, erwiderte Laure und füllte damit das Schweigen. Die Schulter drückte sie dabei fest an meine. »Das mit Patrick Roland tut mir sehr leid.« Bei diesen Worten schaute sie mir forschend ins Gesicht. »Ich wünschte, ich hätte gewusst, dass du dort bist. Dann hätte ich …« Sie zog die Schultern hoch und ließ sie wieder locker.

Dass sie jetzt die große Schwester zu spielen versuchte, nachdem ich mich in den vergangenen zwei Jahren in Walla Walla allein hatte durchschlagen müssen und nie auch nur ein Wort von ihr gehört hatte, erfüllte mich mit großem Widerwillen. Nach der Absage aus Yale hatte ich Laure sogar in einer E-Mail um Rat gefragt, aber nie eine Antwort bekommen. Das hatte natürlich geschmerzt; es war einfach, mich hinter sich zu lassen. Aber jetzt, da es mir gelungen war, mich zurück in ihre Welt zu kämpfen, saßen wir wieder zusammen beim Brunch, als wäre nie irgendetwas geschehen.

»Rachel und ich haben ihn gefunden«, sagte ich und ließ die Worte zwischen uns in der Luft hängen.

»Ann …«

Doch ich schüttelte den Kopf, um Laure und die Erinnerungen loszuwerden. »Wir kommen zurecht. Ich komme zurecht. Für Rachel war es am schlimmsten, glaube ich. Sie hat ihn am längsten gekannt.«

»Und wie läuft es mit ihr?«

»Was meinst du damit?« Vielleicht lag da eine gewisse Verteidigungshaltung in meiner Stimme, denn Laure hob eine Hand, legte sie mir fast auf den Arm, entschied sich jedoch dann, sie in den Schoß zurücksinken zu lassen.

»Ich meine nur …« Sie holte tief Luft. »Ist sie dir eine gute Kollegin? Unterstützt sie dich?«

»Sie ist mehr als eine Kollegin«, gab ich zurück. »Sie ist eine Freundin.« Nach dem vergangenen Abend hatte ich Rachels abweisendes Verhalten im Museum der Tatsache zugeschrieben, dass wir alle – sie, ich selbst, Leo – unter unglaublichem Stress standen. Es war nicht erheblich. Ein unangenehmer Wortwechsel, ein schlimmer Moment vermochte nicht zu zerstören, was während unseres gemeinsamen Sommers entstanden war.

»Und dir ist kein …« Sie hob mit wenig Energie die Hand und winkte locker damit, um ihre Pause zu unterstreichen. »… kein seltsames Verhalten an ihr aufgefallen?«

»Na ja, unser Kurator ist tot.« Das war nicht als bissige Bemerkung geplant gewesen, aber Laure schien es auf meine wunden Punkte abgesehen zu haben.

»Ich frage dich das, weil es einige Vorfälle gab, als Rachel in Yale war.«

Ich dachte an Rachels Eltern. Ich wusste, wie ein solcher Verlust die Achse der eigenen Welt verschieben konnte.

»Nach meinem ersten halben Jahr in Yale, als Rachel im Grundstudium war, ist ihre Zimmergenossin gestorben«, berichtete Laure. »Aus dem Fenster gefallen. Die beiden haben sich ein Zimmer im dritten Stock des Branford Building geteilt, einem alten Gebäude. Alle waren entsetzt, weil sich dort so viele Fenster schon seit Jahrzehnten gar nicht mehr öffnen lassen. Unglaublich, dass man überhaupt eines aufbekommt, aber Rachel hat es irgendwie geschafft. Und direkt nach den Weihnachtsferien ist ihre Zimmergenossin rausgesprungen. Oder rausgefallen.« Laure trank einen Schluck Kaffee und sah mich an. »Oder jemand hat sie gestoßen.«

»O mein Gott. Die arme Rachel.«

»Dann hat sich herausgestellt, dass sich die beiden seit dem allerersten Jahr ein Zimmer geteilt haben. Sie hatten eine enge Beziehung, aber am Tag nach dem Tod der anderen Studentin hat Rachel …«

»Jeder trauert anders«, unterbrach ich Laure, weil ich sie nicht aussprechen lassen wollte, was wohl eine Kritik an Rachels Verhalten unmittelbar nach diesem Todesfall sein würde.

»Genau das meine ich, Ann. Ich hatte nicht den Eindruck, sie trauert. Ich hatte den Eindruck, sie feiert.«

Woher, fragte ich mich, nahm sich Laure das Recht, so zu urteilen? Ich wusste, wer noch nie einen geliebten Menschen verloren hatte, konnte fast unmöglich verstehen, dass sich die ganze eigene Welt auf schreckliche und merkwürdige Weise verwandelte. Dass man niemanden dafür verurteilen konnte, wie er oder sie trauerte, war eine Erkenntnis, die Rachel und ich teilten.

»Hatte sie ein Alibi?«, fragte ich.

Laure nickte. »Sie war in der Stadt.«

»Warum machst du dann Andeutungen, als hätte Rachel ihre Zimmergenossin aus dem Fenster gestoßen?«

»Um jemanden aus dem Fenster zu stoßen, gibt es mehrere Methoden«, erwiderte Laure mit leiser Stimme. Gerade wollte ich zurückgeben, dass ich kein solches Verhalten an Rachel wahrgenommen hatte, als Laure fortfuhr. »Und das war nicht das Einzige. Sie hat die Leute immer wieder schlecht behandelt. Einmal habe ich mitbekommen, wie sie eine andere Studentin angeschrien hat. Richtig gebrüllt hat sie. So laut und unbeherrscht, dass ich nur Teile mitbekommen habe. Eins hat sie wie einen Refrain wiederholt: ›Du weißt nicht, wie das ist.‹ Ich habe dann einen Studenten in einem höheren Semester gefragt, jemanden, der länger in Yale war als ich, und der hat gesagt, Rachel sei schon mehrfach durch problematisches Benehmen aufgefallen. Anscheinend hat sie in ihrem allerersten Unijahr einen studentischen Tutor beschuldigt, er hätte ohne ersichtlichen Grund ihre Note heruntergesetzt, weil sie nicht mit ihm schlafen wollte. Handfeste Beweise gab es dafür nicht, ihr Wort stand gegen seins. Im Endeffekt musste der Betroffene die Uni verlassen.

Dann hat sie diesen Frühling auf einer Party der Abteilung einen verheirateten Dozenten angeschrien, er hätte eine Affäre mit einer Studentin.« Laure trank einen weiteren Schluck Kaffee. »In Yale wissen alle, dass sie klug ist, wirklich talentiert sogar, aber ...« Laure hielt inne. »Sie ist auch ziemlich gestört.«

»Wir wohnen zusammen.« Ich sagte das, um Laures Ängsten etwas entgegenzusetzen. Aber auch, um meine eigene Tapferkeit vor uns beiden zu bekräftigen. .

»Ann ...«

»Und wir haben zusammengearbeitet, seit ich hier angekommen bin.«

»Rachel arbeitet mit niemandem zusammen.«

»Tut sie doch.«

»Nein. *Du* glaubst, ihr arbeitet zusammen, aber ich kann dir versichern, dass ihr das unterschiedlich seht, Rachel und du.«

Die Kellnerin brachte unser Frühstück, doch der Hunger, den ich beim Verlassen von Leos Wohnung verspürt hatte, war verschwunden.

»Ann«, sagte Laure sanft. »Hast du dich schon mal gefragt, warum Rachel dich ausgewählt hat?«

»Was meinst du damit?«

»Dass du nett bist. Neu hier, begierig, allen zu gefallen. Du möchtest dir einen Namen machen. Aber du hast noch nicht begriffen, mit was für einer Person du hier umgehst. In welcher Welt sie lebt. Was für ein Mensch sie ist. Rachel wird über so viele Leute hinwegtrampeln wie nötig, um zu bekommen, was sie will.«

In meinen dunkleren Zeiten hatte ich mich sehr intensiv mit diesem Gedanken befasst. Laure hatte mir nicht als Einzige bewiesen, dass man mich ohne Probleme aus dem eigenen Leben streichen konnte, und der Gedanke, Rachel würde womöglich mit Leichtigkeit genau dasselbe tun, wenn es zwischen uns nicht mehr gut lief, kam mir nicht zum ersten Mal. Schließlich hatte man mich als Letzte ins Team geholt – ich war die Außenseiterin. Oft fragte ich mich, ob sich daran jemals etwas ändern würde. Gleichzeitig lernte ich jedoch gerade, dass ich immer noch meine eigenen Bedürfnisse oben anstellen konnte. Rachel und ich waren Freundinnen. Wir hatten ein gemeinsames Geheimnis und arbeiteten zusammen. Gleichzeitig signalisierte mir Laure etwas, was mir bereits klar war: Ich brauchte einen Notfallplan.

Ich musterte das Besteck und die weißen Servietten, die zusammen mit meinem Frühstück am Tisch erschienen waren.

»Behaupten die Leute, dass sie etwas mit Patricks Tod zu tun hatte?«, wollte ich wissen.

»Ich weiß nicht, ob die Leute das behaupten. Aber *ich* behaupte es. Ich behaupte es jetzt dir gegenüber. Ich glaube, sie hatte etwas mit seinem Tod zu tun.« Laure hielt kurz inne, bevor sie mich fragte: »Und du?«

»Nein«, gab ich zurück. Die Rachel, die ich kannte, war nicht so chaotisch. Sie ging präzise und methodisch vor. Patrick vor meinen Augen zu töten, vor den Augen eines ganzen Museums voller Leute, entsprach nicht Rachels Stil.

»Du kennst sie nicht so gut, wie du glaubst.«

»Ist dir schon mal der Gedanke gekommen, dass das vielleicht eher auf dich zutrifft?« Zu meiner Überraschung nahm ich wahr, dass ich die Stimme erhoben hatte und die Vibrationen meiner Entschlossenheit deutlich im Rachen spürte.

Sie legte mir eine Hand auf den Arm. »Du solltest weg aus The Cloisters.«

»Was willst du damit sagen?«

»Dass es noch nie für jemanden ein gutes Ende genommen hat, mit Rachel Mondray zusammenzuarbeiten. An deiner Stelle würde ich mich auf Jobsuche begeben. Heute noch.«

Fast hätte ich lachen müssen. Das war unmöglich. Die Karten zurücklassen, die Arbeit, die Manuskripte in The Cloisters? Die Übersetzungen meines Vaters und Lingrafs Papiere Rachel überlassen? Meine besten Chancen für das kommende Jahr würden sich ergeben, wenn ich blieb. Wenn ich jetzt ging, würde das nur eines bedeuten: Ich würde nach Hause zurückkehren und alles aufgeben müssen, nicht nur meinen karrierebezogenen Ehrgeiz, sondern auch seine Objekte. Und dazu war ich nicht bereit. Ich würde bleiben.

»Hast du da noch kein Muster erkannt, Ann? Der Tod klebt förmlich an Rachel. Er folgt ihr überallhin. Das können nicht alles Zufälle sein.«

»Sie hat Pech gehabt im Leben«, gab ich zurück. Ich wusste aber auch, dass es sich hier um etwas ganz anderes handeln konnte. Um etwas, was ich noch nicht mit Laure zu teilen bereit war. Deswegen fuhr ich fort: »Meinst du nicht, wenn Rachel systematisch die ermordet hätte, die ihr am nächsten stehen, wäre das inzwischen jemandem aufgefallen? Hast du dich schon mal gefragt, ob sie vielleicht auch ein Opfer ist?«

Laure faltete die Hände im Schoß. »Möglicherweise ist sie ja beides«, antwortete sie. »Vielleicht hat Patrick …«

Sie zuckte die Schultern und ließ die Andeutung zwischen uns stehen, was sich unangenehm anfühlte.

»Ich will einfach nur sicher sein, dass dir nichts passiert.«

Ich konnte nicht widerstehen und schaute Laure an, während ich ein paar Scheine aus der Tasche zog und sie neben meinem nicht angerührten Frühstück auf den Tresen legte. Sie wirkte aufrichtig, aber mir war es unmöglich, einem Menschen zu vertrauen, der mich im Stich gelassen hatte, als ich ihn am nötigsten brauchte.

»Rachel hat mir beigebracht, auf mich selbst aufzupassen«, erklärte ich und stand auf.

»Ann, wenn du jemals irgendetwas brauchst …«

»Hast du mir nicht genau das angeboten, bevor du vom Whitman weggegangen bist? Wenn ich jemals *irgendetwas* brauche? Ich hätte etwas gebraucht, Laure, und zwar lange bevor ich nach New York gekommen bin. Ich hätte *dich* gebraucht. Ich hätte eine Freundin gebraucht.«

Sie öffnete den Mund, aber ich war nicht bereit für ihre Entschuldigungen.

»Eine Freundin habe ich jetzt jedenfalls.«

In der U-Bahn auf dem Weg zu The Cloisters beobachtete ich eine Gruppe Schulmädchen, die sich um ein einziges Handy drängten, lachend auf das zeigten, was sich da auf dem Display abspielte. Ich konnte zweifelsfrei erkennen, wie sie ihre Rollen innerhalb der Gruppe ausfüllten – die Kluge, die Schöne, die Nervöse. Vielleicht lag es daran, dass es mir nie gelungen war, einen größeren Freundeskreis zu finden: Keine dieser Rollen passte zu mir. Und jetzt, da ich älter war, war ich nicht biegsam genug, um mich zu jemand anderem umzuformen. New York hatte mir beigebracht, dass ich mich nicht mehr fragte, ob ich dazupasste. Jetzt war es mir lieber, aus der Menge hervorzustechen.

Wenn man den Eingang von The Cloisters passierte, fühlte sich das immer an, als lasse man die moderne Welt an der Tür hinter sich: Man betrat ein Labyrinth aus mit der Hand bearbeiteten Steinmauern und gotischen Bögen, an Skelette erinnernden Rippengewölben und engen Fluren. Schwer vorstellbar, dass außerhalb dieser kühlen Wände die Stadt glitzerte, turbulent und hell, und das trotz der trägen Sommersonne. Das Wort »cloister« stammte ja vom lateinischen *claudere*, was »schließen« bedeutete. Hier schlossen wir uns selbst vor dem restlichen New York weg.

Laures Worte gingen mir nicht aus dem Kopf, sie reizten mich. Und während ich versuchte, mich von der Forschungsarbeit und der Bibliothek wieder in den Bann der Welt der Entdeckungen ziehen zu lassen, ertappte ich mich dabei, wie mein Blick zu rasch über die Textseiten glitt, sodass ich überlas, was dort stand. Meine Gedanken befanden sich auf anderen, verborgenen Pfaden. Ein Spaziergang durch die Ausstellung würde mir helfen, einen klaren Kopf zu bekommen, beschloss ich.

Dass man Kunstwerke betrachten konnte, wann immer man den Wunsch danach verspürte, hatte etwas Besonderes. Eine Folge zufälliger einzelner Eindrücke fügte sich so zu einem größeren, vollständigeren Bild zusammen. Wenn wir jetzt andere Museen in der Stadt besuchten, empfand ich es als stressig, sämtliche Details eines Kunstwerks auf einmal in mich aufzunehmen, als Besucherin. Würde ich die feinen Schatten auf dem Tintoretto-Gemälde wertschätzen können, würde mir auffallen, wie Monet sein Impasto aufbaute, wenn ich nur wenige Minuten oder auch einen Tag mit dem Kunstwerk verbringen konnte? Die Arbeit in einem Museum ließ im wahrsten Sinne des Wortes eine familiäre Vertrautheit entstehen – die Werke in The Cloisters fühlten sich für mich jetzt an wie Familienangehörige.

Ich schlenderte durch die Säle und nickte dem Wachpersonal zu, als ich in die Gärten hinaustrat, wobei ich hoffte, Leo zu begegnen. Doch als ich auf den gepflasterten Pfaden zwischen Lavendel und Zitronenmelisse kein Glück hatte, entschied ich mich für die Route durch den Bonnefont-Kreuzgang und den letzten gotischen Bogen in Richtung des Gewächshauses.

Als ich um die Ecke bog, sah ich die beiden: Leo hatte die Hände in den Hosentaschen, Rachel die Arme vor sich verschränkt, und obwohl sie ganz nah beieinanderstanden, stießen sich ihre Körper gegenseitig ab. Ich war zu weit entfernt, um hören zu können, was sie sagten, erkannte jedoch an ihren

Gesichtern, an der Anstrengung, die sie das Sprechen kostete, dass sie sich gerade stritten. Worüber, war mir nicht eindeutig klar.

Eine Minute lang stand ich dort, eingerahmt von dem gotischen Bogen, mit den Händen zu beiden Seiten, und schaute einfach nur hin. Der Wind drückte mir das Kleid von hinten an die Beine, und vielleicht war es der wehende Stoff, der sie mich bemerken ließ, denn genau in diesem Moment wandten sie sich um und sahen mich stehen. Leo nickte mir nicht einmal zu, sondern marschierte einfach zurück zu seinem Schuppen.

»Was lief denn da zwischen euch beiden ab?«, fragte ich Rachel, als sie neben mir war.

»Nichts«, erwiderte sie. »Wir haben nur über die Ermittlungen gesprochen. Ich will das nirgendwo tun, wo uns Moira vielleicht hören kann.«

Mir fiel auf, dass Rachel ihre Tasche bei sich hatte. Normalerweise stellte sie die zuallererst in der Bibliothek ab.

»Wo warst du denn?«, wollte sie wissen.

Ich winkte ab. »Ach, ich habe mit einer Freundin vom Whitman Kaffee getrunken.«

»Laure?«

Ich machte ein bestätigendes Geräusch.

»Und letzte Nacht warst du bei Leo?«

»Ich dachte, das wäre besser, als wenn ich mitten in der Nacht zurückkomme und überall Licht anmache.«

»Das hätte mich nicht gestört.«

»Das ist gut zu wissen.«

»Es ist einsam, wenn du nicht da bist.«

»Wahrscheinlich ist Leo auch gar nicht so wild darauf, dass ich bei ihm übernachte«, sagte ich.

»Nicht. Mach dich nicht selbst runter. Wenn du jede Nacht bei ihm wärst, könnte er sich glücklich schätzen.«

Die Art und Weise, wie sie das sagte, löste in mir gleichzeitig ein Gefühl der Wärme und des Unbehagens aus, aber ich bedankte mich einfach nur.

»Weißt du«, meinte sie, während sie die Bibliothekstür für mich aufhielt, »mit Leo kann man Spaß haben, aber manchmal ist er auch ein richtiges Arschloch. Das solltest du dir klarmachen.«

Ich nickte. Ich dachte, das wäre mir schon klar.

»Und wenn du mal Kaffee trinken willst, brauchst du nicht extra bis in die Innenstadt zu fahren, um Laure zu treffen. Wir könnten uns auf halbem Weg verabreden, oder sie kommt ins Apartment. Ich kenne sie nicht so gut …«

»Schon in Ordnung«, gab ich zurück. »Ich glaube nicht, dass wir uns noch mal verabreden werden.«

Als sie das hörte, lächelte Rachel. »Wie auch immer, das Angebot steht.«

In der Bibliothek holte Rachel die Schachtel mit den Karten aus der Tasche und legte sie auf dem Tisch aus.

»Ich will nur schnell was ausprobieren«, meinte ich und griff nach den Karten. Etwas am Umgang mit den Karten beruhigte meine Nerven und verschaffte mir Klarheit. Als könnten mich die Karten führen, wenn die größte Dunkelheit herrschte, wenn ich die Landschaft um mich herum nicht erkennen konnte.

Rachel schob die Karten in meine Richtung, und ich fächerte sie auf, wählte drei aus. Die erste zeigte eine Frau, die aus einer Urne Wasser in ein Becken goss. Wir hatten die Karte der Mäßigkeit zugeschrieben, einer der zwölf aristotelischen Tugenden, weil die Komposition ganz auf Balance und Harmonie ausgerichtet war. Nach der Mäßigkeit zog ich die Zwei der Schwerter und die Königin der Kelche, eine Figur, die für Intuition stand.

Ich hatte die Karten zu Rachel befragt, und mir schien, dass sich dabei jedes Mal eine Dunkelheit mit ihr verband. Auch wenn diese nur am Rand erschien, in einer einzigen Karte oder einer umgedrehten. Meine Lesungen wurden immer häufiger von etwas verfolgt, was ich immer noch nicht ganz erfassen konnte. Und da war auch etwas, was mich selbst betraf, obwohl ich die Karten doch nach Rachel befragt hatte.

Als ich aufschaute, nahm ich wahr, dass mich Rachel beobachtete.

»Was sagen die Karten?«

»Das deutet jeder anders«, gab ich zurück und klopfte mit den Handknöcheln auf das schwere Eichenholz der Tischplatte, um den Bann zu brechen.

Doch ich merkte mir das Ergebnis gut. Die abblätternde Farbe und die Blattgoldsplitter klebten mir an den Augenlidern. Ich merkte mir die Dualität, die Geduld und Symmetrie der Mäßigung, die Intuition, der ich vertrauen musste, die mich jedoch immer nur in einer Weise fand, die sich nicht vorhersagen ließ.

20. KAPITEL

In Leos Wohnung war das Licht nicht so klar, wie ich es aus Rachels Apartment in der Upper West Side kannte. Seine Welt nahm man immer durch den Filter des indirekten Sonnenscheins wahr, der durch die dünnen Vorhänge, den Zigarettennebel und Haschqualm drang. Schmutzige Jeans und Arbeitsstiefel lagen herum, es roch leicht bitter nach billigem Kaffee, der zu lange auf der Wärmeplatte stand, bevor ich aus dem Bett kam. Und an jenem Morgen drang die Hitze schon durch die Ritzen in Fenstern und Wänden nach drinnen. Ich drehte mich von der am Fußende schlafenden Katze seines Mitbewohners weg. Selbst diese wenige zusätzliche Wärme ertrug ich nicht.

Es war Samstag, deswegen zog ich mir eine Trainingshose an und ging in die Küche. »Können wir in den High Line Park?«

Als ich das letzte Mal bei ihm übernachtet hatte, hatte Leo gemeint, ich solle doch ein paar Sachen bei ihm lassen, deswegen hatte ich mir eine Tasche gekauft, die ich in den Schrank stellen konnte.

»Nein.« Er saß in einem Flecken Sonnenlicht auf der Couch. »Da gehen echte New Yorker nicht hin.«

»Das glaube ich nicht.«

»Es stimmt aber. Ich bin New Yorker. Ich kann es bestätigen.« Er las gerade ein im vergangenen Monat erschienenes Interview mit dem Dramatiker Tracy Letts.

»Solche Touristenunternehmungen können auch Spaß machen«, insistierte ich.

Leo sagte nichts, sondern trank nur von seinem Kaffee.

Ich beschloss, es später noch einmal zu versuchen, wenn wir unterwegs waren, vielleicht nach ein paar Bier zum Mittagessen. Jetzt wechselte ich das Thema.

»Wie ist denn dein Gespräch bei der Polizei gelaufen?«

Leo war zum zweiten Mal einbestellt worden, und es erschien unvermeidlich, dass Rachel und ich als Nächste dran wären. Er schaute nicht auf, schrieb jedoch mit Bleistift etwas an den Rand der Seite.

»Alles in Ordnung. Sie wollte wissen, ob irgendetwas aus den Gärten fehlt. Ob ich da irgendjemanden gesehen habe.«

»Hast du aber nicht, oder?« Ein Teil von mir klammerte sich damals immer noch an die Hoffnung, die ganze Ermittlung würde zutage bringen, dass es sich um einen Unfall handelte – eine Überdosis, eine allergische Reaktion.

Leo klappte das Magazin zu und legte es weg. »Ich habe ihr gesagt, dass ich niemanden in den Gärten gesehen habe, niemanden außer den Hunderten von Leuten, die da jeden Tag durchmarschieren. Ich glaube nicht, dass irgendjemand von denen Patrick ermordet hat.«

Ich ließ mich auf seiner Couch mit dem abgenutzten Bezug nieder und zog die Knie an die Brust, um Leo beobachten zu können. Obwohl er in The Cloisters tätig war, gehörte er nicht so dorthin wie Rachel und ich, wie die Angestellten, die dem Kurator und den Restauratoren zuarbeiteten. Er konnte sich die meiste Zeit abseits halten, sich zwischen den Wirtschaftsräumen und den Gärten bewegen. Er konnte – und das tat er auch – ganze Tage damit verbringen, in den Bäumen herumzuklettern und sie zu beschneiden. Das Ganze war unglaublich romantisch. In einer der lebendigsten Städte der Welt für einen mittelalterlichen Garten zuständig zu sein, den Tag damit zu verbringen, sich zu bewegen und Dinge wachsen zu lassen, die Leuten Freude schenkten. Doch es war manchmal auch ein Reizthema für Leo – dieser Unterschied zwischen unseren Aufgaben, unserer Zukunft im Museum.

»Damit wollte ich nicht sagen ...«

»Ich weiß. Es tut mir leid. Und ich weiß, dass du gern in den High Line Park möchtest. Aber ich denke, wir sollten was unternehmen, was ein bisschen mehr mit dem alten New York zu tun hat. Wie wär's mit dem Village?«

»Das fände ich schön. Meinst du, wir können die Bar besuchen, in der Helen Frankenthaler und Lee Krasner immer rumgesessen haben?«

»The Cedar Tavern wurde schon 2006 zu Wohnfläche umgebaut. Die Bareinrichtung selbst hat ein Typ gekauft und dann in Austin neu aufbauen lassen.«

»Oh.« Dann fragte ich mich erst recht, warum wir nicht in den Park fahren konnten.

Leo stand auf und goss sich noch eine Tasse Kaffee ein.

»Mach dich einfach fertig, dann ziehen wir los.«

Ich ging ins Schlafzimmer und suchte mir ein Sommerkleid mit schmalen Trägern und einem leichten Blumenmuster heraus. Was ich bei Leo lassen wollte, stopfte ich zwischen seinen Wäschekorb und eine alte Lampe hinten in seinem Schrank. Im obersten Regalfach lagen Strohhüte, wie sie Leo bei der Arbeit trug. Ich griff nach einem, weil ich wissen wollte, wie er zusammen mit meinem Kleid wirkte, aber der Stapel war so hoch, dass ich mich auf die Zehenspitzen stellen musste, um einen Finger in eine der Krempen bohren zu können. Als ich dann zog, fiel der ganze Stapel leise aus dem Regal, und mit ihm ein Gegenstand, der mit einem lauten Knacken auf dem Holzboden landete.

Ich hielt inne. Hatte Leo etwas mitbekommen? Aber er stand in der Küche, erledigte den Abwasch und räumte die Frühstücksteller weg. Ich stellte mir vor, wie ich aus dem Schlafzimmer erscheinen würde, seinen Arbeitshut auf dem Kopf, wie manche Frauen die Hemden ihrer Freunde trugen – ein harmloses Ausleihen von Kleidungsstücken, das auf irgendeine Weise die Vertrautheit zwischen zwei Partnern stärkte. Das war es, was ich wollte: ein Symbol für den Weg, den wir vielleicht gemeinsam vor uns hatten. Doch als ich die Hüte wieder aufstapelte und nach mich nach etwas zum Draufsteigen umsah, fand ich den Gegenstand, der das Poltern verursacht hatte.

Es war ein empfindliches Stück, und es überraschte mich, dass es den Sturz unbeschadet überstanden hatte. Eine Elfenbeinschnitzerei, die Figur einer Frau in weiten, fließenden Gewändern, zu deren Füßen sich ein schlafender Löwe zusammengerollt hatte. Auf dem Kopf trug sie eine Krone, um den Hals ein fein ausgearbeitetes Kruzifix. Die Skulptur war nicht höher als höchstens zehn Zentimeter, eine private Devotionalie, die der Besitzer oder die Besitzerin in der Hand halten sollte. Ganz eindeutig antik. Hätte ich die Schnitzarbeit nicht in Leos Schrank gefunden, hätte ich sie mir ohne Weiteres in einer Vitrine in The Cloisters vorstellen können.

»Bist du bald …« Leo erschien in der Tür, eine Hand am Rahmen abgestützt. Als er mich mit der Figur in der Hand dastehen sah, hielt er inne.

»Wo kommt die denn her?«, fragte ich, hielt das Stück hoch und drehte es um, wobei ich feststellte, dass die Einkerbungen tief ins Material hineinreichten und vom Alter gebräunt waren.

»Die Heilige Daria«, gab er zurück, kam zu mir und nahm mir das Stück aus den Händen. Er stellte es auf dem Nachttisch ab.

»Wunderschön.«

»Sie hat meiner Großmutter gehört.«

»Hast du sie mal schätzen lassen? Du solltest dich wirklich um eine Versicherung kümmern; die Figur sieht alt aus.«

»Nein, habe ich nicht.«

»Weißt du, wo deine Großmutter sie herhat?« Warum ich immer weiter nachfragte, konnte ich nicht sagen. Einerseits wollte ich aufbrechen und ins Village fahren, Arm in Arm mit Leo an stattlichen Sandsteingebäuden mit bleiverglasten Fenstern in den schweren Holztüren entlangflanieren. Andererseits hatte ich aber lange genug Kunst studiert, um zu wissen, dass diese Figur echt war, wertvoll.

»Ich glaube, mein Großvater hat sie in Europa gekauft, als er während des Zweiten Weltkrieges dort war.«

Ich nickte. Das erschien mir plausibel.

»Meine Mutter wollte immer damit in so eine Fernsehsendung, hat das aber nie auf die Reihe bekommen.«

»Ich kenne da jemanden in der East Fifty-Sixth Street, der mit Antiquitäten handelt. Der könnte das Stück für dich schätzen.«

Leo warf mir einen merkwürdigen Blick zu.

»Bleiben wir jetzt doch den ganzen Tag hier?«, wollte er wissen.

Ich setzte mir einen seiner Strohhüte auf, und er tippte in einer verspielten Geste auf die Krempe. Ich wünschte mir, er würde sagen, dass der Hut mir stand, dass er selbst zu mir passte.

»Nimm am besten gleich alles mit«, meinte er. »Ich weiß nicht, ob wir heute Abend hierher zurückkommen. Ich habe noch was vor.«

Davon hatte er bisher nichts gesagt. Ich musste an die Tasche denken, die ich vor ein paar Minuten hinten in seinem Schrank verstaut hatte. Daran, dass er erst vor wenigen Tagen gemeint hatte, hier wäre auch Platz für mich.

»Ach, vergiss es«, sagte er, bevor ich protestieren konnte. »Lass einfach alles hier. In ein paar Tagen bist du bestimmt wieder da.«

Das war nicht unbedingt das Romantischste, was jemals jemand zu mir gesagt hatte, aber in diesem Augenblick fühlte es sich so an. Ich versuchte mein Lächeln unter der Krempe seines Hutes zu verbergen, als wir das Apartment verließen.

Wir verbrachten den Tag wie im Nebel, bewegten uns von einem Buchladen zum nächsten. Außerdem gingen wir in ein Geschäft, das auf seltene Schallplatten spezialisiert war, und in eine Bar, in der man Cocktails mit den Namen berühmter Beatniks bestellen konnte. Wir schlenderten durch die Straßen des Village, und wieder einmal wurde mir bewusst, wie viele besondere Viertel es in New York gab. Fast vorstädtisch wirkten diese kleinen Enklaven, jede mit ihrer eigenen deutlich erkennbaren Identität. Es gab Blumen und Bäume mit dicken Blättern. Reiche junge Mütter, die von ihren Kindern die Straße runter zum Spielplatz gezerrt wurden, weil das Kindermädchen gerade freihatte. Und da war die Hitze. Die Feuchtigkeit, das Fehlen jeder Brise, die den Qualmduft des Barkeepers in der Zigarettenpause hätte verwehen können, den Gestank der Auspuffgase von Lieferwagen, die Gerüche des Thairestaurants bei den Vorbereitungen für das Mittagsbüfett. Und unter dem Ganzen lag der Geruch nach heißem Asphalt, der metallische, matte Geruch der Stadt im Sommer.

Ich hatte nicht damit gerechnet, mich in New York zu verlieben, aber wenn das passiert, leuchtet eine Stadt manchmal heller. Hin und wieder fragte ich mich, was passieren würde, wenn ich Leo aus seiner gewohnten Umgebung herausholte. Hätte er dann denselben Glanz, hätte die Stadt aus der Entfernung denselben Glanz? Aber mir gefiel die gleichzeitige Größe und Kleinheit des Ganzen unglaublich gut. Das Merkwürdige und das Freudige. Die Stadt war kein Zuhause für mich, und ich wusste auch nicht, ob sie es jemals werden würde, aber ich war dort, wo ich in diesem Augenblick sein sollte. Jetzt und vielleicht für immer.

Vor meiner Ankunft in New York hatte ich nie etwas Außergewöhnliches erlebt. In Walla Walla war alles vorhersehbar – derselbe Kaffee, dieselben Läden, dieselben Leute in der Schlange. Entdecken konnte man nur, was andere Leute, andere Studierende, andere Gelehrte Dutzende oder sogar Hunderte von Malen vor einem selbst entdeckt hatten. Hier jedoch fühlte es sich so an, als könnte man gar nichts anderes tun, als Dinge zu entdecken. Und selbst wenn man nicht danach auf der Suche war, fanden einen die Entdeckungen. Die Stadt konnte dafür sorgen, dass alles kosmisch und unvermeidlich wirkte – magisch.

Wir gingen auf den Ort zu, an dem sich einmal The Cedar Tavern befunden hatte, als Leos Handy klingelte. Zuerst ignorierte er das, aber dann klingelte es noch mal, und an der Nummer konnte ich erkennen, dass der Anruf aus einer Gegend in der Nähe kam. Er nahm das Gespräch an.

»Leo hier.«

Während er sprach, wandte ich mich dem nächsten Schaufenster zu. Das Geschäft verkaufte Stifte und teure Schreibwaren. Im Schaufenster lag geprägtes Papier, in einem Halbkreis aufgefächert wie Spielkarten. Alles, so las ich auf einem Schild im Schaufenster, konnte man hier gegen Geld mit einem Monogramm versehen lassen.

»Jetzt ist es wirklich ungünstig … Okay, ich verstehe.«

Ich hatte versucht, nicht hinzuhören, aber gemeint, die Stimme von Detective Murphy zu erkennen. Ihren flachen Tonfall.

»Und wenn ich am Montagmorgen reinschaue? Gut. Ja, Sie können auch zu mir in die Gärten kommen.«

Dann eine ganz kurze Pause.

»Ja, ich kann Ihnen alles zeigen, was dort wächst. Zehn Uhr wäre am besten.«

Er steckte das Handy wieder ein und wandte sich mir zu, mit hochgezogenen Schultern, die Hände in den Hosentaschen.

»Die wollen noch mal mit dir sprechen?«

»Ja. Läuft immer so, hat sie gesagt.«

»Ich bin sicher, das hat nichts zu bedeuten«, sagte ich und versuchte dabei, meine kleine Hand in seine zu schieben. »Niemand von uns weiß genau, was Patrick an diesem Abend gemacht hat, nachdem wir gegangen sind.«

»Haben die mich in deiner Befragung erwähnt?«

Ich schüttelte den Kopf. »Sie meinten, du hättest ihnen von Patrick und Rachel erzählt.«

»Und was hast du gesagt?«

»Nur dass ich die beiden nie zusammen gesehen habe.«

»Ann. Das erweckt doch den Eindruck, ich würde lügen.«

Ich trat einen Schritt zurück. »Nein, tut es nicht. Ich habe die Wahrheit gesagt. Ich habe die beiden nie zusammen gesehen. Jedenfalls nicht so, nicht irgendwie intim.« Ich wusste, wie leicht das hier zu einem richtigen Streit eskalieren konnte. Und ich wollte die Bruchlinien zwischen Leo und Rachel nicht zutage treten lassen. Linien, die noch nicht deutlich erschienen, nicht einmal mir selbst. »Ich versuche nicht, dich als Lügner hinzustellen«, sagte ich.

Leo nickte, und wir gingen weiter, Schulter an Schulter. Nach ein paar Schritten legte er den Arm um mich und zog mich an sich.

»Komm«, sagte er. »Wir betrinken uns jetzt mitten am Tag, wie die Expressionisten.«

Wir betranken uns an diesem Tag nicht, zumindest ich nicht. Leo schaffte vier Manhattans und fast eine ganze Schachtel Zigaretten, bis wir uns voneinander verabschiedeten. Er erklärte mir nie, wegen welcher Abendveranstaltung ich nicht die Nacht bei ihm verbringen konnte, aber ich hörte, wie er den Taxifahrer anwies, er solle ihn in die Innenstadt fahren. Ich nahm die U-Bahn zu Rachels Apartment, das mich dunkel und leer empfing. Rachel war nicht da, und ich konnte mich nicht erinnern, schon einmal allein hier gewesen zu sein. Ich warf meine Tasche aufs Bett, auf das sich die Spätnachmittagssonne ergoss, die die Parkettböden, das weiße Bettzeug, die Wände wärmte. Als Nächstes zog ich die Schachtel mit den Tarotkarten hervor, legte die Karten aus und schob sie vorsichtig hin und her, wobei ich darauf achtete, das Blattgold nicht zu beschädigen. Dann wählte ich mit geschlossenen Augen drei Karten aus. Ich öffnete die Augen und legte die Acht der Stäbe, die Königin der Schwerter und die dritte Karte vor mich hin, eine Karte, die wir als Wagen bezeichneten. Darauf ließ sich der römische Gott Merkur in einem goldenen Wagen von einem Pferdegespann ziehen. Diese Kombination repräsentierte Schärfe, dramatische Veränderungen, Umkehrung, eine Beschleunigung des Tempos. Ich ließ die Hände einige Sekunden über den Karten schweben und stellte mir vor, wie sie im Kerzenlicht des fünfzehnten Jahrhunderts geglitzert hatten. Dann steckte ich sie zurück in die Schachtel.

Weil Rachel außer Haus war, wollte ich meine Neugierde im Wohnzimmer ausleben. Ich inspizierte jedes einzelne Bücherregal: die Fächer voller mittelalterlicher Abhandlungen und akademischer kunstgeschichtlicher Bücher, andere mit Fotos von Rachel in silbernen Rahmen. Auf mehreren war sie zusammen mit ihren Eltern zu sehen, auf einem weiteren mit einem Mädchen in einem Yale-Sweatshirt. Doch als ich das Bild aus dem Regal nahm und die Rückseite betrachtete, auf der ein mir nicht vertrauter Name und eine Jahreszahl standen – *Sarah, Yale, 2012* –, klingelte mein Handy. Ich ließ die Mailbox übernehmen und betrachtete das Bild genauer. Das Mädchen hatte runde Wangen und kleine, eng zusammenstehende Augen. Sie und Rachel lächelten. So hatte ich Rachel noch nie lächeln sehen, herzlich und aufgeregt. Andere Fotografien von ihr mit Freunden gab es nicht. Nur von ihren Eltern und einige Einzelaufnahmen. Rachel bei den Mosaiken in Ravenna, Rachel im Central Park, in der Tavern on the Green, beim Ausblasen der Kerzen auf einem Geburtstagskuchen.

Am anderen Ende des Flurs befand sich Rachels Schlafzimmer. Ich hatte es nur ein einziges Mal betreten, und zwar einige Tage nach meinem Einzug, als ich sie hatte fragen müssen, wann wir zur Arbeit aufbrechen würden. Aber damals hatte sie im Türrahmen gestanden und dann rasch die Tür geschlossen. Jetzt nutzte ich die Gelegenheit, um die Tür zu öffnen und einen Blick in den Raum zu werfen. Das Zimmer sah aus wie meines, nur größer, mit vier Fenstern mit Aussicht auf den Park. Aus meinen schaute man auf das Nachbargebäude. Ihr in Weiß gehaltenes Zimmer war sorgfältig aufgeräumt, das Bett ordentlich gemacht, Kleidungsstücke lagen zusammengefaltet auf einem Stuhl. Doch es waren die Bücherregale, an denen mein Blick hängen blieb: Sie reichten vom Boden bis zur Decke, bestanden aus teurem Holz, und die Fächer enthielten nicht nur philosophische Abhandlungen, sondern auch unzählige Romane.

Ich zog ein Exemplar von Irving Stones *Michelangelo. Inferno und Ekstase* heraus und stellte fest, dass es sich um eine Erstausgabe mit Autogramm handelte. Und das traf auf unzählige weitere Bücher zu, die ich mir danach anschaute. Seltene Bücher gab es auch, einige Manuskripte, jedes einzelne in einer braunen Plastikbox, die es vor dem Sonnenlicht schützen sollte, ein winziges Stundenbuch. Ich versuchte mir vorzustellen, wie es wohl war, so viel Geld zu besitzen, dass ich mir den Kauf der Dinge leisten konnte, die ich erforschte.

Neben Rachels Bett befanden sich zwei Nachttische mit Lampen aus durchsichtigem Glas mit cremefarbenen runden Schirmen. Über dem Bett hing eine kleine Gravurarbeit, eine Kopie von Dürers Zeichnung der Göttin Fortuna. Erst eine Minute später kam mir der Gedanke, es könnte sich um ein Original handeln.

Als ich aus dem Wohnzimmer ein leises Geräusch hörte, rannte ich den Flur hinunter, weil ich fürchtete, Rachel wäre wieder da und würde mich beim Herumschnüffeln erwischen. Aber es war nur der Wind. Der hatte die Terrassentür zugedrückt, weil ich vergessen hatte, sie mit dem Stopper aus Stein zu fixieren.

Ich kehrte in Rachels Zimmer zurück und zog eine Nachttischschublade auf, nur um zu sehen, was sich darin befand: drei ordentlich hingelegte Stifte und ein Notizbuch mit Ledereinband. Ich schob die Lade wieder zu, bevor mich die Versuchung überwältigte, das Notizbuch zu öffnen. In Wirklichkeit suchte ich jedoch nach Beweisen – nach etwas, was Laures Worte untermauert hätte, was Leos Gereiztheit erklärte, wann immer Rachel zur Sprache kam. Vielleicht sogar nach etwas, dem ich entnehmen konnte, wie viel sie tatsächlich darüber wusste, was Patrick zugestoßen war. Aber ich entdeckte nur, dass Rachel ihre Sachen erstaunlich strikt behandelte – ihre sämtlichen Kleidungsstücke waren in exakten Winkeln gefaltet, ihre Bücher nach Datum und Thema geordnet. Ihr Bett hatte sie mit der Präzision einer Marinesoldatin gemacht; ihr Geschmack war exquisit. Rachel konnte sich kleinlich verhalten, ehrgeizig, manchmal ein bisschen gemein, doch keine dieser Eigenschaften war ein Hinweis auf einen Mord.

Wieder klingelte mein Handy. Diesmal nahm ich das Gespräch an und sah den Namen meiner Mutter auf dem Display.

Seit ich mit ihr telefoniert hatte, statt als Antwort auf ihre immer alarmierter klingenden Fragen einfach eine kurze SMS zu schicken, waren Wochen vergangen.

Ich fuhr mit dem Finger über das Display und sagte: »Mom?«

»O mein Gott, Ann. Ich versuche schon seit Wochen, dich zu erreichen. Geht es dir gut? Ich habe davon gelesen. Dass da jemand gestorben ist. An deinem Arbeitsplatz.« Sie flüsterte bei diesen Worten, und ich überlegte, wer ihr davon erzählt hatte. Meine Mutter, das wusste ich, las keine Zeitung.

»Schon in Ordnung«, erwiderte ich und suchte dabei nach der Stimme, die ich benutzte, wenn sie so war – wenn sie sich auf Zehenspitzen an der Grenze zwischen schwindelerregender Besorgnis und Panik entlangbewegte. »Mir geht's gut. Die Polizei kümmert sich um alles. Wirklich um alles.«

»Am liebsten wäre mir, du würdest nach Hause kommen, Annie. Wirklich. Ich habe dir doch gesagt, diese Stadt ist kein sicherer Ort.«

Das stimmte. Als ich erfuhr, dass mir das Metropolitan Museum einen Platz in seinem Sommerprogramm anbot, hatte meine Mutter mir sehr viele Gründe genannt, die New York gefährlich machten, viel gefährlicher als Walla Walla oder sogar Seattle. Doch während diese Ängste meiner Mutter einen Grund zum Bleiben lieferten, hätten sie mich nie vom Gehen abhalten können.

»Hier ist es wirklich sicher.«

»Wann kommst du nach Hause?«

Das war die gefürchtete Frage, der Grund, warum ich ihren Anrufen ausgewichen war und mich in meinen Texten nur kurz und unverbindlich geäußert hatte. Ich hatte noch immer keine konkreten Pläne, keinen konkreten Ort für danach.

»Ich weiß es nicht, Mom.«

»Es ist nur, weil ich das planen muss, wenn ich nach Seattle fahre, um dich abzuholen. Du kannst nicht erwarten, dass ich einfach alles stehen und liegen lasse, wenn du dich plötzlich entscheidest, alles aufzugeben. Wenn du nach Hause kommen musst, weil es keine anderen Optionen gibt.«

»Es *wird* andere Optionen geben«, erwiderte ich, vielleicht ein bisschen zu energisch.

»Du brauchst mich nicht anzuschreien. Es ist nicht meine Schuld.«

»Tut mir leid, Mom.«

»Du bist genau wie dein Vater«, gab sie zurück. »Ich will nicht, dass du bist wie er und alles verlierst. Ich will, dass du nach Hause kommst, bevor es so weit kommt.«

»Das werde ich, Mom. Ich verspreche es dir.« Dabei hatte ich das überhaupt nicht vor.

Während ich sie durch die Leitung weinen hörte, wollte ich sie trösten, ihr etwas sagen, damit sie sich besser fühlen würde. In Wirklichkeit konnte sie jedoch nicht wissen, wie nahe ich dem gekommen war, was Patrick in The Cloisters erlitten hatte. Dass ich mich langsam so fühlte, wie es bei Rachel vielleicht schon der Fall war, als ob mich der Tod überallhin verfolgte. Dass ich mich an meinen dunkleren Tagen fragte, ob ich ihn womöglich mitgebracht hatte, ob er mit mir ins Museum gekommen war.

»Genau aus diesem Grund wollte ich, dass du gar nicht erst gehst«, sagte sie, und dabei brach ihr die Stimme. »Weil genau das passiert, wenn man in die Welt hinausgeht – wenn *wir* in die Welt hinausgehen, Ann. Wir verlieren. Die Karten wenden sich immer gegen uns.«

21. KAPITEL

In The Cloisters verbrachten die Angestellten inzwischen einen großen Teil ihrer Zeit damit, sich über das Vorgefallene auszutauschen – sie erzählten einander von den Fragen, die die Ermittler ihnen gestellt hatten, sprachen über ihre eigenen Vermutungen und Theorien. Die stillen Steinflure waren jetzt voll von leisem Flüstern und getuschelten Gesprächen, und wenn Rachel und ich vorbeikamen, verstummten sie sofort. Es war schwer, solche Reaktionen nicht persönlich zu nehmen, doch genauso wenig hätten wir die Realität ignorieren können – wir waren die am unmittelbarsten Beteiligten, und wir hatten Patrick am nächsten gestanden. Solange die Ermittlungen liefen, trieben wir in ihrem Schatten.

Anscheinend schien die wichtigste Frage darin zu bestehen, warum nie Kameras in der Bibliothek oder in Patricks Büro installiert worden waren. Diese Frage setzte Louis zu, und er reagierte darauf mit dem Hinweis, dass es sich bei The Cloisters um eine auf Vertrauen basierende Gemeinschaft handelte. Patrick selbst war vehement gegen die Überwachung von Wissenschaftlern gewesen; darin, so hatte er gesagt, bestand unsere Mission nicht. Diese negative Reaktion hatte sich langsam im gesamten Sicherheitsdienst verbreitet; man fühlte sich angegriffen, weil die Qualität der geleisteten Arbeit von der Polizei infrage gestellt wurde.

Rachel und ich waren damit beschäftigt, den Artikel zu planen, den wir über die Karten veröffentlichen wollten. Außerdem hatte uns aber Michelle gebeten, ein Übersichtsdokument für den neuen Kurator und sein Assistenzteam vorzubereiten, in dem der Stand der Dinge bei künftigen Ausstellungen, die Highlights der diversen Kollektionen, die für den Herbst zum Ausstellen im Museum vorgesehenen Kunstwerke erfasst wurde. Das war eine ebenso langwierige wie langweilige Arbeit, man brauchte Signaturen und musste die bereits bestehende Korrespondenz zwischen Patrick und dem Cluny-Museum in Paris oder der National Gallery in London vermerken.

»Die Suchfunktion ist ausgefallen«, sagte Rachel und schob mit einem Seufzer ihren Stuhl nach hinten.

Wir waren gerade dabei, Signaturen für Kunstwerke herauszusuchen, die im kommenden Jahr in die ganze Welt ausgeliehen werden sollten. Normalerweise kümmerte sich jemand anders darum, doch nicht nur die Kuratorenabteilung litt in diesem Sommer unter Personalmangel.

»Am besten nehmen wir einfach die Liste und tragen alles manuell ein.« Sie schaute mich erwartungsvoll an, stand schon mit einem Bleistift in der einen und einem Blatt Papier in der anderen Hand vor mir.

Wir gingen durch die Ausstellungssäle und notierten uns die Nummern, bis wir zu den kleineren Kunstwerken auf der Liste kamen, die sich gerade im Magazin befanden. Mit unseren Schlüsselkarten gelangten wir zu den Aufbewahrungsräumen, wo sich viele Regalreihen ins klimatisch kontrollierte Dunkel erstreckten. Rachel betätigte den Lichtschalter, und die Neonröhren erwachten flackernd zum Leben.

Jedes Jahr wurde dem Metropolitan Museum eine schwindelerregend hohe Zahl von Objekten als Geschenke überlassen. Und was wir hier vor uns hatten, waren nur die vom Museum angenommenen Objekte. In seinen frühesten Jahren war das Museum zu einer Art Endlagerstätte für alle Gemälde, Skulpturen und *objets d'art* geworden, die den Übergang von einer Generation in die nächste nicht überlebt hatten. Hin und wieder verkaufte das Museum in aller Stille Stücke, die es nie in eine Ausstellung geschafft hatten. So entstand Platz für solche, denen das vielleicht einmal gelingen würde.

Beim Magazin handelte es sich also um einen intensiv kuratierten und konservierten Mülleimer. Dort gab es unzählige Exemplare von gemeißelten Säulenkapitellen und Töpferscherben. Geschlossene Manuskripte mit sorgfältig hergestellten edelsteinbesetzten Bindungen in bernsteinfarbenen Plastikboxen, Miniaturen, Emailledevotionalien, Schmuckstücke, Reliquien, Ikonen mit Blattgold und auch den zum Fossil gewordenen Zeh eines Heiligen. Wir blieben stehen, um die Signatur für eine Reliquie des heiligen Christophorus zu notieren.

Ich zog eine Lade auf und schaute mir die im Detail wiedergegebenen Stoßzähne und Einhörner einer Elfenbeinminiatur an, während Rachel Nummern auf ihrem Blatt eintrug. Mir fiel auf, dass in einigen Fächern auch Kunstwerke fehlten.

»Wo sind die denn alle hin?«, erkundigte ich mich und zeigte auf die leeren Stellen.

»Die werden wahrscheinlich gerade ausgestellt«, meinte Rachel, die mir über die Schulter sah. »Oder wir haben sie verliehen.«

Ich fuhr mit einem Finger über die Etiketten, die die fehlenden Objekte repräsentierten. Jede Signatur begann mit den ersten drei Buchstaben der Bezeichnung, und ich versuchte mir vorzustellen, was wohl einmal in den jeweiligen Fächern gelegen hatte. *RIN* stand vielleicht für »Ring«, *TOU* für »Toulouse«. Doch das nächste Etikett erregte meine Aufmerksamkeit. Die ersten drei Buchstaben der Signatur waren *DAR*. Erst dann

schaute ich auf den Titel, *Heilige Daria.* Die Details lauteten: *El-
fenbein, Deutschland, 1176, Geschenk aus der Weston-Aussteuer 1953.* Ich
schrieb die Signatur auf und folgte Rachel, die sich inzwischen
zu den Manuskripten vorgearbeitet hatte.

Die Zeit hier schien sich zu ziehen, und obwohl ich mich auf
das zu konzentrieren versuchte, was Rachel zu mir sagte – »Hast
du die Bibel von Otto III. irgendwo gesehen?« –, konnte ich nur
daran denken, wie sich die Schnitzarbeit in Leos Wohnung in
meiner Hand angefühlt hatte, wie sie zugleich schwer und leicht
gewesen und mit so gekonnter Hand geschaffen worden war.
Ich hatte die Geschichte der heiligen Daria gestern Abend nach-
gelesen. Sie war eine obskure frühchristliche Heilige, die ihr Leben als Priesterin der Göttin Minerva begonnen hatte. Weil sie
jedoch der römischen Religion abgeschworen hatte, hatte sie
wahrscheinlich das Schicksal erlitten, das untreuen Priesterinnen
drohte: Sie wurden in den Sandgruben unweit der römischen
Katakomben lebendig begraben. Ein Bild von mir selbst, in der
Falle in einem der Museumsräume – ohne Tür, ohne Fenster,
ohne Ausgang – entstand vor meinem inneren Auge.

»Bist du so weit?«, fragte Rachel. Sie stand mir direkt gegenüber und schob eine Lade zu. »Ich denke, ich habe jetzt alles.«
Ich nickte.

»Alles in Ordnung mit dir, Ann?«

»Alles klar«, sagte ich. »Ich habe nur … so ein komisches Gefühl.«

»Das ist immer grässlich.« Sie hielt mir die Tür auf.

Zurück in der Bibliothek wartete ich ungeduldig darauf, dass
die Suchfunktion unseres Intranets wieder funktionierte. Als es
so weit war, trug ich die Signatur ein und klickte auf Return.

Natürlich hatte ich gewusst, was mich erwartete, aber das än-
derte nichts daran, dass da vor mir auf dem Bildschirm die Figur
erschien, die ich in Leos Schrank gefunden hatte. Sie musste –

ich konnte nur unzulänglich versuchen, etwas so Unbezahlbares und historisch Wertvolles zu schätzen – mindestens fünfzigtausend Dollar wert sein. Natürlich nicht viel, wenn man an die anderen Kunstwerke in The Cloisters dachte, aber ganz zweifellos viel für einen Gärtner, einen Dramatiker am Anfang seiner Karriere.

Ich schloss meinen Laptop und stand auf, wich dabei Rachels fragendem Blick aus. Ich brauchte frische Luft.

Draußen wogten die Halme am Cuxa-Kreuzgang in der Brise, die sich vom Hudson River ihren Weg zu uns bahnte. Die Köpfe der Gänseblümchen bewegten sich fröhlich auf und ab, als ich resigniert zum Sicherheitsdienst ging.

»Haben hier alle Zugang zum Magazin?«, fragte ich, den Kopf durch die Tür gesteckt.

»Komm rein, sonst nutzt die ganze Klimaanlage nichts«, beschwerte sich Hal, der gerade Dienst hatte. Ich betrat den Raum.

Mir war bisher nie aufgefallen, dass die Alarmanlage im Museum hochkompliziert war, gleichzeitig jedoch so locker gehandhabt wurde.

Es gab eine ganze Wand aus Monitoren und Computerequipment, und es wurden ständig zahlreiche Bilder aufgenommen – man konnte genau sehen, wann sich Besucher und Personal wo bewegt hatten. Gleichzeitig diente der Raum als improvisierte Küche; da standen ganze Stapel mit Schachteln voller süßer Teilchen und eine zusätzliche Kaffeemaschine. In einer Ecke lagen mehrere ungenutzte Funkgeräte, deren Gurte sich verheddert hatten. Im Endeffekt kam es auf all das schließlich nicht an; die dünnen Kabel der Alarmanlage durchzogen das ganze Gebäude. Außer natürlich das Magazin.

»Ich glaube schon«, antwortete Hal. »Wir kümmern uns nicht viel darum, weil sich da ja nur Personal aufhält. Warum denn?«

»Hat mich bloß interessiert.«

»Ist was nicht in Ordnung?«

»Alles bestens.« So weit hatte ich nicht vorausgedacht. Mir nicht überlegt, was ich sagen sollte, wenn man den Grund für meine Frage würde wissen wollen. Doch Hal wandte sich wieder seinen Monitoren zu. Ich stand dabei und schaute mir an, wie die Besucher durch die Ausstellung strömten, ihre Körper wie die eines Fischschwarms, der sich vereinigte und dann wieder auseinanderlief. Ich war sowieso noch nicht bereit, irgendjemandem irgendetwas zu erzählen. Zuerst wollte ich alle Puzzleteile zusammensetzen.

Ich entschied mich dafür, einfach durch das Museum zu schlendern und zu schauen, ob das Stück irgendwo ausgestellt war. Mit jeder weiteren Glasvitrine bestätigte sich jedoch mein Verdacht. Mein Magen verkrampfte sich, und ich bereute, jemals nach dem Stapel Hüte gegriffen zu haben.

So ein Pech, dachte ich. Dabei wusste ich, hier handelte es sich um etwas anderes. Es war Schicksal. Leos nachdrückliche Ermutigung, mir alles zu nehmen, was ich wollte, bekam plötzlich einen viel dunkleren Unterton.

Vor meiner Rückkehr in die Bibliothek ging ich mit meiner Schlüsselkarte wieder ins Magazin. Nach einem kurzen Nicken in Richtung der Konservatoren fing ich an, ganze Laden mit Objekten herauszuziehen. Dabei konzentrierte ich mich auf die kleinen, wertvollen. Diejenigen, die Edelsteine enthielten oder aus teuren Metallen oder Materialien bestanden. Außerdem achtete ich darauf, zu jeder einzelnen Kamera hochzuschauen. Leo hätte auf keinen Fall unerkannt wieder gehen können, wenn er hier gewesen war, doch die Wahrscheinlichkeit, dass die Kameras ein in der Hand verborgenes Objekt erfasst hätten, war gering.

Allmählich erschloss sich mir ein Muster: In jeder dritten oder vierten Lade fehlte etwas. Die Signatur stand sorgfältig etikettiert da, der Platz für das Stück war leer.

Ich wusste, einige der Stücke hatte man möglicherweise gerade verliehen, andere befanden sich vielleicht drüben im Metropolitan Museum. Es war sogar vorstellbar, dass die Konservatoren gerade einige von ihnen säuberten. Doch als ich immer weiter methodisch Laden hervorzog, fiel mir auf, dass unter den größeren Objekten keines so deutlich erkennbar fehlte. Es war schwieriger, ein Kapitell aus dem Museum mitzunehmen als ein Kunstwerk, das man einfach in die Tasche stecken konnte. Und in Mittelalter und Frührenaissance gab es solche Objekte in Hülle und Fülle.

Ich schloss die letzte Lade und machte mich auf den Rückweg in die Bibliothek, wo Rachel bei meinem Eintreten erwartungsvoll aufblickte.

»Wo warst du denn?«, fragte sie.

Ich konnte es ihr noch nicht erzählen. Ihr gegenüber – mir selbst gegenüber – zugeben, was Leo die ganze Zeit getan hatte. Ich wollte die Vertraulichkeit dieser Entdeckung nicht bloßlegen, nicht eingestehen, dass der Mann, mit dem ich erst vor wenigen Tagen geschlafen hatte, ein Motiv für den Mord an Patrick besaß. Ich war immer noch zu sehr damit beschäftigt, alle möglichen Entschuldigungen zu ersinnen: Vielleicht hatte er noch Zeit, alles zurückzugeben, vielleicht handelte es sich bei dem Ganzen um einen Zufall. Doch genau das war das Schwierige beim Forschen; man reagierte auf Impulse, auf Anregungen, aber manchmal wurde man beim Anblick der Ergebnisse enttäuscht, möglicherweise zutiefst enttäuscht. Gerade wollte ich lügen und zu Rachel sagen, ich sei einfach nur spazieren gewesen, als sich die Tür öffnete und Moira die Bibliothek betrat, mit Detective Murphy im Schlepptau.

»Oh, gut, ihr seid beide hier«, sagte Moira. »Detective Murphy möchte mit euch reden.«

»Vielen Dank.« Detective Murphy wartete, dass Moira ging.

Die blieb unsicher in der Tür stehen, bis sie irgendwann die Hand zur Klinke hob und verkündete: »Okay, ich bin dann im Foyer.«

Sobald sich die Tür hinter Moira geschlossen hatte, zog Detective Murphy ihr Notizbuch hervor und blätterte es durch.

»Wir haben gestern Abend einen anonymen Hinweis erhalten«, verkündete sie und wandte sich dabei direkt an Rachel. »Darin wurde uns mitgeteilt, dass Sie und Patrick ein intimes Verhältnis hatten, das sich möglicherweise gerade in der Auflösung befand, als er ermordet wurde.«

Rachel sah von ihren Notizen auf und schaute uns beide an.

»Die Person hat angegeben, Sie hätten auf dem Parkplatz von The Cloisters in seinem Wagen mit ihm gestritten. Außerdem heißt es, man habe Sie mehrfach aus dem Gartenteil mit dem Gewächshaus kommen sehen.«

»Bei unserem letzten Gespräch«, erwiderte Rachel, »habe ich Ihnen mitgeteilt, dass ich erst wieder in Anwesenheit meines Anwalts mit Ihnen reden würde.«

»In diesem Fall möchte ich Ms Stilwell hier fragen, ob sie dieser neuen Information irgendetwas hinzuzufügen hat.«

Ich setzte gerade zu einer Antwort an, als ich Rachel kaum merklich den Kopf schütteln sah.

»Ann hat dieselbe Entscheidung getroffen, was die Anwesenheit eines Anwalts betrifft.«

»Ist das richtig, Ms Stilwell?«

Ich schaute zwischen beiden hin und her.

»Sie wird nur in Anwesenheit eines Anwalts mit Ihnen sprechen«, wiederholte Rachel und sah mich dabei mit einem Nicken an.

»Ms Stilwell?«

»Das ist richtig«, gab ich zurück, obwohl es natürlich nicht stimmte.

»Ich hoffe, Sie sind nicht extra wegen uns den ganzen Weg hierhergekommen«, sagte Rachel.

»Das ist nicht der Fall«, erwiderte Detective Murphy, während sie ihr Notizbuch zuschlug. »Und wir freuen uns natürlich darauf, Sie beide sehr bald zu befragen. In Gegenwart Ihrer jeweiligen Anwälte.«

Nachdem sich die Tür hinter der Ermittlerin geschlossen hatte, wandte Rachel den Blick wieder mir zu.

»Glaubst du ...« Sie beendete den Satz nicht. Ihre gewöhnliche Maske – gelassen, lächelnd, selbstsicher – war ihr kurz vom Gesicht gerutscht, nur für einen Moment. In ihren blutunterlaufenen Augen lag etwas Gehetztes. Vielleicht schaute sie gerade zum ersten Mal nach unten und bemerkte, auf was für einem dünnen Seil wir entlangbalanciert waren, und vielleicht hatte sie gerade ein überwältigender Schwindel erfasst.

»Rachel«, sagte ich. »Wir müssen nach draußen. Zum Reden.«

Wir saßen auf einer Steinbank im Bonnefont-Kreuzgang mit Ausblick über den Hudson, und unsere nackten Beine berührten sich wie bei Schulmädchen.

»Leo hat gestohlen«, setzte ich an. »Aus dem Museum.«

Ganz kurz schwieg Rachel, schaute mir nicht in die Augen, doch irgendwann atmete sie aus und fragte: »Bist du dir sicher?«

Ich erzählte, wie ich die Schnitzerei gefunden und im Magazin nachgeforscht hatte.

»Es fehlen noch mehr Stücke«, fuhr ich fort. »Ich habe das überprüft. Ich habe in der Ausstellung und in den Verzeichnissen der Ausleihe nachgesehen. Aber da ist einfach zu viel weg. Das kann nicht nur ein Fehler sein. Eine Scheibenbrosche aus dem siebten Jahrhundert? Eine Reliquie des heiligen Elia? Wer sollte für die schon eine Anfrage stellen?«

Rachel schaute auf die Straße hinunter, die sich unter uns an den Mauern entlangwand. Ich hatte größere Überraschung bei ihr erwartet, doch die Neuigkeit schien sie mit Resignation zu erfüllen.

»Du hast recht«, antwortete sie schließlich. »Es handelt sich bei all diesen Dingen um Stücke, die man leicht mitnehmen könnte. Hast du schon mit ihm darüber gesprochen?«

»Nein. Ganz bestimmt nicht.«

»Gut«, erwiderte sie.

»Damit hat er ein Motiv.« Ich ließ die Worte in der Luft hängen.

»Das stimmt. Aber im Moment scheint Detective Murphy zu glauben, dass *ich* ein Motiv habe. Darum ist sie heute hergekommen, weißt du? Um mich nervös zu machen. Sie denkt, die ganze Rumschnüffelei ändert irgendetwas.« Rachel lachte auf, und es klang dünn und hart. »Dabei bist *du* es, die eine echte Theorie gefunden hat. Eine, bei der sich das Nachforschen lohnt.«

So hatte ich das Ganze noch nicht betrachtet, doch sie hatte recht: Ich schloss einen Handel ab, tauschte Leo gegen sie ein. Zeigte ich ihn an, lenkte ich damit den Verdacht von Rachel ab. Außerdem entstand so eine bessere Gelegenheit für uns – für *mich* –, unsere Forschung abzuschließen.

»Für mich ist Leo immer noch kein Mensch, der jemanden vergiften würde«, meinte ich. »Diebstahl, ja. Mord, nein.«

»Aber das ist die logische Erklärung, oder? Er hatte Zugang, und er hatte die Gelegenheit. Wenn Patrick herausgefunden hat, was da ablief, hätte Leo auch ein Motiv gehabt.«

Ich musste daran denken, dass Leo und Patrick einander immer freundlich, aber distanziert behandelt hatten. Zwischen ihnen hatte eine Kälte geherrscht.

»Hat Patrick jemals erwähnt, dass er gegenüber Leo irgendeinen Verdacht hatte? Selbst wegen etwas weniger Wichtigem?«

Rachel schüttelte den Kopf.

»Nein. Aber ich kann dir auch nicht sagen, ob er das getan hätte.« Dann fügte sie leise hinzu: »Leo war zwischen uns immer ein problematisches Thema.«

Ein Kolibri surrte an uns vorbei, ließ sich dann auf einer Salbeipflanze nieder, deren lilafarbene Blüten einen leichten, aromatischen Duft in der Sonne verbreiteten.

»Was glaubst du, von wem stammt der anonyme Hinweis?«, fragte ich irgendwann.

»Weißt du das nicht schon?«, gab Rachel zurück und schaute mir dabei in die Augen.

Ich hatte mir diese Frage bereits selbst gestellt, und sowohl Leo als auch Moira hätten den entsprechenden Anruf wohl nur zu gern gemacht.

»Wir sollten mit ihr sprechen, bevor sie wieder geht«, meinte Rachel. Sie stand auf und hielt mir die Hand hin. Ich nahm sie.

»Brauchst du dafür nicht deinen Anwalt?«

»Die Geschichte ist deine, nicht meine«, sagte sie.

22. KAPITEL

Wir fanden Detective Murphy in den Personalbüros, wo sie gerade mit dem Direktor des Pädagogischen Programms sprach. Sie zog nur eine Augenbraue hoch, bevor sie uns in einen leeren Raum folgte, in dem normalerweise die wöchentlichen Personalbesprechungen stattfanden. Diese Meetings hatte immer Patrick geleitet.

»Sie brauchen doch aber einen Anwalt?«, meinte sie.

»Es gibt da etwas, was Sie wissen müssen.« Ich hatte mir nicht vorher überlegt, wie ich die nun folgenden Sätze formulieren sollte, rief mir jedoch ins Gedächtnis, dass ich wie jede gute Wissenschaftlerin mit meiner These beginnen und dann mit diese unterstützendem Material fortfahren sollte.

»Leo hat über längere Zeit Gegenstände aus dem Museum gestohlen«, sagte ich.

Detective Murphy schwieg, zog jedoch ihr Notizbuch hervor und schlug es auf.

»Am Wochenende habe ich in Leos Wohnung ein Objekt gefunden. Ein Objekt, das The Cloisters gehört. Eine Elfenbeinschnitzerei der heiligen Daria«, fuhr ich fort.

»Haben Sie ihn irgendetwas dazu gefragt?« Ihr Stift kratzte immer noch über das Papier.

»Ja. Und er hat gesagt, die Schnitzerei habe seiner Großmutter gehört. Aber heute hatte ich im Magazin zu tun, und da ist mir aufgefallen, dass genau so ein Stück in der Kollektion fehlt.«

»Und Sie sind sich sicher, dass es sich um keine Replik handelt?«

»Ich bin mir sicher. Aber ich habe außerdem festgestellt, dass noch weitere Stücke fehlen. Mehrere Broschen, Juwelen, Figuren …«

»Entschuldigen Sie«, unterbrach mich Detective Murphy. »Wollen Sie damit sagen, dass Leo in The Cloisters Diebstähle verübt hat? Wie wäre das denn überhaupt möglich? Wir sprechen hier von einem Museum. Einem großen, professionell geführten Museum.«

»Mit den Stücken im Magazin verhält es sich anders«, gab ich zurück. »Sie werden selten ausgestellt. Viele von ihnen sind klein. Sie passen genau in den Handteller oder sind sogar noch kleiner. Und es gibt im Magazin zwar Überwachungskameras, aber weil dort nur Angehörige des Personals hinkommen, werden diese Kameras nicht so engmaschig überwacht. Außerdem ist es normal, dass in unseren Kollektionen ein paar Dinge fehlen – es gibt ja Wanderausstellungen, die Ausleihe, Objekte werden restauriert oder im Wechsel mit anderen ausgestellt. In einem so großen Museum wie dem Met reicht das vermutlich nicht aus, um irgendwie Alarm auszulösen.«

Detective Murphy machte sich weitere Notizen.

»Hat Leo irgendwann einmal Geldprobleme erwähnt? Irgendwelche Drogengewohnheiten? Spielt er? Hat er Schulden?«

Ich schüttelte den Kopf. »Viel Geld hat er sicher nicht, und ich habe auch noch nie gesehen, dass er irgendetwas ausgibt.«

»Wie viel verdient man denn als Gärtner in The Cloisters?«

»Das weiß ich nicht«, antwortete ich. »Jedenfalls genug, um sich mit jemandem eine Wohnung in New York teilen zu können.«

»Gab es in letzter Zeit irgendwelche großen Anschaffungen? Autos? Urlaube? Schmuck?« Detective Murphy suchte mit dem Blick meine Handgelenke und Ohren und meinen Hals ab.

»Nein«, sagte ich.

»Es ist doch möglich«, sagte Rachel vom anderen Ende des Tisches, »dass Patrick das Ganze herausgefunden hat.«

Wir wandten uns ihr zu. Ich konnte nicht anders, ich musste an die Karten denken, die ich in der Woche zuvor in der Bibliothek aufgedeckt hatte – vor allem an den Wagen, ein Symbol der Schnelligkeit, der raschen Folge, bei dem man an sich drehende Räder dachte, die durch die Zeit rasten. Es fühlte sich an, als würden wir jetzt Fahrt aufnehmen, und ich wollte einen Augenblick innehalten können, langsamer werden, vielleicht sogar die Zeit zurückdrehen.

»Sie sollten sich mit Louis verständigen«, schlug Rachel vor. »Ihn fragen, ob der Wachdienst Bilder aufbewahrt oder ob Leihstücke immer gleich zurückgeführt werden.«

»In den Wirtschaftsräumen gibt es keine Überwachungskameras«, sagte Detective Murphy wie zu sich selbst. Dann fügte sie hinzu: »Ist Leo heute hier?«

Ich nickte.

Leo hatte immer etwas von einem Gesetzlosen an sich gehabt. Wie er sprach und sich bewegte, sich nicht darum kümmerte, was andere Leute über ihn dachten. Wie er Bass spielte, nicht nur, weil er Musik liebte, sondern auch, weil ihm der Lärm so gut gefiel – wild und chaotisch, sogar ein bisschen gewalttätig. Aber ich war mir noch immer nicht sicher, ob das alles zusammen für einen Mord reichte, obwohl ich wusste, dass unter seinem in Punk-Manier zur Schau gestellten Gelangweiltsein ein sorgfältig ausgefeilter Ehrgeiz verborgen lag, versteckt zwischen den Bänden mit Sam-Shepard-Dramen, die er zusammen mit seinen Arbeitshandschuhen in der Tasche trug.

»Okay«, erklärte Detective Murphy und schob das Notizbuch in die Tasche. »Dann spreche ich jetzt mit Louis. Vor morgen werden wir wohl keine weiteren Schritte unternehmen können. Wir brauchen einen Haftbefehl und müssen das aufgezeichnete Material durchsehen. Wir werden Ihre Version erhärten müssen. Fotografiert haben Sie das Stück nicht zufällig, oder?«

»Nein.« Ich musste daran denken, wie Leo an jenem Morgen mit den Fingern auf meine Haut getrommelt hatte, eine rasche Folge von Rhythmen der Lust. Die ganze Zeit hatte sich die Schnitzerei der heiligen Daria auf einem Bord in seinem Schrank befunden. Ich schüttelte den Gedanken ab. »Nein«, wiederholte ich.

»Okay. Dann nehmen wir das als nächsten Anhaltspunkt.« Detective Murphy schwieg kurz. »Danke. Dafür, dass Sie uns das mitgeteilt haben.«

Als ich die Tür hinter ihr geschlossen hatte, nahm Rachel meine Hand in ihre, drückte sie. »Du hast das richtig gemacht.«

Wir versuchten an diesem Nachmittag zu arbeiten, aber ich konnte mich kaum konzentrieren. Es war, als hätte sich das Tempo, das ich vorher gespürt hatte, in eine gletscherartige Langsamkeit verwandelt. Der Tag zog sich wie Kaugummi. Ich starrte auf Buchseiten, las Sätze immer wieder, bis mein Gehirn nicht mehr in der Lage war, auch nur die einfachsten Inhalte zu erfassen. Mir wurde bewusst, dass ich das Ganze vorhergesehen hatte. Es war in den Karten deutlich geworden: Ich, die Königin der Schwerter, setzte Wissen ein, um andere durch die Schärfe meiner Waffe zu vernichten.

Dann begriff ich, dass sich meine Verbindung mit den Karten zwar langsam entwickelt hatte, ich ihnen jedoch vertraute. In vielerlei Hinsicht vertraute ich ihnen mehr als mir selbst. Und bisher hatten sie sich nicht geirrt. Ob es sich dabei um bloßes

Glück oder um etwas ganz anderes handelte, konnte ich noch nicht sagen.

Nachdem ich zwanzig Minuten lang denselben Abschnitt angestarrt hatte, beschloss ich, aufzustehen und mir die Beine zu vertreten. Ich ging zu den Toiletten in den Waschraum und spritzte mir Wasser ins Gesicht. Als ich wieder in den Flur trat, stand Rachel dort und wartete auf mich.

»Alles in Ordnung?«

»Alles bestens«, gab ich zurück. Doch etwas daran, wie Rachel Trost aus der Nachricht über Leos Schuld schöpfte, verursachte mir Unbehagen – sie verströmte eine zuckersüße Freundlichkeit, die etwas Falsches an sich hatte.

Und obwohl ich den restlichen Tag alles Mögliche tat, um die Gärten zu meiden, ertappte ich mich bei dem Wunsch, Leo würde mir in einem anderen Teil des Museums begegnen. Deswegen hielt ich mich vielleicht zu lange in der Küche auf oder ging zu langsam durch die Kreuzgänge – irgendwie musste ich ihn sehen. Als würde er mir dann möglicherweise eine andere Geschichte erzählen, eine, durch die sich meine Ängste in Luft auflösen würden und ich Absolution für meine Schuld erhielt, ihn angezeigt zu haben. Aber das Ganze musste zufällig geschehen, sodass ich Detective Murphys Ermittlungen nicht zielgerichtet behinderte. Und so fühlte es sich an wie eine Intervention des Schicksals, als wir gegen Ende des Nachmittags ein Klopfen an der Tür zur Bibliothek hörten und Leo den Kopf zu uns hereinsteckte.

»Ich bin gerade mit dem Blumenschneiden fertig und habe hier zwei Eimer voll umsonst, falls jemand welche mit nach Hause nehmen möchte. Wäre einfach schade, sie wegzuwerfen. Ann?«

Nur wenige Stunden vorher hätte mich dieses Angebot mit seiner Zärtlichkeit in Hochstimmung versetzt. Doch als ich mich nun Leo gegenübersah, wusste ich nicht, was ich sagen oder wie ich mich verhalten sollte. Zumindest nicht in Rachels Gegenwart.

»Ich kann sie in ein Glas stellen und reinbringen, wenn du magst.«

Rachel streckte die Hand aus und legte sie auf meine. »Wir brauchen keine Blumen, Leo«, sagte sie.

»Kann ich draußen mit dir sprechen?«, wandte er sich an mich. Dabei ruhte sein Blick noch auf Rachels Hand, auf ihrer Geste.

»Ich …«

»Leo«, mischte sich Rachel ein, »Ann kann hier gerade nicht so gut weg.«

»Okay. Dann unterhalten wir uns eben hier.« Er kam ins Zimmer und schloss die Tür hinter sich. Etwas an seinem Verhalten kam mir merkwürdig vor, und ganz kurz erwog ich, ob ich mir wohl Sorgen machen sollte.

»Leo, ich glaube, es ist am besten, wenn du jetzt gehst«, sagte Rachel und stand auf.

»Kann ich eine Minute alleine mit Ann sprechen?«

»Hört auf, alle beide«, sagte ich.

»Was ist denn hier los?«, wollte er wissen und schaute dabei mich an.

Ein unbehagliches Schweigen senkte sich über die Bibliothek. In dieser Stille konnten wir die stetigen Schritte der Besucher auf dem Flur hören. So lief das in The Cloisters – für die wenigen Angehörigen des Personals war es ein zutiefst abgeschlossener Ort und für die Besucher ein sehr lauter und offener. Nichts auf der Welt konnte mich dazu bringen, meinen Platz auf dieser Seite der Tür aufzugeben. Das begriff ich in diesem Augenblick.

»Es geht um die Schnitzerei«, sagte ich schließlich.

»Was ist damit?« Er schien sich keine Sorgen zu machen. Wenn überhaupt, war er in Verteidigungshaltung, hatte die Hände mit einer kräftigen Bewegung in die Taschen gesteckt.

»Ich weiß, dass du sie gestohlen hast. Ich weiß, dass sie aus dem Magazin stammt.«

Seufzend fuhr er sich mit einer Hand durchs Haar. Es hing schlaff herunter und reichte ihm fast bis auf die Schultern.

»Ann ...«

»Leo«, unterbrach ich ihn, und dabei wurde meine Stimme immer kräftiger, »du hast *gestohlen*. In The Cloisters. Und nicht nur Pflanzen. Ich habe die Fächer im Magazin gesehen. Da fehlen noch einige andere Stücke.«

Er zuckte die Schultern und schwieg.

»Hat Patrick das herausgefunden?«, wollte ich wissen. Ich schaute ihm nun direkt ins Gesicht, auch wenn ich immer noch in meinem Stuhl saß.

Bei dieser Frage hob er ruckartig den Kopf. »Nein. O Gott, nein. Ann. Patrick wusste nichts davon. Es wäre nie jemandem aufgefallen. Du weißt doch, wie das Magazin im Met aussieht. Da gibt es *Tausende* von Stücken. Kunstwerke, die nie mehr das Tageslicht erblicken werden. Die einfach nicht selten genug sind, nicht hochwertig genug. Objekte, die zu spezifisch sind oder aus dem falschen Herzogtum stammen. Alles Mögliche. Für jedes Stück in der Ausstellung gibt es zwei Dutzend im Magazin, die man als unzureichend eingeordnet hat.«

»Warum hast du das getan?«

»Warum denn nicht?«, gab er zurück. »Schließlich ist es doch auch so, dass ihr hier drin jeden Tag fragwürdige Entscheidungen trefft. Darüber entscheidet, was einen Wert besitzt und was nicht. Wann hast du denn zum letzten Mal irgendetwas ernst genommen, was keinen Wert hat? Gar nicht, so ist es nämlich. Du ignorierst alles, was nicht die Aura des Speziellen oder Wertvollen oder Seltenen umgibt. Von diesen Objekten im Magazin fehlen einige seit Jahren, und darüber hat niemals irgendjemand irgendwelche Besorgnis geäußert. Weil diese Objekte in Vergessenheit geraten sind. Ich schenke ihnen ein zweites Leben. Und es stimmt schon, damit verdiene ich auch ein wenig Geld.«

Über gewisse Umwege betrachtet, handelte es sich um denselben Grund, aus dem mich die Tarotkarten angezogen hatten, aus dem mich meine eigene Arbeit angezogen hatte – die übersehenen Objekte, die einfach jemanden brauchten, der sich für sie einsetzte. Und man konnte sagen, was man wollte, aber Leo war immer ehrlich zu mir gewesen. Er war der Typ Mensch, so hatte er mir einmal bei einem warmen Bier erklärt, der die Ansicht vertrat, man könne sich nehmen, was man wolle, solange man damit niemandem schadete. Er hatte einen Sonnenblumenkern ausgespuckt und hinzugefügt: »Nur bei den Reichen ist das etwas anderes. Die verdienen es nicht anders.« Damals hatte ich das für eine Hommage an die Anarchie gehalten, für ein der Punk-Bewegung verbundenes Gefühl, das man zum Lebensmotto erklärt hatte. Doch jetzt – und vielleicht war das auch damals schon so gewesen – wurde mir bewusst, dass er seine Worte ganz genau so meinte.

»Hast du keine Schulden?«, fuhr er fort. »Findest du es nicht schwierig, mit unserem niedrigen Gehalt in dieser Stadt zurechtzukommen? Klar, bei Rachel ist das nicht so. Aber bei dir, Ann. Du hast noch nicht versucht, hier zu leben, einen Tag nach dem anderen zu leben, mit so wenig Geld, dass du dir eine Wohnung mit zig Mitbewohnern teilen musst, die ständig kommen und gehen. Und wir alle haben drei, vier oder fünf Jobs, um über die Runden zu kommen. Ich habe es getan, um mir Raum zum Schreiben zu verschaffen. Zum Experimentieren. Um nicht jeden einzelnen Tag völlig erschöpft zu sein. Kannst du das nicht verstehen, Ann? Bist du nicht aus diesem Grund hier? Weil du nicht mehr jeden Tag völlig erschöpft sein willst?«

Ich sagte nichts, starrte ihn nur an. Er hatte recht. Genau aus diesem Grund war ich hier.

»Wie viele Stücke hast du genommen? Insgesamt?«, fragte ich.

Er lachte. »Du weißt es nicht mal, oder? Du kannst nicht sagen, welche Stücke sich gerade in der Ausleihe oder in der Restaurierung oder bei den Konservatoren befinden, oder welche in Schreiberstipendien und Arbeitsaufenthalte umgewandelt worden sind. Kunst erzeugt Kunst. Wenn man sich das genau überlegt, ist es sogar irgendwie schön. Die Symmetrie. Das Verhältnis von Gleichem zu Gleichem.« Er schaute zwischen Rachel und mir hin und her und schüttelte den Kopf. »Ich kann gar nicht fassen, dass ihr das nicht begreift.«

»Was ist Patrick zugestoßen?«, wollte Rachel schließlich wissen. Sie hatte die ganze Zeit geschwiegen, unseren Austausch nicht einmal beobachtet, den Blick wie in Trance auf das Buntglasfenster am Ende der Bibliothek gerichtet.

»Patrick?«, fragte Leo zurück. »Nichts ist Patrick zugestoßen.«

Dann, als wäre er ein wenig langsamer von Begriff als wir zuvor, konnte ich beobachten, wie er die Implikation der Situation erfasste.

»Das meint ihr doch nicht ernst? Ihr glaubt doch wohl nicht, dass ich ...« Er hielt inne, setzte erneut an. »Im Magazin schaut doch keiner jemals genau hin, und Patrick am allerwenigsten. Er hatte keine Ahnung. Mit dem, was mit Patrick passiert ist, habe ich nichts zu tun. Gar nichts. Ich bin ein Dieb. Es macht mir nichts aus, Leute und Institutionen zu bestehlen, die alles Geld der Welt haben, aber ich würde nie jemanden umbringen. Meint ihr das wirklich ernst?«

»Du hast als Einziger ein Motiv«, sagte ich, in einem einzigen Atemzug, als hätte ich diese Worte in mir zurückgehalten, seit Leo den Raum betreten hatte.

»Ich habe kein Motiv«, erwiderte Leo. »Patrick und ich waren uns nicht in allem einig, aber ich habe ihn respektiert. Wie alle hier.«

»Aber wenn er herausgefunden hätte …«, fing ich an, als wäre nicht alles schon ganz klar und eindeutig.

»Wenn er es herausgefunden hätte, wäre ich ins Gefängnis gekommen, das war mir klar. Deswegen habe ich dafür gesorgt, dass niemand es herausfindet. Gib es doch zu, Ann, du hättest es auch nicht gemerkt, wenn du an diesem Tag nicht in meinem Schrank herumgesucht hättest. Ich hatte am Tag davor eigentlich einen Termin mit meinem Antiquitätenhändler, aber den habe ich abgesagt, um Zeit mit dir verbringen zu können. *Du* bist der Grund dafür, dass es überhaupt irgendjemand bemerkt hat. Dass ich eine Schwäche für dich habe, ist der Grund dafür.«

Bei diesen Worten schaute er mich an, und da lag etwas Schweres in seiner Stimme, das mir noch nie zuvor aufgefallen war. Ich konnte spüren, wie mir der Schmerz aus den Handtellern bis in die Magengrube kroch. Ich glaubte ihm. Leo war kriminell – das, denke ich, hatte ich immer geahnt. Aber nicht in solcher Weise.

»Wir haben die Informationen über die Diebstähle an Detective Murphy weitergegeben«, gestand ich schließlich. Es fühlte sich scheußlich an, ihm das mitteilen zu müssen. Ich war es gewesen, die die Außenwelt eingeweiht hatte. Ich war diejenige, die den Schleier zerrissen hatte.

»Ihr habt *was*?«, fragte Leo und schaute mir immer noch direkt ins Gesicht. »Ann. Nicht wirklich, oder?«

»Die Polizei geht dem Ganzen jetzt nach.«

Ich schaute zu ihm auf, und dabei wünschte ich mir einerseits nichts sehnlicher, als das Gesicht an seine Brust pressen zu können. Ich wollte spüren, wie er mein Haar streichelte und mir versicherte, alles wäre in Ordnung. Ich sehnte mich danach, ihn sagen zu hören, er würde schon davonkommen. Andererseits wusste ich, dass das nie wieder möglich sein würde. Von allen Geheimnissen, die wir in The Cloisters bewahrten, hatte ich seines nicht bewahrt. Ich hoffte, er würde es eines Tages verstehen. Verstehen, dass ich meine Arbeit mit größerem Einsatz beschützen musste als alles andere. Das war das Einzige, was er würde verstehen können.

»Gut«, erklärte Leo. »Ich kann der Polizei ja sagen, wo die ganzen Stücke gelandet sind. Aber ich muss meinen Vorsprung ausnutzen.« Wieder fuhr er sich mit einer Hand durchs Haar. »Ann, das muss dir klar sein – mit dem, was mit Patrick passiert ist, habe ich nichts zu tun, okay?«

Ich schaute ihm in die Augen.

»Glaubst du mir?«

»Ja.«

Er kam zu mir an den Tisch und kniete sich vor mir hin, sodass sich unsere Augen auf gleicher Höhe befanden.

»Es tut mir leid«, sagte er, und dabei nahm er meine Hand in seine.

Dann ließ er mich los, stand auf und ging zurück zu Tür. Und jetzt, als er nicht mehr bei mir stand, wusste ich nicht mehr genau, wofür er sich entschuldigt hatte. Tat es ihm leid, dass wir uns begegnet waren, dass er an jenem Tag in den Gärten mit mir gesprochen hatte? Bedauerte er seine Taten? Oder dass ich diejenige gewesen war, die sie entdeckt hatte? Dass er die Spuren nicht besser verwischt hatte? Ich hatte keine Ahnung. Aber es fühlte sich an, als würde mich die Zeit in Schüben vor sich hertreiben, unregelmäßig, in Sprüngen, und mir wurde übel. Ich wollte, dass die wilde Fahrt ein Ende fand.

Ich wusste, Leo glaubte, er und ich wären grundsätzlich derselbe Typ Mensch. Beide versuchten wir, in einer Welt Erfolg zu haben, in der alle anderen bevorzugt wurden. Und darum mussten wir uns jeden einzelnen Vorteil erkämpfen, den wir erreichen konnten. Damit hatte er auch nicht unrecht. Wir waren Überlebende. Wir kletterten aus dem Staub hervor, in dem für uns alles angefangen hatte, und das Schicksal hatte uns für Größeres bestimmt. Indem ich versucht hatte, mich selbst und Rachel zu schützen, hatte ich genau das getan. Sichergestellt, dass ich weiterhin zum Klettern in der Lage wäre.

Das war die Erkenntnis, die allmählich in mir Gestalt annahm – dass wir alle unsere eigenen Interessen verfolgten, unsere eigenen Ziele und Träume. Dass es hier, in The Cloisters, genauso lief, auch wenn man an diesem Ort sehr leicht vergessen konnte, dass man sich in Manhattan befand. Alle wollten nach oben, und alle waren bereit, dafür jeden Preis zu bezahlen. Ich ganz besonders.

Ich schaute auf den mit Büchern und Notizblöcken bedeckten Tisch zurück und sagte zu mir selbst, es wäre am allerschlimmsten gewesen, wenn ich Leo nicht angezeigt hätte. Dann hätte ich diese Gelegenheit zunichte gemacht. Ich würde weiter aufsteigen.

23. KAPITEL

Am nächsten Morgen blieb das Museum geöffnet, trotz der Ermittler, die überall standen und sich Notizen machten oder im Magazin Fächer und die Farbtöpfe der Konservatoren fotografierten, die Gartengeräte in den beiden kleinen Schuppen. Ein Durchsuchungsbeschluss war früh an jenem Morgen vorgelegt und an den Sicherheitsdienst weitergereicht worden, woraufhin die Mitarbeiter den Ermittlern den Zugang gestatteten und umgehend das Met in Kenntnis setzten. Doch in der Fifth Avenue konnte man nichts anderes tun, als die Polizei Abdrücke nehmen und fotografieren und herumsuchen zu lassen. Alles wurde aufmerksam von einem Anwalt überwacht, den man pflichtschuldigst für diese Aufgabe geschickt hatte. Moira tat ihr Bestes, um die Ermittler vom Foyer und von den Besuchern fernzuhalten, und das gelang ihr auch größtenteils.

Michelle de Forte hatte man ebenfalls zu uns beordert, und hier stand sie nun, mit verschränkten Armen, in dem kühlen Steinflur, der zu den Personalräumen führte. Hin und wieder beantwortete sie Fragen, doch die meiste Zeit scrollte sie durch ihr Handy und besprach sich mit der PR-Firma, die das Museum für den Fall angeheuert hatte, dass Informationen über das Geschehene nach außen drangen. Wir hatten schon erfahren, dass die *Times* eine kurze Meldung plante. Aber die würde erst am Dienstag in der Kunstsparte erscheinen.

Seit Patricks Ermordung war so viel Zeit vergangen, dass kein Material der Überwachungskameras mehr erhalten geblieben war. Wir hatten nur Gerüchte gehört, und ich hatte die unbehagliche Art und Weise gespürt, wie man nach einem Todesfall weitermachte: zuerst zögernd, dann mit immer größerem Selbstvertrauen, auch wenn das nur vorgetäuscht war.

In der Personalküche bekam ich zufällig mit, wie sich zwei Konservatoren darüber beschwerten, dass das Videomaterial nicht weit genug zurückreichte. »Das wird einfach automatisch gelöscht«, sagte einer. »Kannst du dir das vorstellen? Immer nach sieben Tagen.« Das bedeutete, dass es keine Aufzeichnungen von Leo gab, keine handfesten Beweise.

Draußen in Leos Schuppen war alles mit Etiketten versehen und in dicken Plastiktüten verstaut worden. Die getrockneten Blüten, die Leo so liebevoll gesammelt und an Haken aufgehängt hatte, waren auseinandergeschnitten und in braune Säcke gesteckt worden, der Boden war übersät von heruntergefallenen Blättern. Das Treibhaus, in dem Leo, wie ich wusste, seine persönlichen Pflanzen aufbewahrte, diejenigen, die er verkaufte, um Geld zu verdienen, hatte man ebenfalls gründlich untersucht. Allerdings sah es so aus, als wäre der Polizei nicht aufgefallen, dass dieses Treibhaus besonders ausgewählte Gewächse enthielt. Alle Pflanzen, so wirkte es jedenfalls, wurden gleichbehandelt. Sogar den Komposthaufen hatte man Schicht für Schicht abgetragen, jedes einzelne Objekt pedantisch fotografiert und katalogisiert.

Die Besucher in The Cloisters waren sich an jenem Tag vielleicht nicht dessen bewusst, was sich da um sie herum abspielte, doch beim Personal sah das ganz anders aus. Jedes Mal, wenn sich eine Tür öffnete oder auf den Steinfluren Schritte erklangen, reckten wir die Hälse und schauten von unserer Arbeit auf. Michelle hatte uns angewiesen, keine Fragen zu stellen, nur Fragen zu beantworten. Aber an diesem Tag fragte man uns nichts anderes als »Haben Sie einen Mann mit einer Kamera hier durchkommen sehen?« oder »Komme ich über Raum acht oder Raum zwölf ins Foyer?« Das Forensik-Team schien sich im Labyrinth von The Cloisters ständig zu verlaufen; die Leute irrten von Raum zu Raum, steckten immer wieder die Köpfe durch den nächstbesten gotischen Rundbogen, um festzustellen, ob sie wohl endlich ihr Ziel erreicht hätten.

Einer von ihnen, ein junger Botanikexperte, interessierte sich ganz offensichtlich für Rachel. Auf dem Weg in Patricks Büro kam er durch die Bibliothek; er wollte sehen, welche Pflanzen Patrick drinnen gezogen hatte. Doch er blieb länger als nötig, um uns Fragen zu stellen.

»Wie ist es denn, hier zu arbeiten?«, erkundigte er sich und starrte dabei zum Zickzack der Rippengewölbe über unseren Köpfen hoch.

»Wie im dreizehnten Jahrhundert, aber mit Sanitäranlagen«, antwortete Rachel, ohne von dem Buch aufzuschauen, in dem sie gerade las.

Er ging am Rand der Bibliothek entlang, berührte die Rücken einiger älterer Bände, bevor er uns schüchtern zulächelte und den Raum auf demselben Weg verließ, wie er gekommen war. Zwischen diesen Ablenkungen versuchte ich in unserem Artikel geeignete Stellen für die ganzen netten historischen Details zu finden, die wir während unserer Forschung entdeckt hatten. Zum Beispiel für die Liste der Dinge, die Ercole d'Este und seine Frau besessen hatten: *libri* – Bücher: *3 284; contenitore* – Gefäße: *326; calcografia* – Kupferstiche: *112;* und *36* Jagdhunde. Oder für die Tatsache, dass die Stadt Ferrara im Sommer des Jahres 1497 sintflutartige Regenfälle erlebt hatte, sodass die Arbeitszimmer, die *studioli,* von Herzog und Herzogin überschwemmt wurden, wobei Briefe, Manuskripte und mehrere *carte da trionfi* beschädigt worden waren. Dann gab es da das von uns entdeckte Dokument über eine Auktion, in dem es um sechs Dutzend Tarotkarten aus Italien für die Familie d'Este ging, *six douzaines de cartes de Tarot d'Italie pour la Famille d'Este,* die man im Jahr 1911 im Rahmen einer Auktion für viertausend Franc an einen privaten Schweizer Sammler verkauft hatte. Rachel und ich hatten methodisch ein Netz an Informationen aufgebaut, das die Geschichte der Karten erzählte: Sie waren in Ferrara von Pellegrino Prisciani entworfen worden, dem Astrologen von Ercole d'Este, und verwendet hatte sie ein von den dunklen, kapriziösen Gottheiten des alten Roms faszinierter Hof. Mit Lingrafs Dokumenten, die mein Vater übersetzt hatte, argumentierten wir, die Karten hätten wie so viele Dinge im Leben der Renaissance einem doppelten Zweck gedient: Es stimmte, man verwendete sie für Spiele, benutzte sie aber auch, um Informationen über die Zukunft zu erhalten. Dabei handelte es sich, das wusste ich, um den bahnbrechendsten Beitrag im Bereich der Renaissance-Hofkultur seit vielen Jahren.

Doch da gab es immer noch Lücken. Lücken in der Dokumentation und in unserem Wissen. Und deswegen mussten wir mit Mutmaßungen und Schlussfolgerungen arbeiten, wie die Ermittler, die draußen den Komposthaufen nach Indizien durchwühlten.

Auf der anderen Seite der Bibliothekstür nahmen wir plötzlich Unruhe wahr, ein wischendes Geräusch und einige kurze, klappernde Schritte auf dem Steinboden. Rachel und ich schoben unsere Stühle zurück und huschten zur Tür, um die Köpfe hinauszustrecken, und da sahen wir Moira eilig den Flur hinunterlaufen, den Rocksaum gehoben, Leo nach, der mit schnellen Schritten in Richtung Garten ging.

»Du bist zurzeit beurlaubt«, rief sie ihm nach.

Leo reagierte nicht darauf, sondern ging unbeirrt weiter, und mit seinen langen Beinen kam er schneller voran als Moira, die sich einen Weg durch die Besuchermenge im Flur bahnen musste. Sie hatte ihr Funkgerät hervorgeholt und versuchte Louis herbeizubeordern, damit er Leo stoppte. Doch der lief ungehindert auf sein Ziel zu.

»Leo ...«, rief Moira ihm hinterher.

Doch Leo bog um eine Ecke, wandte sich in Richtung seiner Schuppen. Wir waren Moira dicht auf den Fersen. In den hinteren Gärten wurde Leo jedoch sofort von zwei Beamten in Zivilkleidung festgehalten, die ihm in den Weg traten. Detective Murphy stand bei einer Gruppe forensischer Spezialisten, die gerade ein Objekt tief in einer Plastiktüte für Beweismaterial verstauten; einer der beiden zog seinen Latexhandschuh zurecht, bevor er einen Stift zur Hand nahm, um das Etikett zu beschriften. Detective Murphy ging gemächlich in unsere Richtung, trat einen leeren schwarzen Plastikkanister beiseite, während sie uns entgegenkam.

»Sie können sich jetzt nicht hier aufhalten«, sagte sie zu uns. Die Hände hatte sie vor sich ausgestreckt, gefaltet, als ermahnte sie gerade ein Kind.

»Ich habe persönliche Sachen da drinnen«, erwiderte Leo und machte eine Handbewegung in Richtung Schuppen. »Da steckt jahrelange Arbeit drin.«

»Das ist jetzt alles Beweismaterial.«

»Da drinnen lagen Pflanzen aus, die ich getrocknet habe, um die Samen zu gewinnen. Das waren Hybridzüchtungen. Und dann noch ...«

»Die Überbleibsel einer Tollkirsche, bei der man die Wurzel abgeschnitten hat«, unterbrach ihn Detective Murphy.

»Unmöglich«, gab Leo zurück. »Tollkirsche pflanzen wir Anfang des Frühlings an und holen sie erst vor dem Wintereinbruch heraus. Wenn eine ganze Pflanze entfernt worden wäre ...«

»Dann wäre Ihnen das aufgefallen?«

»Die kann gar nicht von hier stammen. Ich habe seit dem Frühling nichts mehr ausgegraben«, erklärte Leo.

Detective Murphy schaute ihn an. Dann winkte sie einen ihrer Mitarbeiter herbei, der ihr das Verlangte brachte. Sie hielt eine Plastiktüte hoch. Darin befand sich eine schlaffe, fleckige grüne Pflanze mit blasslila Blüten. Ihre Früchte waren noch grün. Außerdem, sah ich, hatte man ein Stück der Wurzel entfernt: In ihrem dicken Fasernest war eine weiße Schnittstelle erkennbar.

»Kommen Sie mit«, forderte Detective Murphy Leo auf und ging an ihm vorbei. Sie lief über den Bonnefont-Kreuzgang zur Ecke eines Blumenbeetes, wo sie eine Lage dicker grüner Blätter und lilafarbener Blüten zurückzog. Dazwischen wurde ein umgewühlter Flecken Erde sichtbar, an dem ganz eindeutig etwas entfernt worden war. Das so entstandene Loch hatte man hastig mit Erde bedeckt.

»Ist Ihnen das hier aufgefallen?«, fragte sie und schaute Leo ins Gesicht.

Leo bückte sich, und dabei wirkte seine ganze Gestalt wie zusammengeklappt. Er bog das Grün zur Seite, und seine Hände fuhren durch den Schmutz, der genauso sehr zu seinem Leben gehörte wie The Cloisters selbst. Er nahm die Pflanzen in der Umgebung in sich auf, die er als Setzlinge gezogen und vor dem bitteren Frost der ersten Frühlingswochen geschützt hatte. Ganz kurz ließ er eine Hand auf einem Blatt ruhen, bevor er zu Detective Murphy aufblickte.

»Nein, es ist mir nicht aufgefallen. Aber meinen Sie nicht, wenn ich es getan hätte, hätte ich mir mehr Mühe gegeben, das Loch wieder zu füllen? Oder beim Entsorgen der Pflanze? Wissen Sie, wie viel hier jede Woche auf dem Komposthaufen landet? Mulch, Blätter, Abgeschnittenes. Wir kümmern uns um mehrere Hektar Gartenfläche. Und alles ist einfach so zugänglich. Für alle vom Personal, aber auch für die Öffentlichkeit.«

»Trotzdem haben wir genau jetzt ein Motiv und die Gelegenheit, und beide deuten auf Sie hin«, gab Detective Murphy zurück, und sie hielt den Kopf leicht zur Seite geneigt, während sie Leo musterte. »Und jetzt auch noch das.« Sie wies auf die Tollkirsche. »Vielleicht möchten Sie sich ja einiges an Zeit ersparen und gleich mit uns aufs Revier kommen?«

Leo sah sich in den Gärten um – nahm die herabhängenden Grashalme und die blühenden Blumen in sich auf, die roséfarbenen Steinsäulen, die den Kreuzgang umgaben.

»Klar«, gab er zurück. »Sieht so aus, als hätte ich keine andere Wahl.«

»Gut, dass wir uns da verstehen.« Detective Murphy nahm Leo beim Arm, um ihn zum Hintereingang zu führen, wo man alle Autos und Vans abgestellt hatte, außer Sicht für die Besucher.

Von Leos Verhaftung erfuhren wir erst später am selben Tag, aber da saßen wir schon im Central Park, bei einem abendlichen Picknick, das wir in einem Korb mitgebracht hatten. Der Vorschlag stammte von Rachel – ein *Neuanfang*, hatte sie gesagt. Aber ich war noch nicht bereit, alles abzuhaken. In einem hatte Laure recht: Rachel ließ Dinge rasch hinter sich. In dem Jahr nach dem Tod meines Vaters war ich oft kurz davor gewesen, laut zu schreien oder alles in meiner Umgebung zu zerreißen, was dafür infrage kommen konnte. Auf diese Momente folgten dann ganz normale, doch die Trauer wurde von dem Wissen ausgelöst, dass ich weiterleben musste, obwohl er nicht mehr da war. Am allerschwierigsten war es, dass die Zeit einfach weiterlief, dass mein Herz einfach weiterschlug: regelmäßig und beharrlich, obwohl ich mir doch so sehr wünschte, es würde aufhören.

Ich faltete eine blau karierte Decke auseinander, breitete sie auf dem Gras aus und glättete die Ecken. Dabei schnippte ich

Blätter und lose Halme von dem Filz. Rachel öffnete den Korb und ordnete alles vor uns an: ein kleines Glas mit Suppe, einige in Wachstuch eingeschlagene Käsestücke, ein Baguette, ein Messer, Teller. Außerdem gab es reife Nektarinen und eine Handvoll Trauben, dazu feine Schokolade. Alles war in der Wohnung liebevoll zusammengepackt worden, und erworben hatte Rachel es zu einem schockierend hohen Preis in dem exquisiten Gourmetladen in der Columbus Avenue.

Die SMS von Moira traf ein, als die Sonne gerade zwischen dem dichten Laub der Bäume verschwinden wollte, die die westliche Ecke der großen Grünfläche einrahmten. *Leo ist verhaftet worden. Alle Presseanfragen bitte an Sarah Steinlitt weiterleiten: ssteinlitt@metmuseum.org.* Rachel brach sich ein Stück Baguette ab und ließ die Messerklinge wie meditativ über das Innere des Brotes gleiten, während sie den Weichkäse verteilte.

»Willst du auch?«, bot sie mir das Stück an, von dem sie selbst bereits einmal abgebissen hatte.

»Sie haben ihn verhaftet«, sagte ich. Der Appetit war mir vergangen.

»Natürlich haben sie ihn verhaftet.«

»Du glaubst nicht wirklich, dass er es getan hat, oder?«

Rachel zuckte die Achseln, als wäre das ganz egal. Und mir wurde bewusst, dass es in ihren Augen auch wirklich egal war.

»Wahrscheinlich«, sagte sie und schnitt eine der Nektarinen auf. Der rotgelbe Saft rann ihr über den Daumen. »Hast du keinen Hunger?«

Sie reichte mir ein Stück, und ich nahm es entgegen. Rachel leckte sich die Finger ab.

»Iss. Die Nektarine ist lecker.«

Ich steckte mir das Stück Obst in den Mund, schmeckte seine Süße und Wärme. Die Nektarine erinnerte mich an mein Zuhause – an die Steinfrüchte des Spätsommers, die von den Bäumen rund um Walla Walla fielen, bis der allgegenwärtige Duft etwas an Marmelade, an Gärung Erinnerndes annahm, sich mit dem der trockenen Halme auf den Feldern vermischte. Nostalgie überflutete mich, ganz ungebeten.

»Du solltest dir um Leo keine Sorgen machen«, unterbrach Rachel meine Träumereien. »Das macht er auch selbst höchst selten.«

»Ich kann nicht anders.«

Rachel sah mich an. »Da wächst du schon noch raus«, kommentierte sie und steckte ein Stück Baguette in das kleine Glas, das zuvor die Suppe enthalten hatte, um die Reste herauszubekommen. »Und eigentlich dachte ich, du wärst da bereits rausgewachsen.« Rachel klopfte sich die Hände ab und zog ein sorgfältig mit gelbweißem Band verschnürtes Päckchen aus der Tasche.

»Für dich«, sagte sie und reichte es mir.

Das Gewicht fühlte sich in meinem Handteller angenehm und verheißungsvoll an. Doch ein Geschenk wirkte kaum angemessen, wenn man sich überlegte, in welcher Situation wir uns gerade befanden. Rachel drängte mich.

»Mach es auf«, sagte sie und packte einige der typischen Picknicküberbleibsel zusammen, die herumliegenden Kerne und Rinden.

Ich zog das gelbweiße Band von dem dicken Papier und öffnete das Päckchen an einer Ecke, wo es umsichtig mit Klebeband verschlossen worden war. Ein Holzkästchen kam zum Vorschein. Es enthielt einen Satz Tarotkarten, sorgfältig gezeichnet, mit aquarellfarbigen Narren und Wagen, mit Stäben und Schwertern. Die Karten selbst waren bei genauem Hinsehen leicht abgenutzt. Ich nahm die erste in die Hand und befühlte eine Ecke. Die Karten waren auf unbehandeltem Papier gedruckt worden, und zusammen mit ihren Abbildungen ließen sie sich dadurch im achtzehnten oder neunzehnten Jahrhundert verorten. Die Illustrationen waren äußerst sorgfältig wiedergegeben, in dem typischen okkulten Stil, mit fein ausgeführten Verzierungen aus Farbe und Blattgold. Auf der Rückseite sah man ein leichtes, blasses Blau, pink marmoriert.

»Die stammen aus Frankreich«, sagte Rachel, wobei sie mit der Hand einige Krümel ins Gras fegte und meinem Blick auswich. »Wahrscheinlich aus Lyon. Frühes neunzehntes Jahrhundert. Vielleicht 1830?«

»Sie sind ganz wunderbar.«

»Sie sind ein Geschenk.«

»So etwas kann ich nicht annehmen«, sagte ich und machte eine Bewegung auf Rachel zu, um ihr die Karten zurückzugeben. Ein Kartendeck wie dieses war ohne Weiteres einige Tausend Dollar wert, vielleicht sogar mehr.

»Du kannst sie annehmen, und du solltest sie annehmen«, gab Rachel zurück und schaute mir dabei direkt in die Augen. »Es ist an der Zeit, dass du deine eigenen Karten bekommst.«

Ich zog einige weitere hervor, um mir die Illustrationen anzusehen. »Woher sind die?«, fragte ich, während ich den Gehängten betrachtete, bei dem sich die Schlinge am Fuß befand.

»Du meinst, ob ich sie gestohlen habe?«

»Nein, ich …«

»Sie stammen aus einer Antiquitätenbuchhandlung in Midtown. Nicht von Stephen. Wobei du ihm das wohl lieber nicht erzählen solltest«, erklärte sie. »Und ihre Herkunft lässt sich ganz eindeutig nachweisen.«

Ich breitete einige der Karten auf der Decke zwischen uns aus, wobei mir die Verbindungen zwischen den vor uns liegenden Symbolen und dem Kartensatz aus dem fünfzehnten Jahrhundert auffiel, der in Rachels Wohnung lag.

»Willst du sie nicht ausprobieren?«, fragte Rachel und hob dabei ganz leicht die Schultern.

Vorsichtig fügte ich die Karten zu einem Stapel zusammen und mischte sie. Ich hatte nie daran geglaubt, dass man den Karten eine ganz bestimmte Frage stellen sollte; diese Frage kennen zu wollen, erschien mir wie Hybris. Stattdessen ging es mir um das Gefühl, um das Netz, das die Karten woben, den Eindruck, den sie einem vermittelten. Ich zog die umgedrehte Zwei der Schwerter, den Buben der Kelche, die Zehn der Schwerter. Diese kleine Zusammenstellung enthielt nur Karten der Minor Arcana. Der Bube der Kelche deutete auf Dienen und Instinkt hin, das Schwert, wie immer und vor allem in seiner umgedrehten Form, auf den Akt des Entzweischneidens. Die Zehn der Schwerter begegnete mir nur selten, doch sie bedeutete Misserfolg, Niederlage. Die Karten zeigten mir einen Bruch, einen Schnitt und einen Aufbruch, selbst einen Umsturz, eine Umkehrung. Einiges davon konnte ich einordnen, andere Aspekte waren für mich immer noch nicht deutlich.

»Was sagen die Karten?«, erkundigte sich Rachel von der anderen Seite der Picknickdecke aus.

»Dass ich meiner Intuition vertrauen sollte«, entgegnete ich ruhig und fügte die Karten wieder zu einem Stapel zusammen.

24. KAPITEL

Der Artikel war fast fertig zum Einreichen. Für unsere Karriere, das wussten wir, würde er mehr bedeuten als jeder Sommerjob in The Cloisters. Für mich stellte der Artikel mehr als ein Ticket ins Graduiertenprogramm meiner Wahl und die Garantie dar, nicht wieder in Walla Walla zu landen. Außerdem war er der Beweis dafür, dass die Übersetzungsarbeit meines Vaters, lange ohne Anerkennung und im Verborgenen, einen bedeutungsvollen Effekt haben würde. Diese Gelegenheit hätte sich ihm möglicherweise nie geboten, als er noch am Leben war. Eine Gelegenheit. Die würde mir dieser Artikel verschaffen – die Möglichkeit, Ja oder Nein zu sagen, die Möglichkeit, in New York zu leben, die Möglichkeit, die Vergangenheit neu zu schreiben, jedenfalls fast. Dieser Augenblick würde über meine Karriere entscheiden, diese Entdeckung, wie sie nur einmal in einer Generation passierte, eine solche Entdeckung, wie sie sich für eine junge Frau nur selten ergab, vor allem am Beginn ihrer Karriere. Und während Rachel und ich jede Fußnote sorgfältig abwogen und jede Übersetzung aus dem Latein des fünfzehnten Jahrhunderts ganz genau überprüften, saß Leo in einer Gefängniszelle und wartete darauf, auf Kaution freizukommen.

In der vorangegangenen Nacht hatte ich von ihm geträumt. Wir saßen mit einem Bier in der Bar in der Bronx, wo sich die Fans träge im Rhythmus bewegten. Dort hatte er mir über den

Tisch hinweg zugeflüstert, er habe nichts von alldem getan. Nicht er sei es gewesen, der Patrick bestohlen oder vergiftet hatte.

Als ich am nächsten Tag Rachel davon erzählte, lautete ihre Antwort: »Ich kenne ihn schon länger, und ich denke, du wärst überrascht, wenn du wüsstest, wozu Leo fähig ist.«

Wir saßen nebeneinander am Tisch im Esszimmer, wo die Spätnachmittagssonne Lichtflecke aufs Parkett warf. Ich bewegte den Cursor über den Bildschirm und erledigte die dröge Arbeit des Formatierens und der Literaturnachweise.

»Als ich in The Cloisters angefangen habe, war Leo sogar noch wilder als jetzt«, erzählte Rachel und schaute dabei aus dem Fenster, zu dem dichten Blätterdach im Central Park, das sich sanft im Wind bewegte. Unter den Bäumen nutzten Familien eines der letzten Sommerwochenenden zu Spaziergängen über die Fußwege.

»Mit dem Personal hat er nie gesprochen. Patrick hat immer gemeint, er ist wie du spontan eingestellt worden, weil der normale Gärtner unerwartet gegangen ist und man jemanden brauchte. Das ist jetzt vier Jahre her, und man muss es als Wunder betrachten, dass er nie entlassen wurde.«

Ich gab keine Antwort, sondern scrollte weiter durch den Text, nahm die nötigen Korrekturen vor.

»Wenn du meine Meinung hören willst: Ich bin gar nicht mal so überrascht. Er hat immer gedacht, die Regeln würden für ihn nicht gelten. Leo glaubt gern, dass er gleichzeitig über und unter allen gesellschaftlichen Erwartungen lebt. So hat er sich auch als Gärtner immer benommen: eigentlich zu gut für den Job, gleichzeitig aber glücklich, im Schlamm wühlen zu können.«

Vor meiner Ankunft in The Cloisters war ich lange Zeit eine pedantische, wenn auch widerwillige Befolgerin sämtlicher Regeln gewesen – eine von denen, die Bücher auf den Tag genau zurückgaben, die jede einzelne Arbeitsanweisung befolgten. Leo so freudig jenseits von Regeln leben zu sehen, hatte etwas in mir geweckt: eine Freude am Chaos, die lange vor meiner Ankunft in New York allmählich entstanden war. Jemand wie Rachel konnte leicht auf das herunterschauen, was Leo getan hatte. Leute wie sie pochten auf Regeln. Wobei sie sie umgehen konnten, durch Erkaufen oder durch Einflussnahme. Feige war das, so dachte ich. Was Leo getan hatte, dafür brauchte man Mut.

Gleichzeitig erkannte ich nach wie vor an, dass es einen himmelweiten Unterschied zwischen Diebstahl und Mord gab. Zu Leo als Typ passte es, das Gesetz zu brechen oder zu beugen, aber das machte ihn noch nicht zum Mörder. Diese Gedanken behielt ich für mich, ließ sie in mir herumwirbeln, bis sie zu einem bösartigen Gemisch aus Paranoia wurden. Das machte mich immer nervöser und zugleich missmutiger, während Rachel ausgeglichener wirkte als zu Beginn des Sommers.

Rachel streckte die Arme über dem Kopf in die Luft. »Wie wär's mit einer Pause? Ich habe keine Lust mehr, hier am Tisch zu sitzen. Wollen wir spazieren gehen?«

»Ich glaube, ich mache das hier jetzt fertig«, gab ich zurück. Das stimmte auch weitgehend; ich wollte das Ganze zu Ende bringen. Wir waren so dicht davor. Aber ich brauchte auch ein wenig Zeit für mich selbst.

»Wie du magst«, sagte sie und stand auf.

Hinter meinem Laptopbildschirm schaute ich zu, wie Rachel ihr langes Haar zu einem Pferdeschwanz band und Laufschuhe anzog. Als sich die Tür des Apartments hinter ihr geschlossen hatte, trat ich ans Fenster, wo ich sah, wie sie sich von mir entfernte. Ich wartete darauf, bis sie den Park erreicht und betreten hatte. Dann nahm ich mein Telefon und wählte die Nummer auf der Karte von Detective Murphy. Ich stand am Fenster, an den

Rahmen gelehnt, behielt die Ecke des Parks im Blick, um Rachels schwingenden Pferdeschwanz gleich zu entdecken, wenn sie wieder erschien.

»Kann ich mit Leo sprechen?«, fragte ich, als ich Detective Murphy an den Apparat bekam.

»Sie meinen, ob Sie ihn besuchen können?«

»Genau«, sagte ich. Außer Leo kannte ich niemanden, der verhaftet worden war, deswegen wusste ich nicht im Einzelnen, was ging und was nicht.

»Wenn er das möchte, schon.«

»Darf ich dann einfach …«

»Ann.« Ich konnte hören, dass Detective Murphy gerade Papierstapel ordnete. Ich stellte mir vor, wie sie ihr Handy zwischen Wange und Schulter eingeklemmt hielt, sah ihr unordentliches Büro vor mir. »Darf ich fragen, was los ist?«

In Wirklichkeit wusste ich gar nicht, was los war, deshalb ließ ich die Frage unbeantwortet.

»Gibt es noch irgendetwas, was Sie mir sagen möchten?«, erkundigte sie sich schließlich.

»Ich glaube nicht, dass er es getan hat«, gab ich leise zurück.

»Warum sagen Sie das?«

»Das hat er nicht in sich.«

»Manchmal ist uns nicht bewusst, wozu andere Leute fähig sind.« Sie hielt inne. »Und manchmal ist uns auch nicht bewusst, wozu wir selbst fähig sind.«

»Glauben Sie, er hat es getan?«

Ich konnte förmlich hören, wie Detective Murphy über meine Frage nachdachte; das Trommeln ihres Bleistifts, das ich durch die Leitung wahrnahm, sagte mir alles. Es war wie ein rasches Stakkato.

»Ich halte es für möglich«, sagte sie nach einer weiteren Sekunde des Trommelns.

»Aber zwischen ›möglicherweise‹ und ›definitiv‹ besteht ein großer Unterschied.«

»Ist das wirklich so?«

»Natürlich ist das so.« Es schien mir eine so alberne Unterscheidung, der feine Unterschied zwischen ›möglicherweise‹ und ›definitiv‹. Der Unterschied zwischen einem tatsächlichen Mord und dem bloßen Gedanken, wie gern man eine bestimmte Person tot sehen wollte. »Was legt man ihm denn zur Last?«, fragte ich.

»Nach dem aktuellen Stand? Nur die Diebstähle. Wir haben nicht genug Beweise, um ihn wegen Mordes festhalten zu können. Aber wir haben genug für schweren Diebstahl.«

Mir fiel nichts ein, was ich noch hätte sagen können. Unter mir beobachtete ich die Fußgängerströme in den Park und wieder hinaus. War die Trennlinie immer so dünn gewesen? Musste man denn kein Mörder sein, um zu morden? Leo war nichts anderes als eine Lösung für Detective Murphy, ein Haken an der Sache, der bedeutete, dass sie nicht weiter zu ermitteln brauchte.

»Wo ich Sie gerade am Apparat habe – vielleicht können Sie mir in einem Punkt helfen.« Jetzt hörte ich, wie Detective Murphy am anderen Ende der Leitung ihre Notizen durchging. »Von Leos Anwalt haben wir erfahren, über welchen Hehler Leo die Objekte weiterverkauft hat. Das ist ehrlich gesagt ziemlich überraschend. Wir dachten, er hätte vielleicht Schwierigkeiten gehabt, jemanden zu finden. Es ist nicht leicht, jemanden aufzutreiben, der so bereitwillig Objekte von so fragwürdiger Herkunft annimmt, aber es gibt da einen Laden in der Innenstadt. In der East Fifty-Sixth Street. Einen Antiquitätenhandel namens ...«

Während sie in ihren Unterlagen nach dem Namen suchte, wusste ich ihn instinktiv. Ich hörte, wie mein eigenes kurzatmiges Luftholen meine Brust beengte. Spürte eine wilde Leichtigkeit wie Luftblasen in Armen und Beinen.

»Ketch Seltene Bücher und Antiquitäten?«, fragte ich.

»Genau. Kennen Sie das Geschäft?«

»Kennen wäre übertrieben. Ich war vielleicht ein- oder zweimal da.«

»Mit Patrick?«

»Ja. Und mit Rachel.«

An meinem Finger spiegelte sich das Licht in den Augen des Schafbockkopfes, an dem Ring, den sie für mich gekauft hatte. Ich wollte den Ring abnehmen, aber das gelang mir nicht; er saß ganz fest an meinem geschwollenen Finger.

»Wann war das?«

»Vor einem Monat«, antwortete ich. »Vielleicht ist es auch schon etwas länger her.«

»Haben Sie bei dieser Gelegenheit irgendwelche Objekte gesehen, auf die die Beschreibung der verschwundenen Stücke passt?«

»Nein. Aber ich habe ja auch nicht nach ihnen Ausschau gehalten.«

»Gibt es in dem Laden schöne Sachen?«

»Ja«, bestätigte ich.

»Haben Sie eine Ahnung, woher Leo ihn kannte?«

»Nein.«

»Waren Sie jemals mit ihm zusammen dort?«

»Nein, nie.«

»Einige der Objekte wurden bereits verkauft«, berichtete Detective Murphy. »Wir sind dabei, sie aufzuspüren, aber wie es aussieht, befinden sich möglicherweise noch einige im Laden.«

Ich dachte an Stephens wunderschöne Broschen und Ringe, daran, wie gut Rachel die Stücke in seinem Geschäft kannte, daran, dass meine Arme noch von der Sonne der Nachmittage gebräunt waren, die wir auf der Steinmauer im Museum verbracht hatten. Wie wir dagessessen und uns Dinge erzählt hatten.

Plötzlich fiel mir auf, dass mir niemals wirklich jemand irgendetwas erzählt hatte. Weder Leo noch Patrick, und Rachel schon gar nicht. Sie alle hatten die Wahrheit vor mir verborgen, sie für ihre eigenen Zwecke verborgen gehalten. Nur Aruna war da gewesen, ein delphisches Orakel in Worten und Timing.

Und obwohl ich es den gesamten Sommer vor Augen gehabt hatte, hatte ich das Dreieck zwischen Rachel, Patrick und Leo bisher nicht sehen können. Nur war es überhaupt kein Dreieck. Es war ein Rad, und in seinem Zentrum, an der Stelle, von der alle Speichen ausgingen, befand sich Rachel. *Regno, Regnavi, Sum sine regno, Regnabo.* Ich herrsche, ich habe geherrscht, ich bin ohne Königreich, ich werde herrschen. Sie bewegte uns alle, als existierten wir auf ihrer Achse. Und wir standen allein, wurden lediglich durch sie zueinander in Beziehung gebracht. Doch natürlich konnte ich die Details nur verschwommen erkennen, denn sie wurden von Rachels geschickter Weitergabe von Informationen verschleiert, von der Art und Weise, wie sie mich dazugeholt und an sich gebunden hatte.

»Wohin muss ich mich denn wenden, wenn ich Leo sehen möchte?«

»Seine Kautionszahlung wird gerade aufgenommen«, erklärte Detective Murphy. »Wenn dieser Prozess abgeschlossen ist, wird er entlassen.«

»Wer hat denn seine Kaution bezahlt?«, erkundigte ich mich neugierig.

»Sieht so aus, als hätte er das selbst getan«, lautete die Antwort.

»Wann wird er denn dann entlassen?«

»Morgen.«

Gerade wollte ich etwas erwidern, als sich die Wohnungstür mit einem Quietschen öffnete und ich Rachel in der Öffnung stehen sah, nur leicht verschwitzt.

»Ich habe meine Uhr vergessen«, erklärte sie, nahm sie sich vom Tisch im Flur und streifte sie sich über das schlanke Handgelenk.

Ich legte auf und ging betont lässig vom Fenster weg. Wie ich Rachels Rückkehr ins Haus hatte verpassen können, wusste ich nicht. Vielleicht hatte sie eine Abkürzung durch die Wälder genommen und war die Avenue entlanggelaufen.

»Tut sich da irgendwas Aufregendes?«, fragte sie mit einer Geste in Richtung der Stelle, an der ich gerade gestanden hatte.

»Nein«, gab ich zurück. »Ich wollte einfach die Spätnachmittagsstimmung genießen.«

»Wenn ich zurück bin, können wir ja ins Alto Paradiso zum Abendessen.« Sie stand mit der Türklinke in der Hand da. »Mir ist nach Italienisch.«

»Hört sich super an.«

»Okay«, meinte sie. »Ich brauche nicht lange.«

Ich wartete, bis ich ihren langen, schwingenden Pferdeschwanz zum zweiten Mal im Park verschwinden sah. Dann zog ich mein Handy heraus und textete Leo. *Wir müssen reden. Ruf mich an, wenn du rauskommst.* Dann löschte ich die SMS sofort von meinem Handy und meinem Computer, sodass Rachel nicht die geringste Spur davon würde finden können.

Die Wohnung wirkte ruhig, normal. Voller Bücher und Küchenutensilien, mit sorgfältig zusammengelegten teuren Kaschmirdecken auf den Rückenlehnen der Sofas. Ich zog die Küchenschubladen auf, fand Platzdeckchen und Servietten, scharfe Messer und Flaschenöffner. Methodisch arbeitete ich mich voran, bis ich fand, wonach ich gesucht hatte, nämlich eine Schublade mit Krimskrams, Klebeband und Schere, kleinen Schraubenziehern und zum Teil beschriebenen Notizblättern. Ich tastete mit der Hand herum, bis ich das Scheppern von Metall auf Metall hörte: einen goldenen Ring mit sehr vielen Schlüsseln daran. Mindestens fünfzehn mussten es sein.

Ich nahm mir den Bund und ging den Flur hinunter, um den Aufzug zu holen. Besorgt schaute ich zu, wie er sich eine Etage nach der anderen aus dem Erdgeschoss zu mir emporarbeitete. Und wenn Rachel jetzt drinstand? Als der Aufzug endlich ankam, war er leer. Ich klemmte die Tür mit meinem Fuß auf, sodass niemand sonst im Gebäude den Lift rufen konnte, und probierte einen Schlüssel nach dem anderen im Schloss für das Penthouse aus. Der fünfte Schlüssel signalisierte mit einem Klicken, dass er passte, und der Knopf für den sechzehnten Stock leuchtete auf.

Als der Aufzug anhielt, öffnete er sich direkt in das Apartment von Rachels Eltern, und vor mir tat sich ein langer Flur im Design der Vorkriegszeit auf, gesäumt von Gemälden und Zeichnungen in vergoldeten Rahmen. Einige erkannte ich sofort. Da gab es eine Matisse-Zeichnung aus der ersten Hälfte seiner Karriere, ein Pastell von Quentin de la Tour aus dem achtzehnten Jahrhundert, ein Canaletto-Werk mit Panoramabildern von Venedig. Am Ende des Flurs befand sich ein zweistöckiges Wohnzimmer mit Gesamtverglasung. Dicke Leinenvorhänge vor den Scheiben hielten für immer die Sonne fern. Ich schaltete eine blau-weiße Chinoiserie-Lampe ein.

Auf den Tischen überall im Raum waren Fotografien von Rachel und ihren Eltern in Silberrahmen aufgestellt: Man sah sie auf dem Mittelmeer segeln, und Rachel posierte im Tennisdress für ihr Schulteam. Es gab Aufnahmen ihrer Mutter und ihres Vaters mit Staatsoberhäuptern und bei schicken Abendessen für Stiftungsmitglieder. Fotos aus Aspen und den Bergen der Hamptons, außerdem ältere Familienfotos aus der Zeit am Long Lake mit ihren Großeltern auf der Veranda.

Und dann gab es da Bücher, Reihe um Reihe von Büchern, in Ledereinbänden mit Blattgoldbeschriftung – Erstausgaben, gelehrte Pamphlete, seltene Manuskripte –, außerdem sorgfältig gepolsterte Sofas mit Quastenkissen. Ich ging einen anderen Flur entlang und schaute mir jedes Schlafzimmer an, bis ich Rachels fand.

Es war geschmackvoll eingerichtet und eher klein, in Pistaziengrün gehalten, mit einem großen, breiten Schlittenbett. Rachel hatte ihre eigenen gerahmten Fotos, und ich betrachtete neugierig die Aufnahmen aus ihrer Zeit an der Highschool, Rachel am Bug eines Segelbootes, lesend auf einer Chaiselongue irgendwo an der Adriaküste. Doch am zahlreichsten waren hier Kupferstiche vertreten. Rachels Zimmer war voll von gerahmten Kupferstichen aus dem sechzehnten Jahrhundert, außerdem gab es da einige mittelalterliche Manuskriptseiten, ebenfalls gerahmt. Ich schaute mir einige davon genauer an, trat dann an Rachels Schreibtisch und zog die Schubladen auf.

Die meisten von ihnen hatte man leer geräumt. Nur ein paar alte Kugelschreiber und ein leerer Notizblock, ein leeres Heft waren übrig geblieben. Da gab es einige Vierteldollars in der obersten Schublade und einiges von dem, was sich in Kinderzimmern so anzusammeln scheint: Fetzen von Bonbonpapier und ein zurückgelassener Ohrring. Ich überlegte mir, dass sie hier wohl schon Jahre nicht mehr geschlafen hatte. Doch die unterste Schublade war verschlossen, und während ich in den anderen Laden nach einem Schlüssel suchte, kam mir plötzlich der Gedanke, der befinde sich möglicherweise an dem Schlüsselbund in meiner anderen Hand. Nach einigen vergeblichen Versuchen passte einer der Schlüssel ins Schloss, und ich zog die Lade auf.

In der Schublade lagen zwei Dinge: ein Foto von einem kleinen Segelboot, der *Fortuna,* und eine flache geschnitzte Brosche, von Expertenhand mit grünen Steinen und Perlen versehen, in der Mitte eine Kamee. Ich erkannte das Stück sofort wieder: von

343

einem Dokument, in dem Michelle de Forte Aufnahmen und Beschreibungen jedes einzelnen von Leo gestohlenen Objekts aufgelistet hatte.

Während ich die vertrauten filigranen Goldränder betastete, musste ich an ein römisches Sprichwort denken, das durch Virgils *Äneis* Bekanntheit erlangt hatte: *Audentes fortuna iuvat,* »Das Glück begünstigt die Mutigen«. Wie es aussah, war Rachel an Leos Seite ganz besonders mutig gewesen.

25. KAPITEL

Michelle de Fortes Angebot kam drei Tage später per E-Mail: Sie fragte, ob ich an einem unbefristeten Vertrag in The Cloisters interessiert wäre. Die Bezahlung wäre deutlich höher als bisher, und man würde mich in Zukunft als assistierende Kuratorin führen – ironischerweise, denn es gab ja noch immer niemanden, der die eigentliche Kuratorenfunktion innehatte. Ich behielt die Neuigkeit für mich, las die E-Mail immer wieder, bis ich jedes Komma, jedes Fragezeichen auswendig kannte.

Inzwischen waren die Besuchermengen und die letzte Sommerhitze im Decrescendo abgeebbt. Im August hatten wir noch einen Höhepunkt erlebt; die Touristen blieben weitgehend in den Ausstellungsräumen und fächerten sich mit Museumskarten Luft zu, ließen sich erschöpft auf Steinbänke fallen, ausgepowert und schweißüberströmt. Das Personal empfand ähnlich. Die Dozenten hatten genug von den Bussen voller quengeliger Feriencampkinder und den privaten Führungen, die ihnen Konkurrenz machten. Wir hatten keine Lust mehr, uns auf dem Weg zu unseren Büros und zu den Toiletten durch die Besucherströme zu drängeln, zu ertragen, wie die überforderte Klimaanlage mit der durch die vielen Leiber entstehenden Hitze kämpfte. Mit jedem vergehenden Tag – klebrig und träge und langsam – rückte der September allmählich näher, auch wenn es sich noch so anfühlte, als wäre er ganz weit weg.

Leo hatte sich bisher nicht gemeldet, aber Rachel war schon nach Cambridge gefahren, um dort ihre Wohnung auf das Herbstsemester vorzubereiten, das in der ersten September-woche beginnen sollte. Sie hatte anzuregen versucht, ich könnte doch dort hinziehen, doch seit ich die Brosche gefunden hatte, war ich diesem Thema ausgewichen. Stattdessen hatte ich heim-lich mit Besichtigungen der wenigen Apartments begonnen, die ich mir würde leisten können. Keines davon war größer als das, in dem ich zur Untermiete gewohnt hatte, doch alle boten einen Einjahresvertrag.

Und obwohl es offiziell noch keine Informationen zur Neu-besetzung der Kuratorenstelle gab, befand man sich, so berich-tete Michelle, im Endstadium der Auswahl. Ihre E-Mail mit dem Jobangebot hatte auch die Bitte enthalten, Patricks Büro auszu-räumen. Weil es in der Bibliothek nur noch sehr wenig zu tun gab und die Hitze über den Gärten lag wie eine schwere Decke, trug ich eine Abfalltüte durch die Tür, über der die metallenen Hirsche im Kampf die Geweihe verschränkt hatten, und machte mich zögerlich an die Arbeit.

Patricks Büro hatte immer eine beruhigende Wirkung auf mich ausgeübt. Weil sich die Fenster nicht halb geöffnet fixieren ließen, benutzte ich Bücher, um sie aufzuklemmen, damit die fri-sche Luft zirkulieren konnte. Trotz der Hitze war das besser als die halb feuchte, immer wieder die zentrale Klimaanlage durch-laufende Luft. Die Mehrheit von Patricks Büchern hatte man schon vor Wochen zusammengepackt und der Bibliothek von Yale gespendet, doch da gab es immer noch eine Handvoll Pa-piere, persönliche Gegenstände und Krimskrams in den Schreib-tischschubladen. Diese kleinen Dinge wegzuwerfen – Dinge, die ein Leben, eine Karriere ausmachten –, war das Schlimmste von allem. Und in einer morbiden Aufwallung stellte ich mir vor, was man eines Tages in meinem eigenen Schreibtisch finden würde:

Postkarten von meinen Eltern, Fetzen verworfener Notizen, leer geschriebene Stifte. Ich rettete ein paar Dinge für die Bibliothek und eine einzige Sache für mich selbst, nämlich ein abgenutztes Exemplar von Umberto Ecos *Der Name der Rose,* warf den Rest jedoch in den Müll.

Gerade wollte ich die Aktenschränke hinter Patricks Schreibtisch durchgehen, als Moira den Raum betrat.

»Weißt du, wen sie einstellen werden?« Sie lehnte sich an die geschlossene Tür in ihrem Rücken, und ihre Stimme war kaum lauter als ein Flüstern.

»Nein, weiß ich nicht«, gab ich zurück, während ich die letzten paar Gegenstände in den Müllsack beförderte.

»Hast du irgendwelche Vermutungen?«

Die hatte ich durchaus, aber nicht die Geduld, sie mit Moira durchzusprechen. »Nicht wirklich«, sagte ich.

Moira ging zu Patricks Schreibtisch hinüber und zog eine Schublade heraus. »Hast du irgendetwas gefunden?«

»Nichts«, gab ich zurück.

Moira gehörte zu den Frauen, die sich nicht nur die Zeit nahmen, um eine Tragödie in sich wirken zu lassen, sondern auch die kommenden Tage mit Nachforschungen verbrachten, Dinge über die herausfanden, die unter dem Verlust litten, und ihre Trauer zu ihrer eigenen machten.

»Ist es zu fassen, dass Leo auf Kaution freigekommen ist? Er ist draußen, weißt du. Er könnte jeden Augenblick hier auftauchen.«

»Ich glaube nicht, dass er das darf.«

»Macht das einen Unterschied? Wer sollte ihn denn aufhalten? Stell dir doch mal vor, er kommt einfach hier reingestapft!«

Die Art und Weise, wie sie das sagte, sehnsüchtig, als hätte sie sich die Szene auf dem Weg ins Büro im Detail ausgemalt, ließ mich etwas begreifen: Ich konnte nicht mit Sicherheit sagen, ob

Moira die Situation als Ganzes wirklich erfasst hatte. Sie genoss es sehr, ihre Rolle in dieser Tragödie zu spielen, auch wenn die nur ganz klein war. Leo, das wusste ich, war nicht der Typ des verständnisvollen Angestellten, der an seinen Arbeitsplatz zurückkehren würde. Er würde sich neuen Dingen zuwenden, irgendwo in der Bronx als Barkeeper arbeiten und sich auf die Hand bezahlen lassen, in einem Laden vom Typ *Crystal's Moonlight Lounge,* wo man keinen Wert auf Papierkram legte.

»Ich glaube nicht, dass Leo zurückkommt.«

»Du wirst wohl recht haben. Zwischen euch lief was, oder? Das hat mal jemand erwähnt, vielleicht vom Wachpersonal.« Bei diesen Worten beobachtete mich Moira aus dem Augenwinkel.

Ich zuckte nur die Achseln und hoffte, wenn ich nichts erwiderte, würde Moira gehen, doch sie schien sich hier ganz wohlzufühlen, so an eine Ecke des Schreibtischs gelehnt, während sie mit ihrem langen Bein einen stummen Rhythmus trommelte.

»Weißt du«, meinte sie, »du bist doch jetzt besser dran.«

»Ach?«

»Ohne Leo bist du besser dran. Ich nehme doch an, dass ihr beiden euch getrennt habt, oder?«

Ich war mir nicht sicher, ob wir irgendwann einmal so weit zusammen gewesen waren, um uns zu trennen, nickte jedoch und stapelte dabei einige der verbliebenen Bücher auf. Moira sagte ein Weilchen nichts, folgte mit dem Blick dem Bogen des Fensters, bis sie irgendwann geistesabwesend verkündete: »Ich werde nie begreifen, was ihr Mädchen in ihm gesehen habt.«

Es war der Plural, der mich aufhorchen ließ: *ihr Mädchen.*

»Was meinst du damit?«, fragte ich und beobachtete sie eingehend.

»Einfach nur, dass ihr so nett seid, du und Rachel. Anständige Frauen. Ihr habt eine Zukunft vor euch. Was ihr beide von Leo wolltet, werde ich nie begreifen.«

Natürlich. Eigentlich hatte ich es die ganze Zeit gewusst. Es war da gewesen, in den Ecken der Karten. In den Blicken, die uns Rachel zugeworfen hatte, als sie uns im Schuppen erwischte: abschätzig, berechnend. Ich hatte es gesehen, mich jedoch entschieden, es zu ignorieren. Ich hatte es ungesehen gemacht.

»Was hat denn Patrick davon gehalten, dass die beiden zusammen waren?«, erkundigte ich mich wie nebenbei.

»Ach«, meinte Moira, »ich glaube nicht, dass ihm das überhaupt aufgefallen ist. Zumindest nicht sofort. Ich weiß noch nicht einmal, ob sie überhaupt wirklich zusammen waren. Das war kurz nach ihrer Ankunft hier. Eine Weile lang sah es so aus, als würde sich da wirklich etwas zwischen ihr und Leo entwickeln. Aber dann ist das Ganze in sich zusammengestürzt, wie das mit allen Dingen in Leos Umgebung passiert.«

»Ergab sich dadurch irgendwann eine unangenehme Situation?« Dabei interessierten mich eigentlich die Antworten auf andere Fragen: Wie lange war das gelaufen, war es etwas Ernstes, war Leo verletzt worden, wer von den beiden hatte Schluss gemacht, wie viel wusste Patrick?

»Du meinst, zwischen den beiden?«

Ich nickte. »Oder was Patrick betrifft.«

»Es gab da eine Zeit, in der Leo und Patrick viele Auseinandersetzungen hatten. Lächerliche kleine Streitigkeiten. Davon haben wir hin und wieder etwas mitbekommen. Aber Patrick hat sich meistens wie ein Gentleman verhalten. Von Leo kann ich das allerdings nicht behaupten.«

»Wann hat das Ganze denn aufgehört?«

Moira, den Eindruck hatte ich zumindest, genoss unser Gespräch. In ihrem tiefsten Innern war sie eine Klatschbase, der Kanal, durch den sich Informationen innerhalb von The Cloisters bewegten. Normalerweise wurde sie als »nicht unentbehrliches Personal« eingestuft, und in Momenten wie diesen konnte sie nicht anders: Sie fand es ganz großartig, dass ich ihr so an den Lippen hing.

»Ich weiß es nicht«, sagte sie, während sie sich eine nicht existente Fluse vom Rock zupfte. »Bevor du gekommen bist. Aber ich kann nicht sagen, wie lange vorher. Rachel hat es gefallen, wenn Patrick eifersüchtig wurde. Ich denke, darum ging es eher als um ein echtes Interesse an Leo, wenn ich ehrlich bin.«

Die Vorstellung von Rachel und Leo zusammen überfiel mich, und ich konnte nicht anders, ich sah sie in allen möglichen vorstellbaren Situationen vor mir. Dass mich diese Bilder mit einem winzigen Gefühl der Erregung erfüllten, machte mich verlegen. Es war ein Sog, der in mir das Bedürfnis weckte, mehr zu erfahren, alles zu erfahren, der mich wünschen ließ, es wäre vor meinen Augen passiert.

»Du kennst doch Rachel«, meinte Moira, die mich nun beobachtete wie eine Katze, die neugierig dabei zusieht, wie sich eine Fliege in einem Spinnennetz im verzweifelten Befreiungsversuch um die eigene Achse dreht. »Sie widmet sich einer Sache nie lange ernsthaft. Und diesen Sommer wollte sie überhaupt nur bleiben, weil Michael gegangen ist. Sie hätte eigentlich in Berlin sein sollen. Sie hätte gar nicht da sein sollen, es war nur« – sie machte eine Handbewegung – »Zufall. Ich habe mich immer gefragt, ob sie wegen Leo geblieben ist.«

Mit diesen Worten ließ sich Moira vom Schreibtisch gleiten und ging. Ich blieb zurück, einen Stapel Bücher mit einem Arm gegen die Brust gepresst, in der anderen Hand den schweren Plastikmüllsack. Die Stille in der Bibliothek mit ihren langen Eichenholztischen und grünen Lederstühlen, ihren Rippengewölben und den schmalen gotischen Fenstern, all das schien mir plötzlich die Luft zum Atmen zu nehmen. Ich verspürte das Bedürfnis, in einer Menschenmenge unterzutauchen, um die

Gedanken nicht mehr hören zu müssen, die sich in meinem Kopf zusammenfügten.

In diesem Moment kam eine SMS von Leo: *Wir müssen reden.* Mehr stand da nicht, doch mehr brauchte es auch nicht, damit ich an diesem Tag in The Cloisters alles stehen und liegen ließ. Ich rannte die Stufen zur U-Bahn hinunter, schaute auf die Uhr, während ich auf den Zug wartete. An Leos Haltestelle angekommen lief ich, so schnell es nur ging, und bis ich an seiner Wohnung eintraf, rannte ich förmlich. Auf seinen Anblick war ich jedoch nicht vorbereitet gewesen: Am Bein hatte er eine elektronische Fußfessel, und über einen seiner Wangenknochen verlief ein tiefer Schnitt. Er trug ein Paar löchrige Trainingshosen mit Gummizug, das Haar in einem Pferdeschwanz, wirkte blass.

Er sagte nichts, als ich ihn erreichte – keine Einladung, keine Erklärung. Da war nur eine offene Tür. Er wandte sich um und ging zurück ins Apartment, wo ein halb aufgegessenes Sandwich auf dem Küchentisch stand.

»Was willst du, Ann?«

»Du hast mit Rachel geschlafen«, sagte ich, immer noch außer Atem.

Leo lehnte an der Theke, auf der sich leere Kaffeetassen und Krümel zahlreicher rasch zubereiteter Frühstücksmahlzeiten sammelten. Ich fragte mich, was er wohl seinem Mitbewohner erzählt hatte.

»Und?«

»Du hast mir nichts davon gesagt«, fuhr ich fort. Die Beiläufigkeit in seinem Ton, die Kälte darin, brachte mich ein wenig aus dem Konzept. Ich setzte mich an seinen Tisch, um mich wieder zu fangen.

»Hast du mir alle Personen genannt, mit denen du geschlafen hast? Gehört das zu den Informationen, die ich brauchte?«

»Nein, aber …«

»Jetzt komm, Ann. Dieses ganze Du-hast-mir-nichts-gesagt-Ritual wirkt weder süß noch niedlich. Du hast viel Zeit mit Rachel verbracht. Du weißt, wie sie ist. So unschuldig bist du nicht.«

Ich wollte von ihm alles über ihre Beziehung hören. Ich wollte wissen, ob ihm ihr Busen besser gefiel als meiner, wie sie roch, ob sie Oralsex mochte, ob sie die Nacht im selben Bett verbracht hatte, in dem ich geschlafen hatte, wohlig high durch gutes Speed und billiges Bier. Er hatte recht, so unschuldig war ich nicht. Und ich wusste auch nicht, ob ich es jemals gewesen war.

»Ich wünschte einfach, du hättest es mir erzählt.« Meine Stimme war kaum mehr als ein Flüstern.

»Warum? Hätte das irgendetwas geändert?«

»Vielleicht schon.«

»Wirklich, Ann? Hättest du mich dann gemieden? Oder hättest du *sie* vielleicht gemieden? Nein. Das glaube ich nicht. Dir hat es Spaß gemacht, ein Teil des Ganzen da in The Cloisters zu sein. Das habe ich gesehen. Unser ganzes Drama da. Du hast genau reingepasst, wie ein fehlendes Puzzleteil.« Er hielt inne, um ein Glas aus dem Schrank zu holen, wandte mir den Rücken zu. »Sogar für mich hat es sich so angefühlt, als wärst du das fehlende Puzzleteil.«

Ich wusste nicht, was ich sagen sollte. Aber wie er mich als etwas beschrieb, was benötigt wurde und genau zu ihm passte, und zu Rachel, weckte in mir ein scheußliches Gefühl und Aufregung zugleich.

»Bevor du gekommen bist«, fuhr er fort, »hat sich immer alles klaustrophobisch angefühlt. Rachel und ich. Rachel und Patrick. Moira, die alles ganz genau beobachtet hat. Dieselbe Figurenkonstellation jeden Tag, dieselbe monotone Arbeit. Sträucher stutzen, Laub zusammenrechen, Setzlinge züchten. Und dann bist du gekommen. Du hast was an dir. Ich konnte sehen, dass Rachel das sofort gespürt hat. Du hast es aufgebrochen, das alte Spiel, und es in etwas anderes verwandelt. Du hast uns alle glauben lassen, dass etwas Neues möglich ist.«

»Ihr habt darüber gesprochen, über mich? Du und Rachel?«

Leo nickte. »Du weißt doch, sie und ich, wir teilen da etwas. Wir glauben, dass man manchmal höhere Geschäftskosten hat, wenn man eine Sache besonders gut machen möchte. Man kann dann auf den alten Wegen nicht mehr erfolgreich sein. Es gibt zu viel Konkurrenz, zu viel Geld, zu viele reiche Kids mit Treuhandfonds im Rücken, die sich nicht zwischen Ganztagsjobs und Nachtschichten an der Bar aufreiben müssen. Ich hatte nicht erwartet, dass Rachel das versteht, aber sie hat es verstanden. Sie wusste, wie groß der Konkurrenzdruck war, sogar für jemanden in ihrer Position. Wir beide waren bereit, das Notwendige anzugehen.«

»Patrick«, sagte ich.

»Ja, für sie hatte das mit Patrick zu tun.«

»Du hast ihn nicht umgebracht«, sagte ich.

Leo lachte. »Nein, habe ich nicht.«

»Die Tollkirsche.«

»Ich habe ihn nicht umgebracht, Ann. Warum hätte ich das tun sollen? Ich habe nebenher Artefakte verkauft und damit ziemlich gut verdient. So konnte ich meinen Zweitjob aufgeben und abends schreiben. Rachel hat mir geholfen, einen Hehler zu finden. Sie wusste über alles Bescheid, sie hat es überhaupt vorgeschlagen. Ich werde nie vergessen, wie sie es formuliert hat. ›Die Sachen wieder in die Wildnis entlassen‹, so hat sie es genannt. Wir haben ihnen die Freiheit zurückgegeben. Und so haben wir sie verkauft. Sie wollte nie einen Anteil, obwohl ich ihr etwa zwanzig Prozent angeboten habe. Aber um das Geld ging es ihr nicht. Ich denke, ihr hat der Nervenkitzel gefallen. Sie mochte es, Patrick einen Schritt voraus zu sein, sowohl auf persönlichem wie auch auf professionellem Level. Wir haben es nicht nur in The Cloisters gemacht. Gut, da sind wir erwischt worden, aber ich habe auch Sachen aus der Beinecke und dem Morgan mitgenommen. Briefe, Manuskriptseiten, einige Erstausgaben. Rachel hatte ja Zugang, also war es einfach. Aber ich würde das Geld von einigen dieser Aktionen gern behalten. Deswegen habe ich mich entschieden, Rachels Rolle bei diesem Nebenerwerb nicht zu erwähnen. Wie, glaubst du denn, konnte ich mir die Kaution leisten? Ich weiß noch nicht einmal, ob ich dir das sagen sollte, aber …«

Leo ging zum Kühlschrank und holte ein Bier heraus, öffnete die Flasche.

»Vielleicht bekomme ich bald keins mehr davon«, erklärte er und prostete mir zu. »Ich bin ehrlich gesagt beeindruckt, wie gut sich Rachel alles vom Leib hat halten können.«

»Warum hast du mir nichts erzählt?« Eine dumme Frage, das wusste ich. Was hätte es schließlich für mich bedeutet, wenn ich eingeweiht gewesen wäre? Was hätte ich mit meinem Wissen anfangen sollen?

»Du solltest doch nur befristet angestellt werden.« Er sagte das nicht unfreundlich oder herablassend, sondern zärtlich, als wäre ich eine ausländische Austauschschülerin oder ein Au-pair-Mädchen: Ich wurde aufgenommen und geliebt, doch ich würde unvermeidlich und notwendigerweise wieder gehen müssen. »Aber dann hat Rachel angefangen, dich zu mögen. Und ich auch. Und die Karten – die Karten haben alles ruiniert.«

Ich hatte die Tarotkarten ihm gegenüber nie erwähnt, obwohl es mir viele Male auf der Zunge gelegen hatte. Dieses Geheimnis hatte ich für Rachel bewahrt; ganz offensichtlich war das umgekehrt jedoch nicht der Fall gewesen.

»Du weißt über die Karten Bescheid.«

»Rachel hat mir davon erzählt. Du weißt schon, sie und Patrick waren sich in Yale begegnet. Er hat eine Vorlesung gehalten, sie war anwesend. Man hat sie einander vorgestellt, und er hat ihr für das letzte Unijahr einen Teilzeitjob im Museum angeboten. Ich weiß nicht, wie bald danach sie miteinander geschlafen haben. Ehrlich gesagt ist es mir auch egal. Es ist nicht mein Ding, mir um so was einen Kopf zu machen. Wir sind schließlich alle Tiere und wollen uns einfach nur die Zeit vertreiben. Aber Patrick. Dem hat Rachel wirklich etwas bedeutet. Als er herausgefunden hat, dass zwischen uns beiden etwas läuft, hat er mir die Faust ins Gesicht gehauen. Zwei Wochen hat es gedauert, bis man den Bluterguss nicht mehr gesehen hat. Und ich musste allen auf der Arbeit erzählen, dass mir der Gitarrist beim Proben aus Versehen sein Instrument ins Gesicht gerammt hat. Ich glaube, Patrick dachte, er und Rachel wären füreinander bestimmt. Er hat geglaubt, sie würde ihren Doktortitel machen, in die Stadt zurückkehren und bei ihm in Tarrytown einziehen. Aber dann hat er die Karten gekauft. Er war ein großer Sammler, weißt du, ständig hat er Dinge gekauft und sie irgendwo in seinem Haus aufbewahrt. Sie hat gesagt, sie hätte ihn immer wieder gebeten, sie ihr zu schenken. Dann hat sie ihm angeboten, sie ihm abzukaufen, aber er hat nicht nachgegeben. Da war sie sauer, weißt du? Niemand hasst das Wort *Nein* mehr als Rachel Mondray.«

»Sie …«

Leo nickte.

»Ich bin ein Dieb«, sagte er. »Und wenn es ums Moralische geht, relativiere ich die Dinge gern. Fühle ich mich schuldig, weil ich Objekte aus The Cloisters gestohlen habe? Nein. Die sind ja nicht lebendig; deswegen macht mir das nichts aus. Aber habe ich Patrick umgebracht? Ganz bestimmt nicht. So weit reicht mein moralischer Relativismus nicht. Ich habe jedoch den Verdacht, dass das bei Rachel sehr wohl der Fall ist.«

»Und das hast du der Polizei gesagt?«

»Nein«, sagte er und trank von seinem Bier. »Warum hätte ich das tun sollen? Wem glauben sie wohl eher – mir, einem Kriminellen, oder Rachel Mondray? Sie hat mich natürlich gut drangekriegt. Gewusst hat sie, dass ich nicht alles auf sie würde schieben können, weil da immer noch ein paar Dinge im Umlauf sind, die wir gestohlen haben. Aber selbst wenn ich ihren Namen ins Spiel gebracht hätte, hätte das keinen Unterschied gemacht.« Er schüttelte den Kopf. »Ich habe nicht damit gerechnet, dass sie mich als Schuldigen für den Mord an Patrick vorschiebt. Aber nachdem die Polizei rausgekriegt hat, dass es da um eine Vergiftung geht, hatte sie wohl keine andere Wahl.«

»Hat sie sich denn keine Sorgen gemacht, das Ganze könnte schiefgehen?«

»Rachel ist in allem ganz genau. Eine Planerin. Aber wenn etwas schiefgegangen ist, hat sie es immer geschafft, unbeschadet davonzukommen. Warum hätte es diesmal anders sein sollen?«

»Wir müssen dafür sorgen, dass sie zur Verantwortung gezogen wird«, erklärte ich und schaute Leo dabei an. In meiner Stimme lag eine Art Verzweiflung, ein Drängen, obwohl ich bis in die Knochen spürte, dass Leo recht hatte, und mir auch die Karten das bestätigt hatten.

Er zuckte die Schultern. »Sie haben nicht genug, um mich zu verurteilen«, meinte er. »Das sagt zumindest mein Anwalt. Sie wären zu sehr auf Indizien angewiesen. Ich werde ein paar Monate lang in einem Gefängnis mit niedriger Sicherheitsstufe einsitzen, wegen der Diebstähle, und dann auf Bewährung freikommen. Ich werde arbeiten, um meine Geldbuße abzubezahlen. Ehrlich gesagt freue ich mich darauf, weißt du. Ein paar Monate schreiben, ohne Ablenkung? Mir ist es egal, ob ich das hier erledige oder irgendwo anders unter den Augen eines Gefängniswärters. Es gibt nichts, womit man Rachel drankriegen könnte.

Sie wird alles abstreiten. Das habe ich sie schon vorher erfolgreich tun sehen. An dem Tag, als Patrick herausgefunden hat, dass wir etwas am Laufen hatten, hat er sie damit konfrontiert. Ich glaube, Moira hat es ihm gesagt. Sie hat immer gehofft, Patrick würde über seine Fixierung auf Zwanzigjährige hinwegkommen und sich jemandem zuwenden, der eher seiner Altersgruppe entspricht. Aber er hat Rachel im Garten abgepasst. Ich habe die beiden streiten hören. Sie hat das Ganze rundweg geleugnet, obwohl wir am selben Tag Sex im Schuppen gehabt hatten. Ich glaube, sie hatte da sogar noch ein bisschen von meinem Sperma in sich.« Er lachte gepresst. »Sie ist eine ausgezeichnete Lügnerin, unsere Rachel. Ein ganz unglaubliches Pokerface hat sie.«

Als er den Ausdruck auf meinem Gesicht bemerkte, kam er zum Tisch und setzte sich schräg mir gegenüber hin.

»Oh, Ann.« Er berührte meine Wange. »Ich möchte nicht, dass du denkst, so läuft es bei mir mit allen Frauen. Wie gesagt: Wir fanden beide gleich von Anfang an, dass du etwas Besonderes bist.«

Ich erhob mich vom Tisch, ließ ihn da sitzen, leicht vornübergebeugt, seine Hand noch dort, wo er meine Wange hatte berühren wollen. Einesteils wollte ich schreien und kämpfen. Alles niederbrennen. Aber anderenteils – ich konnte nicht anders, ich empfand Aufregung darüber, die ganze Zeit im Mittelpunkt des Geschehens gewesen zu sein, ein Puffer zwischen ihnen. Jemand, dessen Gesellschaft sie beide genossen hatten.

»Du wirst sie nicht erwischen können, weißt du«, rief er mir nach, als ich mich zum Gehen wandte. »Du wirst ihr auf ihrem eigenen Level begegnen müssen. Etwas anderes respektiert Rachel nicht.«

26. KAPITEL

Leos Worte blieben mir im Kopf, klirrten darin wie Eis in einem Glas, stießen hin und wieder zusammen, bis sie sich in eine Art Plan auflösten. Und so stimmte ich einem Ausflug zum Long Lake zu, als Rachel am Ende ihrer letzten Woche auf dem Weg zur Arbeit sagte: »Wir sollten noch einmal hinfahren, bevor ich an die Uni muss.«

Ihr Graduiertenunterricht würde bald beginnen. Sie hatte mir ihr Apartment in New York angeboten, denn sie wusste noch nicht, dass ich zum 1. September einen Mietvertrag in Inwood unterschrieben hatte. So war es einfacher. Rachel hatte angefangen, jeden Tag kläglich klingende Fragen zu stellen. *Du kommst mich doch besuchen, oder? Und wir telefonieren unter der Woche, ja?* An diesem Morgen beim Kaffee hatte sie plötzlich und unvermittelt gesagt: »Vergiss mich nicht, okay?« Hätte ich das nur gekonnt. Während ich meine Sachen für das Wochenende zusammenpackte, wurde mir bewusst, dass ich immer noch hätte gehen können. Ich hatte meine erste Wohnung noch gemietet; ich konnte mich jederzeit gegen den Ausflug zum Long Lake entscheiden. Doch als sich das Wasserflugzeug in der Dämmerung im steilen Winkel nach unten neigte, bevor seine Kufen das dunkle Wasser des Sees berührten, wusste ich, dass es sich nicht um eine Wahl gehandelt hatte. Es war mein Schicksal. *Audentes fortuna iuvat* – Das Glück begünstigt die Mutigen. Und die Stadt und The Cloisters hatten mich in eine Person verwandelt, die mutig sein konnte.

Diesmal begrüßte uns anders als beim vorigen Mal niemand, und das Haus lag im Dunkeln. Nur die Linie der Scheinwerfer am Steg entlang wies den Weg. Bis wir über den Rasen gegangen waren und die Haustür erreicht hatten, konnte ich hören, wie sich die Motorengeräusche des Flugzeugs vom See wegbewegten, uns zusammen in der zunehmenden Dunkelheit zurückließen.

»Keine Margaret?«, fragte ich Rachel.

»Ach, zum Feiertag bekommt das Personal immer frei«, erklärte sie. »Normalerweise sind dann sowieso Leute hier, also braucht niemand aufs Haus aufzupassen.« Sie schaltete das Licht im Wohnzimmer ein, und das honigfarbene Holz wurde in einen warmen Glanz getaucht.

Ich war hierhergekommen, damit Rachel sich nicht der Wahrheit entziehen, sich nicht hinter Aruna oder Michelle de Forte würde verstecken können, oder hinter ihren Anwälten. Sie sollte sich nicht in der Menschenmenge der Stadt verlieren können. Doch dass Margaret und Jack nicht hier sein würden, war mir nicht bewusst gewesen.

Ich hatte sie als Sicherheit eingeplant, als Schutz für den Fall, dass Rachel durchdrehte, aber vielleicht war es besser so. Dass nur wir beide uns hier aufhielten, war sowieso in ihrem Sinne.

Seit Tagen hatte ich immer wieder die Unterhaltung durchgespielt, die ich mit ihr würde führen müssen, Rachel Worte in den Mund gelegt, andere wild aus meinem eigenen strömen lassen. Doch den Rest des Wochenendes wollte ich der Intuition überantworten. Das Ganze würde sich so entwickeln, wie es sein sollte, das wusste ich, und ich wollte von den Karten nicht wissen, was ich zu erwarten hatte. Noch nicht. Ich sah Rachel dabei zu, wie sie den Kühlschrank öffnete und den Inhalt kontrollierte. Er war fast leer, auch das Gefrierfach.

»Wir können in der Stadt zu Abend essen«, schlug Rachel vor, während sie ein paar Schranktüren aufzog und wieder schloss.

Wir brachten unsere Taschen in die Räume, in denen wir während unseres ersten Aufenthalts geschlafen hatten. Ich ging ans Fenster und ließ meine Finger auf dem Sims ruhen. Ich begriff: Es war nicht so, dass mich The Cloisters verändert hatte; es hatte mich vielmehr zu der Person zurechtgeschliffen, die ich immer gewesen war. New York hatte mir nicht gezeigt, wozu ich fähig war, sondern mir keine andere Wahl gelassen, als dazu fähig zu sein – die Vervollkommnung einer harten Ausbildungszeit, die mit dem Tod meines Vaters begonnen hatte.

Und das betraf nicht nur die Stadt. Rachel und Leo hatten mir eine andere Lebensweise gezeigt, und deswegen hatte ich mich in beide verliebt. In einer Fensterecke stehend, mit Blick über den See, sah ich mich gefangen zwischen dem Wunsch, alles zu zerstören, und dem, alles für immer zu halten. Diese Bedürfnisse, so sagte ich, waren eins.

Als Rachel an die Tür klopfte, fuhr ich ganz instinktiv hoch.

»Ich wollte dich nicht erschrecken«, kommentierte sie, während sie den Raum betrat, einen Pullover in der einen und ein Schlüsselbund in der anderen Hand.

»Hast du nicht.«

Wir stiegen in einen Truck, den Rachel rückwärts aus einer offenen Garage fuhr, dann ging es eine lange, allmählich abfallende und unbefestigte Auffahrt entlang, unter einem Dach aus Ulmen- und Eichenzweigen. Nach etwa einer Meile zwischen Laubwald und Sumpfland fuhren wir durch ein unauffälliges Metalltor und bogen nach links auf eine zweispurige Landstraße ab. Bis am Horizont die Hauptstraße einer einfachen, saisonal geschäftigen Stadt Kontur annahm, dauerte es nur eine knappe Viertelstunde: Hier gab es Stände mit Sonnenbrillen und Reittiere mit Münzschlitz für Kinder, auf Schildern wurden kalte Getränke und Eiscreme angeboten.

Trotz der langen Zeit, die ich in diesem Sommer in der Stadt verbracht hatte, hängen einige meiner deutlichsten Erinnerungen mit dieser Hauptstraße in dieser kleinen Stadt zusammen. Ich musste an Walla Walla und die Intimität des Gefühls denken, auf Bürgersteigen voller Sommertouristen durch die Stadt zu gehen, mich zwischen geparkten Autos, Läden mit Schaufenstern voller Spielsachen und Souvenirs hindurchzuquetschen – vorbei an seit Jahren unveränderten Auslagen, die Vorübergehende anlocken sollten.

»Erst essen wir. Dann besorgen wir Vorräte«, bestimmte Rachel, während sie die Straße hinunter auf ein Restaurant zusteuerte, vor dem rot-weiße Sonnenschirme über Picknicktischen aus Holz aufgespannt waren. »Hoffentlich isst du gern Burger, denn etwas anderes gibt es hier nicht. Die Pizzeria hat letztes Jahr geschlossen. Wahrscheinlich ist das auch besser so. Die Pizza hat scheußlich geschmeckt, für New Yorker Begriffe sogar ziemlich grässlich.«

Nur eine Handvoll Tische war frei, und Rachel warf ihren Pullover auf einen Stuhl, bevor wir uns der Schlange anschlossen, die hauptsächlich aus Rentnern und jungen Familien bestand. Außerdem gab es einige Teenager, die für einen Abend dem wachsamen Blick ihrer Eltern entkommen waren. Wir gaben bei zwei jungen Frauen hinter Fenstern eine Bestellung auf. Die Scheiben waren nur gerade so weit geöffnet, dass sie alles hören konnten. Sie mussten sich immer wieder zu uns herunterbeugen, fast die Ohren auf die Theke pressen, um mitzubekommen, was wir haben wollten.

Rachel war unentschlossen, aber das schien niemanden hier zu stören. Seit Leos Verhaftung hatte sich ihr Verhalten ganz unmerklich verändert – sie gab sich leichter, verspielter, als wäre ihr jede verbliebene Sorge von den Schultern genommen worden. Ich fragte mich, wie sie das Ganze vor sich rechtfertigte, denn das hatte sie getan, dessen war ich mir sicher.

Was sagte man zu einer Freundin, die einen Mord begangen hatte? Wie war es möglich, Zeit miteinander zu verbringen, bis man der Wahrheit einfach nicht mehr länger aus dem Weg gehen konnte?

Unsere Bestellung kam. Mein Burger war voller Fettstückchen und sehr salzig.

»Was glaubst du, wie wird Moira Beatrice finden?«, fragte Rachel, die immer wieder von ihrer Limonade trank.

Man hatte Beatrice Graft als Patricks Nachfolgerin angestellt. Sie war Professorin an der Columbia University, hatte in The Cloisters schon häufig Vorträge gehalten und dadurch immer ganz vorn gestanden, was die Neubesetzung betraf.

»Ich glaube, Moira meint, sie selbst sollte zur Kuratorin ernannt werden«, sagte ich.

»Patrick hat mir mal erzählt, dass sie mit ungefähr dreißig in The Cloisters angefangen hat. Kannst du dir das vorstellen? Das ist doch mindestens dreißig Jahre her.«

Ich konnte es mir tatsächlich vorstellen. Moira sah aus wie jemand, der viel zu viel Zeit in den gotischen Räumen des Museums verbracht hatte – blass und wachsam. Und, wie ich wusste, voller Geheimnisse.

»Meinst du, du kommst zurecht?«, erkundigte sich Rachel. In ihrer Stimme lag aufrichtige Besorgnis. »Das wird wie ein völliger Neuanfang sein. Ein Ersatz für mich, ein Ersatz für Leo, ein Ersatz für Patrick.«

Nicht notwendigerweise etwas Schlechtes, dachte ich.

»Ich werde schon klarkommen.«

»Genau das habe ich Michelle auch gesagt«, gab Rachel zurück und schaute an mir vorbei zu einem Tisch, an dem ein junges Pärchen saß. »Ich habe ihr gesagt, du würdest bei der ganzen Unruhe wie ein Anker auf das Museum wirken. Obwohl du noch nicht lange dort arbeitest, wirst du damit umgehen können, habe ich ihr gesagt. Sie war sich da nicht ganz sicher, weißt du, ob du längerfristig gut reinpassen würdest. Aber ich habe ihr das versichert.«

»Danke«, sagte ich. Allerdings gefiel mir etwas an diesem Statement nicht: der Hinweis, ich würde Rachel etwas schulden, selbst nicht ganz ausreichen.

»Lass nur. Dafür sind Freundinnen schließlich da. Außerdem will ich wissen, wo du bist, falls ich dich brauche.«

Wir aßen schweigend, während sich die Nacht über die Stadt senkte. Die Sterne konnte man ganz deutlich sehen, weil es nur eine einzige Straßenlaterne gab. Plötzlich wurde mir bewusst, dass Rachels Großzügigkeit – die Eigenschaft, die mich so für sie eingenommen, die an ihr so echt gewirkt hatte – genau betrachtet die Quelle ihrer Kontrolle war. Sie war zugleich Wohltäterin und Mikromanagerin, lenkte uns alle gekonnt durch die Schritte, die wir zu absolvieren hatten, und schützte uns durch ihre privilegierte Position, während wir gehorchten. Und obwohl deutlich war, dass sie mich mochte, war genauso deutlich, dass sie sich für cleverer, vielseitiger hielt.

Vor dem Abflug hatte ich Laure angerufen und ihr alles erzählt, nur für den Fall, dass etwas schiefging. Sie hatte mir ohne jede Frage alles geglaubt, in ihrer Stimme kaum etwas anklingen lassen. Als sie mich gefragt hatte, ob alles okay bei mir sei, hatte ich ihr das versichert.

Rachel, das begriff ich, hatte so viel Verlust verursacht oder in dessen Mittelpunkt gestanden. Ich wusste, wie das einen Menschen veränderte. Deswegen hatte ich Rachels Verlust erforschen wollen, ihn anprobieren. Ich erinnerte mich, wie ich seinerzeit jeden einzelnen Artikel über den Tod meines Vaters ausgeschnitten und aufbewahrt hatte – manchmal handelte es sich nur um einige Zeilen Text. Sein Nachruf war kaum länger gewesen als mein Daumen. Und der Gedanke an seinen Nachruf hatte mich dazu veranlasst, Artikel über den Tod von Rachels Eltern herauszusuchen. Davon gab es viele: Berichte in der *Post-Star Gazette,* die den Rettungsversuchen eine ganze Seite widmete: dem Schaden am Boot, Rachels Zustand bei ihrem Auffinden. Und weil ich ihren Verlust noch stärker hatte empfinden wollen, hatte ich mich dann Artikeln der *Yale Daily News* über den Selbstmord ihrer Zimmergenossin zugewandt. Mit jedem gelesenen Wort sahen Dinge, die mir zuerst wie Unglück, vorherbestimmt, unausweichlich vorgekommen waren, weniger schicksalhaft, sondern mehr wie geplant aus.

Rachel sammelte unsere Burgerverpackungen ein, stand auf und warf sie in den Müll.

Auf der Rückfahrt ließen wir die Hände aus dem Wagenfenster baumeln, den Luftzug unsere Haut beleben. Erst spät kamen wir am Haus an. Rachel legte im Wohnzimmer eine Platte auf, und der knisternde Sound drang durch das Holzhaus und die geöffneten Fenster bis zum Seeufer, den Chor der Grillen dort vermochte er allerdings nicht zu übertönen.

Sie ließ sich in einem alten Sessel nieder und griff zu einem Buch, neben sich auf dem Tisch ein Glas Wein. Bei unserem ersten Aufenthalt hier hatten wir viel Zeit mit Lesen verbracht, und für dieses Mal hatte ich einen Roman dabei, den ich schon seit einer ganzen Weile lesen wollte: Umberto Ecos *Der Name der Rose,* das dicke, abgenutzte Exemplar, das ich aus Patricks Büro mitgenommen hatte. Auf der Couch öffnete ich das Buch und blätterte rasch die Seiten durch, bis ich am Ende plötzlich einen Widerstand spürte. Da, ganz hinten, zwischen der letzten Seite und dem kartonierten Einband, steckte eine Karte. Sofort erkannte ich die tiefblaue Rückseite, die dort verteilten goldenen

Sterne, die vor dem Nachthimmel eine Konstellation bildeten. Als ich aufblickte, stellte ich fest, dass Rachel völlig in ihr Buch vertieft dasaß. Ich drehte die Karte herum. Es war die fehlende Karte, der Teufel. Die Karte, die das Deck vervollständigte. Die zur Täuschung aufgebrachte Vorderseite war bereits entfernt worden, und man erkannte Janus, den Gott der Übergänge und der Dualität. Patrick, erkannte ich schockiert, hatte immer von den darunter verborgenen Karten gewusst.

27. KAPITEL

Ich behielt meine Entdeckung auch dann noch für mich, als wir am nächsten Tag auf weichen Strandtüchern lagen und die Zehen in den Sand bohrten. Ein schräg gerichteter Sonnenschirm spendete uns ein spitzes Stück Schatten, während sich die Sonne nach Westen bewegte. Weit weg am Horizont baute sich eine Wolkenbank auf. Ich watete in den See hinaus, und alle paar Schritte pikste mich etwas Felsiges in den Fuß, bis ich weit genug draußen war, um untertauchen zu können. Wasser drang mir in die Ohren, während sich meine Arme bewegten, mich zu der alten Schwimmplattform trugen, die man ein Stück vom Strand entfernt im Wasser verankert hatte.

Und als ich mich auf die raue, faserige Oberfläche hochzog, stellte ich voller Bewunderung fest, wie braun meine Arme geworden waren, was für einen schlanken Körper ich diesem Sommer in New York verdankte. Es hatte mir immer gefallen, wenn diese Jahreszeit in den letzten Zügen lag. Immer hatte ich den endlosen Trommelwirbel der hellen Augustsonne und das trockene Gras in Walla Walla genossen, wo die Rückkehr ins Klassenzimmer das erste Signal für die Ankunft des Herbstes darstellte, auf den bald der tief hängende Winterhimmel folgen sollte. Der Himmel in New York würde nicht nur tief hängen, das wusste ich. So heiß der Sommer auch gewesen war, der Winter würde Kälte bringen. Beißende Kälte, hatte Leo eines Abends gesagt, während er sich am Notausgang nach draußen lehnte, um den Rauch seines Joints in die Luft zu blasen. Trotzdem konnte ich es kaum erwarten, dass der Winterwind vom Hudson River zu mir wehen würde. Ich lag da auf der Plattform, bis ich spürte, wie die Hitze auf meiner Haut prickelte und brannte. Dann tauchte ich wieder ins Wasser und schwamm ans Ufer.

Rachel und ich wiederholten das – Schwimmen, Dösen, zusammen unter dem bisschen Schatten, das uns der Sonnenschirm gönnte – bis zum späten Nachmittag, bis sich der Himmel verdunkelte und die Wolken ihre Farbe von Weiß in Grau änderten, den Horizont durch ihre Größe klein erscheinen ließen. Auch der Wind hatte zugenommen, er riss an den Ecken unserer Buchseiten und am Sonnenschirm. Doch als die Sonne tiefer sank, wurde deutlich, dass wir zu lange gewartet hatten. Vom Ende des Sees bewegte sich ein dunkles Regenband auf uns zu, und der Niederschlag bildete weiße Schaumkronen auf den Wellen. Das Tageslicht war Dunkelheit gewichen – diese surreale Erfahrung, die den heißesten Sommertagen vorbehalten scheint –, und obwohl noch kein Blitz den Himmel durchbrochen hatte, verriet mir ein plötzlicher kalter Luftzug, dass das Gewitter nicht mehr weit entfernt sein konnte. Und dann, direkt über uns, Donner. Eine Windböe warf den Sonnenschirm um, trieb ihn über den Rasen, die Strandtücher und Bücher hinterher. Wir rannten ihnen nach, während uns der Regen hart auf die Schultern und die nackten Beine peitschte, suchten die Gegenstände zusammen, die im Wind vor uns tanzten. Dann rannten wir dem Schutz der Veranda und des Hauses entgegen. Ich konnte schon das ohrenbetäubende Stakkato des Regens hören, der auf das Dach, das Bootshaus, die Fenster einschlug.

»Ich glaube nicht, dass der Strom ausfallen wird«, verkündete Rachel, sobald wir drinnen waren.

Ich hatte mir nicht vorstellen können, dass es noch dunkler würde, doch als der Wind die Hauswand erreichte, trat ich unwillkürlich einen Schritt zurück. Binnen weniger Minuten hatte sich die Atmosphäre des Nachmittags verändert – unwiderruflich verändert. In diesem Augenblick sehnte ich mich nach dem Einzigen, was mich festhalten konnte, während sich um mich herum alles drehte und drehte: den Karten. Ich ließ Rachel im Wohnzimmer zurück, wo sie den Sturm beobachtete, und ging in mein Zimmer. Dort tastete ich in meiner Tasche herum, bis ich sie fand: die Schachtel mit der grünen Schleife, die die Karten enthielt.

Weil ich mit einem vollständigen Kartensatz arbeiten wollte, ließ ich die Teufelskarte in die Mitte des Stapels gleiten. Ich setzte mich im Schneidersitz auf den alten Webteppich, mit Blick auf die Fenster, an deren Scheiben der Regen nun Rinnsale bildete. Ich begann damit, die Karten vorsichtig zu mischen und hinzulegen, alles mit dem Zweck, sie in einem komplizierten Muster anzuordnen. Fünf sollten repräsentieren, was geschehen war, fünf weitere, was noch geschehen würde. Und während ich das tat, konnte ich mich der Wirkung nicht entziehen: Was ich da in meiner Vergangenheit entdeckte, packte mich. Da war die umgekehrte Zwei der Kelche – eine Karte, die von Misstrauen berichtete, von einem Ungleichgewicht. Daneben lag Saturn, eine Karte, die man in einem traditionellen Kartensatz mit der Welt in Verbindung brachte – mit der Vaterfigur. Doch im alten Rom hatte man Saturn darüber hinaus mit dem griechischen Gott Kronos zusammengebracht, einem Titanen, der seinen eigenen Vater besiegt und seine Kinder verschlungen hatte. Die umgekehrte Zehn der Münzen fokussierte alles noch deutlicher auf die Familie, darunter war auch der Mond. Diese unbeständigste aller Karten, die ein Licht auf die Irrtümer auf unserem Weg warf. Ich musste den Blick von der Wahrheit abwenden, die mir die Karten zu vermitteln versuchten.

»Was sagen sie dir?«, wollte Rachel wissen. Sie war mir nach oben gefolgt und lehnte jetzt im Türrahmen. Und dann, so leise, dass ich sie wegen des Regens kaum hören konnte: »Was können sie dir sagen, was ich dir nicht sagen kann?«

»So funktioniert das nicht. Es ist ein Gefühl.« Ich schaute hoch. »Da wird etwas aufgeschlossen.« Doch ich wusste, es konnte auch mehr als das sein. Das Dokument, das wir übersetzt hatten, verriet uns, dass die Karten ein kreatives Element in sich bargen – sie sagten die Zukunft voraus, ließen sie möglicherweise sogar entstehen.

Rachel zögerte, das Zimmer zu betreten. Stattdessen verharrte sie auf der Schwelle und beobachtete mich.

»Jetzt komm schon, Ann«, sagte sie. »Du glaubst doch nicht wirklich, dass die Karten die Zukunft vorhersagen können. Das kann nichts und niemand. Nur wir können unsere Zukunft erschaffen.«

Doch ihre Stimme klang schwach und erinnerte mich an die Geschichte, die sie mir über ihre Mutter und die Teeblätter erzählt hatte. Darüber, wie die Prophezeiung sie mit einer Angst erfüllt hatte, die sie nie ganz losgeworden war.

»Wir wollen alle an etwas glauben, was größer ist als wir selbst«, sagte ich. Die übrigen Karten hielt ich in der Hand und studierte, was ich da gelegt hatte. »Hat das nicht Patrick immer gesagt?«

»Warum willst du deine Zukunft überhaupt erfahren?«, fragte Rachel, die jetzt ins Zimmer kam und sich mir gegenüber auf den Boden setzte, auch im Schneidersitz. »Wenn es stimmt, was du sagst, und draußen etwas auf uns wartet – etwas, was wir vielleicht sehen können, warum würdest du es dann wissen wollen?«

In diesem Augenblick begriff ich: Rachel hatte Angst. Während ich mich meiner Intuition hingegeben hatte, hatte sie sich ihrer entzogen. Da fragte ich mich, ob sie die Frau mit den Teeblättern womöglich doch gefunden hatte. Und ganz kurz stellte ich mir vor, wie sie in den Laden gegangen war, um dann sofort rausgeworfen zu werden. Wie die prophetische Dame anklagend auf sie gezeigt hatte. Aber die Wahrheit war: Wir hatten beide auf unsere Weise recht. Glaubten tatsächlich daran, dass wir für bestimmte Dinge vorherbestimmt waren, so wie ich daran glaubte, dass mein Vater dafür vorherbestimmt war, an jenem Tag an genau dieser Stelle am Straßenrand zu sein, sodass ich nichts hätte tun können, was seinen Tod verhindert hätte. Wie wäre es gewesen, mit der Alternative zu leben? Mich immer zu fragen, ob ich ihn hätte retten können, wenn ich eine andere Entscheidung getroffen hätte?

Rachel überbrückte den Abstand zwischen uns und durchbrach meine Konzentration, indem sie mir eine Hand auf den Arm legte.

»Ann. Es kann amüsant sein, an Dinge zu glauben. Aber mehr auch nicht – es ist nur Spaß. Es hat nichts mit der Arbeit zu tun. Die Arbeit ist hier.« Sie deutete auf die Karten, ließ einen Finger über den Illustrationen schweben. »Wir sollten uns darauf konzentrieren.«

Ich blickte zu ihr auf, wie sie mir gegenübersaß. Hörte, wie flehentlich sie klang. Ich stellte mir vor, dass sie einmal dasselbe zu Patrick gesagt hatte.

»Dann lass sie mich für dich befragen«, bot ich an.

Das war als Herausforderung gemeint, aber auch als Test, wie weit Rachel mich gehen lassen würde. In diesem Moment wurde mir bewusst, welche Distanz ich zwischen mir selbst und dem Menschen geschaffen hatte, der ich in diesen ersten Wochen gewesen war, als ich mich so sehr bemüht hatte, nicht hinter ihr zurückzufallen, so sehr danach gestrebt hatte, ihr auf ihrem Level zu begegnen. Sie schaute mir forschend ins Gesicht, und zum ersten Mal wurde mir bewusst, dass wir auf einer Stufe standen. Sie fühlte sich jetzt genauso unsicher, wie ich es einmal gewesen war. Und während der Regen auf den Fenstersimsen trommelte, nickte sie.

»Was willst du sie fragen?«, erkundigte ich mich.

»Befrage sie zu meiner Zukunft.«

Ich nickte und begann mit dem Kartenlegen, in einer einfachen Fünf-Karten-Formation. Doch jede Karte, die da aufgedeckt wurde, war dieselbe – das Ass, umgekehrt. Die einzigen Karten im Satz ohne Illustration, außer dem Bild ihres Symbols. Ich machte weiter, bis ich fünf Karten vor mir hatte, schloss die Augen und spürte die Weichheit des Materials. Als ich sie wieder öffnete, stellte ich schockiert fest, dass die verbleibenden beiden Karten nichts geändert hatten. Da war das vierte Ass, und da war die Karte, die ich dem Satz hinzugefügt hatte, bevor Rachel den Raum betrat, bevor ich überhaupt daran gedacht hatte, für sie die Karten zu lesen: der Teufel. Als ich die Karten betrachtete, die Rachels Zukunft hätten wiedergeben sollen, zeigten sie mir, dass es da keine Zukunft gab. Zumindest keine, die ich hätte sehen können. Da gab es nur Leere und eine plötzliche Veränderung. Den Tod.

»Ann …« Angesichts der Karten überzogen sich Rachels Gesicht und Dekolleté mit einem tiefen, fleckigen Rot. Bevor ich etwas sagen konnte, stand sie auf und verließ das Zimmer.

Ich folgte ihr nach unten, wo sie am Fenster stand.

»Hat man dir gesagt, was mit Patrick passiert ist?«, fragte sie, ohne sich mir dabei zuzuwenden.

Im Rückblick wurde mir bewusst, dass man das getan hatte. Ich war damals aber nicht gut genug gewesen, um das auch zu begreifen. »Möglicherweise.«

»Ich hätte dich nicht für den Typ Frau gehalten, der sich so sehr in all das verwickeln lässt«, meinte sie und wandte sich jetzt doch mir zu. Ihre Stimme klang dünn und hoch. »Du hast am Anfang so pragmatisch auf mich gewirkt.«

»Du verstehst das nicht«, erwiderte ich, fast zu mir selbst. Ich dachte an die Arbeit, die mein Vater vollbracht hatte, indem er die Seiten übersetzte, wie er über ihnen gegrübelt hatte, wie sie immer für mich bestimmt gewesen waren, auf *mich* gewartet hatten. Nicht auf Rachel.

Sie lachte, und es klang wie zerbrechendes Glas.

»Die Karte kam für dich«, sagte ich. »Der Teufel.«

Draußen durchfuhr ein gezackter Blitz den Himmel, erschütterte das Haus und unsere Körper. Der Einschlag war nicht weit von hier erfolgt, der Blitz hatte das Bootshaus getroffen. Wie die Karte mit dem Turm brannte es kurz darauf lichterloh. Die Hitze des Blitzes hatte dem Regen getrotzt und das Gebäude in Flammen aufgehen lassen, und jetzt brach es langsam in sich zusammen, drohte im See zu versinken.

Rachel rannte ohne Zögern hinaus in den Sturm, auf das Feuer zu. Ich folgte ihr, doch der Regen durchschlug förmlich meine Haut, und ich konnte durch den heulenden Wind und den Rauch, der über den Steg zum Bootshaus zog, kaum etwas sehen.

Anders als Rachel, die den Weg instinktiv kannte, musste ich den Blick immer auf die Bohlen gerichtet halten, um sicher sein zu können, mich dem Rand nicht zu sehr zu nähern. Als ich endlich das Ende des Stegs erreicht hatte, stand Rachel im Bootshaus. Eine Ecke des Gebäudes qualmte noch immer trotz des Regens, und das Dach war teilweise weggerutscht. Zwei Boote, die man mit einer Winde aus dem Wasser gehoben hatte, pendelten im Sturm.

»Du wusstest es«, wandte ich mich an sie und musste schreien, um den Sturm zu übertönen. »Du wusstest, dass er die Karte hatte. Dass er von den richtigen Karten unter den falschen wusste.«

Ich ließ zwischen uns stehen, was das bedeutete. Patrick hatte von den Karten gewusst, wie lange, das konnte ich nicht mit Sicherheit wissen. Fest stand aber, dass Rachel mich angelogen hatte.

Sie wandte sich mir zu, und der Wind fuhr ihr peitschend durchs Haar. »Was erwartest du jetzt von mir, Ann? Wirst du dich besser fühlen, wenn du die Details kennst? Wird es irgendeinen Unterschied für dich machen?«

»Das sind keine Details, Rachel. Hier geht es um die Wahrheit.«

»Gut. Okay. Da hat also jemand entschieden, dass ethische Überlegungen plötzlich wichtig sind. Ja, er hat es gewusst. Aber es war nicht er, der die Entdeckung machen sollte. Das warst du. Das ist die Wahrheit.«

»Du hast es gewusst und vor mir geheim gehalten.«

Regenguss und Donner hatten sich gen Osten bewegt, waren zu hallenden Echos in weiter Entfernung geworden. Doch ein Nieseln blieb, als Serie böser Nadelstiche, die sich mir in die Haut bohrten.

Sie kniff die Augen zusammen. »Warst du auch bei Leo?«

Kurz fragte ich mich, ob er ihr von unserem Treffen erzählt hatte, doch wie sie ihre Frage stellte, scharf und neugierig, ließ mich davon ausgehen, dass es nicht so war.

»Ich habe auch ohne Leo alles herausgefunden«, gab ich zurück. Und obwohl das stimmte, war es Leo gewesen, der mich länger als irgendjemand sonst gedrängt hatte, die echte Rachel zu erkennen.

»Das habe ich mir gedacht. Was hat er dir denn gesagt?«

»Nichts, was ich nicht schon gewusst hätte.«

Rachel warf den Kopf in den Nacken und lachte. Es konnte einem nicht entgehen, wie ihr Körper von der Bewegung geschüttelt wurde, geschmeidig und gebräunt. Selbst so verrenkt bildete ihre Schönheit eine Art Zuflucht.

»Du hast ja keine Ahnung, Ann. Wie solltest du auch?«

Dass Rachel glaubte, ich hätte nur so wenig erkannt, versetzte mir ein jähes Gefühl der Freude. Ich kannte sie besser, als sie sich vorstellen konnte. Ich hatte aufgepasst.

»Leo hatte schon immer eine blühende Fantasie. Aber ich glaube nicht, dass genug Beweise für eine Anklage vorliegen.«

»Nein. So sieht er das auch.«

»Wirklich schade, wenn man es sich genau überlegt.«

»Er hat aber gesagt, dass du Patrick umgebracht hast.« Diese Worte lagen mir seit Tagen auf der Zunge, und jetzt kamen sie heraus, rau, klangen in meinen eigenen Ohren fast misstönend und dabei laut trotz des tosenden Sturms.

»Warum sollte er denn das denken?« Rachel machte einen Schritt auf mich zu, und weil sich dadurch die Distanz zwischen uns verringerte, musste ich dem Impuls widerstehen, mich zurückzuziehen, die Pufferzone zwischen uns zu erhalten.

»Weil *er* es nicht getan hat. Und diese Karte« – ich wies in Richtung des Hauses – »diese Karte ist das Motiv, Rachel. Du musstest ihn aus dem Feld schlagen, oder? Als er erst einmal die falschen Vorderseiten entdeckt hatte, wusstest du, dass du verloren hattest.«

Etwas glitt über Rachels Gesicht, allerdings hätte ich nicht mit Sicherheit sagen können, ob ich da gerade eine Emotion oder nur den Regen gesehen hatte. »Es hätte auch ein Unfall sein können«, erklärte Rachel. »Eine Überdosis. Ein Fehler. Man weiß schließlich, dass die Leo manchmal unterlaufen.« Sie musterte mich von Kopf bis Fuß.

Ich wusste alles über Rachels Unfälle und Leos Fehler.

»Warum hast du mir nichts von dir und Leo gesagt?« Es fühlte sich an, als wäre das die einzige Frage, die ich mir gestatten würde, die den maximal erträglichen Schmerz bereitete.

»Das hätte dir vielleicht den Spaß verdorben. Und Spaß hat man mit Leo eine ganze Menge.« Sie lächelte, schmallippig, angestrengt.

Ich schaute über den See, wo das Wasser eine tintenschwarze Färbung angenommen hatte, sich in Wellen bewegte wie das offene Meer in der Nacht. In diesem Augenblick wünschte ich mir nichts sehnlicher, als dass Rachel mir das Ganze hätte ausreden können, wir irgendjemand anderem die Schuld zuschieben würden, ihre Vergangenheit löschen, meine eigene Vergangenheit löschen, als wäre ein Neuanfang für uns möglich.

»Du brauchst das nicht zu wissen«, fuhr sie fort. »Du hättest vielleicht nie etwas herausgefunden, wenn dich Patrick nicht an jenem Tag mit zu Stephen genommen hätte. Wusstest du, dass ich eigentlich mit ihm hätte fahren sollen? Nicht du. Er hat dich als Strafe für mich mitgenommen, glaube ich. Um mir zu zeigen, dass ich ersetzbar bin. Aber ich glaube, er hat in dir gesehen, was ich in dir gesehen habe. Jemanden, der ein Geheimnis bewahren, der den eigenen Erfolg über das Wohlergehen anderer stellen kann. Jemanden wie mich. Du bist wie ich, Ann.«

»Ich bin keine Mörderin«, gab ich zurück.

»Ich hasse dieses Wort«, sagte Rachel. »Mörderin. Die Tollkirsche ist die wahre Mörderin. Ich denke, du könntest mich als Hand des Schicksals bezeichnen. Das ist mir lieber als Mörderin. Es klingt musikalischer.«

»Und was ist mit deiner Zimmergenossin?«, fragte ich.

Rachel lachte. »Wieso weißt du überhaupt von der Geschichte?«

»Ich habe die Berichte gelesen.«

»O mein Gott, Ann. Durch und durch Forscherin. Ich habe sie nicht umgebracht. Sie ist freiwillig aus unserem Fenster gesprungen.«

»Aber Patrick …«

»Aber Patrick, aber Patrick«, äffte mich Rachel nach. »Wirklich, Ann. Du hast Patrick nicht gekannt, du weißt nicht, wie er war, bevor du gekommen bist. Ich konnte ihn nicht ausstehen. Wie er mich ständig begrabschen wollte und mit mir über die Zukunft gesprochen hat. Ich weiß, die Stelle in The Cloisters habe ich nur bekommen, weil er mich mochte. Wenn sich das geändert hätte, hätte ich innerhalb einer Minute alles verlieren können. Und das habe ich zu ändern beschlossen.«

Mir wurde schlagartig bewusst, dass wir beide, Rachel und ich, in gewisser Weise wegen eines Gefallens von Patrick in The Cloisters gewesen waren, eines Gefallens, der naturgemäß zwei Seiten hatte.

»Und er war noch nicht mal ein Akademiker«, fuhr sie fort. »Jedenfalls nicht mehr. Ständig hat er Sachen gekauft und in diesem erbärmlichen Haus in Tarrytown gehortet. Und normalerweise war das auch nur irgendwelcher Ramsch. Er war ein schlechter Kurator und ein noch schlechterer Sammler. Warum, glaubst du, habe ich mit Leo geschlafen? Weil ich es *wollte*. Und warum, glaubst du, mit Patrick? Weil ich das Gefühl hatte, es tun zu müssen.«

Ich konnte nicht mit Sicherheit sagen, wie viel von dem stimmte, was sie da von sich gab. Ich hatte noch nie erlebt, dass Rachel irgendetwas tat, was sie nicht wollte. Doch ich wusste, wie es war, sich in der Falle zu fühlen. Auch ich hätte alles getan, um in The Cloisters zu bleiben, genauso wie ich alles getan hätte, um Walla Walla zu entkommen.

»Aber dieser Idiot …« Sie schüttelte den Kopf. »Jahrelang kauft er zweitklassige Manuskriptseiten und gefälschte Reliquien, und dann stolpert er plötzlich über etwas Gutes.« Sie lachte. »Diese Karten. Er wusste gar nicht, was er da hatte. Aber du hast es gewusst.« Sie machte einen weiteren Schritt auf mich zu, sodass ich sie ohne Probleme hätte berühren können, hätte ich mich ein wenig gestreckt. »Du wusstest, worum es bei den Karten ging. Was hätte Patrick denn mit ihnen gemacht? Sie eingerahmt und bei sich zu Hause aufgehängt? Vielleicht hätte er sie auch gespendet, wenn er jemals wirklich durchschaut hätte, was er da besaß. Vielleicht hätte er einen Artikel geschrieben, der ein paar engstirnige Themen behandelt hätte. Nein. Das hätte ich nicht zugelassen. Ich habe es für uns getan, Ann. Für uns.«

»Wir hätten ihn ins Boot holen können, wir hätten …« Doch noch während ich das aussprach, wusste ich, dass es nicht stimmte. Keine von uns beiden hätte das gewollt, und ich überlegte, ob ich vielleicht absichtlich die Realität ignoriert hatte: dass Patrick Bescheid wusste, dass er es herausgefunden hatte.

»Das hatte er nicht verdient.« Rachel spuckte die Worte förmlich aus. »Während dieser ganzen Jahre habe ich es doch gesehen. Es ging immer um großartige Entdeckungen großartiger Männer. Ich wusste, wenn wir unsere mit ihm teilen, würden wir zu Co-Autorinnen degradiert, und das auch nur im besten Fall. Alle hätten geglaubt, dass es seine Entdeckung ist. Dass er den Wert der Karten erkannte, während sich alle anderen über Jahrhunderte hinweg hatten täuschen lassen. Dabei war er es, der sich hat täuschen lassen. Nicht wir. Nicht du. Er hätte es nie herausgefunden, wäre da nicht diese Nacht in der Bibliothek gewesen. Er hatte recht, weißt du. Die Drogen haben ihm wirklich größere Klarheit verschafft. In dieser Nacht hatte er endlich bemerkt, dass sich an den Karten irgendetwas seltsam angefühlt hat, und er hat dauernd an ihnen herumgefummelt und herauszufinden versucht, was das war. Ich habe mein Bestes versucht, um ihn abzulenken, aber er war wie besessen. Dann hat er es irgendwann begriffen und es geschafft, die Abdeckung abzunehmen. Und da wusste ich, es ist Zeit.«

»Also hast du ihn vergiftet.«

»Wie gesagt, ich bin keine Mörderin. Ein paar Stunden später in dieser Nacht meinte Patrick, er bräuchte ein bisschen mehr von dem Stoff, um noch größere Klarheit zu erlangen, nur etwas mehr, also bin ich in den Schuppen gegangen und habe mir die Tollkirsche gesucht, ein Stück Wurzel zerrieben und ihm angeboten. Ich habe zugesehen, wie er das Pulver mit seinem Wasser vermischt hat. Und ich habe dabeigesessen, ganz still, während er alles getrunken hat, aus freiem Willen. Gierig sogar. Wenn er aufgepasst hätte, hätte er vielleicht bemerkt, dass da etwas ganz anders war, aber ich glaube, irgendwie wollte er es so, weißt du? Es war seine Entscheidung.«

Wie sie das Ganze rechtfertigte, als Handlung, die leicht hätte vermieden werden können, ließ mich bis ins Mark erschauern. Mit ihrer Logik stimmte etwas ganz und gar nicht.

»Rachel, was du da beschreibst, ist keine Entscheidung. Patrick hatte keine Entscheidungsmöglichkeit. Du interpretierst die Möglichkeit der Entscheidung als einen Luxus, als Schleier, der uns vom Schicksal trennt. Von einem Schicksal, über das du bestimmst.«

»Die Möglichkeit zur Entscheidung haben wir alle«, sagte sie und wischte damit meinen Kommentar weg. »Hier ist das Spielfeld wirklich ganz und gar eben.«

»Das stimmt nicht, Rachel. Glaubst du etwa, ich wollte wirklich in The Cloisters landen? Und glaubst du etwa, ich wollte wirklich in all das hier verwickelt werden? Ich hatte keine Entscheidungsmöglichkeit.«

»Natürlich hattest du die. Du hättest ja zurück nach Walla Walla gehen können. Du hättest gehen können, nachdem Patrick gestorben ist. Du hattest Entscheidungsmöglichkeiten, eine Million Mal, nichts mit mir zu unternehmen, was dich immer tiefer und tiefer in alles hineinzieht. Aber du hast es getan. An jeder Weggabelung hast du es getan. Und weißt du auch, warum? *Weil wir gleich sind, Ann.*«

Sie irrte sich, wenn sie glaubte, ich hätte eine Möglichkeit der Entscheidung gehabt. Es gab, das wusste ich, im Leben keine wirklichen Entscheidungsmöglichkeiten. Das wusste ich mit absoluter Sicherheit, denn ich hatte an diesem Tag nicht auf der Straße sein wollen. Genauso wenig hatte sich mein Vater dafür entschieden, dass sein Auto auf dem Heimweg eine Panne haben würde, ein Auto, das schon lange hätte repariert werden müssen. Und das in der einzigen Kurve mit totem Winkel zwischen dem College und unserem Haus. Ich konnte die Dunkelheit in den Karten jetzt erkennen. Im Gesicht des Saturn und in der milchweißen Trübung des Mondes – ich konnte erkennen, was sich an diesem Tag ereignet hatte, was ich so sehr hatte vergessen wollen. Wie ich vom Campus nach Hause gefahren war, die Landstraße entlang, die die Weizenfelder in der Mitte durchschnitt. Felder, deren Halme hochgewachsen waren, bereit für die Mahd. Und in dieser Kurve hatte ich ihn nicht gesehen, hatte das Auto durch die eng beieinanderstehenden Weizenhalme nicht erkennen können. Ich hatte ihn nur gespürt – den Aufprall, den Widerstand, der sich an der Stoßstange meines Trucks so unbedeutend anfühlte.

Im Rückspiegel hatte ich allerdings erkennen können, was geschehen war. Seinen Körper, wie er da an der Seite des grauen Asphaltstreifens lag. Ich war zurückgerannt, daran erinnerte ich mich jetzt. Aber es war bereits zu spät gewesen. Und er hatte zu mir gesagt, ich solle gehen, weiterfahren. Nicht anhalten, bis ich weit von zu Hause entfernt wäre. *Es ist nicht deine Schuld,* hatte er gesagt. *Lass nicht zu, dass es dein Leben ruiniert.* Aber dafür war es natürlich bereits zu spät.

Mein Vater hatte aber recht gehabt. Es war, und das wusste ich jetzt, nicht meine Schuld. Das Schicksal hatte eingegriffen und uns beide an diesem Tag auf die Straße geschickt, unter einem brütend heißen Augusthimmel. Rachel irrte sich, wenn sie glaubte, ich hätte jemals eine Möglichkeit zur Entscheidung gehabt. Entscheidungsfreiheit war eine Fiktion. Denn wenn ich jemals frei hätte entscheiden können, hätte ich die Kurve weit ausgefahren, hätte alles getan, um zu verhindern, was meinem Vater zugestoßen war – was an jenem Nachmittag mir zugestoßen war. Und wenn sich alles so leicht beeinflussen ließe, hätte ich mich dafür entschieden, die Tränen zurückzuhalten, die mir in die Augen stiegen, dafür, den Atem anzuhalten, meine Stimme daran zu hindern, zu heulen wie der Wind, zu dröhnen wie der Regen. Die Erinnerung, an deren Unterdrückung mein Geist und mein Körper so hart gearbeitet hatten – die Erinnerung an meinen Vater, seinen blutigen Körper, die leuchtend gelben Felder und die staubige Straße, meine Hände am Steuer –, brach ein weiteres Mal aus mir hervor.

»Ann«, sagte Rachel, überwand die Distanz zwischen uns und schlang die Arme um mich. »Es ist vorbei«, sagte sie. »Wir können nicht zurück.«

Und ich weinte, lauter jetzt, weil sie recht hatte. Wir konnten nicht zurück, und was noch schlimmer war, ich wusste nicht einmal, ob ich zurückgewollt hätte. Denn alles, sogar der Tod meines Vaters, hatte mich hierhergeführt. Rachel hatte recht, wir waren gleich. Doch diese Erkenntnis bedeutete keine Erleichterung. Sie bedeutete eine entsetzliche Niederlage, und ich konnte nur meine Arme um Rachel schlingen und mich gegen sie fallen lassen, damit sie mich aufrecht hielt.

»Ich habe es für uns getan«, flüsterte sie an meinem Nacken.

Und da war es, irgendwo in meinem Innern. Etwas, das ich glauben wollte, von dem ich mir sehnlichst wünschte, es wäre wahr. Dass es von jetzt an nur noch Rachel und mich zusammen gäbe – keine Vaterfiguren mehr, keine Väter, keine Geliebten. Doch ich hatte in den Karten gesehen, was als Nächstes kommen würde, und darin, durch meinen zitternden Körper und meinen gequälten Geist hindurch, fand ich ein wenig Erleichterung. Und genauso wie meine Vergangenheit mich in den Karten gefunden hatte, wusste ich, dass ich auch der Zukunft nicht entkommen konnte, die sie für mich geschaffen hatten. Mir blieb keine Wahl.

28. KAPITEL

Als sich das Morgenrot langsam über die Adirondack-Berge ausbreitete, war ich schon auf der Landstraße, auf dem Weg in Richtung Stadt. Jedes Mal, wenn ich ein Auto hörte, hielt ich die Hand mit ausgestrecktem Daumen nach oben, aber weil die Sonne gerade erst aufgegangen war, kamen nicht viele Wagen, und meistens waren es Laster, schon voll mit Leuten und mit Leitern auf der Ladefläche auf dem Weg zu einer Baustelle. Nachdem ich ungefähr eine Stunde gelaufen war, hielt eine Frau in einer Haushälterinnenuniform und kurbelte das Fenster herunter.

»Wo willst du hin?«, erkundigte sie sich.

Ich wusste es nicht.

»Irgendwohin, wo ich einen Bus erwische«, sagte ich. Ich hatte mir meine Tasche über die Schulter geworfen, trug schwer daran, weil ich auch noch einen Rucksack trug.

»Das wäre dann Johnsburg«, sagte sie und lehnte sich zu mir, um von innen die Beifahrertür zu öffnen. »Ich kann dich fast die ganze Strecke mitnehmen.«

Wir fuhren schweigend dahin, und draußen bewegten sich die Äste der Laubbäume im Wind. Der Wagen roch nach Rauch, und die Frau klopfte ständig die Asche von der Zigarette in ihrer Hand am Fensterrahmen ab.

»Bist du vor irgendetwas auf der Flucht?«, wollte sie wissen, nachdem wir ein paar Minuten so gefahren waren. »Wenn du nicht darüber reden möchtest, ist das in Ordnung. Du siehst nur wie jemand aus, der vor etwas davonläuft.« Sie deutete auf meinen Rucksack auf dem Rücksitz.

»Gewissermaßen, ja.«

»Ist es ein Mann? Ich musste mal vor einem Mann weglaufen. Wenn eine Beziehung vorbei ist ...« Sie pfiff durch die Zähne und verdrehte die Augen.

»Eine schlimme Beziehung«, sagte ich.

»Du schaffst das schon. Ich dachte, ich könnte das Ganze nie wirklich hinter mir lassen, aber es ging doch. Und er hat mich nicht gefunden, falls du dir deswegen Sorgen machst. Sie sagen immer, sie finden einen überall, aber das stimmt nur selten. Irgendwann wird ihnen das Suchen langweilig, oder sie fangen was mit deiner Schwester an – jedenfalls war es bei mir meine Schwester, und dann ...«

Sie trat heftig auf die Bremse, um zwei Rehe vor uns die Straße überqueren zu lassen, und ich stieß mir fast den Kopf an der Windschutzscheibe. Ich fragte mich, ob die Gurte überhaupt funktionierten.

»Das war knapp«, kommentierte sie.

Als sich das Wild den Weg ins Dickicht bahnte, wandte der Rehbock den Kopf und schaute mich an, das dunkle Auge glasig und emotionslos.

»Wie auch immer«, redete die Frau weiter. »Du wirst es schaffen. Ich fahre dich bis ganz nach Johnsburg. Wir brauchen nicht darüber zu reden.«

Und das taten wir auch nicht. Wir legten den Rest des Weges zurück, während sich das Morgenlicht von milchig in klar wandelte, hörten einfach Radio und fuhren auf der zweispurigen Landstraße bis zur Busstation. Ich hatte Rachel keine Nachricht hinterlassen. Ich war einfach gegangen, hatte mein Handy abgestellt und dem Ganzen den Rücken zugekehrt. Ihr, allem.

Als ich an diesem Morgen vor Sonnenaufgang aufgestanden war, hatte die Andeutung einer beißenden Kälte in der Luft gelegen. Der Sommer war vorbei. Die Welt, die wir in The Cloisters geschaffen hatten, die Welt, die alle anderen ausgesperrt hatte, war in sich zusammengefallen, wie das Gebäude auf der Karte mit dem Turm, ins Meer gestürzt. Das war, so wurde mir bewusst, unvermeidlich gewesen. Beziehungen wie unsere, Welten wie diese – dem Druck von außen können sie nicht standhalten, vor allem nicht, wenn dieser Druck aus der eigenen Vergangenheit stammt. Was hätte ich Detective Murphy denn erzählen sollen? Dass sich Rachel ein komplexes Moralsystem erschaffen hatte, innerhalb dessen sie sich von jeder Schuld freigesprochen fühlte, weil es aus ihrer Sicht immer eine Entscheidungsmöglichkeit für ihre Opfer gab, obwohl sie deren Schicksal durch ihr Handeln festgelegt hatte? Dass ich selbst im Staat Washington wegen Fahrerflucht gesucht wurde? Nein. Ich wusste, die Leute würden es nicht verstehen. Aber ich verstand es. Die Karten verstanden es.

Als mich die Frau am Busbahnhof absetzte, drückte sie mir ein paar Dollarscheine in die Hand.

»Das wirst du brauchen«, erklärte sie.

Und obwohl ich ihr das Geld wiederzugeben versuchte, bestand sie darauf. In der Stadt nutzte ich ein öffentliches Telefon, um Laure anzurufen und mich zu erkundigen, ob ich den Rest der Woche bei ihr würde bleiben können, bis ich die neue Wohnung beziehen konnte. Sie stimmte sofort zu.

»Alles okay bei dir?«, fragte sie noch am Telefon.

»Ja«, gab ich zurück.

»Hat sie dir irgendwas getan?«

»Nein.«

Laure schwieg am anderen Ende der Leitung, und ich konnte fast hören, wie sie auf ihrer Unterlippe herumkaute, zu entscheiden versuchte, ob sie nachbohren sollte.

»Ich erzähle dir mehr, wenn ich bei dir bin«, sagte ich zur Sicherheit. Doch in Wirklichkeit wollte ich nicht darüber reden. Ich wusste, niemand würde es verstehen.

Ich brauchte den Rest des Tages, um zurück nach New York zu kommen: mehrere Busse und Züge, dann zwei verschiedene U-Bahnen und eine Laufstrecke von fünf Blocks. Erst um sieben Uhr abends stolperte ich in Laures Apartment in Brooklyn, wo sie mit ihrem Freund und zwei Katzen lebte. Ich ließ mein Gepäck auf den Boden fallen und brach auf der Couch zusammen.

»Du kannst so lange bleiben, wie es nötig ist«, sagte Laure und brachte mir ein Glas Wasser.

»Ich brauche nur eine Woche.«

Sie nickte.

»Danke«, sagte ich.

»Also«, fing Laure an, während sie sich zu mir auf die Couch setzte. »Was ist denn passiert?«

»Es stand einfach nicht in den Karten.«

Und obwohl sie mehr aus mir herauszuquetschen versuchte, gab ich nicht nach. Es war nicht Laures Geschichte. Es war meine. Eine Geschichte, von der ich wusste, nur sehr wenige Leute würden sie glauben. Nachdem ich kurz geschlafen und dann geduscht hatte, tranken wir zu viele Flaschen billigen Wein in einem Restaurant, dessen Tische sich bis auf den Bürgersteig erstreckten, und dann liefen wir im orangefarbenen Schein der Straßenlaternen nach Hause. Und zum ersten Mal sah ich eine andere Seite von New York, die Welt außerhalb von The Cloisters, die immer noch warm und voller Leben war, obwohl sich die Blätter bald verfärben und die Temperaturen weniger freundlich sein würden. Ich sog alles ein.

Der nächste Tag war der Montag, und ich fuhr mit der U-Bahn zu The Cloisters, genoss die dichte Menge um mich herum, die heiße, abgestandene Luft. Im Museum würde ich eine neue Kuratorin antreffen, und zu diesem Anlass hatte ich die aus Walla Walla mitgebrachten Kleidungsstücke angezogen. Der kratzige Polyesterstoff war mir nicht mehr peinlich, nur mit nostalgischen Gefühlen verbunden.

Bei meiner Ankunft im Foyer fiel mir auf, dass Moira den Blick abwandte und sich hinter dem Tresen bückte, um weitere Karten und Führer hervorzuholen. Dasselbe passierte in der Küche, wo die Konservatoren mir kurz zunickten, bevor sie sich betont unauffällig entfernten; ihre Zuckerpäckchen ließen sie zurück. Irgendwann erschien dann Michelle de Forte in der Bibliothek, in Begleitung von Beatrice Graft.

»Ach, Ann. Wir haben gar nicht mit Ihnen gerechnet«, sagte sie. »Würde es Ihnen etwas ausmachen, uns ein paar Minuten allein zu lassen?«, wandte sie sich an Beatrice.

Kurz machte ich mir wieder Sorgen, entlassen zu werden. Fürchtete, Michelle würde mir mitteilen, dass mich Beatrice und das Museum nicht länger brauchten. Nur gäbe es diesmal keinen Patrick, der mich retten könnte. Beatrice verließ die Bibliothek mit den Worten: »Holen Sie mich einfach, wenn Sie fertig sind.«

Michelle trat an den Tisch und zog den Stuhl neben mir hervor.

»Ann«, sagte sie. »Nach allem, was geschehen ist, sind wir davon ausgegangen, Sie würden sich ein paar Tage freinehmen wollen. Aber da Sie schon einmal hier sind …« Sie sprach den Satz nicht zu Ende. »Ich denke, jetzt ist auch kein weniger geeigneter Zeitpunkt als sonst für eine erste Begegnung. Sie hätten das wirklich nicht zu tun brauchen, um uns zu zeigen, mit welcher Überzeugung Sie bei der Sache sind. Das wissen wir alle nur zu gut.«

»Nach allem, was geschehen ist?«, fragte ich.

Da warf sie mir einen erstaunten Blick zu. »Sie haben doch davon gehört, oder?«

»Wovon gehört?«

»Ach du liebe Zeit.« Michelle trat schnell nach draußen und besprach sich mit Beatrice, bevor sie sich wieder zu mir an den Tisch setzte. »Ann«, sagte sie und sprach dabei sehr langsam. »Dieser Sommer war für uns hier in The Cloisters ein schwieriger, und für Sie persönlich ebenfalls. Ich war davon ausgegangen, Sie wüssten es schon. Schließlich waren Sie beide so eng befreundet. Aber so werde ich es Ihnen jetzt sagen. Rachel ist tot. Sie ist gestorben. Es scheint ein Segelunfall gewesen zu sein. Sehr tragisch. Unser ganzes Personal, die ganze Familie von The Cloisters ist ...« Sie beendete den Satz nicht.

»Ich war bei einer Freundin in Brooklyn«, erklärte ich. »Da habe ich nichts mitbekommen.«

»Ach. Sie wussten es also nicht. Ich verstehe. Ann, es tut mir so leid.«

Michelle wirkte wirklich, als tue es ihr leid. Ihr Gesicht war verzerrt, und als ich auf die Tischplatte schaute, bemerkte ich, dass sie meine Hand hielt.

»Wann?«, fragte ich.

»Gestern. Sie wollte wohl zu einer kleinen Insel auf dem Long Lake segeln. Aber sie hatte den Ablaufstöpsel wohl verloren, und Wasser ist ins Boot eingedrungen. Sie hatte keine Schwimmweste an Bord. Sie hat noch versucht, ans Ufer zu schwimmen, aber da kam ein Sturm auf. Sie hatte keine Chance.«

»Oh«, sagte ich und schaute jetzt auf die Hände in meinem Schoß, Michelles und meine, die dort ineinander verschlungen waren. Ich wusste nicht, ob sie damit rechnete, ich würde weinen. Ob sie eine Demonstration meiner Gefühle brauchte. Ich wusste nicht, was ich brauchte.

»Ja«, sagte Michelle. »Besonders tragisch, weil ihre Eltern

wohl auf genau dieselbe Weise umgekommen sind. Das kann wirklich niemand von uns ganz fassen.«

Schweigend saß ich neben Michelle, bis sie kurz meine Hände drückte und sie dann losließ. Die Phase der kollektiven Trauer war vorbei. »Nehmen Sie sich ein wenig Zeit, gehen Sie nach Hause, machen Sie ein paar Tage frei. Hier läuft Ihnen doch nichts weg. Wir brauchen Sie sehr, Ann Stilwell. Sie leisten hier ganz ausgezeichnete Arbeit.«

Ich musste daran denken, wie sehr sich diese Begegnung von unserer allerersten unterschied. Der Sommer hatte uns alle verändert, den Stoff unserer Realitäten neu arrangiert. Die Schicksalsgöttinnen – die Moiren – hatten sehr eifrig gesponnen, sagte ich mir.

»Wie haben Sie es denn erfahren?«

»Leo hat mich angerufen«, erwiderte Michelle nach einem Augenblick des Zögerns.

Ich ließ das unkommentiert.

»Sie sollten wirklich gehen, wenn Sie das möchten. Sollen wir uns darauf einigen, dass Sie am Donnerstag wiederkommen, oder nächste Woche, wenn Sie noch mehr Zeit brauchen? Wirklich, so, wie es am besten für Sie ist. Nach dem Sommer, den Sie hier gehabt haben, würde ich es Ihnen nicht verübeln, wenn Sie gleich ganz gehen.«

»Das werde ich nicht tun«, erwiderte ich, schob meinen Stuhl zurück und stand auf. »Ich möchte erst einen Spaziergang machen, aber dann komme ich wieder. Ich will hier sein; ich kann mir nicht vorstellen, das irgendwo anders durchzustehen.«

Michelle schaute mich an und lächelte.

»Gut«, sagte sie.

Ich ging den Hügel hinunter, entfernte mich vom Schutzwall von The Cloisters, dessen unebene Umrisse noch immer durch die Bäume erkennbar waren, blieb dann bei einer Bank stehen. Unter dem niedrigen, gebogenen Ast einer Ulme zog ich mein Handy heraus und schaltete es zum ersten Mal seit meiner Rückkehr aus Long Lake wieder ein. Vier Nachrichten von Rachel gab es, aber ich hörte mir keine einzige an. Ich scrollte einfach weiter, bis ich seinen Namen entdeckte, und rief Leo an.

»Ich war ihr Notfallkontakt«, sagte er, bevor ich ein einziges Wort von mir geben konnte. »Kannst du dir das vorstellen?«

Ich sagte nichts.

»Warst du dabei, als es passiert ist?«, wollte er wissen.

»Nein.«

»Ist wahrscheinlich auch besser so.«

»Wann haben sie dich angerufen?«

»Gestern Abend. Ich habe sofort Michelle Bescheid gesagt.«

Ich merkte, dass ich ganz am Rand der Bank saß, und mit einer Hand umklammerte ich die Lehne so fest, dass meine Knöchel ganz weiß geworden waren.

»Was haben sie gesagt?«

Ich konnte hören, wie er sich am anderen Ende der Leitung anders hinsetzte. »Dass sie ertrunken ist. Sie hat vermutlich versucht, an Land zu schwimmen, die Entfernung jedoch falsch eingeschätzt.«

Ich sagte nichts.

»Wie geht es dir?«

»Alles gut«, brachte ich irgendwann heraus. Und ich meinte es auch so; verblüfft stellte ich fest, dass es vielleicht sogar stimmte.

»Irgendwie ja auch passend«, sagte Leo.

»Was meinst du damit?«

»Dass das Schicksal dazwischengegangen ist, nachdem niemand sonst das getan hat.«

Ich kommentierte das immer noch nicht.

»Ich muss Schluss machen, Leo.«

»Hey«, gab er zurück, hielt kurz inne. Ich stellte mir vor, wie er sich mit der Hand durchs Haar fuhr, dass er eine Tasse Kaffee neben sich stehen hatte. »Sollen wir vielleicht zusammen essen gehen oder so? Wir spielen heute Abend …«

»Leo.« Ich sprach seinen Namen bedächtig aus, lang gezogen und mit leiser Stimme. »Ich weiß es nicht.«

»Okay«, gab er zurück, und wieder konnte ich hören, wie er am anderen Ende der Leitung unruhig herumrutschte. »Also, wenn du deine Meinung irgendwann änderst …«

»Ich muss los. Vielleicht … Ich weiß nicht.« Wenn sich die Dinge mit Leo einrenken sollten, würde es so kommen, das war mir klar, egal, wie sehr ich Widerstand leistete oder er darauf drängte.

Nach diesen Worten beendete ich das Gespräch und ließ die Seitenlehne der Bank los, öffnete und schloss die Hand, bis das Blut sie wieder durchströmte. Nach einem geschäftigen Sommer in The Cloisters war der Park jetzt, Ende August, wieder ruhig. Keine Menschengruppen auf Picknickdecken, keine lesenden Leute, die die Sandalen nachdenklich von den Füßen baumeln ließen, keine ihren Bällen nachjagenden Kinder. Ich war allein, nur die Brise vom Hudson River und der feste Steinwall des Museums hinter mir leisteten mir Gesellschaft. Das Gras, das fiel mir auf, wurde langsam trocken – hoch und braun standen die Halme, genau wie an jenem Tag in Walla Walla. Er wäre glücklich gewesen, wenn er hätte sehen können, was ich alles erreicht hatte, mein Vater.

Ich dachte an den bewussten Tag. Daran, wie er mit fester Stimme und voller Überzeugung zu mir gesagt hatte: *Es ist nicht deine Schuld.* Vor meiner Ankunft in The Cloisters hatte ich ihm nicht geglaubt. Ihm nicht glauben können. Deswegen hatte ich die Scham und die Verzweiflung und die Schuld so tief wie möglich in mir begraben, außerhalb der Bereiche, auf die mein Gedächtnis zugreifen konnte, außerhalb meines Lebens in Walla Walla, sogar außerhalb meiner eigenen Trauer. Doch dieser Sommer hatte alles aufgebrochen, und hier, in der Sonne des Spätsommers, konnte ich die Wahrheit endlich erkennen. Mein Vater hatte die ganze Zeit recht gehabt. Es war nicht meine Schuld gewesen. Dieses Schicksal war mir bestimmt gewesen; es hätte mich immer gefunden, egal, wie lange ich mich vor ihm versteckt hätte.

Letzten Endes entschied ich, mir Rachels Nachrichten nicht anzuhören. Ich löschte alle, um nicht irgendwann in Versuchung zu geraten, es doch zu tun. Ihre Stimme, ihren ganz besonderen Tonfall. Auch ihre SMS löschte ich, weil ich den Anblick nicht ertragen konnte. Aber die Bilder behielt ich. Ich ließ sie auf meinem Handy, damit ich mich daran würde erinnern können, wie der Sommer gewesen war, wie wir gewesen waren, wie ich gewesen war, vorher.

An jenem Abend bei Laure, nachdem ihr Freund Abendessen gekocht und ich abgewaschen hatte, zog ich meinen Laptop aus der Tasche und saß mit ihm auf dem Schoß da. Und dann rief ich den Artikel auf, an dem Rachel und ich zusammen gearbeitet hatten, hob ihren Namen mit dem Cursor hervor. Nachdem ich ihren blau markierten Namen eine Minute lang betrachtet hatte, während der Cursor am Ende des letzten Buchstabens blinkte, drückte ich auf Löschen. Dann schickte ich den Artikel ohne weiteres Zögern ab. Es gab nur eine Autorin: mich.

Aus meiner Tasche, die ich unter der Couch verstaut hatte, auf der ich auch schlief, holte ich die abgenutzte, in grünes Band eingewickelte Schachtel hervor und öffnete sie. Darin lagen die Karten, der ganze Satz. Ich berührte mit einem Finger die oberste Karte, die Liebenden, spürte ihre Geschichte. In dem

Ring, den mir Rachel in Stephens Laden gekauft hatte, brach sich das Licht. Seit jenem Tag hatte ich den Ring getragen. Ich zog ihn mir vom Finger und ging von Laures Apartment zum East River. Dort, mit einem Ausblick auf die Skyline von Manhattan, warf ich den Ring in das Brackwasser.

29. KAPITEL

Der Artikel erschien im Dezember. Zu diesem Zeitpunkt hatte ich bereits mein eigenes Büro in The Cloisters erhalten – das kleinste von allen, aber das machte nichts: Es war mein Büro. Und als der erste Schnee die Spitzen des Grases im Fort Tyron Park braun färbte, sprach bereits niemand mehr von Rachel oder Patrick. Ich war die Einzige, die sich an jedes Detail jenes Sommers erinnerte. Und jeden Frühling gab es einen Abend, immer nur einen einzigen, an dem ich abends nach Hause ging, durch die leuchtenden, stickigen Straßen New Yorks lief, und ein warmer Wind alle Erinnerungen zu mir zurückbrachte. Selbst als ich nicht mehr abends im Frühling nach Hause lief, schafften es diese Winde bis zu mir – sie erreichten mich durch Fenster oder im Rauschen eines sich nähernden U-Bahn-Zuges – ungebeten, in aller Stille.

Ich verdankte diesem Sommer alles. Dem Sommer, den alle anderen vergessen wollten. Im März trafen Dutzende von Angeboten für Promotionsprogramme bei mir ein, außerdem wurde ich von unzähligen Universitätsabteilungen als Vortragende eingeladen, und man feierte meinen Erfolg. Der Artikel war mit großem Lob und sehr positiven Besprechungen bedacht worden. Natürlich erwähnte jetzt niemand mehr die zuvor ausgesprochenen Ablehnungen. Man glaubte – wie ich –, meine Zeit in The Cloisters hätte mich zu einem neuen Menschen gemacht.

Und ich wusste, dass das stimmte. Letzten Endes hatte ich mich für Yale entschieden. Nicht, weil diese Universität von Rachels Geist heimgesucht wurde, sondern weil Aruna dort lehrte und weil sie, zumindest zu diesem Zeitpunkt, die Person war, die einer Familienangehörigen für mich am nächsten kam.

Monatelang lagen die Karten in der ungeöffneten Schachtel, bis Aruna mir vorschlug, ich solle mir doch überlegen, ob ich sie nicht privat an die Beinecke Library verkaufen wolle. Der Frage nach der Herkunft der Karten würde man dann keine allzu große Bedeutung zumessen, meinte sie. Wir einigten uns auf einen Betrag, der hoch genug war, dass ich in New Haven frei atmen konnte, weil ich wusste, ich würde keine Nebenjobs oder Kredite organisieren müssen, um meine Graduiertenzeit zu überstehen, vielleicht sogar noch länger nicht.

In meinem zweiten Jahr in Yale nahm ich wieder am Symposium des Morgan Museums teil, diesmal mit Aruna an meiner Seite. Auf dieser Veranstaltung begegnete ich Karl Gerber, dem Renaissancekurator, dessen Abwesenheit mich zu The Cloisters gebracht hatte, zu Rachel, zu Patrick, zu den Schatten meiner Vergangenheit. Er war sanft und freundlich und drückte sein Bedauern über die Situation aus, der er mich, ohne es zu wollen, ausgesetzt hatte.

»Aber«, erklärte er, während wir zwischen den Vorträgen zusammen Kaffee tranken, »ich dachte, Sie wüssten es. Dass ich nicht da sein würde. Meine Abwesenheit kam ja nicht überraschend.«

Da wurde mir plötzlich bewusst, dass Patrick das Ganze vielleicht inszeniert hatte. Dass der Augenblick, den ich als Schicksal gedeutet, der Augenblick, in dem er an Michelles Bürotür geklopft hatte, vielleicht Teil eines Plans gewesen war. Vielleicht hatte es ja an Lingrafs Namen auf meiner Bewerbung gelegen.

»Hat Patrick das Ganze arrangiert?«, fragte ich.

»O nein«, erwiderte Karl Gerber mit gesenkter Stimme. »Das war Rachel. Sie hat mir damals zu der Option bei der Sammlung Carrozza verholfen, in Bergamo. Sie meinte, Sie würden zu ihr ins Museum kommen. Da war sie sich ganz sicher. Und dass man sich um Sie kümmern würde. Sie wollte unbedingt herausfinden, was Sie bei Ihrer Zusammenarbeit mit Lingraf gelernt hatten, wissen Sie.«

Er bot mir eine Zigarette an, und ich inhalierte in tiefen Zügen.

Wie sich herausstellen sollte, lebte Lingraf nicht lange genug, um die Veröffentlichung des Artikels mitzubekommen, nicht einmal lange genug für die kalten Winde, die nach meinem Sommer in The Cloisters von den großen Wasserfällen heranwehten. Einen Monat nach meinem Abschluss am Whitman College starb er in seinem Arbeitszimmer an einem Herzinfarkt. Er war neunundachtzig Jahre alt geworden. Deswegen würde ich nie herausfinden, ob sich Rachel an ihn gewandt, ob er ihr von mir erzählt, ob sie darin eine Gelegenheit gewittert hatte, so minimal diese auch war. Eine Gelegenheit, die ihre und meine Welt auf unwiederbringliche Weise weit öffnen würde.

Die Vergangenheit, das wusste ich jetzt, kann uns mehr erzählen als die Zukunft. Diese Lektion hatte ich gelernt, bevor ich The Cloisters überhaupt betreten hatte. Ich hatte gewusst, dass dieser Tag, dieses Stück Asphalt mich für immer verändern würden. Und obwohl die Karten mir so viel verraten hatten, gab es immer noch Lücken zu füllen. Und so fand ich bei meiner Mikroficherecherche in der Öffentlichen Bibliothek von New York heraus, dass Rachels Eltern am liebsten mit Laser-Jollen gesegelt waren. Dabei handelte es sich um niedrige, wendige Boote, die mit Vorliebe in Rennen eingesetzt wurden. Allerdings traten hin und wieder Probleme auf, weil es im Bootskörper zwei Abflussstöpsel gab: einen im Heck, der das Boot sofort überschwemmte, wenn er außerhalb schneller Fahrt nicht verschlossen wurde, und einen im Bug, bei dessen Entfernung sich das Boot langsamer mit Wasser füllte.

Wie sich herausstellte, waren Bootsunfälle auf dem Long Lake eine ganz gewöhnliche Sache, zum Verlust von Menschenleben durch Ertrinken kam es allerdings nur selten. Deswegen hatten sich die Polizei und die Journalisten von Johnsburg monatelang mit dem Tod von Rachels Eltern und mit Rachels wundersamem Überleben befasst. Die größte Frage lautete: Wie war der zweite Stöpsel, der aus dem Bug, im Abfall des Restaurants gelandet, in dem Rachel und ihre Eltern an jenem Abend gegessen hatten?

Natürlich befragte die Polizei alle. Doch weder die Angestellten noch die Gäste konnten sich daran erinnern, dass irgendjemand ihr Boot betreten hätte, das am Holzsteg vertäut war und von Wind und Wellen gegen die quietschende Plastikbefestigung gedrückt wurde. Nur Rachel hatte man natürlich gesehen. Weil es nur wenig zu Motiven zu sagen und kaum Zeugen gab, stellte die Polizei ihre Ermittlungen irgendwann ein. Diese Entscheidung war sicher durch die Intervention des Familienanwalts der Mondrays befördert worden, der in ziemlich deutlichen juristischen Begrifflichkeiten mit Nachdruck gefordert hatte, die Familie in Frieden trauern zu lassen. Schließlich war Rachel ebenfalls ein Opfer des Unfalls gewesen. Sie hatte einfach, wie es der leitende Ermittler formulierte, extrem großes Glück gehabt.

Glück, möglicherweise vom mittelhochdeutschen Wort *gelücke*, das »Schicksal« oder »günstiger Zufall« bedeutet. *Fortuna* – einfach ein anderes Wort für Schicksal. Rachel, das wusste ich, gehörte nicht zu den Menschen, die an das Glück glaubten. Und während ich den Artikel las, sah ich vor mir, wie sie die Schwimmwesten entfernte und auf dem Steg zurückließ. Wie sie kurz vor Ende des Abendessens das Boot betrat, um den Stöpsel im Bug zu entfernen. Der Unfall trug ganz eindeutig Rachels Handschrift, quasi ihre Fingerabdrücke. Ihren Berechnungen zufolge, das wusste ich, bestand immer noch eine gute Chance, dass ihre Eltern überleben würden. Aber mit ein bisschen Glück würde sie selbst überleben. Und ihre Eltern nicht.

Sie hatte also recht gehabt, als sie meinte, wir seien gleich. Aber ich hätte alles dafür gegeben, das Schicksal umzuschreiben, das ich für meinen Vater geschaffen hatte. Rachel hingegen empfand natürlich keine solchen Gewissensbisse.

An jedem Abend am Long Lake hatten mir die Karten verraten, wie Rachels Geschichte enden sollte, doch eigentlich hatte ich ihr die Wahl gelassen. Im wabernden Morgengrauen des nächsten Tages war ich zum Ende des Stegs gegangen, wo die Laser-Boote auf dem Wasser dümpelten, die Masten umgelegt, die Segel gefaltet, und ich hatte das einzige nach dem Sturm und dem Brand des Bootshauses noch seetüchtige Boot betreten, dabei gut aufgepasst, es nicht durch meine Bewegung loszumachen. Ich hatte die Schwimmwesten und den Stöpsel aus dem Bug entfernt. Den Stöpsel, eine kleine weiße Plastikscheibe, hatte ich mir in die Tasche gesteckt. Ich hatte den Stöpsel bis zu Laures Apartment mitgenommen, und als später auf dem Heimweg vom Abendessen der warme Wind vom East River zu uns wehte, hatte ich ihn aus der Tasche gezogen und ihn auf den Asphalt fallen lassen.

In Wahrheit sind wir beides zugleich, Herrschende über unser Schicksal und der Gnade der Moiren ausgeliefert – den Schicksalsgöttinnen, die unsere Schicksalsfäden spinnen und sie abschneiden. Und obwohl ich immer noch glaube, dass wir die kleinen Dinge im Leben kontrollieren können, diese winzigen Entscheidungen, die unseren Alltag bestimmen, glaube ich auch, dass wir keine Entscheidungsgewalt darüber haben, wie unser Leben im Ganzen verläuft. Die endgültige Form obliegt dem Schicksal. The Cloisters holte mich zu sich und entschied in jenem Sommer über mein Schicksal. Doch jetzt geht es mir wie Rachel: Ich möchte lieber nicht wissen, wie die Geschichte ausgeht.

ANN STILWELLS TAROTLEITFADEN

✦

MAJOR ARCANA (GROSSE ARKANA)

NR.	TRAD. KARTE	KARTE IM FERRARA-DECK (MIT RÖM. GOTTHEIT)	STERN-ZEICHEN	ZEICHEN-HERRSCHER	ILLUSTRATION IM FERRARA-DECK	BEDEUTUNG / INTER-PRETATION	BEDEUTUNG / INTER-PRETATION (auf dem Kopf)
0	NARR	NUSCE (PROME-THEUS)	WASSERMANN	URANUS	Ein Mann in einem ein-fachen, zerschlissenen Gewand. Statt einer Fackel hält er wie Pro-metheus einen brennen-den Stab. Das Sternbild Wassermann steht hinter dem Narren an einem orangefarbenen Himmel.	Anfänge und neue Wege. Kann auf einen Neubeginn, ein neues Projekt oder einen Ver-trauensvorschuss hindeuten. Diese Karte bringt Wandel und kann Vorausschau, Neuschöp-fung und sogar Magnetismus anzeigen.	Rücksichtslosigkeit oder un-vollendete Projekte. Unfähigkeit zur Hingabe an Arbeit, Familie, Beziehungen. Sprunghaftigkeit. Rebellion. Wildheit. Eigensin-nige Unabhängigkeit.
1	MAGIER	GUSMA (MINERVA)	ZWILLINGE	MERKUR	Eine Frau in weißem Ge-wand auf einem golde-nen Thron, in der Hand einen Speer, auf dem Kopf eine goldene Krone. Flankiert von Zwillings-eulen. Im blauen Himmel hinter ihr ist das Stern-bild Zwillinge erkennbar.	Einsicht und Wissen. Ritual. Objektivität und ein Wunsch nach klarer Kommunikation. Die Fähigkeit, zwischen Welten und Menschen zu übersetzen. Esprit, Tempo und Können. Ein Symbol für Einfallsreichtum und Beharrlichkeit.	Nicht verwirklichte Ambitionen oder sich entziehender Erfolg. Unvorbereitetsein oder Position am Rand eines Anfangs. Eine Instabilität oder Unruhe, die zuweilen als Oberflächlichkeit gedeutet werden kann.

NR.	TRAD. KARTE	KARTE IM FERRARA-DECK (MIT RÖM. GOTTHEIT)	STERN-ZEICHEN	ZEICHEN-HERRSCHER	ILLUSTRATION IM FERRARA-DECK	BEDEUTUNG / INTERPRETATION	BEDEUTUNG / INTERPRETATION (auf dem Kopf)
2	HOHE-PRIESTERIN	TRIXCACCIA (DIANA)	KREBS	MOND	Die Göttin Diana als Jägerin mit einem Monddiadem. Sie steht an einem Teich, aus dem ein Reh trinkt. Am Himmel hinter ihr steht das Sternbild Krebs.	Intuition und tiefes Bewusstsein. Empathisch und kraftspendend, kann auch hellseherische Fähigkeiten anzeigen. Kann ein Zeichen für prophetische Gaben sein. Weitere mögliche Bedeutung: Hartnäckigkeit oder elterliche Zuneigung.	Ablenkung oder Mangel an Fokussierung. Dies kann sich in einem fordernden oder reizbaren Naturell äußern, das die Fähigkeit hemmt, Kontakt zur eigenen Intuition zu finden. Selbstzweifel und Ängste. Kann auf Hang zum Genuss und Selbstmitleid hinweisen.
3	HERRSCHERIN	TRIXIMPERA (VESTA)	JUNGFRAU	VENUS	Die Göttin Vesta, in einem weißen Gewand, das Haar im Nacken zusammengebunden, die sich um ein offenes Feuer kümmert. Hinter dem ist ein Esel (ihr traditionelles Symbol), und das Sternbild Jungfrau steht an einem taghellen Himmel.	Bezug auf Weiblichkeit und Fruchtbarkeit. Impuls zum Bemuttern (aber nicht immer die eigenen Nachkommen). Bedürfnis, anderen zu dienen. Praktisch, bescheiden und manchmal kritisch. Die Karte deutet Toleranz und Optimismus an, die Fähigkeit zur Kultivierung.	Kreativ, persönlich oder körperlich blockiert. Tendenz zum Puritanismus oder zu Rachegefühlen. Eine gesunde (oder ungesunde) Dosis Skeptizismus. Kritische Einstellung zu sich selbst und anderen, vor allem in Bezug auf traditionell als weiblich betrachtete Gebiete: Körper, Heim, Emotionen.

NR.	TRAD. KARTE	KARTE IM FERRARA-DECK (MIT RÖM. GOTTHEIT)	STERN-ZEICHEN	ZEICHEN-HERRSCHER	ILLUSTRATION IM FERRARA-DECK	BEDEUTUNG / INTER-PRETATION	BEDEUTUNG / INTER-PRETATION (auf dem Kopf)
4	HERRSCHER	SARIMPERA (APOLLO)	WIDDER	MARS	Apollo, Pfeil und Bogen in den Händen, schießt in den Himmel und zielt direkt auf die Sonne. Er trägt einen Lorbeerkranz auf dem Kopf und wird von einer Schlange flankiert, die sich ihren Weg durch das Gras bahnt. Am frühabendlichen Himmel steht das Sternbild Widder.	Führungsqualitäten und Individualität. Eine väterliche Figur. Diese Karte kann Unabhängigkeit und Direktheit andeuten. Im besten Fall steht die Karte für eine sich in naher Zukunft auftuende Inspirationsquelle oder eine vor Kurzem entdeckte Leidenschaft.	Kleinlichkeit und Egoismus. Tyrannei oder Arroganz. Mangelnde Bereitschaft, die Wahrheit zu erkennen, und eine Vorliebe dafür, verwöhnt zu werden, selbst wenn dafür Täuschung oder Falschheit nötig sind. Hang zur Sprödigkeit.
5	HOHEPRIES-TER	PHANTAIERO (JUPITER)	SCHÜTZE	JUPITER	Ein bärtiger Mann auf einem Thron. Kumuluswolken erheben sich am Himmel hinter ihm, und er hält einen Blitz in der einen Hand. Auf den Armlehnen des Throns sitzen goldene Adler, und auf dem Podium erkennt man das Sternbild Schütze.	Spirituelle Werte. Tradition und Wissen. Prophetentum als Fähigkeit und Recht. Die Karte kann auch auf eine behutsame Einführung oder auf wachen Optimismus hindeuten. Außerdem auf Jovialität.	Autodidaktisches Lernen und Selbstgenügsamkeit. Manchmal eine Tendenz zu übermäßigem Selbstvertrauen. Ein Bedürfnis nach Rebellion gegen traditionelle Strukturen oder Institutionen (gesellschaftlich, familiär und persönlich). Erinnerung, dem eigenen inneren Kompass zu folgen.

NR.	TRAD. KARTE	KARTE IM FERRARA-DECK (MIT RÖM. GOTTHEIT)	STERN-ZEICHEN	ZEICHEN-HERRSCHER	ILLUSTRATION IM FERRARA-DECK	BEDEUTUNG / INTER-PRETATION	BEDEUTUNG / INTER-PRETATION (auf dem Kopf)
6	LIEBENDE	TORESAMAN	STIER	VENUS	Venus als Frau mit langem, fließendem Haar, nackt (Venus pudica) im Meer und auf einer Schaumkrone stehend, wird von einem Schwanenpaar ans Ufer getragen. Das Bild des Stieres, dargestellt mit goldenen Sternen, steht am Himmel.	Wahl (von Partner oder Partnerin, aber auch im Leben). Ein Wunsch nach Aufbau, Stabilisierung und Erhalt der Beziehungen. Ein Symbol der Geduld und Besonnenheit, Geborgenheit in anderen, Vertrauen, Zuversicht.	Trennung oder Besitzgier. Außerdem eine Tendenz zur Lethargie. Mangelnde Bereitschaft, eine Wahl zu treffen, sodass der eigene Fortschritt verlangsamt wird. Eigensinn.
7	WAGEN	CULUMCAR (MERKUR)	∅	MERKUR	Merkur mit Flügelschuhen auf einem Wagen, der sich durch die offene Fläche einer ägyptischen Wüste bewegt. Sein Wagen wird von einer Phalanx geflügelter schwarzer Pferde gezogen.	Schwung, Tempo oder Freiheit der Bewegung. Ein treibender, unnachgiebiger Drang hin zu einem Ziel. Zugleich ein Bedürfnis, sich des vor einem liegenden Weges bewusst zu sein. Bei dieser Karte geht es um Führung und um das Schaffen des Pfades.	Eine Warnung, dass sich die Dinge zu rasch bewegen. Ein Hinweis darauf, dass langsameres, durchdachteres Fortschreiten nötig ist, vielleicht sogar eine Richtungsänderung. In einer Sitzung: ein Signal oder Stoppschild, das in Verbindung zu anderen in der Sitzung bezogenen Karten gelesen werden kann.

NR.	TRAD. KARTE	KARTE IM FERRARA-DECK (MIT RÖM. GOTTHEIT)	STERN-ZEICHEN	ZEICHEN-HERRSCHER	ILLUSTRATION IM FERRARA-DECK	BEDEUTUNG / INTERPRETATION	BEDEUTUNG / INTERPRETATION (auf dem Kopf)
8	GERECHTIG-KEIT	TITIAGIU (JUSTITIA)	WAAGE	URANUS	Eine in ein fließendes Gewand gekleidete Frau, um die Taille ein goldenes Seil, die eine Waage in der Hand hält. Sie ist nicht blind, sondern sieht alles. Die Gewichte auf ihrer Waage sind vollkommen gleich.	Fairness und Harmonie. Fähigkeit, die Wahrheit zu erkennen, obwohl es Versuche gibt, diese zu verbergen. Idealismus sowie die Fähigkeit der Diplomatie und der Aufrichtigkeit. Stark, entscheidungsfreudig. Diese Karte repräsentiert die Fähigkeit oder den Willen, objektiv und mit Gefühl zu verhandeln.	Eine zurückgehaltene oder verschleierte Wahrheit. Vorhandensein einer Störung oder Unaufrichtigkeit. Während die Gerechtigkeit oft als Frau mit Augenbinde dargestellt wird, kommt diese Augenbinde nur zum Tragen, wenn die Karte auf dem Kopf steht. Das bedeutet eine Warnung, dass nicht alles so ist, wie es scheint.
9	EREMIT	MITAERE (CHIRON)	∅	CHIRON	Das Bild eines Zentauren (Chiron), der einen Stab auf einer Schulter trägt, allein. In der Landschaft hinter ihm erkennt man nur eine Gebirgskette und eine Höhle, was seine Position als Einsiedler hervorhebt.	Ausrichtung nach innen oder eine selbstreflektierende Reise. Das Bedürfnis, allein zu sein und die Dinge kontemplativ zu betrachten. Weitere Studien sind notwendig.	Zurückgezogenheit. Ein Zurückscheuen vor Freunden, Angehörigen oder Verpflichtungen. Mangel an Bereitschaft zur Selbstreflexion, oder ein Zustand der zu intensiven Selbstreflexion.

NR.	TRAD. KARTE	KARTE IM FERRARA-DECK (MIT RÖM. GOTTHEIT)	STERN-ZEICHEN	ZEICHEN-HERRSCHER	ILLUSTRATION IM FERRARA-DECK	BEDEUTUNG / INTERPRETATION	BEDEUTUNG / INTERPRETATION (auf dem Kopf)
10	RAD	TUNAFOR (FORTUNA)	LÖWE	JUPITER	Eine geflügelte Frauenfigur, gekleidet in ein tiefblaues Gewand. Sie hält ein Rad, an das die vier Figuren gebunden sind. Sie dreht das Rad, wie es ihr gefällt, und die unglücklichste Figur landet immer unten.	Die Karte des Schicksals und des Glücks. Ein Zeichen der Glückseligkeit und des Glückhabens, des Auserwähltseins in der Liebe, im Leben oder bei der Arbeit. Eine sehr mächtige Karte, die auch für eine plötzliche und unerwartete Veränderung stehen kann, die unvermeidlich, vom Schicksal vorbestimmt und bereits dort niedergeschrieben ist.	Pech. Die umgekehrte Bedeutung der Karte entspricht der Figur am Fuß des Rades. Wenn man eine auf dem Kopf stehende Glücksradkarte zieht, bedeutet dies Unglück. Doch ist nicht alles verloren, denn das Rad wird sich wieder drehen, und die Karte kann auch auf einen Aufstieg hinweisen.
11	KRAFT	TUDOZA (HERCULES)	Ø	SONNE	Ein Herkules mit nackter Brust sitzt neben einem liegenden Löwen mit erhobenem Schwanz. Neben ihnen befindet sich eine Schmiede, und man sieht deren Hitze trotz der Sonne, die ihren höchsten Punkt erreicht hat.	Entschlossenheit und Willensstärke. Inneres Durchhaltevermögen und Macht. Es geht darum, Motivation und eine aus Urkräften bestehende Stärke zu finden. Die Karte steht für Kraft von innen, nicht für Macht von außen. Allerdings sollte man sie nicht auf physische Konzepte von Stärke begrenzen.	Verwundbarkeit. Mangelnde Fähigkeit, Veränderungen durchzuführen. Das Gefühl, behindert oder auf irgendeine andere Weise von Ereignissen oder Menschen in der Umgebung zurückgehalten zu werden. Kann auch auf Frustration oder Machtmissbrauch hinweisen.

NR.	TRAD. KARTE	KARTE IM FERRARA-DECK (MIT RÖM. GOTTHEIT)	STERN-ZEICHEN	ZEICHEN-HERRSCHER	ILLUSTRATION IM FERRARA-DECK	BEDEUTUNG / INTER-PRETATION	BEDEUTUNG / INTER-PRETATION (auf dem Kopf)
12	GEHÄNGTER	ENDOAPPE (NEPTUN)	FISCHE	NEPTUN	Darstellung des Neptun, unter Wasser, einen Dreizack in der Hand, von einem Fischschwarm umkreist und umgeben. In den wässrigen Tiefen hinter ihm erkennt man das Sternbild Fische.	Plastisch, poetisch, ein Schwebezustand. Diese Karte repräsentiert auf lyrische Weise Momente des Innehaltens, der Besinnung und der Beeinflussbarkeit. Verändert sich mit den Gezeiten. Kann positiv sein und Vorstellungskraft und Verträumtheit repräsentieren, aber auch den Mangel an Bereitschaft, in der Welt zu sein und ihr anzugehören.	Instabil, chaotisch, jenseitig. Wenn man sich den Gezeiten und Strömungen entzieht, kann dies Instabilität oder einen Mangel an Bereitschaft zum Friedenmachen oder Verstehen tieferer Bedeutungen signalisieren. Außerdem einen spröden mentalen Zustand oder Willen.
13	TOD	MORS (ORCUS)	SKORPION	PLUTO	Die Figur des Orkus auf einem Thron. Neben ihm eine dreiköpfige Hydra. Die Landschaft, karg und dunkel, repräsentiert die ewige Nacht. Nur im Himmel über ihm spendet das Sternbild Skorpion, dessen langer Schwanz über den Horizont fegt, etwas Licht.	Veränderung, Übergang. Die Qualität eines sich aus der Asche erhebenden Phoenix. Außerdem jedoch als Teil der Transformation der Verlust des Vertrauten. Ein Eintauchen in das Neue, das manchmal noch unangenehm sein kann. Intensität und Schärfe. Wechsel der Jahreszeiten.	Stagnation. Bitterkeit oder Rücksichtslosigkeit. Mangel an Bereitschaft, sich zu ändern oder wieder zu wachsen. Eifersucht, Geheimnistuerei oder Misstrauen. Eigensinn bis hin zur Gefährlichkeit. Rachegelüste und Mangel an Bereitschaft zur Vergebung.

405

NR.	TRAD. KARTE	KARTE IM FERRARA-DECK (MIT RÖM. GOTTHEIT)	STERN-ZEICHEN	ZEICHEN-HERRSCHER	ILLUSTRATION IM FERRARA-DECK	BEDEUTUNG / INTERPRETATION	BEDEUTUNG / INTERPRETATION (auf dem Kopf)
14	MÄSSIGKEIT	TIATEMPER (VIRTUS)	∅	VENUS	Aristoteles zufolge ist die Mäßigkeit die wichtigste aller Tugenden. Sie wird hier als Anführerin der Tugenden gezeigt, gekleidet in ein weißes Gewand, während sie aus einer Urne Wasser in ein Auffangbecken schüttet.	Mäßigung und Harmonie. Wunsch, beide Seiten zu sehen, Bedürfnisse und Mängel auszubalancieren. Darin auch ein Mischen und eine Alchemie. Fähigkeit, zwei sehr unterschiedliche Elemente zusammenzubringen und miteinander vereinbar zu machen.	Übermäßiger Genuss oder Rigidität. Fehlende Harmonie. Spannung oder Blockade. Eine Unfähigkeit, Wasser zu mischen oder aus der Urne zu schütten. Ungewolltes Innehalten beim Fortschritt. Unfähigkeit, zu vermitteln oder mit anderen zu arbeiten.
15	TEUFEL	BOLUSDIA (JANUS)	∅	PLUTO	In diesem Fall wird der Teufel als der zweigesichtige Gott Janus dargestellt. Janus steht so da, dass beide Gesichter zu sehen sind. Eine Seite der Karte repräsentiert Leichtigkeit und Freude, die andere Dunkelheit und Leid. Janus steht unter einem Bogen am Rand der Erde.	Tabu. Gefesseltsein, Einschränkung, Versagen. Leicht von anderen fasziniert oder besessen sein. Leidenschaft und Wildheit. Ein Ort außerhalb der üblichen menschlichen Interaktion oder von Orten, wo Menschen leben, sei es real oder in der Vorstellung. Sexualität.	Befreiung durch Chaos. Betrug. Die Fähigkeit, die Mächte von Gefesseltsein und Einschränkungen als das zu sehen und zu erkennen, was sie sind. Ängste. Ein Bedürfnis, sich mit den dunkleren Mächten im eigenen Leben auseinanderzusetzen.

NR.	TRAD. KARTE	KARTE IM FERRARA-DECK (MIT RÖM. GOTTHEIT)	STERN-ZEICHEN	ZEICHEN-HERRSCHER	ILLUSTRATION IM FERRARA-DECK	BEDEUTUNG / INTERPRETATION	BEDEUTUNG / INTERPRETATION (auf dem Kopf)
16	TURM	RESTOR (VULCANUS)	⊘	SONNE	Am Fuße des Turms erkennt man einen bärtigen Mann, der in einem Feuer arbeitet. Das Feuer hat allerdings schon das Gerüst des Turms erfasst, und der Himmel dahinter ist dunkel.	Unerwartete oder plötzliche Veränderung. Eine Umkehrung. Loslassen oder Aufgabe alter Denkweisen, Beziehungen oder Interessen. Scharfe Klarheit oder Rebellion. Ein dramatischer Aufbruch.	Ein Signal für die Zeit des Wiederaufbaus. Phase der Besinnung, Konstruktion. Eine Warnung, dass ein Widerstand gegen Veränderungen vorliegt, aber nicht notwendig ist. Gefangenschaft.
17	STERN	ELLAST (AURORA)	⊘	VENUS	Eine Frau im tiefblauen Gewand auf einem Kreis vor der Morgendämmerung. Sie hebt eine Hand in Richtung des einzigen Sterns, der noch am blauen Himmel steht.	Hoffnung und Erneuerung. Inspiration. Persönliche oder göttliche Erleuchtung. Tiefe und machtvolle Erfüllung. Ein Gefühl der Ruhe. Diese Karte kann für ruhiges Fahrwasser im persönlichen, beruflichen oder emotionalen Leben stehen.	Pessimismus oder Skeptizismus. Ein Verlust der Hoffnung in andere, die Welt um einen herum, sich selbst. Entfremdung oder das Gefühl, ungebildet und ungeschickt zu sein. Gefühl der Loslösung oder eines Mangels an Inspiration.

NR.	TRAD. KARTE	KARTE IM FERRARA-DECK (MIT RÖM. GOTTHEIT)	STERN-ZEICHEN	ZEICHEN-HERRSCHER	ILLUSTRATION IM FERRARA-DECK	BEDEUTUNG / INTERPRETATION	BEDEUTUNG / INTERPRETATION (auf dem Kopf)
18	MOND	NALU (LUNA)	∅	MOND	Eine Frau in einem weißen Gewand hält eine Mondsichel in der Hand, hebt sich vom Nachthimmel ab. Über ihr sind Monde im Kreis angeordnet, die alle Mondphasen repräsentieren.	Angst oder Illusion. Täuschung. Nicht alles ist so, wie es scheint, und die Wahrheit bleibt verborgen. Diese Karte ist eine Warnung. Ein Hinweis auf etwas Falsches, Betrügerisches oder Doppelzüngiges in der Einflusssphäre. Das kann sich auf Menschen im Umfeld oder auf das Innerliche, Psychologische beziehen.	Das Gefühl, Falschheit oder Betrug zu erkennen. Kleine Fehler ohne Konsequenzen, die man leicht hinter sich lassen kann. Eine auf dem Kopf stehende Mondkarte kann bedeuten, dass man sich nur schwer mit etwas Neuem im Leben oder in der Identität abzufinden vermag. Die Erinnerung, die eigenen Träume festzuhalten.
19	SONNE	LOS (SOL)	∅	SONNE	Eine Putte hält die Sonne an einem goldenen Himmel. Es handelt sich nicht um die traditionelle Darstellung der Sonne, sondern eher um ein Kind, von einer Wolke abgesehen nackt. Über der Sonne schwebt ein weißer Adler, das Wappentier der Familie d'Este.	Positive Einstellung, Erfolg, Überfluss. Ein großartiges Echo. Befriedigung oder Zufriedenheit. Falls noch nicht geschehen, signalisiert diese Karte, dass eine große positive Wendung bevorsteht. Erneuerung oder Offenlegung. Erreichen beruflicher Ziele.	Unbegründeter Pessimismus. Unfähigkeit, die Zukunft zu sehen, oder ein getrübtes Urteilsvermögen. Eine Warnung, dass man den eigenen Entscheidungen nicht vertrauen kann, weil man sich im Dunklen befindet. Eine Verzögerung auf dem Weg zum Erfolg.

NR.	TRAD. KARTE	KARTE IM FERRARA-DECK (MIT RÖM. GOTTHEIT)	STERN-ZEICHEN	ZEICHEN-HERRSCHER	ILLUSTRATION IM FERRARA-DECK	BEDEUTUNG / INTER-PRETATION	BEDEUTUNG / INTER-PRETATION (auf dem Kopf)
20	GERICHT	CIUMGUIDI (CERES)	∅	ERDE	Das Gericht wird durch Ceres in einem goldenen Weizenfeld repräsentiert, eine Weizengarbe in der einen und eine Sense in der anderen Hand. Im Himmel über ihr der Morgenstern.	Moment des Rechenschaftablegens. Inventarisierung. Abwägen. Scharfsichtige Klarheit. Die Karte kann Vergebung als das Ergebnis von Erwägungen bedeuten. Bereinigung persönlicher Konflikte, entweder mit sich selbst oder mit anderen.	Eine Blockade oder die Unfähigkeit, Zeichen zu erkennen. Blindheit. Ein Zeichen dafür, dass Wachstum ansteht, man aber noch nicht zur Umsetzung in der Lage gewesen ist. Mangelnde Bereitschaft, sich einer großen Veränderung zu stellen oder sie in Angriff zu nehmen.
21	WELT	DOMUN (SATURN)	STEINBOCK	SATURN	Ein bärtiger Mann steht da, seine Nachkommen in einer Hand. Sein Mund, ein schwarzes Loch, ist geöffnet. Hinter ihm befindet sich eine Miniaturdarstellung der Welt, doch es handelt sich um eine Welt vor der Sintflut. Gerade sind Himmel und Erde voneinander getrennt worden.	Vollendung. Gefühl, dass sich ein Kreis schließt. Ein Zeichen des Durchhaltens und des Ehrgeizes. Ein Hinweis auf die Pflicht, ein Kapitel zu beenden. Erleichterung, doch auch ein Zeichen für Umsetzbarkeit, Sparsamkeit. Triumph und Erfolg im persönlichen wie im beruflichen Bereich.	Unfähigkeit, die Vollendung zu erreichen. Mangel an Inspiration oder Langsamkeit. Hin und wieder das Gefühl der Strenge bei der Arbeit oder gegenüber sich selbst. Ein Zeichen, dass es Zeit für eine Neufokussierung ist, dass man vielleicht den Weg verloren hat.

MINOR ARCANA (KLEINE ARKANA)

Nota bene: Auf dem Kopf stehenden Karten der Minor Arcana sollte die gegensätzliche Bedeutung der unten dargestellten zugeschrieben werden.

KARTE	SCHWERTER (Vernunft, Kommunikation: Luft)	STÄBE (Kreativität, Aktion: Feuer)	KELCHE (Emotion, Intuition: Wasser)	MÜNZEN (Materialität, Erfolg: Erde)
ASS	Klarheit.	Schöpfung.	Intimität.	Wohlstand.
EINS	Entschlossenheit. Stärke. Triumph.	Anfang. Neuanfang. Abenteuer oder Unternehmung.	Überfluss. Fruchtbarkeit. Erfüllung.	Perfektion. Wohlstand. Seligkeit. Großer Reichtum.
ZWEI	Balance, aber im Fall von Spannungen Stillstand.	Reise. Mut, neue Wege zu gehen.	Emotionale Partnerschaft. Verbindung zu einem anderen Menschen. Vereinigung.	Beschäftigung. Anzeichen für Wortgewandtheit. Übersetzung und Kommunikation.
DREI	Enttäuschung. Zurückweisung. Trennung oder Verrat.	Handel. Praktische Einstellung oder nützliches Wissen. Spezifische Kenntnisse.	Beschluss. Abschluss. Schließen eines Kapitels. Feiern.	Meisterschaft. Künstlerische oder kreative Begabung. Anerkennung oder Auszeichnungen.
VIER	Ruhe. Füllen des Brunnens. Rückzug. Abgeschiedenheit.	Stabilität. Romantische Harmonie. Ruhe und Genuss.	Abneigung. Enttäuschung. Unfähigkeit, etwas hinter sich zu lassen oder durchzustehen.	Besitzgier. Hang zum Horten. Geiz.
FÜNF	Eroberung. Niederlage. Eigennutz.	Konflikt. Wettbewerb. Rivalität oder Eifersucht.	Emotionale Instabilität. Verlust einer Freundschaft. Unvollständige Verbindung.	Finanzieller Verlust oder Ruin. Verarmung. Widrigkeiten oder Unsicherheit.

KARTE	SCHWERTER (Vernunft, Kommunikation: Luft)	STÄBE (Kreativität, Aktion: Feuer)	KELCHE (Emotion, Intuition: Wasser)	MÜNZEN (Materialität, Erfolg: Erde)
SECHS	Übergang oder Reise. Weite Reise. Überwindung.	Eroberung. Triumph. Verwirklichung eines Ziels.	Erinnerung. Erfahrungen der Vergangenheit. Nostalgie, zuweilen überwältigend.	Menschenfreundlichkeit. Barmherzigkeit. Großzügigkeit. Impuls, zu geben.
SIEBEN	Ausdauer. Tapferkeit. Durchhaltevermögen.	Erfolg. Überwinden der Hindernisse. Sieg bei Verhandlungen.	Unfähigkeit, eine Leidenschaft zu realisieren. Unrealistische Erwartungen. Tagträumereien.	Erfindungsgabe. Einfallsreichtum. Gewinn. Entdeckung eines Schatzes.
ACHT	Konflikt. Einschränkung oder Begrenzung. Aufruhr.	Rasches Handeln. Eile beim Verfolgen eines Ziels.	Aufgeben eines Versuchs. Zurücklassen. Aufbruch.	Handwerk oder Fähigkeit. Lehrzeit. Handarbeit. Sorgfalt.
NEUN	Verzweiflung. Gebrochenes Herz. Ängste.	Ahnung. Wachsamkeit. Entschlossenheit. Bewusstheit.	Überfluss. Materieller Erfolg oder Sieg. Gewinn.	Fülle. Vollendung. Besonnenheit. Materieller Komfort.
ZEHN	Pech. Niederlage. Energieverlust.	Last. Verantwortung. Gefühl großen Drucks.	Harmonie in der Familie. Zufriedenheit. Tugend.	Erbe. Nachlass. Abstammung. Reichtum.
BUBE	Neugier und Wissbegierde. Einsicht und Diskretion.	Loyalität. Hinweis auf wichtige Neuigkeiten. Ein Signal.	Überraschung. Gute Neuigkeiten. Angebot von Dienst oder Unterstützung.	Studium. Bildung. Reflektieren. Verlangen nach Lernen und Wissen.

KARTE	SCHWERTER (Vernunft, Kommunikation: Luft)	STÄBE (Kreativität, Aktion: Feuer)	KELCHE (Emotion, Intuition: Wasser)	MÜNZEN (Materialität, Erfolg: Erde)
RITTER	Fähigkeit und Können. Zeitweises Ungestüm.	Leidenschaft. Lust. Wohlfühlen mit dem Unbekannten.	Gelegenheit oder Ankunft. Ein neuer Ansatz oder ein neues Angebot.	Methodisches und zielgerichtetes Vorgehen. Hartnäckigkeit.
KÖNIGIN	Wahrnehmung. Wacher Geist.	Überschwang und Begeisterung. Anmut.	Ergebenheit. Wärme. Weibliche Intuition.	Wohlstand. Luxus. Überfluss und Großzügigkeit.
KÖNIG	Beherrschung. Klares Denken. Bestimmtheit. Erfahrung. Intellekt.	Visionen. Reife. Geschäftssinn.	Emotionales Gleichgewicht. Wertvoller Rat. Professionalität.	Verlässlichkeit. Zuverlässigkeit. Sorge für andere. Professioneller Scharfsinn.

DANKSAGUNG

Mein Dank gilt zuallererst Sarah King: Sie hat die ersten Kapitel eines bereits aufgegebenen Projekts gelesen und darauf beharrt, Potenzial zu erkennen. (Danach hat sie sich mit Begeisterung unzählige Versionen angesehen!) Ohne sie gäbe es dieses Buch nicht. Außerdem danke ich meiner Verlegerin Natalie Hallak für ihre unerschütterliche positive Sicht und Begeisterung für dieses Buch. Die Zusammenarbeit mit ihr war eine Masterclass darin, wie man aus einer guten Geschichte eine großartige macht, und ich werde für die ebenso freundliche wie hartnäckige Motivation immer dankbar sein. Dank gebührt auch meiner Agentin Sarah Phair, deren weiser Rat und kühler Kopf mir durchweg Sicherheit vermitteln: Sie hat mich überredet, ihr eine frühe Fassung dieses Buches zu zeigen, und sich seitdem leidenschaftlich dafür eingesetzt, mit all der Energie, die das Sternzeichen Jungfrau ausmacht! Danken möchte ich außerdem zwei Männern, die dieses Buch bereits in einer sehr frühen Phase beeinflusst haben (auch wenn das damals niemand von uns ahnte): Herb Kessler und Josh O'Driscoll. Vor vielen Jahren durfte ich als Gast an ihrem Mediävistik-Kolloquium teilnehmen. Die Seltsamkeiten, die ich so erfuhr, haben mich zum Schreiben dieses Buches angeregt. Joshs Instagram war ebenfalls sehr wertvoll. Diese Danksagung wäre unvollständig ohne ein paar Worte an die beiden Menschen, die mein Interesse an so vielen verschiedenen Dingen im Laufe der Jahre gutmütig ertragen haben: meine Eltern. Stoisch habt ihr meine wildesten Pläne akzeptiert. Und meine schriftstellerischen Ambitionen habt ihr mit derselben Begeisterung und Unterstützung begrüßt wie alles andere vorher. Immer habt ihr mir den Eindruck vermittelt, nichts wäre unmöglich – ein wunderbares Geschenk für ein Kind. Ihr beide seid einfach die Besten. Danke auch an Bet und Wade, die in mir die Liebe zu den Künsten geweckt haben. Und an David, Karen und Aiais, die endlos lange mit mir über Bücher gesprochen haben. Danken möchte ich meinen vielen Angehörigen – ich habe solches Glück mit euch. Aber niemand hat so viel über dieses Buch gehört wie Andrew Hays. Seine Geduld, Liebe und Kreativität, sein Esprit und Talent, seine Munterkeit und Güte machen unser gemeinsames Leben zu dem, was es ist. Ohne dich gäbe es auf der Welt viel weniger Spaß, Fröhlichkeit und Freude. Ich lebe unglaublich gern mit dir im Schatten des Berges, der uns zusammengebracht hat. Und dann ist da unser Hund, Queso, der uns beim Tippen Gesellschaft leistet. Du Guter. Wir lieben dich.